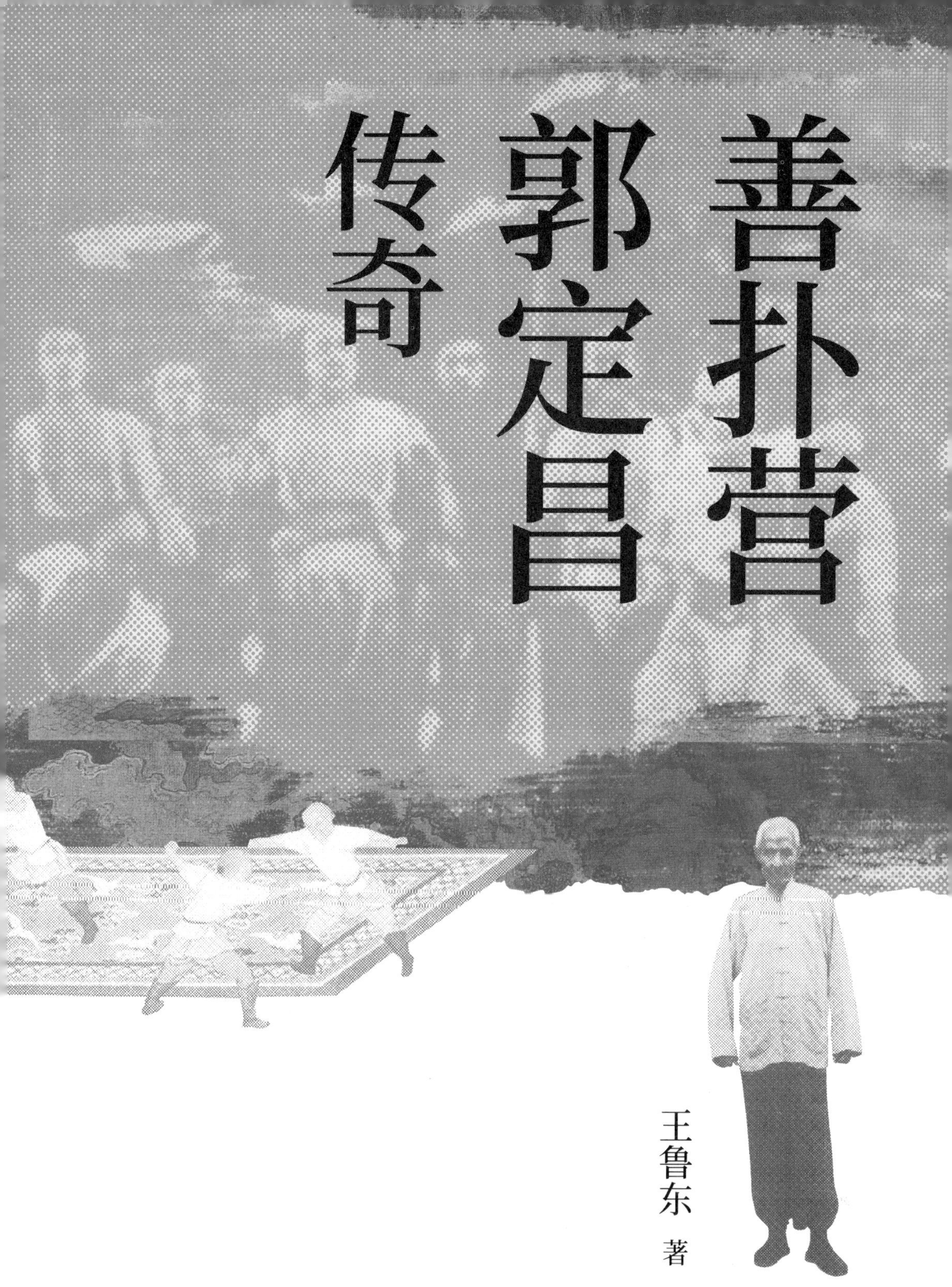

善扑营郭定昌传奇

王鲁东 著

当代中国出版社
Contemporary China Publishing House

图书在版编目（CIP）数据

善扑营郭定昌传奇/王鲁东著. -- 北京：当代中国出版社，2024. 4

ISBN 978 - 7 - 5154 - 1335 - 8

Ⅰ. ①善… Ⅱ. ①王… Ⅲ. ①纪实文学 - 中国 - 当代 Ⅳ. ①I25

中国国家版本馆 CIP 数据核字（2024）第 050409 号

出 版 人　王　茵
责任编辑　陈　莎
责任校对　康　莹
印刷监制　刘艳平
封面设计　武　艺
出版发行　当代中国出版社
地　　址　北京市地安门西大街旌勇里 8 号
网　　址　http://www. ddzg. net
邮政编码　100009
编 辑 部　（010）66572180
市 场 部　（010）66572281　66572157
印　　刷　三河市龙大印装有限公司
开　　本　710 毫米 × 1000 毫米　1/16
印　　张　19. 75 印张　12 插页　263 千字
版　　次　2024 年 4 月第 1 版
印　　次　2024 年 4 月第 1 次印刷
定　　价　68. 00 元

王鲁东

徒弟付洪波在国家图书馆查阅郭定昌的史料

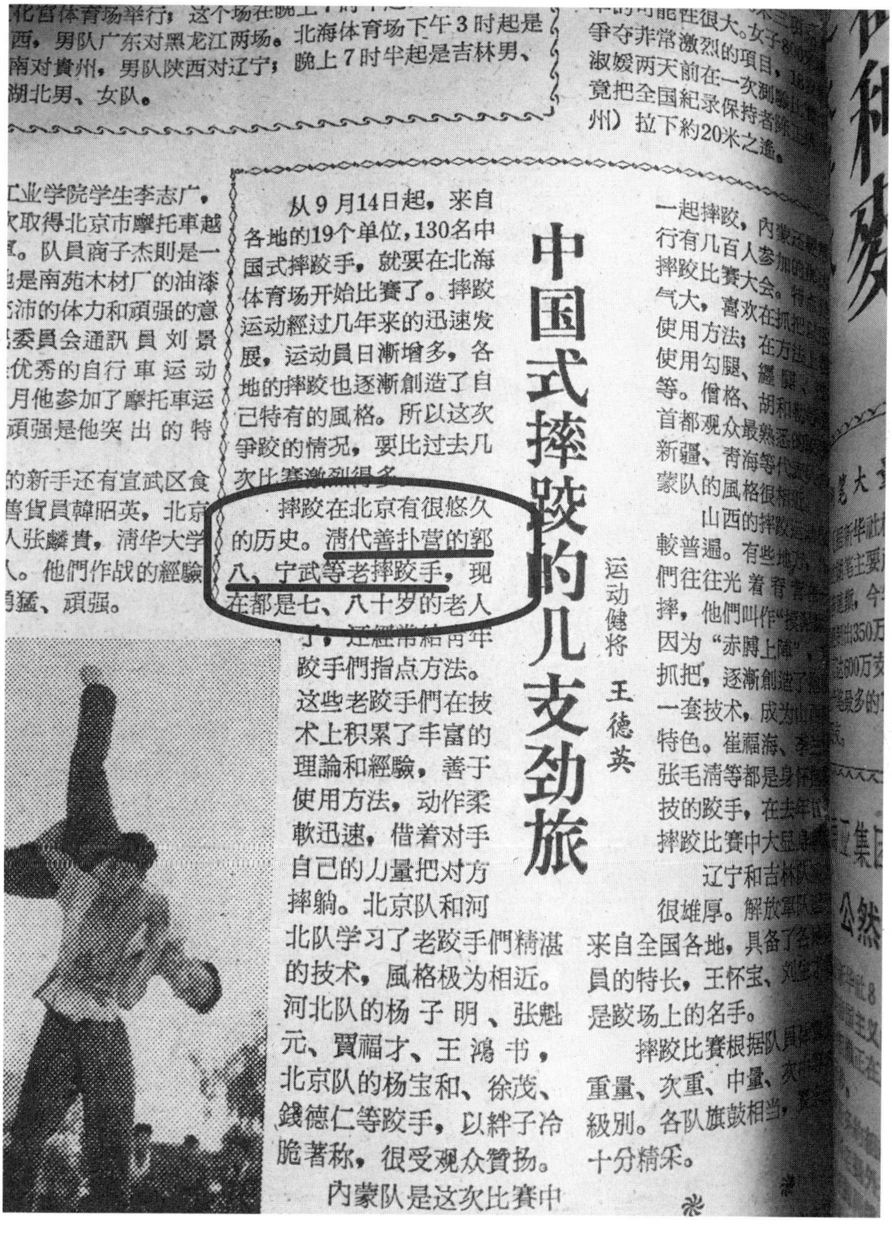

……西，男队广东对黑龙江两场。北海体育场下午3时起是……南对貴州，男队陕西对辽宁；晚上7时半起是吉林男、……湖北男、女队。

……争夺非常激烈的项目，……淑媛两天前在一次測驗比賽……竟把全国紀录保持者……州）拉下約20米之遥。

……工业学院学生李志广，……次取得北京市摩托車越……。队員商子杰則是一……是南苑木材厂的油漆……沛的体力和頑强的意……委員会通訊員刘景……优秀的自行車运动……月他参加了摩托車运……頑强是他突出的特……

……的新手还有宣武区食……售貨員韓昭英，北京……人张麟貴，清华大学……人。他們作战的經驗……勇猛、頑强。

中国式摔跤的几支劲旅

运动健将 王德英

从9月14日起，来自各地的19个单位，130名中国式摔跤手，就要在北海体育场开始比赛了。摔跤运动經过几年来的迅速发展，运动員日漸增多，各地的摔跤也逐漸創造了自己特有的風格。所以这次爭跤的情况，要比过去几次比賽激烈得多。

摔跤在北京有很悠久的历史。清代善扑营的郭八、宁武等老摔跤手，现在都是七、八十岁的老人了，还經常給青年跤手們指点方法。这些老跤手們在技术上积累了丰富的理論和經驗，善于使用方法，动作柔軟迅速，借着对手自己的力量把对方摔躺。北京队和河北队学习了老跤手們精湛的技术，風格极为相近。河北队的杨子明、张魁元、賈福才、王鴻书，北京队的杨宝和、徐茂、錢德仁等跤手，以絆子冷脆著称，很受观众贊扬。

内蒙队是这次比賽中……一起摔跤，内蒙……行有几百人参加的……摔跤比賽大会。……气大，喜欢在抓把……使用方法；在方法上……使用勾腿、……等。僧格、胡和……首都观众最熟悉的……新疆、青海等代表……蒙队的風格很相近。

山西的摔跤运动……較普遍。有些地方，……們往往光着脊背……摔，他們叫作"……因为"赤膊上陣"，……抓把，逐漸創造了……一套技术，成为山西……特色。崔福海、李……张毛清等都是身怀……技的跤手，在去年……摔跤比賽中大显身手。

辽宁和吉林队……很雄厚。解放軍队……来自全国各地，具备了各……員的特长，王怀宝、刘……是跤场上的名手。

摔跤比賽根据队員体重……重量、次重、中量、次……级别。各队旗鼓相当，……十分精采。

1959 年《北京晚报》有关郭定昌的资料记录

1964年蹼（掼）跤师门合影（后排右三为王鲁东）

善扑营老照片

郭定昌照片

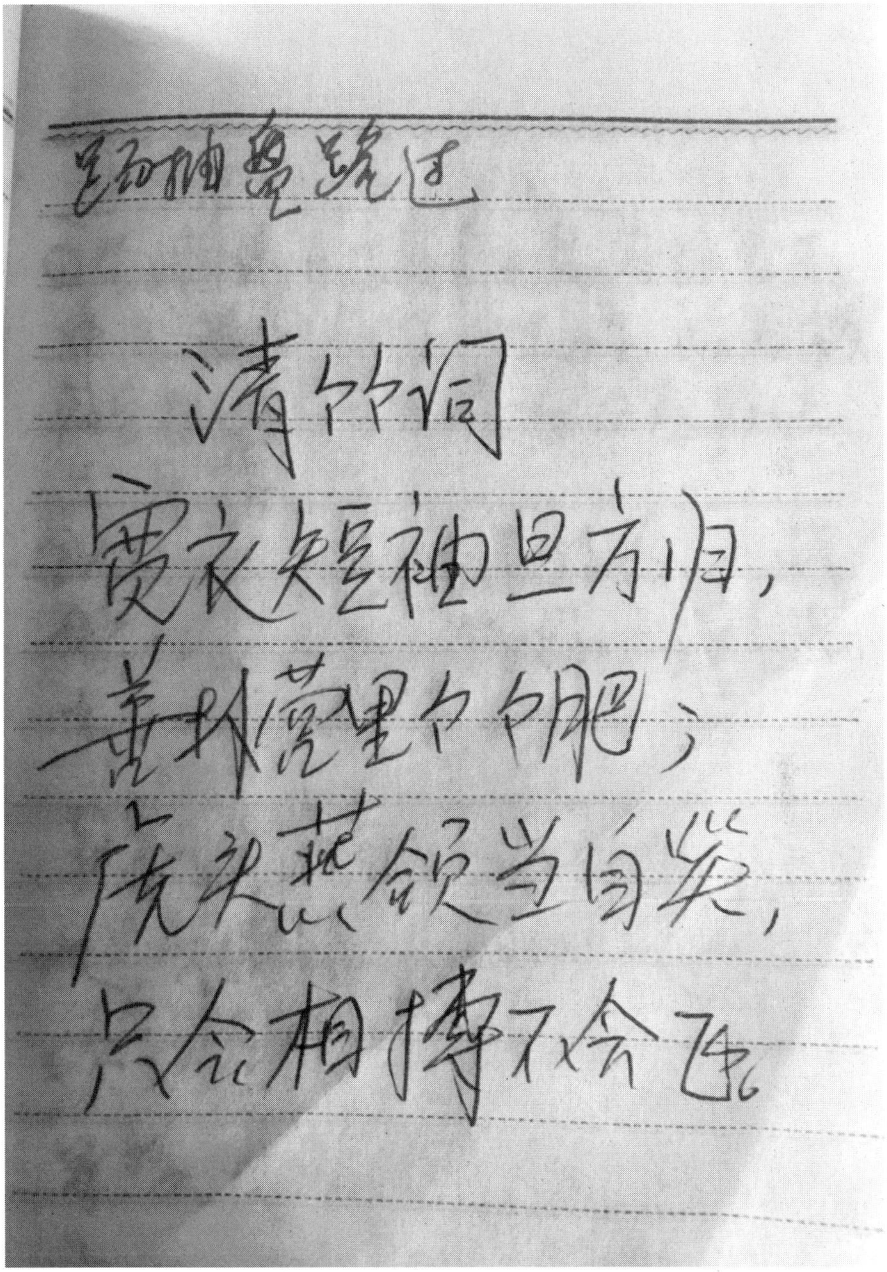

善扑营清竹词

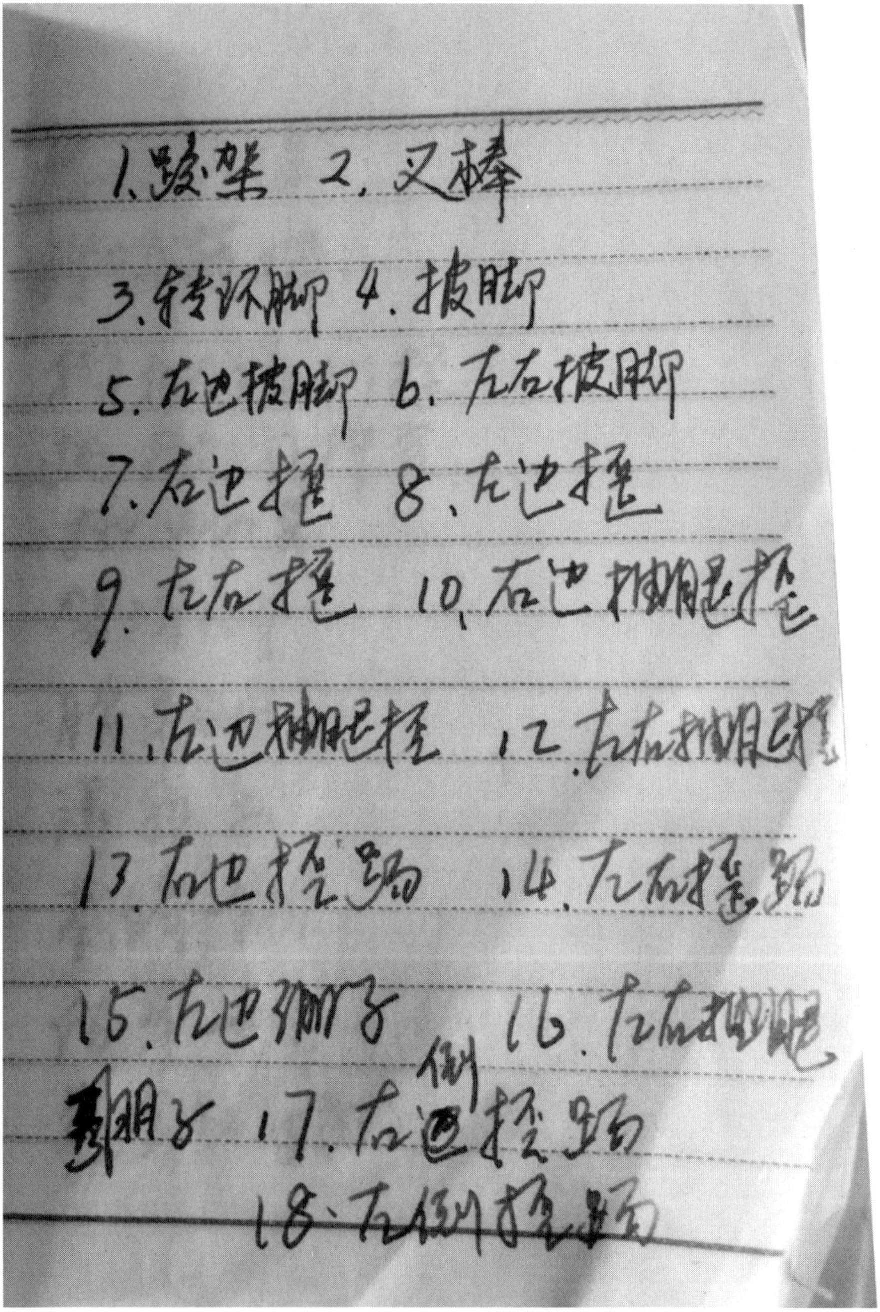
1.跤架 2.叉棒
3.转环脚 4.披脚
5.右边披脚 6.左右披脚
7.右边摆 8.左边摆
9.左右摆 10.右边抽腿摆
11.左边抽腿摆 12.左右抽腿摆
13.右边摆踢 14.左右摆踢
15.左边狮子 16.左右抽腿
17.右侧摆踢
18.左侧摆踢

学跤笔记摘录

王鲁东和部分弟子合影（前左李志强、后左起李荻尔、付洪波、孙波），拜师学习的还有林小龙、范堃堃、张铁、胡崇刚、于易等弟子

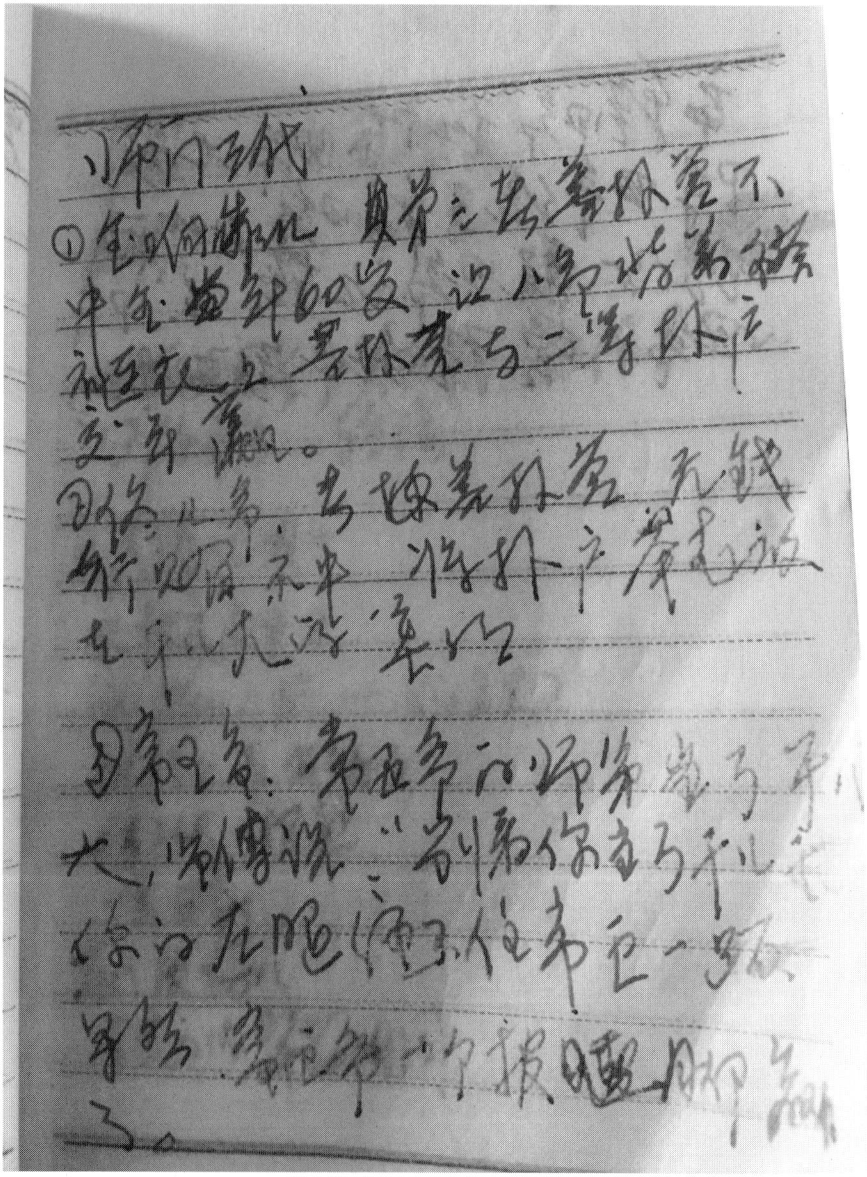

回忆师门三代

郭定昌指导跤术

王鲁东青年时期的部队照片

序

师父王鲁东在回忆郭定昌（八爷）时有这样一段话：“师父在中华史册上，只是个名不见经传的小人物，但他同许许多多的小人物一样，身上也闪烁着酷爱自由、疾恶如仇，正直豁达、刚直不阿和勇敢执着、自尊自强的精神之光。我崇敬师父的武功，我更崇敬师父的人品。”

作为后辈，今天将师父早年的著作再版，何尝不是这样的一种感动。师父并非武术圈内的人，他作为一名军人，是新中国第一台内燃电动机车技术小组成员，1964 年东方红Ⅰ型液力传动内燃机车的参与者。师父文武兼修，在工作之余，先后出版《西柏坡的秘密》《师出印度》等多本纪实文学专著。师父身为华夏儿女，一身正气，刚正不阿，承载着华夏民族自强不息的尚武精神。相信无数的中华儿女，也像师父一样坚守在自己的文脉信条中，以非血缘的方式，代代传承，生生不息。这里我要向无数中华民族优秀文化的坚守者与传承者致以崇高的敬意。

本书的再版工作得到我的弟子苗新明的大力支持，同时感谢房璟女士百忙之中帮助校对文字，感谢北京人文在线周编辑的大力协作，克服了多方面的困难与阻力，同时特别感谢当代中国出版社的陈莎编辑严谨细致地审校书稿，使原作30 年后再次面世。

弟子付洪波 2023 年 6 月 9 日敬书

自　序

五年前，偶然在一篇文章上获悉，老舍先生生前留有一个遗憾：没来得及将老北京摔跤界的事儿付之墨端。

这是敲定我写《善扑营郭定昌传奇》的关键一槌。

现中国式摔跤传统的称谓为“中国掼跤”。由于它集健身、防护、实战为一体，因此，历来是统治阶级巩固政权的重要工具，尤其受到清代皇帝的重视。八旗各营平时操练武功，均以掼跤作为考核内容，佼佼者可保荐进善扑营试艺挑缺。善扑营是康熙年间以巩固政权为目的而建立的一种极特殊的侍卫组织。善扑营内的掼跤者称之为“扑护”。扑护是一种官职，平时在宫中，对太极、八卦、形意等中国武术不断进行研习，去粗取精，衍变融贯于掼跤技艺，成为既具实战能力又能健身的一朵武术“奇葩”。扑护除在“年班”“围班”时受召与蒙古武士摔跤起威慑作用外，平时担任皇宫大内的扈从宿卫。清朝灭亡之后，善扑营所剩之人寥寥无几，或老迈苍苍，或另谋生计。由于善扑营掼跤技艺极其珍贵，故多不外传。虽扑护出宫流入民间，偶有迫于生计教些弟子，换资糊口，但浓重的保守意识导致多有截流。弟子再传，越传越少。但喜爱这门功夫的大有人在，民间卖艺者也继承了其中一些技艺，方使之没有彻底失传。贺龙元帅生前曾评价中国掼跤说：“我们中国式摔跤很科学，技艺也高，我们不要光学外国人的东西，也要让外国人学学中国人的东西，把中国式摔跤推向世界！”近年来，国际上对中国掼跤日益重视，美国、法国、意大利、西班牙、比利时等国家成立了中国掼跤协会，法国设立了“巴黎市长杯”比赛，以促进这项运动的振兴和发展。

现在，对于中国掼跤的历史源流、发展及演变，文字涉览者极少。至今，我没见到一部反映这一民族文化题材的作品，强烈的责任感和使命感促使我提笔想要弥补这一民族文化空缺。

目　录

第一章

去留肝胆两昆仑

一

公元1912年2月12日，在辛亥革命浪潮冲击下，清政府接受南京临时国民政府的优待条件，隆裕太后及溥仪于紫禁城养心殿宣诏退位。

至此，统治中国的最后一个封建王朝覆亡。

其后，孙中山让出临时大总统，袁世凯当上了总统。北京城头变换上红、黄、蓝、白、黑五色北洋旗。

坐落在西城小护国寺的善扑营也改换了门庭，成了北洋军的一个旅部。

一个雪后初霁的日子，善扑营街前并排走来三名身姿伟岸、留着新式齐耳长发、紧身装束、威风凛凛的壮汉。

中间那人三十多岁，身穿一件黑色对襟罩衫，神情沉稳，透着精明老到。左边那人二十五六岁，身穿一件蓝布短装，扫帚眉，铜铃眼，显得粗犷豪迈。右边那人二十岁出头，身着青色薄袄，紫红面庞，剑眉虎眼，双眼炯炯有神，显露着刚健、机敏。

那三十多岁的汉子叫马风喜，左边那人叫褚林，右边那位光彩照人的后生叫郭定昌，他们都是清朝末年善扑营的扑护。今天，三人看了临时国民政府对清帝退位的优待条件后，前来小护国寺接受北洋军改编。

“清帝退位优待条件”共分甲、乙、丙三项。甲项共八款，第八款规定：原有之禁卫军，归中华民国陆军部编制，额数俸饷，仍如其旧。

三人在小护国寺前停住了脚步。眼下的小护国寺冷清、沉寂、阴森，只有山门前的那两尊灰色石狮一如既往地龇牙咧嘴，默默地显示着雄威。朱红漆门两边的竹竿上各挑着一面五色旗。旗下，笔直站立着两个头戴大盖帽，身穿黄斜纹布军装，打裹腿持步枪的卫兵。

郭定昌抢先迎上去，冲卫兵鞠个躬，客气道：“爷们儿，我们都是原先善扑营的扑护，是来接受改编的。”

两个卫兵上下打量了三人几眼，其中一个把头冲庙里一扭，示意里面办事儿。

三人又冲卫兵鞠了个躬，抬步进了庙门。

庭院里不见一个人，只有几只老鸹站在枯枝上，伸长脖颈呱呱叫着。

三人正打量着，就听东庑房传来一声喝问：“嗨，干什么的?”接着，棉帘一掀，从屋里闪出一个腰挎木壳短枪的剽悍军官。

马风喜上前冲军官鞠个躬，说明来意。

军官一边漫不经心地听着，一边用手不停在鼻子上揉着驱赶寒气。待马风喜说完，他沉了好一会儿工夫，才怪声怪气地说：“你们当了这些年扑护，兜里的银子怕盛不下了吧!”

扑护是清朝皇宫侍卫的一种官职。最低的顶戴为暗白色或亮白色，每月可得俸银六两；最高的顶戴为亮蓝色，每月可得俸银十多两。但是，到了晚清，朝廷腐败，国库空虚，扑护们的俸银往往不能兑现，只能靠固定的俸米维持生活。然而，在外人眼里，仍然以为他们俸高饷丰，令人羡慕，使人眼红。

郭定昌怅然一笑回道：“爷们儿，您逗了。我们不比那些王爷，这兜里跟您一样，也是‘老太太的肚皮——干瘪’!”

褚林也怒道：“有钱就不来接受改编啦!”

军官一愣，顿时两腮涨红，喝道：“谁跟你们逗闷子！放明白点，现今儿，这地界儿是城防旅，不是善扑营！”

褚林又怒道：“城防旅不是阎罗殿吧？怎么着，还非得亮亮腰包不成？”

顿时，军官两腮由红变白，勃然变色道：“少废话！你反对共和是怎么着？”

褚林将脸色一横，正要再开口顶撞，郭定昌忙拽了褚林一把，冲军官点头一笑道：“爷们儿，反对共和我们担待不起。今儿个，我们来接受改编正是冲着共和来的，也盘算着跟您一样为共和尽点绵薄之力。”

马风喜心里明白，打开天窗说亮话，军官就是想敲几个过路钱儿。当即赔个笑脸说道：“您就擎好吧，以后有好事儿绝忘不了您。”

这时，刮起一阵狂风，风卷残雪漫天飞舞。军官扬起胳膊遮挡风雪，下了台阶说：“跟我进来。”

三人跟随军官进了屋。

这间庑房高大宽敞，原是善扑营的扑护冬天练功比武的跤场，眼下，成了北洋兵的宿舍。进了门，郭定昌一眼看到正面墙下的条桌上，供奉着一块儿长生牌位，上面写着三个朱红楷体大字——袁世凯。屋里，七八个北洋兵有的蜷缩在地铺上打盹儿，有的蹲在火炉前烤着窝头，有的围成一堆儿聊天。郭定昌、马风喜、褚林只觉得站也不是坐也不是，只好望着天棚愣神儿。

这时，就听军官厉声问道：“嘿嘿嘿，别犯愣！快说，叫什么名儿？”

郭定昌打了个激灵，略一定神儿指着马风喜、褚林回道：“他叫马风喜，他叫褚林。我大号叫郭定昌，字永顺。”

军官听了冷冷一笑，停下笔奚落道：“你定个屁昌！除了袁大人，有谁能保咱国家兴盛！”

“哈哈哈……”屋里的北洋兵狂笑起来。

“嘿，看把你烧包的。”军官不屑地啐了一口。

郭定昌出奇得冷静，微微一笑，反唇相讥道：“袁世凯袁大人比孙文怎么样？”

军官被郭定昌一问，陡然一震，讷讷不知如何回答。

静寂片刻，只见军官眼珠一转，又缓缓提起毛笔悻悻问道：“少废话！民族？”

清末民初，问及民族，满人习惯称自己为“旗人”或“在旗”。

于是，郭定昌便顺口答道：“旗人。”

听了“旗人”二字，军官就像洋火点着了麻雷子，顿时暴跳起来，吼道：“好大的胆子！别人骑马，你敢骑（旗）人！”骂完，伸开五指，抡圆胳膊，铆足劲儿朝郭定昌的脸上扇去。

郭定昌急忙闪身躲开军官的巴掌，正待发作，猛然醒悟过来，暗思量：是了。这位军官怕是把“旗”字误会成“骑”了。当即赔个笑脸，宽容地说道：“您误会了。我是说‘在旗’。”

其实，那个军官并不是误会，而是为刚才郭定昌揶揄他发狠，故意找碴儿寻报复，登时怒目圆睁，厉声吼道：“再骑（旗），再扇！”说着，又伸掌挥臂朝郭定昌扇去。

这一回，郭定昌看透了军官的心思，原来他是故意找碴儿，捉弄人，不由一腔怒火气冲斗牛。待到军官的巴掌扇近左腮，郭定昌左手闪电般伸出，钳住了军官的手腕；右手正要使出个“鹞子钻天”，借着对方的力道，进招儿来个“架梁脚”，心里又咯噔一下，登时想到，眼前的人是北洋兵，跟他们较不得真，便收住手脚，只用左手把军官轻轻一带，打算化解对方的攻势。没料到，郭定昌出手无力，对方却受之有功，一抽手竟被郭定昌脱了腕子。登时，军官抱住手腕，蹲在地上嚎起来。

屋里，其他几个北洋兵见长官吃亏，急红了眼，发声喊：“把小丫头养的抓起来！”呼地跃起身，一齐挥拳朝郭定昌扑来。

郭定昌迅转车轮步，一个“风摆荷叶”，竟神不知鬼不觉地钻出人群，绕到北洋兵身后。

北洋兵扑了个空，正晕头转向时，蓦地，军官发现了郭定昌，惊讶地怪叫道：“嗨，小丫头养的是属耗子的，躲在那儿呢！”

北洋兵“唰”地转过身，扫视了一圈，见郭定昌正双臂抱在胸前看热闹，又发声喊道：“砸烂他的骨头！”呼而抡臂挥拳扑上来。

郭定昌见众北洋兵再次蜂拥扑来，灵机一动，急蹲下身，作了个抓土状，又跃身而起，大喝一声："着!"张开巴掌向众北洋兵甩去。

众北洋兵以为郭定昌撒把土甩过来，慌忙闭上眼睛，中了计。郭定昌乘此时机，急步又转到北洋兵的身后。众北洋兵闭眼等了片刻，见没有动静，又纷纷睁开双眼，已不见郭定昌。军官抬眼扫视一圈，发现郭定昌站在身后，大喊："那儿呢!"

郭定昌本打算略展身法，用功夫震慑一下北洋兵，并非无理取闹，谁知那些人不识好歹，硬是敬酒不吃吃罚酒，大动起了干戈。

马风喜、褚林见事不好，而身在兵营又不便挥拳相助，只好伸展开双臂，挡住北洋兵。

军官见状吼道："造反是怎么着?!"

郭定昌见事态恶化，正琢磨如何应付，一眼瞧见那张供奉袁世凯长生牌位的条桌，大喝一声："若再无理，就像桌案!"说着，一个箭步跃到条桌前，使出个"罗汉桩"，把丹田气运至肘尖，"嗨"的一声，曲肘朝桌面击去。只听"咔嚓"一声，半寸厚的紫檀木桌面被击为两截。那块袁世凯的长生牌位被震得腾空飞起，"嗵"的一声，将顶棚、房瓦撞破一个窟窿，飞出屋外。

北洋兵见状惊得张嘴结舌，目瞪口呆，老半天醒不过神儿来。

说来也巧。就在那块袁世凯长生牌位从半空落下时，赶巧从正殿里走出一个四十多岁的军官，身穿黄呢军服，佩绶带，头戴鸡毛掸子似的高筒军帽，留着络腮胡子。那个军官的前腿刚跨出殿门，牌位也"咚"的一声砸落脚前。军官打个激灵，随即纵身跃起，腰旋体转，捷如飞鸟，眨眼已在十多步远处停住。

这位军官姓宋，名凤轩，字宇翔，山西太原人，时任北洋政府京畿警备师第三旅旅长。他少年时，在太原投形意名家"山西董"（即北京传奇武士"大刀王五"之师）习练形意拳，武功精深。后考入袁世凯所办的"保定军校"，毕业后留北洋军任职。

宋凤轩轻捷落地，两眼鹰枭般朝四周掠过，没见异常，才神色一松，弯腰从地上拾起那牌位。一见“袁世凯”三字，登时一怔，剑眉倒竖，厉声骂道：“是谁不想要吃饭的家伙了!”骂毕，怒气冲冲进了庑房。

北洋兵正朝着天棚愣神儿，见宋凤轩满脸杀气进来，不由得“唰”地打了一个立正，惊惧地敬礼齐呼：“旅长安康!”

宋凤轩怒目横眉，虬须倒竖，指着手中的牌位，厉声问道：“是谁吃了熊心豹子胆?!”

军官慌忙从地上爬起来，又“哎哟”一声握着手腕蹲在地上。只见那只右手像面条似的软不拉叽耷拉着。

一个北洋兵指着郭定昌说：“他干的。”

另一个北洋兵也慌忙跨前一步，朝宋凤轩告道：“小丫头养的还把胡连长的腕子卸了。”

宋凤轩双眼一瞪，露出凶气，盯住郭定昌。

郭定昌不慌不忙，朝宋凤轩鞠个躬，客客气气地把发生的事从头至尾说了一遍。

宋凤轩听完郭定昌一席话，又打量了马凤喜、褚林一眼，沉声问道：“是这么回事吗?”

褚林瓮声瓮气答道：“蒙您，是小丫头养的。”

这时，宋凤轩面色一松，咳嗽一声，把牌位交给一个北洋兵拿着。又踱步到军官身前，淡然不屑地说了一声：“把腕子给我瞜瞜。”

军官咬着牙关，忍痛把那只脱臼的腕子递过去。宋凤轩接在手中，用另一只手握住军官的手指，抖蛇似的轻轻一抖。就听“咯嘣”一声响，宋凤轩傲然一笑，说道：“攥把拳试试。”

军官疑惑地盯着手腕，不敢轻攥。

宋凤轩喝道：“军人死都不怕还怕疼!”

军官吓得一连说了几个“是”，急忙把拳一攥，一惊，又接连攥了几把，疼痛全无，竟然活动如初，惊喜道：“旅长，您真是神手!”

众北洋兵见军官手腕活动自如，纷纷围拢过来。这个试一把，那个拉一下，军官把手索性举过头顶，在半空连攥了几把，转了几下，瞅着宋凤轩讨好道："你们瞅，跟原先一模一样。"

郭定昌、马凤喜、褚林也吃了一惊，不约而同地相视一眼。

军官瞥了郭定昌一眼，将手放下，又攥成拳在大腿上接连捶了数下，丝毫没事儿，不由又冲宋凤轩谢道："劳您驾了。"

众北洋兵见状也齐声称赞："旅长，您神手！"

二

宋旅长乜斜了郭定昌一眼，淡然说道："这还叫神？"说完，一弯腰从地铺上拎起一个枕头，仰脸望了一眼天棚上的窟窿，发声喊："走！"只见那个枕头"嗖"地飞出，不偏不斜，正好嵌在破洞中，将窟窿堵了个严实。

北洋兵齐声喝彩："旅长好功夫！"

"哈哈哈……"宋凤轩捋了一把络腮胡子，笑道："你们当袁大人的兵都是吃素的？"

此话一出，郭定昌、马凤喜、褚林都听出来，这话是说给他们听的。褚林本是个火暴性子，哪儿受得住这种奚落，说了声："念哪门子秧儿！"也顺手拎起一个枕头，正要接手使个"飞鹞啄鹰"，却被郭定昌一把按住。

郭定昌悄声叮嘱褚林："这儿不是怄气的地界儿。"说完，一转身，伸出拇指朝宋凤轩赞许道："好功夫，佩服！"

宋凤轩淡然一笑，揶揄道："见笑，比起善扑营的功夫，差老远了。"

马凤喜已咂摸出宋旅长是在找碴儿，担心再抻下去要出乱子，便朝郭定昌、褚林暗使个眼色，说道："没事儿，咱们走吧。"

郭定昌答应一声，拉起褚林正要离开，只见宋凤轩把胳膊猛地一横，问道："报名了吗？"

马凤喜点头回道："报名了。"

宋凤轩沉了一下，指着袁世凯长生牌位冲郭定昌说："原先在哪儿供着，再放回哪儿去。"

郭定昌略一琢磨，笑嘻嘻地说："得嘞，听您的。"说完，上前去拿那块儿牌位。

就在郭定昌拿牌位的瞬间，只见宋凤轩倏地一转右腕，使出个"白蛇吐信"，伸手掐住郭定昌的"内关穴"，脸上却若无其事地笑着说："请！"

宋凤轩使的这招儿"白蛇吐信"，乃是形意拳的蛇形功夫，内力贯注五指，看似轻柔，实则柔中有刚，静中隐动，蓄有断筋碎骨的力量。

郭定昌只觉得左臂发麻，似有一条细蛇正顺着血脉往心头钻，不由暗吃一惊。急忙调动内气，截断宋凤轩的暗力，心内惊叹：好功夫！意念之下，郭定昌使出一招儿"黄鹰扑蛇"，化解宋凤轩招术后，紧接着又使出善扑中的"掐搓"，用右手摁住对方的手背，左手翻转，掐腰发力，打算推开宋凤轩的攻势。

岂料就在郭定昌翻掌的瞬间，宋凤轩竟顺势夺过郭定昌手中牌位，往郭定昌手腕上猛然一砸，接连使出"乌龙出洞""鹞子展翅""狸猫上树"，崩、劈、扑、钻、砸一连串功夫，逼得郭定昌连退数步。

郭定昌虽有一身功夫，但毕竟担心失手捅娄子，招惹麻烦，不敢与宋凤轩较真儿，只是运转车轮步，前后左右闪避。

宋凤轩连发数招儿，见郭定昌已处下风，愈加来了精神。他索性摘下高筒军帽，连同那块儿牌位往地上一扔，一边接连进攻，一边奚落道："我当善扑营的功夫多厉害，看来也不过如此。"

北洋兵也跟着起哄，念起秧儿来："八成是跟师娘练的吧！"

马凤喜、褚林眼瞅郭定昌连连败阵，又羞又恼，再也憋不住心头火气，将袖口一挽，正要相助，就听郭定昌怒目冲宋凤轩喝道："宋旅长，您再逼我，我可不客气了！"

宋凤轩略停手脚，冷笑道："你不客气又怎么样？"说着，脚下使出一招"老僧过河"，趁郭定昌纵身闪避的瞬间，上手已将棉军衣脱下，洒洒脱脱地抛给北洋兵。动作之快，非一般功夫所能比。

郭定昌落地，拱拳说道："那我就领教啦！"话刚落，郭定昌已捋住宋凤轩的左臂，紧接着含胸、长腰、送力，腿下已使出一个"撮窝"，将宋凤轩摔了个趔趄。众北洋兵一惊，正替宋凤轩捏了一把冷汗，就见宋凤轩脚下一转，使出形意拳的"金猴攀枝"，解脱了郭定昌的绊子，顺式又使出"金猴探爪"，借着郭定昌的力道在郭定昌肩头狠力一掌，打算把郭定昌打倒在地。

郭定昌明白，宋凤轩使的这两招儿其实就是善扑的"老切子"，也急忙将脚尖一转，盘算使个"掏腿"，但为时已晚，虽未倒地却连退几步。

宋凤轩冷笑道："把你的本事全使出来！"话未落，一个"潜龙出水"，拔地而起，左拳直捣郭定昌的"膻中穴"，同时左脚并发，狠狠向郭定昌的"会阴穴"踢去。

马凤喜、褚林看得真切，禁不住脱口惊道："郭定昌，留心！"

其实，郭定昌已看得一清二楚，明白宋凤轩使的是形意拳的龙形。他心意不乱，待到宋凤轩拳脚近身，倏地含胸拔背，顿时化了对方的锐气。宋凤轩急变换个"飞龙降云"，欲攻郭定昌下盘。没料到，郭定昌顺势使出一招儿"倒锁金门"，一双手上扣下劈，反而将对方的一双手死死圈住。宋凤轩见要吃亏，急忙调动内气，连挣了几下，终于没能脱身。他情急之下，提肛溜臀，松胯拧腰使出师传绝招儿"肩打"。

郭定昌看得真切，此刻，自己的"太阳穴"正对宋凤轩肩头，若是中了这招儿，不死也得重伤。

马凤喜、褚林在一旁也看出宋凤轩的用心，眼瞅吆喝不及，惊慌中挥拳冲上，却被北洋兵团团围住。

正危急中，只见郭定昌使出"降龙回首"，略将头一侧，躲过宋凤轩的肩头，顺势一个"掏腿儿"。这一招儿，方位、力度、身法、步眼儿都掏拿得恰到好处，又加上借了宋凤轩的力道，两股劲儿合成一股，登时把宋凤轩掀起半人多高，倏地扔了出去。

郭定昌眼见手重，正要回拉一把，但为时已晚。只见宋凤轩似倒下的一堵山墙，砸落棉帘，撞开门扇，"咚"的一声，被摔出院外。

郭定昌正不知所措时，就见宋凤轩躺在地上勃然变色，“嗖”地从腰间拔出一支乌黑闪亮的驳壳枪，冲郭定昌恶声吼道：“你是不想活了！”

北洋兵号叫道：“旅长，崩了小丫头养的！”

马凤喜、褚林见了寒光闪闪的手枪，立马儿意识到郭定昌要吃大亏，正要扑上去夺枪，就见郭定昌一个飞腿，脚上的棉鞋“嗖”地飞出，不偏不斜正打在宋凤轩的手枪上。就在宋凤轩眨眼的工夫，郭定昌一个箭步蹿到他的身边，摁住宋凤轩握枪的胳膊。几乎同时，马凤喜、褚林也如猛虎般扑上，摁的摁，压的压，制服了宋凤轩。

郭定昌、马凤喜、褚林刚松一口气，就听宋凤轩在地上笑道：“甭怕，枪没上火！”

北洋兵见宋凤轩枪没上火，不由一惊，“忽啦”一声冲上来，将郭定昌、马凤喜、褚林摁住。

正当“火点药捻——一触即发”的时刻，就见宋凤轩从地上仰起身儿，冲北洋兵厉声骂道：“都给我退下，瞎搅和！”

北洋兵一怔，正犹豫间，又听宋凤轩喝道：“退下！”

这一回，北洋兵听得真切，立马收住了脚，退后几步，站在一旁。

郭定昌、马凤喜、褚林不敢轻信宋凤轩的话，仍旧摁的摁，压的压，别的别，一心要卸掉宋凤轩手里的枪。

“哈哈哈……”宋凤轩爆出一阵爽朗的笑声，和颜道：“信不过我是怎么的？”说着，将枪把子往小腿迎门骨上一磕，只听“哗啦”一声响，弹夹退了出来，继而又冲郭定昌说：“仔细瞜瞜，看夹子里装没装子弹？”

郭定昌长这么大，压根儿没摆弄过这种玩意儿，愣了神儿。眼瞅要露怯，忽地灵机一动，飞起一脚，将那弹夹踢出丈把远，心道：这回看你还有什么咒念！放下心，松开手。

三

宋凤轩从地上爬起来，拍打着衣服赞许道："行，还真有两下子。"

站在一旁的小军官见宋凤轩非但没动肝火，反而挺乐呵，也跟着"嘿嘿嘿"傻笑着，一溜小跑地拾起弹夹，又把棉军披在宋凤轩身上，讨好地说："别伤着风，您哪。"

郭定昌也趁机穿上棉鞋。

宋凤轩乜斜了小军官一眼，没言声儿。待整理好军装，宋凤轩才冲郭定昌、马风喜、褚林客气道："走，旅部说话。"

郭定昌、马风喜、褚林相互递了个眼色，谁也琢磨不透宋凤轩是安的什么心。正疑惑间，又听宋凤轩高声说道："诸位大师，我不是逗闷子，旅部请。"

三人见宋凤轩没怀歹意，这才跟着他缓步上了丹墀。

到了殿前，哥仨才发现原本善扑营"格儿搭"[①] 坐的正堂，现今儿门口已挂了一块儿写有"旅部"二字的白底黑字木牌。进了屋，郭定昌往四周打量，见屋里没多大变化，只是原先"格儿搭"用的那张案桌上多了一部洋电话，案桌后面的墙上挂了一张星星点点的地图。

宋凤轩让了座，又喝令勤务兵给郭定昌、马风喜、褚林献上茶。然后，他才往太师椅上一坐，仰脸笑道："知道吗，刚才我是摸摸你们功夫的深浅。"

郭定昌、马风喜、褚林听这一说，顿时恍然大悟，不由相视一眼，笑了。

马风喜年长，抢先跨前一步，不卑不亢地冲宋凤轩施了个点头躬，谦道："让您见笑了。"

---

① 格儿搭，满语，指善扑营中的军官职务。"格儿搭"管善扑营中的一个营房中的事务，是所管之营的头目。

宋凤轩把胳膊一扬，正色说道："甭客气。我原以为你们善扑营的扑护，也就是会撂几下跤，练练身子骨儿多吃几年老米饭。没承想，擒拿格斗的功夫都满精透。"

宋凤轩没说错。善扑营的扑护是清帝的近身侍卫，平时在宫中，对太极、八卦、形意等中国武术进行研习，吸取其精华，衍变融贯于掼跤技艺，武功绝非一般。他们除在"年班"（即每年藩王入京向清帝进贡，接受抚慰的日子）、"围班"（即历史上著名的"秋狝之典"——清帝在热河行宫举行庆典，召见藩王的日子）时，受召与蒙古武士摔跤起威慑作用外，平日，每逢清帝召见外国使节、王公大臣时，他们内穿褡裢，足蹬跤靴，头冠顶戴，外披官服，前去搀扶使节、朝臣，进殿见驾。名为"搀扶"，实则以防行刺。如遇不测，"扑护"当即官服一抖，露出褡裢，扑上去使用掼跤技艺护卫皇帝。这即是"扑护"官职名称的由来。

郭定昌听宋凤轩称赞，自谦道："您夸奖。"

宋凤轩正色说道："不是客套。要不是交几下手，我还真不清楚你们的功夫厉害，一旦发你们去当大头兵，太可惜喽。"

郭定昌、马风喜、褚林一怔，诧异道："怎么，发我们去当大头兵？"宋凤轩把头一点，郑重说道："没错。"接下去他便说了事情原委。原来，按照国民政府与清廷达成的退位优待协议规定，京畿二万多禁卫军除老弱病残者外，其余凡愿接受整编的，一律下发班、排，扛枪当兵。

宋凤轩话音刚落地，褚林便暴跳起来，嚷道："真把人瞧瘪了。"

马风喜急忙拽了褚林一把，悄声道："小声点儿，别由着性子说话。"

宋凤轩却笑道："说得好！上边把你们扑护跟城头站岗的卫兵搅和在一块儿了。"

郭定昌淡然说道："当大头兵谁不会当。"

宋凤轩略一沉思，说道："先别急，容我再想想。"说罢，背起手在桌案前踱步琢磨起来。

这时，就见一个通信兵进来，向宋凤轩打了个立正，双手递给宋凤轩一封书信，禀报道："这是师长给您的密件。"

宋凤轩接过书信，郑重地打开信封，边踱步边阅读着。阅毕，拿起毛笔在书信上写了几个字，又交给通信兵。通信兵打了个立正，转身出了旅部。

宋凤轩理了一把络腮胡须，猛然想起了什么，朗声说道："有了。我替你们找个合适地界儿。"

马凤喜站起身谢道："让您费心了。"

"哈哈哈……"宋凤轩从太师椅上站起身，不以为然地把手一扬说："见外了，谁让咱们有缘分不是？"说完，抓起洋电话摇把，"吱吱吱"摇了数圈，又拿起话筒，说道："接曹三哥。"

郭定昌、马凤喜、褚林一听"曹三哥"三字，心里一惊。

原来，"曹三哥"即是曹锟，北洋直系军阀首领，时任京畿警备军统制兼北洋军第三师师长。民国初年，北京人称其为"曹三儿"。

三人正疑惑间，就听宋凤轩朗声说了话："喂，三哥吗？我是凤轩……刚才，小弟跟善扑营的扑护试了试手……嘿，不瞒您说，那武功正经不软。"说到这儿，不知曹锟说了些什么，只见宋凤轩凝神听了一会儿，又接上说道："那个扑护叫郭定昌，对、对。三哥，小弟觉得让他们去扛枪当大头兵，怪可惜的……才刚阅您密件，您不是说'侦缉队'和'护卫队'正缺人吗？对，小弟的意思让他们去那儿算了。"说到这儿，宋凤轩把话停住，凝神听曹锟说了一会儿，面露喜色道："行，行，就这么着。正月十二，白塔寺，记住了……"宋凤轩放下话筒，在腿上拍了一掌说："齐了！曹统制真给面子，免你们扛枪当大头兵了。"

郭定昌、马凤喜、褚林一阵惊喜，忙鞠躬谢道："我们替扑护们谢您了。"

宋凤轩爽快地把手一挥说："不用谢。"

褚林又眨了几下眼皮，疑问道："护卫队干什么事由？"

宋凤轩仰脸笑道："就是给袁大总统当保镖呗。这事由不正对你们的本行？”

褚林轻蔑地哼了一声，甩出一句：“给这老儿当保镖，掉价儿。”

宋凤轩听褚林出言不逊，勃然变色道：“无理！说句不客气的话，你们想给袁大总统当贴身护卫怕还没这福分。告诉你们，袁大总统身边的护卫，大小也都是退出军界的旅长、师长。你们去那儿后，顶多也就是在荫昌手下打个杂，混口官饭吃罢了。”

宋凤轩提及的荫昌，原是清廷皇族成员，袁世凯的心腹。1911年11月，在全国反对帝制的革命浪潮冲击下，皇族内阁总理奕劻不得不宣布辞职，袁世凯出任内阁总理大臣，命荫昌为陆军大臣。1912年2月，清帝宣诏退位后，袁世凯继任临时大总统，委任其为总统府护卫队长。

郭定昌、马凤喜、褚林正相视计议间，又听宋凤轩正色说道：“虽说曹统制给了面子，但你们最终能不能进护卫队，还要看正月十二的那场比武。”

宋凤轩话刚落地，褚林急火火嚷道：“比就比！这些日子，我的手脚正闲得发痒呢。”

马凤喜急忙拽了褚林一把，示意他讲究点儿礼数。

郭定昌沉思片刻，问宋凤轩道：“在哪儿比？跟谁比，您给个准信儿？”

宋凤轩昂首回道：“白塔寺。跟护卫队的总教头潘天翼比。”

郭定昌、马凤喜听了“潘天翼”三字，不由心底一沉，没立马言声。

褚林却大声说道：“潘天翼？听说过，是张占魁的徒弟。”

宋凤轩扫视了郭定昌、马凤喜一眼，激将道：“有胆量，你们白塔寺见！”

郭定昌断然应道：“成，那就白塔寺见！”说罢，拽着马凤喜和褚林大步跨出旅部。

宋凤轩本是行伍出身，最服的就是硬汉，对郭定昌生出强烈的爱才之心。望着远去的郭定昌背影，他禁不住感慨道：“这个郭定昌绝非寻常之辈。”

第二章

少年把酒逢春色

一

宋风轩没有说错，谈及郭定昌的身世，故事还得从头说起。

北京，这是官称。清末民初，满蒙八旗人又称北京为“四九城”。皇城有四门，即天安门、地安门、东安门、西安门；内城有九门，即正阳门（前门）、崇文门、宣武门、东直门、西直门、朝阳门、阜成门、安定门、德胜门，故称“四九城”。光绪二十六年（1900年），在宣武门内“翠花胡同”里住着一户姓郭的人家，属满族正黄旗。郭家先祖曾授“佐领”① 官职，以后失官败落，到了光绪年间成了手艺人，靠做“扳指”为生，姓氏也随了汉人，改姓郭，人称“扳指郭”。

郭家最小的儿子叫郭定昌，字永顺。因他出生时，正逢祖父八十岁，故依当时的习俗，父亲给起了个小名叫“郭八”。郭八从小专好使枪弄棍，挥拳舞腿，什么形意、太极、八卦、少林，无所不通。别看他才十来岁，身子骨儿壮实得却像二十多岁的小伙子。

这一日，郭定昌给老爷子买鼻烟②回来。一进门，把烟包往窗台上一搁，脱下褂子便在院场上练开了五行连环拳。一趟拳路还没

---

① “佐领”，满语，原意为“箭主”，为军官称呼。“佐领”统领300人左右。

② 鼻烟，在清朝时流行。鼻烟由烟草发酵后与香料合制而成。鼻烟壶已多作为工艺品存在。

打完，就听屋里郭老太太吆喝道："八崽儿，你给我进屋来！"

郭定昌听了吆喝，立马收住拳脚，拿起褂子进了屋。跨进门槛，就见郭老太太正站在木架前，用心归置着扳指。那些扳指有金属的、石器的、玉器的、骨器的、木器的、景泰蓝的，颜色有红的、紫的、黄的、蓝的……

清末，人们还不时兴戴戒指。讲究点儿的人只戴扳指。扳指原是旗人射箭用的索扣，到了清末变成戴在拇指上的装饰品。

郭老太太一边归置着扳指，一边对郭定昌说："老人们都说'穷文富武'，瞅咱家的寒酸相儿，我就不信你往后能出息个武状元。"她见郭定昌没言声儿，继续说道："学点手艺比什么都强，等成了人也好有手挣饭吃的本事，别整天挥拳舞腿，尽学些个没用的。"

郭定昌还是没吱声，只是慌忙给郭老太太跪个安，让郭老太太消消气，又帮郭老太太忙活起来。

归置好扳指，郭老太太顺手取过一个鸽子蛋般大小的檀木扳指，对郭定昌说："刚才，我瞅见金爷进了庆合居，你把这个扳指给金爷送去。"

郭定昌答应一声，接过扳指，出了街门。

庆合居是个饭庄，在翠花胡同西边。那时的翠花胡同前街虽说比不上现今儿热闹，但也是商贾云集。从胡同口往西，紧挨开设着珠宝行、兵器店、茶叶庄、镖局、饭庄、戏园子。郭定昌来到庆合居，一迈进门槛，就瞅见金爷正端坐在朱红色太师椅上，大口喝着酒。

这位金爷名叫金尚辈，咸丰八年考入善扑营，光绪十五年(1889年）纳升，当了格儿搭，人称"大力金"。这年，他六十多岁，仍然生得虎背熊腰，两条碗口般粗的胳膊上凸起了一块一块的肌肉疙瘩，气势夺人，一眼便知是个"练儿"。

郭定昌上前给金尚辈请过安，便从兜里掏出了那个檀木扳指，递给金尚辈。

金尚辈接过扳指，往右手拇指上一套，竖起拇指仔细端详着。

只见那个扳指古色古香，油光锃亮，金尚辈顿时觉得自己增添了几分气派。金尚辈越看心里越乐，禁不住连声称赞："够份儿！"说着，顺手拿起一块酱牛肉冲郭定昌说："来来来，赏你小猴崽子块儿酱牛肉吃。"

金尚辈边说边把酱牛肉送到郭定昌嘴前儿。郭定昌道了声谢，打眼儿往桌面上一瞅，吓了一跳。只见那青花瓷盘子上盛了足有三斤牛肉，盘子旁边是一摞盘底大的烙饼，足足有一根筷子高。郭定昌不由得惊讶地问道："金爷，您老能吃了?!"

金尚辈听郭定昌一问，放声朗笑道："这还愁吃不了？金爷我年轻的时候，一顿饭能吃这么两盘子。"

正说着，只见从街上又进来一个身穿孔雀绿色镶红边长袍、头戴一顶凉帽的客人。来人一进门，跟金尚辈正好打了个照面儿。

金尚辈忽地站起身，大声招呼道："这不是查爷吗？老久没见了，您可好啊？"

那人顺声望去，一看是金尚辈，急忙打了个手势，示意金尚辈别声张。

金尚辈莫名其妙地冲四周打量了几眼，没发现有什么事，便摇了摇头，顺口又甩过一句："大白天的，您别跟我装神弄鬼的。"说着，向前一把拉过那人，摁在身旁的椅子上。

郭定昌正打量着那人，就听金尚辈问道："端王那边可好？"

"发了！发到新疆去了！"① 那人小声回道。

"庄王呢？"金尚辈又问。

"自尽了。"

"什么！"听了这话，金尚辈惊得站了起来。

"真的。都是太后老佛爷钦定的。"那人边说边抹了一把眼泪。郭定昌琢磨不透金尚辈他们谈的是什么。可"端王""庄王"他早就听人提过，知道都是王爷。由此，他猜想这个姓查的定准儿是个官儿。

---

① 端王载漪发配新疆伊犁之事，因西太后包庇，实未去。端王先到了西安，后去兰州，1917年回京。

郭定昌没猜错。这位查爷叫查世宝，是端王府的护卫领班。他跟金尚辈提及的端王叫载漪，光绪十九年（1893 年）任御前大臣，后封端郡王。光绪二十六年（1900 年）六月出任总理衙门大臣，主张利用义和团排除洋人，围攻各使馆。《辛丑条约》订立后，他被指为“首祸”发配新疆。庄王即庄亲王，亦力主利用义和团排外，曾任统率京津义和团大臣，鼓动捕杀外寇。后被指为袒护义和团“祸首”之一，被迫自杀。

“太后这是怎么了？”金尚辈愤然挥臂在桌面上重重拍了一掌，抄起酒壶给查世宝斟满酒。

查世宝刚端起酒杯欲饮，只见一个戴红缨帽的“莫及哥”（传令兵），急匆匆奔过庆合居，大声喊着：“捉拿拳匪余党！”

查世宝听了这一声喊，惊得头上渗出一层冷汗，慌忙把凉帽往下拉了拉，遮住了半边脸。

查世宝的举动、神色，全被金尚辈看在眼里。再不用问，他已明白查世宝定准儿与义和团有干系。

“甭怕，有我。”金尚辈朝查世宝说了一句。

话刚落地，只见一个手端洋枪的洋鬼子兵已进了庆合居，紧跟着又撞进几个挎腰刀、持红缨枪的清兵。

见此情景，满座儿的人都惊慌地站起身。郭定昌瞟了一眼金尚辈，只见他依旧大口吃着肉，大口喝着酒。

那几个清兵抬眼一见金尚辈，急忙请安，又转身对翻译说：“这位是金爷，善扑营的金格儿搭。”①

翻译冲金尚辈点了下头，以示敬意，接着便把金尚辈的身世向洋鬼子说了。

听了翻译的介绍，洋鬼子摇着头，狂笑地说了几句什么。

金尚辈听懂了洋鬼子的话，明白他是说中国武术不行，正要开口大骂，忽地计上心来，当即脱了袍子，冲洋鬼子招了招手。

洋鬼子顿时也明白了金尚辈的意思，把手里的洋枪往翻译怀里

---

① 指满族金姓格儿搭。

一扔，摆出了拳击的架势。

金尚辈不慌不忙，也亮出了架势。只这一亮，郭定昌和在场的众人都惊了，谁也不曾料到，眼前这位年过花甲的老头儿，竟然势若猛虎，腰若蟒蛇，腿若旋钻，一种敬佩之情油然而生。

洋鬼子划着步，左右闪动着逼近了金尚辈，猛地就是一个勾拳。金尚辈见机会已到，上手叼住洋鬼子的来拳，顺势把腰往洋鬼子胯里一入，用头一找脚尖，只听“哐啷”一声，把那洋鬼子摔出丈把远。

那几个清兵慌了神，急忙上来扯的扯，拉的拉，劝的劝。金尚辈趁机冲郭定昌、查世宝使了个眼神，他俩赶紧离开了庆合居。

二

清兵看洋大人挨了打，一拥而上，将金尚辈围住。一个小头领走向前，先给金尚辈施个礼，然后说道：“金爷，甭怪小的们不赏脸，没辙，劳您大驾陪我们到衙门走一趟吧。”

金尚辈跟着清兵到了衙门。那个洋鬼子兵不但没较真儿，还一个劲儿地直夸金尚辈功夫“very good”（很好），非要进善扑营学学。衙门上下平日也跟金尚辈有交情，最后只给金尚辈定了个“争强好胜，误撞联军”的罪名，罚了十两银子了事。

再说郭定昌，以前只是听郭老爷子讲过善扑营的扑护们功夫厉害，这次在庆合居才算开了眼界。回到家，便把金尚辈打洋鬼子兵的事，绘声绘色地向爹娘描述了一遍。说完，把胸脯一挺说：“等我长大了也进善扑营！”

郭老爷子听了郭定昌的话，接着说道：“傻孩子，你知道善扑营是干什么的吗？”

郭定昌学着金尚辈，亮个架势说：“撂跤的呗。”

郭老爷子听了，把脸一沉说：“别蒙事儿。善扑营是康熙爷擒鳌拜之后创立的，设东营（东城大佛寺）、西营（西城小护国寺），两营二百人，行的是皇宫大内的扈从宿卫。善扑营的所有扑护，进营前，先要私下苦练。有了名气，才由各旗保送善扑营试艺排选，排中的称‘柏唐阿’，再升‘候等儿’。逢着开庙才由格儿搭视艺选拔，与善扑营的扑护们比武进营，哪儿像你说的这般容易！”

郭定昌眨眼一想，又说：“我拜金爷为师不就得了？”

郭老爷子叹了口气说：“人家金爷是堂堂的格儿搭，能瞧得起咱这庶民百姓？”

从此，郭定昌嘴上不再提善扑营的事儿，可心里一直没有放弃，暗暗攥着劲儿。

时光荏苒，转眼又过了一年。这一天，郭老爷子送扳指回来，一进院子就大声说道：“旗里传下话儿来了，说是太后、皇上从西安回来了，要阅箭。”

阅箭是清朝的例规。满蒙旗人崇尚武功，从努尔哈赤起就立下规矩，每年春秋两季校阅八旗子弟的骑术箭法。凡年满十岁的男孩儿，未经皇上受阅过的，一律参射。

郭定昌闻声，连蹦带跳地跑进屋来，拍着手说：“这回可好了，该我给您二老露脸儿了。”

郭老爷子睥了郭定昌一眼，说：“不敢指望你露脸儿，到时别崴泥就行。”

郭定昌把脸一仰，拍着胸脯说：“不是给您吹，我的正手箭三十步射红心，没跑儿。”

爷儿俩说着笑着进了屋。郭老太太忙给郭老爷子端上酒菜，无非是“炸蚕豆”“拌豆腐丝”。郭老爷子喝了口酒，扭过脸对郭定昌说：“吃完饭，哪儿也别去，我有话跟你说。”

郭定昌点了点头，心里明白，老爷子又要给他讲规矩了。

郭老爷子吃罢饭，又眯了一会儿午觉，醒来，把郭定昌唤到身边儿，问道：“昨儿个，我讲的什么？”

“屋檐下不停步，瓜田里不提鞋，果树边不正冠。”郭定昌背书似的，一口气说完。

“怎么讲？”

“那么着，遭人嫌疑。”

郭老爷子满意地“嗯”了一声，又喝了口茶，润了润嗓子，接着说道：“今儿个我再给你讲个汉光武帝的大将——马援的‘穷当益坚，老当益壮’的故事。”

郭老爷子讲得入神，郭定昌也听得入神。讲完，郭老爷子把话锋一转，厉颜正色对郭定昌说：“男子汉大丈夫，从小就得有大志向，越碰上难事越得挺住，越老越得来神儿！”

郭定昌听了，把胸脯一挺说：“您等着瞅我的。”说完，就背上弓，挎上箭，骑马练箭去了。

话说到了阅箭的日子。十月十五一早，受阅的八旗子弟都在北池子候着，按正黄、正白、正红、正蓝、镶黄、镶白、镶红、镶蓝列成马队，少说也有二三百人。只听一声号令，一字长蛇似的进了景山。

辰时刚过，只见一个戴红缨帽的莫及哥匆匆跑来，冲一个顶戴花翎的官员说了些什么，只听那官员一声喊：“跪安！”

所有人都明白，这是说太后和皇上驾到了。只听“唰”的一声儿，大小官员、受阅子弟齐刷刷跪好，满景山内一片寂静。跪了片刻，郭定昌听见“呜呜”的号角声由远而近传来，渐渐到了眼前。

郭定昌是第一次经历这种场面，又是紧张又是好奇，便不时偷偷瞄着眼。这才看明白，走在皇队最前面的是分成两队的八个司号。金光闪闪的铜号足有五六尺长。司号后面是举着黄龙旗和彩色旌旗的仪仗。接下去是挎腰刀、持红缨枪的侍卫。侍卫后面是太监、宫女。走在最前面的那个太监长方脸，中等个儿，昂首挺胸，傲视前方。看这太监神气十足的派头，郭定昌心想，八成儿是老人们说的李莲英大总管了。郭定昌再瞄一眼，又看到由八名太监抬着的黄帷大轿，轿子里高踞端坐着一个老太太。她头戴昆邱帽，身穿绣着万福万寿图的翠绿长衫，手里拿着一把圆扇。看到这儿，郭定昌急忙收回视线，心想，这个老太太定准儿是太后老佛爷了。等到郭定昌再看时，大轿已经过去。

一切就绪后，阅箭开始了。靶场设在山下草地上，慈禧太后、光绪皇帝朝南坐着，远对靶子。射手坐骑由东向西，距靶子五十步，射正手箭。

众射手一字排开。旗官正待发令，只见光绪侧过身，对慈禧太后说了句什么。慈禧太后听后微微点了一下头。一个太监便传谕道："改射反手箭！"

说到这儿，有人会问，那时候光绪皇帝不是早已被幽禁瀛台了吗，怎么还能传谕？不错，虽说那时候光绪早已被幽禁，但帝位未黜、国号未改，按照清制，每逢大典、庆日还是要出面当当"牌位"的。

众射手一听要射反手箭，都露出了难色。

所谓反手箭，就是坐骑由西向东，右手握弓、左手拉弦。这种箭术在清朝初期、中期只能算"雕虫小技"，可到了清末，八旗子弟大多懒惰成习，别说骑马射箭，有的连骑骆驼都打哆嗦，反手箭竟成了一门"绝活儿。"

果不其然，阅箭一开始，那些大小射手不是把箭射飞了，就是把箭射偏了。弄得慈禧、光绪气也不是乐也不是，一个劲儿地摇头。

点到郭定昌射箭了。他知道自己的反手箭功夫也不扎实，顿时慌了神儿，心也揪揪起来。蓦地，他想起了"穷当益坚"这句话，惶恐的心立刻稳定下来。俗话说"心静百计出"，郭定昌心一静，便生出了一个主意。只见他一拍马，那匹枣红马便腾蹄飞也似的向东驰去，眼看到了场地中央，与靶子对正，突然，郭定昌把缰绳使劲儿一勒，那马立时停下，转头朝北，腾起前蹄，靶子的方位变成了后向。此刻，慈禧、光绪和满朝文武大臣、侍卫射手都以为马受惊了，露出惊色。

再看郭定昌不慌不忙，回身一个正手箭，正中红心。

郭定昌这一招儿，虽说不是反手箭，可也是从西向东，遵规守矩，没人挑得出理儿。光绪乐得一个劲儿地夸他："这个小猴崽子真机灵。"当即摘下手上的翡翠扳指赐给了郭定昌。

三

光绪御赐郭定昌扳指的事儿，在满蒙八旗中不胫而走。那几天，来郭家贺喜的、观赏扳指的，络绎不绝。郭家的亲戚们更是倍感荣耀，争着设宴摆席给郭定昌庆喜。

这天一大早，郭定昌二姨家又派人来，请郭定昌和郭家二老赴家宴。他们老少三口叫了一辆马轿，还专程到月盛斋买了几斤酱牛肉、两罐上等好酒。等赶到朝阳门内六条胡同，已是午时。郭定昌二姨家住的是一座四合院，正屋一间，耳屋两间，东西两厢。见了面，一阵寒暄过后，两位男老家儿便在正屋坐下，喝茶聊天。两位女老家儿进了耳屋，盘腿上炕诉起了姐妹情深。院子里只剩下四个表姐在择菜、剁肉。

郭定昌没见表哥，便问："怎么没看见栓子？"

四表姐话快，抢着回道："栓子上街买'胡盐料'去了。"

这儿所说的"胡盐"是清末的一种刷牙粉，制作时，先把粗盐粒碾成粉，再拌上花椒粉、薄荷末、冰片等佐料，在火上炒透，用来刷牙，既杀菌又爽口。郭定昌二姨家靠经营胡盐为生。

正说着，只见栓子气冲冲进了门，见栓子的模样，小姐妹们便围了上来。

郭定昌问："这是跟谁置气啊？"

"日本人欺负我。"栓子说着，竟委屈地哭起来，边哭边说了事情经过：

原来，栓子买料回来，见胡同口围着一群人。挤进一看，只见一个十七八岁的日本后生叉开着腿、伸展胳膊站在路口正中。栓子一问，才明白这个日本后生是在设擂比相扑。凡过往行人，赢了的过去，输了或不敢比的，从胯下爬过去。那年月，别说赢不了，就是能赢，谁又敢找这种麻烦，不少人只得绕道而行。可是栓子一来急着见郭定昌，二来背着盐绕远道忒沉，三来又不会相扑，只好"受辱胯下"了。

郭定昌听完，气得脸颊通红，跺着脚，指着栓子喝道：“没出息！给咱八旗丢人现眼！”

栓子听了，号啕大哭起来。

屋里的大人们听到哭声，急忙奔出来。待明白了经过，只见二姨夫叹了口气，安慰栓子说：“算了。当年韩信不也是受辱胯下吗？大丈夫不跟小人斗气。”

郭定昌听郭老爷子讲过韩信的故事，便气呼呼地说：“这是两回事儿。”说完，便转身朝外奔去。

全家人明白郭定昌要去干什么，一起追过去。郭老爷子一把拽住郭定昌说：“回来。你别忘了这是什么地界儿。”

郭定昌听郭老爷子一说，猛然想起来了。自打去年联军打进北京，东西南北城都由洋鬼子管辖，洋人是惹不起的。

郭定昌正琢磨着，几个小姐妹一起过来，连拉带推，把郭定昌好不容易才劝回屋。

进了屋，二姨抓了一把瓜子，塞进郭定昌的兜儿里，让他嗑着消气，又说道：“八崽儿，你还不知道吧，从朝阳门以西，东四大街以东，这些地界儿都被人家日本人占领了。连在这地界儿住的几个王爷，见了日本人都点头哈腰的，不敢大声说话，你有几个脑袋还敢跟日本人较真儿？”

郭老爷子一面听着二姨说话，一面从怀里掏出一个细白瓷鼻烟壶，把鼻烟儿往左手心一倒，又用右手大拇指按了按，接着往两边鼻孔一抹，眯起眼，痛痛快快打了个喷嚏说：“听你二姨的话，这年头少惹是非。”

“小丫头养的日本鬼子！”郭定昌骂了一句，往地上啐了一口。

待到所有人都平静下来，郭定昌借口“方便方便”，溜身出了门，大步流星直奔胡同口。

来到胡同口，郭定昌老远就听得一阵阵起哄声。他挤到人群前面，定睛一看，只见一个二十多岁的矮个和尚，正声若撞钟似的指着日本后生骂道：“你懂个屁！”听口音，这和尚像是河南人。

郭定昌问了问旁边的人，一个孩子告诉他：“和尚要比武术，日本人说只比相扑，不比拳法。”

又见一位老者嚷道：“摔打擒拿，自古一家！”

听到这儿，郭定昌已明白了怎么回事儿。他蓦然想起金尚辈摔洋鬼子兵的那儿招儿，便一个箭步跃到日本后生面前，说了声：“相扑就相扑。”说完，学着金尚辈的样子，亮出了架势。

日本后生一瞅郭定昌的架势，点了点头，也亮出架势。两人在场上转来转去，谁也抓不住谁。

转了几圈，郭定昌猛然想起老人们的一句话：“日本人最善相扑。”再一琢磨，自个儿对相扑一窍不通，千万不能冒失。得像金爷那样，等日本后生靠近了，瞅准机会再使绊儿。想到这儿，郭定昌不停地变换架势，一会儿是形意拳的三体式，一会儿又是八卦掌的八卦步，冷不丁地朝着日本后生小腿肚子就是一脚，把那个日本后生惹得直骂：“八格牙路！”

日本后生心里直犯嘀咕，眼前这个中国小孩儿出的是什么手？使的是什么绊儿？在日本哪有这么比相扑的。他越嘀咕越来气，恨不得一跤把郭定昌给摔死，径直冲郭定昌扑去。

郭定昌瞅着机会已到，使出形意拳“鸡”形的斩手，右掌猛地往下一劈。日本后生只觉得这一掌似刀劈斧剁，一阵钻心疼痛，胳膊直向身后甩去。

说时迟，那时快，郭定昌趁机揪住日本后生的衣领，学着金尚辈摔洋鬼子兵的样子，把腰往日本后生胯里一入。没承想，这一入比起金尚辈来，无论从快劲、巧劲、发劲，还是柔劲、绷劲、韧劲都差了一大截，不但没把日本后生摔倒，反让日本后生把腰搂住，高高抱了起来。

这时，郭定昌没了主意。眼瞅着要输跤，内心直埋怨自己：这下可丢人现眼了。

正在危急时刻，只见那个矮个儿和尚跳起身来，大吼一声：“钩住他的腿！”

这一声吼，似晴天起了个霹雳。郭定昌心里顿时一亮，当即伸出右脚，从后面钩住了日本后生的右腿，转危为安，两人扭在一起，僵持起来。

这个矮个儿和尚姓谢，名青山，法号妙海。两个月前，从少林寺来北京，在庆王府当护卫。

郭定昌与日本后生僵持片刻，脑海中忽地闪出金尚辈打洋鬼子兵时用头找脚尖的招数，便迅速撤出右腿，略一稳步，低头冲脚尖儿找去，鼻尖儿立马碰上了脚面。

日本后生果然是个内行，心里明白郭定昌使的是“背口袋”。急收右胯，打算用“相扑”中抢胯的功夫，破郭定昌的绊子。但为时已晚，整个身子腾空而起，被狠狠摔在地上。

众人见郭定昌赢了日本后生，顿时爆出一片叫好儿声。郭定昌却怏怏不乐，觉得这场跤赢得不漂亮，往后还需在摔字上狠下功夫。

郭定昌还在琢磨着，只见那和尚上前拽起郭定昌，说了声：“快走!”

四

郭定昌和谢和尚穿过几条胡同，在一个僻静处停下，瞅了瞅外面的动静，没事儿。

谢和尚松了口气说：“小弟弟，你的功夫不孬，好好练，别放下。”说完，转身要走。

郭定昌拉住谢和尚说：“别走您哪，到我二姨家聊聊。”

谢和尚双手合十谢道：“出家人不落凡尘，有事儿到庆王府找俺，俺在那儿当差。”

二姨一家人转眼找不着郭定昌，正急着，见郭定昌回来，都松了一口气。

郭定昌一进门，就朝栓子大声炫耀：“栓子，我替你出气了。那个日本小丫头养的，好玄没被我摔出屎来!”

小姐妹们听了，蹦着高拍手叫好儿。二姨惶恐地喝道：“小点儿声。让别人听了，咱们都得吃不了——兜着走。”

大伙儿不再作声。又听二姨招呼："都进屋，吃饭了。"

宴席上，郭定昌把想学相扑的事儿说了。

二姨夫定神琢磨了一会儿说："没错。说不定八崽儿能出息，真要是成个练儿，能进善扑营，也是件光宗耀祖的事儿。"

郭老爷子也点头称是，脑子里立马闪出了金尚辈。

从二姨家回来，第二天，郭老爷子就托人找金尚辈说合这档子事儿。

介绍人回话说："金爷答应了，叫郭定昌抽空去一趟。"又嘱咐说："金爷的规矩大，到时要留点儿神。"

介绍人说，金爷收徒有三条规矩：第一，身体不符合"同、天、贯、日"四个字的不教；第二，贼眉鼠眼，心术不正的不教；第三，油嘴滑舌，不稳重的不教。说有一次，来了个学艺的，体坯子是"同"字体，嘴也不贫。金爷瞅了，挺高兴。谁知，那孩子进屋没一会儿，就东瞧一眼、西瞧一眼地四处张望。顿时，金爷来了气，当场回绝了。直到现今儿，金爷也没收一个徒弟，说是"艺不轻传"。

一席话，说得郭定昌爷儿俩心都揪了起来。

拜师这天，不巧下起了大雪。郭老爷子身穿一件青缎棉袍，足蹬一双轻易舍不得穿的元宝式毛窝；没戴帽子，只是在耳朵上套了一副狗皮耳套，鼻子上罩了一个三角形的护鼻。郭定昌穿了一件蓝布棉袍，黑色棉靴；光着头，两手插在胸前的棉筒里；棉筒上，挂着给金爷买的礼物，用一根红线绳系着，像是个锤坠儿。一老一小，一前一后，踏着没过脚脖子的雪，奔了西河沿儿金尚辈家。

金尚辈家是一座宽敞的四合院。前院，南屋四间，东西两厢，全建在二尺多高的石台上，三面绕以回廊。后院，建筑与前院大致相同，只是院子中央的石墩上，供奉着一尊身着褡裢衣、虎视眈眈、跃跃欲试的扑护石雕像。前院与后院的接壤处是一道丈把高的灰墙。灰墙正中是一个门洞，门洞高出院子有四五尺，前后有石阶相连。门的两侧，各蹲踞着一只发威呲齿的石狮。整个庭院一色青灰，再衬上皑皑瑞雪，显得古色古香，典雅雄浑。

郭定昌爷儿俩由家人领进后院。一眼瞅见金尚辈正在干干净净的院子里，冒雪练着功夫，浑身上下“呼呼”冒着热气，像是刚从澡堂里烫出来似的。

郭定昌爷儿俩急忙上前请安。趁郭老爷子与金尚辈寒暄的空当儿，郭定昌定睛睥了一眼地上的石锁。那石锁有两尺来长，一尺来宽，半尺来厚，少说也有一百多斤。郭定昌看了，不禁打了个寒噤。

金尚辈把郭定昌爷儿俩让进屋，分宾主坐好，家人端上茶。郭老爷子呷了口茶说：“金爷的功夫不减啊。”

金尚辈端起茶杯，拿起碗盖刮了刮浮在上面的茶叶末说：“甭瞧我老了，等开庙，还琢磨着进善扑营瞜瞜去。”

一句话，把郭定昌爷儿俩逗得直乐。郭老爷子瞅着金尚辈兴致挺高，便站起身，指着礼物说：“这是郭定昌孝敬您老的。”

“让孩子惦记着。”金尚辈说着拿过一包鼻烟儿，放在鼻子前闻了闻，赞许道：“甭说，准是‘鼻烟鞠’的。”

“真叫您老说准了。”郭老爷子说着打开了烟包。

金尚辈瞅着眼前黄澄澄的鼻烟，聊开了：“这才是正宗货。咱中国的鼻烟比洋鬼子的大烟强多了。谁抽上洋鬼子的大烟，谁准得萎靡。咱中国的鼻烟，光配料就十好几种。有烟末、槟榔、薄荷、冰片……抽了养身、提神儿。”

金尚辈一个劲儿地聊开了鼻烟儿，一字不提收徒这档子事。

郭定昌一直恭恭敬敬地站在一旁，见金爷还不提收徒的事儿，心里好不着急。突然，郭定昌觉得鼻孔里好像扑进无数小虫，痒得难受，直想打喷嚏。原来，今儿个天冷，郭定昌衣着单薄受了风寒，再加着鼻烟一呛，怎能不难受。

郭定昌刚忍下，又见金尚辈捏起一撮鼻烟，递给了郭老爷子。自己又重捏了一撮。两人都往鼻孔上一抹，仰起脸、眯起眼，张嘴打了个喷嚏。尤其是金尚辈那个喷嚏，一口气竟把脚下的小花猫吹了好几个滚，“喵喵”惊叫着跑了，把金尚辈和郭老爷子逗得直笑。

金尚辈、郭老爷子一打喷嚏，引得郭定昌也想打，又一想，这么着会失礼，便用牙紧紧咬住嘴唇，把到了鼻子边儿的喷嚏，又憋了回去。

郭定昌的细小举动，全被金尚辈看在眼里。他心想：这孩子懂规矩。呷了口茶，对郭定昌说："孩子，有喷嚏就打出来，憋着怪难受的。"

郭定昌听了，忙向前给金尚辈行个跪安礼说："听阿玛[①]说过，屋檐下不停步，瓜田里不提鞋，果树边不正冠，怕受嫌疑。我这会儿一打喷嚏，您老定准儿会嫌疑我偷鼻烟抽了。"

金尚辈听了郭定昌这番话，直笑得前身仰后身，连声夸道："怪不得连万岁爷都夸你小猴崽子机灵。有德性！"

郭定昌接上话说道："郭定昌再有德性也赶不上您金爷。去年，您在庆合居打洋鬼子兵，那才叫有德性呢，真给咱八旗争脸。"

一句话，把金尚辈说得仰脸大笑，说："你小猴崽子不也摔过日本人？"接着把脸一变，厉颜正色地对郭定昌说："练掼跤不光是为了养家糊口，到节骨眼儿上，还得为国争光。"

郭定昌接上说："大丈夫要视死如归，马革裹尸。"

金尚辈一听，不由伸起大拇指赞道："没错。这话你听谁说的？"郭定昌回道："听阿玛说的。说是汉光武帝的大将——马援就是这么做的。"

郭老爷子瞅着金爷越聊越高兴，忍不住问："金爷，您瞅八崽儿行吗？"

"没错。定准儿是个好练儿！"金尚辈说着，拍了一掌桌面，震得茶壶茶碗叮当作响。

金尚辈的话音刚落地，郭定昌立马儿向前，跪在地上给金尚辈磕了三个头，说："徒弟给您老请安了。"

"别价。"金尚辈说着扶起郭定昌，又对郭老爷子说："郭定昌是个'同'字体，属四体之首，将来必定力大无比。正巧，我金尚辈又是练力气活儿的，您就放心吧。"

---

① 阿玛，为满语，是满族家庭中儿女对父亲的称呼。

五

光绪二十七年腊月，金尚荤开山门，收郭定昌做了徒弟。

金尚荤给郭定昌立下规矩：每天练两遍功夫。上午，巳时至午时；下午，亥时至子时。

这两个钟点，一个在晌午，一个在深夜。金尚荤郑重地告诉郭定昌：“子午时，日月生辉，真气充足，人的血脉此时正流到穴眼上，练出的功夫是童子功，终生受用。”

郭定昌按金尚荤立的规矩，无论刮风下雪，冰封地冻，刻苦练功。四个月下来，浑身上下生出一块块腱子肉，结实得用牙都咬不住。尤其是小腿上的肌腱，一绷劲，凸成一条疙瘩，将腓骨包了个结结实实，任凭谁踢上几脚，保险伤不了筋骨。

说话间，春暖花开。这一日，栓子来郭定昌家玩儿，又聊起了那个日本后生。

栓子告诉郭定昌：“那个日本后生叫石村，老爹是个军曹，就住在六条胡同。半月前，石村开了个相扑馆，去学的人可多了。”

“蒙事儿。”郭定昌蔑视地说。

栓子一听，不服气地说：“你们练武的，门派忒多，同行是冤家。人家日本后生还说咱大清朝的善扑是跟日本学的呢。”

一听这话，郭定昌啐了一口说：“屁话！甭听他那一套，到底是怎么回子事儿，我心里还不明白？”

郭定昌嘴上这么说，心里可真没底，正琢磨着往下的话该怎么讲，又听栓子较起真儿来：“你既然明白，快说出来叫咱也长长见识。”

气得郭定昌冲着栓子嚷道：“叫你甭听就甭听，少废话！”弄得栓子再不敢往下问了。

郭老爷子屋里听了小哥儿俩的嘴仗，数落郭定昌道：“八崽儿，你跟栓子是怎么着了？没大没小的，还不到金爷那儿练功去！”

郭定昌一瞅时辰，不早了，冲栓子重复了一句：“听我的话，没错。甭听小丫头养的那一套!”转身走了。

来到金尚辈家，郭定昌看见金尚辈正踞蹲着，两手按着一个四百多斤重的石球，饿虎扑食似的“唰唰”地揉着。地上被石球滚压出一道道深深的圆沟。

金尚辈看郭定昌来了，直起身，拍了拍手上的土说：“八崽儿，前些日子你练了掷子、推子、过腿。今儿个，再教你一手揉球的功夫。”

说着，金尚辈指着地上的那个石球说：“这手功夫是雍正年间的戈格儿搭[①]传下来的，最吃功夫。你多会儿能练得左右各揉三百下，到那时，就是现今善扑营的上等扑护，也经不住你这一揉。”

郭定昌听了金尚辈这番话，迫不及待地在手上啐了两口，蹲下身，运足气，试了一把，那个石球纹丝没动。

郭定昌仍不服气，又运了一口气，想着再揉一次。金尚辈向前，一把拉住他说：“八崽儿，冰冻三尺，非一日之功。别急，只要肯吃苦，铁杵也能磨成绣花针。”

郭定昌不好意思地摸着头皮问：“金爷，善扑营的扑护们，是不是都得有这功夫?”

金尚辈大声笑着回道：“你当不管是谁，搭上手都能玩儿善扑?那是狗咬狗，俩狗掐架。干什么活儿不练功夫?”

这时郭定昌猛然想起栓了的话，忙问金尚辈：“日本人的相扑，是不是也练这些功夫?”

只这一问，金尚辈把头摇得像拨浪鼓，说：“这是咱们老祖宗传下来的，咋能叫东洋人学了去。”

郭定昌接上又问：“咱的善扑是跟日本人学的?”

金尚辈把眼一瞪，说：“屁话!”

郭定昌见金爷来气，不敢再放声。金尚辈气呼呼地绕着石球转了几圈，又严厉地问郭定昌：“这话你是听谁说的?”

郭定昌便把栓子的话，向金爷说了一遍。

---

① 戈格儿搭：指满族姓氏以戈字打头的格儿搭。

金尚辈听了，愠色缓和下来说：“不知者，不为怪。其实，咱们老祖宗把掼跤也叫‘相扑’，是康熙爷改的名，叫‘善扑’。”他接着讲道：

“那是4000年前，中国这块土地上住着一个炎帝、一个黄帝。有一年，蛮族的蚩尤领兵攻打炎帝，把炎帝打了个稀里哗啦。炎帝没了辙，只好向黄帝求救。黄帝一想，中国人还能不帮中国人？便亲自领兵和蚩尤交战。打着打着，黄帝使出了‘貔貅阵’，放出了平日驯养的猛虎、熊罴，把蚩尤打得大败而逃。黄帝正追着，蚩尤用妖术唤来风雨。顿时，天昏地暗，浓雾滚滚，对面不见人。刀枪剑戟所有兵器都发挥不出威力，两军兵士展开了徒手搏击。黄帝的兵士平时都练相扑，结果占了上风，蚩尤也被捉住，被黄帝杀了。”

说到这儿，金尚辈抽了口鼻烟，打了个喷嚏说：“黄帝发明相扑的时候，日本连根人毛都还没有呢。”

金尚辈又讲道：“三国的时候，有一次，张飞大战张郃。张郃闭城不战，张飞便想出一条计策。等到晚上，点上火把，叫两个小卒在帐前相扑为戏，自己饮酒作乐。张郃错以为张飞醉了，便领兵劫营，结果中了张飞的埋伏。”

说到这儿，金尚辈拍了郭定昌一把，嬉笑着问：“这回明白了吧？谁跟谁学，甭听‘时衰鬼弄人’那套。”

一席话把郭定昌说明白了，郭定昌蹦着高说：“咱的善扑比日本的厉害！”

金尚辈摇了摇头说：“话也不能这么说。玩意儿都是好玩意儿，就看谁的功夫真。”说着指着地上的石锁、石球、铁砧、铁链等又嘱咐郭定昌：“练武不练功，一辈子瞎糊弄。”

郭定昌点头称是，又见金爷大步流星进了屋。一会儿，从屋里抱出一捆一把粗的绳子，对郭定昌说：“把硕绳练给我瞅瞅。”

郭定昌接过绳子，伸展开。

这硕绳有一丈多长，浅褐色。郭定昌握准一头儿，用力一抖，这硕绳，弯弯曲曲，腾地而起，似一条跃跃舞动的蟒蛇。

金尚辈指着硕绳对郭定昌说：“这功夫，日本人会练吗？定准儿不会。还有先头我给你讲的，黄帝大战蚩尤和张飞战张郃的故事，那都是真事儿。相扑在咱中国已有四千多年的历史，怎么能说是跟日本人学的！”

郭定昌见金爷还在为这档子事怄气，便上前抱住金尚辈的一条胳膊，摇晃着劝道：“金爷，您就甭生气了。等我练出个样儿来，叫日本跤手瞅瞅。”

一句话，把金尚辈说得心花怒放。他拿起硕绳，系在墙头的铁环上，把另一头递给郭定昌。

郭定昌握紧绳端，一扬胳膊，呼呼地抡起来。

硕绳正飞旋着，只听金尚辈大喝一声：“拽住！”

郭定昌听了，运足丹田之气，用力一拽。再瞅硕绳，软绵绵的还直扑腾。

金尚辈看了吼着：“这叫练硕绳？简直是小丫头儿跳猴筋儿！”说着，从郭定昌手里拿过绳子抡起来，震得高墙直往下掉皮灰。

硕绳飞旋着，形成一道弧圈。郭定昌暗自思量，少说也有千斤抖动力。

“着！”就听金尚辈大喝一声，胳膊往后一拽，这硕绳顿时绷成一条直线，纹丝不动，像一根拉紧的弓弦，发出一阵“嘣嘣”的响声。

六

郭定昌看了金尚辈的功夫，惊得抽了口冷气，急忙跪下连称：“金爷真是神力！”

金尚辈把硕绳往地上一搭说：“没这功夫，还想进善扑营？”

从此，金尚辈将平生真学，一一传授给了郭定昌。两年过去，郭定昌练得像头蛮牛。二十多岁的壮小伙子，叫郭定昌轻轻一拽，当地打几个滚儿。一天，在宣武门，郭定昌遇上一个赶马车的借酒发疯。这人挥舞着一根杯口粗的顶车棍，逢人便打，没人敢靠前。郭定昌见了，上前劝了一句。这人就抡起木棍直冲郭定昌额头砸来。此时，躲闪已来不及。郭定昌忙抬胳膊招架，只听“喀嚓”一声，木棍断成两截。郭定昌皮肉未损，抬腿一个拔脚，将醉汉踢起半人高。众人向前按住这人，事态才平息下来。

后来这事儿传到金尚辈的耳朵里，金爷说：“得了。郭定昌的功夫，我心里有底了。”

说来也巧。这一日，有人给金尚辈传信儿，说是九月初五，各旗在端王府举行跤会，挑选柏唐阿。①

金尚辈琢磨：这是郭定昌露脸的好机会。他专程到郭定昌家，与郭老爷子老两口说了。郭定昌乐得一个劲儿地直催郭老爷子快去买靴子、褡裢。

金尚辈摆着手说：“不用买了。这些东西，金爷我早就给你预备好了。”

一席话，把郭定昌一家人感动得不知说什么好。

从郭定昌家出来，金尚辈又去了一趟端王府，摸了摸底，得知主持这次跤会的，是端王的儿子，人称“四爷”，也好善扑，是个行家。还听说，参加跤会的，都是各旗精心挑选的童练儿，全都十七八岁，数郭定昌最小。

回到家，金尚辈往太师椅上一坐，跟家人没搭话，只是一个劲儿地抽鼻烟。

眼瞅着夕阳西沉，到了吃晚饭的时辰，金老太太给金尚辈端上酒菜，金爷依然盯着酒菜愣神儿。

“老爷子，你今儿个是跟谁啊？”金老太太问。

“不去了。这次的柏唐阿，不叫郭定昌争了。”金尚辈打定主意，仰脸灌下一大口酒。

“别价。你老糊涂了是怎么的，还有送到手的好事不要的？”金老太太被金爷弄蒙了。

“你知道这次赴跤会的都有谁不？”金尚辈反问了一句金老太太。

① 柏唐阿，满语，清代，柏唐阿在各衙门里管事，无品级，相当于现在的“一般干部”。

“我哪儿知道！”金老太太斜睨了金尚辈一眼说。

“全都是硬手。有赛蜈蚣杜如兴、穿腿鲁、矮个八、扫地高、小鬼崔……”金尚辈掰着指头数起来。

金老太太听了，想起了什么，急忙问道：“你说的穿腿鲁，可是头年儿春个在护国寺庙会上摔死人的那个？”

“没错。比起赛蜈蚣、矮个八那帮子练儿来，郭定昌的功夫还是软的！”金尚辈说着，站起身，在屋里踱着步。

“哎哟，老天爷！照这么着，郭定昌争柏唐阿八成要悬。”金老太太说完，双手合十，一个劲儿地祷告起了阿弥陀佛。

“去去去！妇道人家遇着急事儿，就知道阿弥陀佛。”金尚辈不耐烦地有些恼火。

“依着你，郭定昌就不去了？”

“不去了！八崽儿岁数还小，万一有个好歹……”金尚辈没再说下去。

金老太太叹了口气，仔细琢磨了一会儿，对金尚辈说道：“老爷子，我瞅着这事儿也悬，就依了你吧，甭叫郭定昌去了。”

当天晚上，郭定昌来金尚辈家练功夫。金爷老两口绕着弯儿，婉转地把白天合计的事儿，对郭定昌说了。

郭定昌一听，急得满脸通红，可又不好埋怨。想了想，恭恭敬敬地说：“大丈夫做事应该‘穷当益坚’，马革裹尸。”

七

金尚辈听着郭定昌的话，认真琢磨着。郭定昌端详了一会儿金尚辈的表情神态，见金爷听得入神，接着问道：“金爷，您说这话在理儿吗？”

一句话，反把金尚辈问愣了。金尚辈沉思片刻，猛地站起身，在郭定昌肩上拍了一掌说：“好小子，有德性。”接着又兴致勃勃地冲金老太太说：“快，烫酒来，今儿个叫定昌陪我好好喝几盅。”

金老太太瞅了这场面，兴高采烈地忙活去了。

趁金老太太预备酒菜的空当儿，金尚辈把郭定昌叫到院子外。冲着那尊石雕扑护塑像，对郭定昌说："先给师祖神力老王爷敬上三炷香，拜求师祖保佑。"

说完，摆上香案，敬了神力老王爷。金尚辈又鼓励郭定昌："跤会上，甭管碰上谁，都得学神力老王爷，咱们地上见！"

说话到了九月初五，这一天，端王府车水马龙，来了百十号子人。跤场设在后花园，正面坐着"四爷"、善扑营的索格儿搭，① 依次是：金尚辈、佟巴爷、常五爷、赵五爷、马八爷……

各旗挑选的小跤手，都身着各色褡裢，足蹬靴子，掐腰挺胸，围站在场子边儿上。

按规矩，这次比赛采取擂台式，赢上输下。那时候的摔跤比赛不像现代，没有时间限制，也不计分数，不分体重、级别，抽签配对子，一跤定输赢。擂主为"魁星"，是当然的柏唐阿。

待到郭定昌上场，对手是马八爷的徒弟，叫国亮。国亮十九岁，虽说不如郭定昌壮实，可个头比郭定昌高出一大截。

国亮跳着"黄瓜架"（一种摔跤的架子）上了场。他盯住郭定昌转了几圈，猛地一把，冲郭定昌的偏门抓来。

郭定昌身子一蹲，亮出个虎式，见国亮手到胸前，左手一叼，右手顺势缠住国亮的手腕，像练硕绳那样，轻轻往后一拽。只听"扑通"一声，国亮被扔出丈把远，摔了个仰面朝天。

众人齐声叫好。郭定昌赢了开场跤。

接着上场的，外号叫"穿腿鲁"。

郭定昌打量着"穿腿鲁"，约有十八九岁年纪，虎背熊腰，比自己高出半头。心里暗暗琢磨，这是"同"字体，必定力大过人。自己只能巧取，不能力拼。

"穿腿"是摔跤中的一个绊子，市面上也叫"扛口袋"。这个"穿腿鲁"，最擅长使这个绊子，在京城八旗中独树一帜，颇有名气。

"穿腿鲁"昂首挺胸地上了场。他蔑视地扫了一眼郭定昌，心

---

① 指满族姓氏中以索字打头的格儿搭。

想：去年春上，在护国寺庙会上，被我摔死的那个练儿，比你还壮，你小子还不是个儿？你小子要是聪明的，立马儿认输，别丢了名声。要是不知趣儿，硬来较真儿，那可就别怪我不给你小子面子。

“穿腿鲁”想着，傲慢地摇晃着身子在场子上踱着步。

郭定昌瞪起两眼，警惕得似一只发现猎物的下山虎。

“穿腿鲁”踱着步，步步逼近郭定昌，猛然一个跃步，蹿到郭定昌身前，三把两把，就牢牢揪住郭定昌的大领、小袖。

此刻，郭定昌只觉得“穿腿鲁”的两条胳膊，像是两条铁钳，把自己钳制得很难反攻一下。

“穿腿鲁”算准郭定昌已失去了反攻之力，便上左步、撤右步，顺势将腰一塌，左胳膊径直向郭定昌的裆里穿来。

“穿腿鲁”这一招儿，把金尚辈吓了一跳，蓦地把脚一跺，说了声：“崴泥了！”

再看郭定昌，不慌不忙，脚尖儿只轻轻一转，变前身为后身，抓住“穿腿鲁”的衣背，像练揉球那样，一揉，那“穿腿鲁”转了几个圈，“扑通”一声倒在地上。

“好跤！”

“这一趟，来得值！”

在座众人，纷纷起身，鼓掌喝彩。

接下去，矮个八、扫地高、小鬼崔……依次上场，与郭定昌交手。郭定昌连胜二十余人，夺了魁星。

第二天，郭老爷子破例带着郭定昌来到“火锅居”庆贺。

进了“火锅居”，只见一个头戴酱黄毡帽、肩搭一条白抹巾的小堂倌，笑容可掬地迎上来，细声问道：“吃点什么，您哪？”说着，躬身往厅里请让。

“来个锅子。”郭老爷子说。

小堂倌朝着厨房高声吆喝：“锅子一个！”接着，从肩上扯下抹巾，麻利儿地在桌子上、椅子上擦掸几下，又端上一壶茶，斟好，客客气气地说了句：“先歇着您哪，锅子立马儿就得。”他点个头，扭身忙活去了。

郭定昌爷儿俩坐好，往四下打量一番。只见大厅角落坐着一个客人，四十来岁，身穿洋缎夹袄，胸前悬挂着一根白闪闪的银链，一根乌黑的辫子，一直耷拉到屁股。看派头，这人是个富户。

小堂倌端着正冒火的锅子出来，毕恭毕敬地放在那人面前，转身正要离去，只听那人发了话："你八成是刚来的吧？"

"是了，您哪。"

"今儿个，佟爷我有档子事儿不明白，向你请教请教。"那个自称佟爷的人说着，曲起两根手指，在桌面上敲起来。

"不敢当，您哪。"小堂倌鞠个躬，露出惊恐的样子。

"你说说，这涮羊肉都有哪些妙处？"自称佟爷的人，头也没抬一下地挑衅着。

听这一问，小堂倌略一思量，低下头回道："回爷的话，这妙处有四：其一，大冷的天儿，吃炒菜凉得快，容易伤脾胃。吃锅子就甭担心啦，总是热的，能暖身子。其二，涮羊肉佐料由芝麻酱、甜面酱、韭菜花、酱豆腐汁共计十多种材料制成，香口开胃。其三，羊肉选的是绵羊羔子，嫩而不膻。其四，您再瞅这刀功，切出的肉，跟纸一样薄，没有几年工夫是上不了案的。"

"真有你的，还行。"这人拿起筷子，涮了块儿肉，放在嘴里细嚼起来，品着味儿。

郭定昌听了这些话，正心烦着，忽地又听传来几声清脆的"啯啯"声，禁不住好奇地说了句："嘿，都什么天儿啦，还养着蝈蝈。"

听郭定昌一说，只见那个自称佟爷的人，把嘴咂了几咂，鄙夷地一笑，说："露怯（不明白）。"说完，伸手从怀里掏出一个油光锃亮的小葫芦。蝈蝈声正是从小葫芦里传出来的。

这人把小葫芦捧到眼前，嬉皮笑脸地朝蝈蝈逗着："亲儿子，听爷的话，再叫几声，让他们长长见识。"

看了这人穷酸无聊的样儿，郭定昌忽地站起身。郭老爷子急忙拽住郭定昌，喝道："别惹事儿。"

正这时，从外面又进来一个穿夹布坎肩儿的人。他一眼瞅见郭定昌爷儿俩，便向前招呼道："哎哟，这不是郭定昌吗？行啊，我听说昨儿个在端王府，你撂倒了一大片。给你们家露脸了，有德性。"

这位说话的人是郭定昌的邻居，靠开马车行为生，人称"车马刘"。

"车马刘"靠着郭定昌坐下，又嘱咐道："好好练，将来进善扑营，也给咱正黄旗露露脸儿。"

正说着，只听自称佟爷的人又发了话："是'车马刘'吧？"

"哎哟，这不是佟四爷吗？""车马刘"忙起身打了招呼，又转身小声对郭定昌爷儿俩说："这主儿是佟巴爷的四弟，是块儿'滚刀肉'。"

聊了一会儿，"车马刘"说是要吃砂锅，告辞上楼了。

"车马刘"刚走，佟四一面玩着蝈蝈，一面将椅子往郭定昌爷儿俩这边移了移，曲起两根手指，边敲着桌面边怪声怪气地说："听才刚的话茬儿，这位少爷是个练儿喽？"

郭老爷子忙起身道："不敢当，您哪。小孩子家的，练着玩儿。"

"甭客气。既然会练，我倒有档子事儿，想着请教请教。"佟四拿起筷子，涮了一片羊肉，咂了一小口酒又说道："这褡裢上有几把手？哪儿是直门？哪儿是偏门？这靴子头上，为什么有两道钩？靴子帮上，前后两个耳朵叫什么？干什么用的？"

郭定昌瞅着佟四一副无赖的德性，心里一个劲儿直骂：孙子，别在这儿蒙事儿。嘴上一口气把佟四的茬儿一一回敬了。

佟四听了，咳嗽一声，又接上问道："再请教，什么叫'三星四圆'？什么叫'烈马捎坡'？什么又叫'搂吸刮绊，打吸迈绊'？"

听这一问，郭定昌真的来了气，冲着佟四嚷道："是抬杠领教怎么的？"

佟四嬉皮笑脸地做了揖，把头一歪，睥睨着郭定昌说："不敢，只想请您开导开导。"

郭老爷子早已听出来了，这个佟四就算不是练儿，也是个善扑行家，是专门来找碴儿的，便冲佟四施个礼，客客气气地说道：“您老多包涵。”

郭定昌听了郭老爷子的话，心里直埋怨他窝囊，抢着插上话，把“三星四圆”“烈马捎坡”“搂吸刮绊，打吸迈绊”的含义，说了个明明白白。

“三请教：小棒子有几种玩法？大棒子有几路练法？”佟四说着，向郭定昌逼近了一步。

郭定昌利利索索地回答了小棒子的几种玩法。说到大棒子时，却卡了壳。他只是听说过大棒子这个名儿，可从来没见谁练过，不由一阵着急，又不情愿认输，灵机一动，竟反问佟四道：“你说有几种练法？”

佟四被郭定昌一问，一时蒙住了，正要张口回答，又猛地反应过来，仰脸哈哈大笑说：“甭给我来这套！回马枪的小计，我见得多啦。”

佟四边说着，边夹起一筷子羊肉在锅子里涮了涮，往嘴里一塞，指桑骂槐地说：“嫩点儿，正儿巴经的嫩了点儿。”

郭老爷子一见这场面，心里暗思量：照这么发展下去，定准儿要闹出是非来。便拍了郭定昌一把，起身欲离去。

这时，小堂倌急忙过来，指着桌子上剩下的大半盘儿肉片，疑惑地劝道：“别走您哪，这是怎么说的？”

郭定昌瞪了佟四一眼，狠狠甩下一句：“留着喂蝈蝈吧！”

说完，郭定昌爷儿俩离开了“火锅居”。临出门，郭定昌又冲佟四啐了口唾沫。

当晚，郭定昌来到金尚辈家，把白天的事儿都说了。

金尚辈啐了口唾沫说：“佟四是什么东西！从小游手好闲，吃喝嫖赌，比起佟巴爷来，哥儿俩一个天上、一个地下。”

说到这儿，金尚辈猛然又想起了一件事儿，拉过郭定昌说：“你要不提佟四，我差点儿把佟巴爷忘了。”

金尚辈拿出鼻烟，往鼻子里抹了一点儿，打了个喷嚏后，才又慢悠悠地说道：“说起善扑，满‘四九城’就数佟巴爷、常五爷和我金尚辈。金爷我练的是硬功夫，佟巴爷练的是巧功夫，常五爷练的是手上的活功夫。尤其是佟巴爷的大棒子，千变万化，跤理儿全在里面。佟巴爷是‘四九城’的一绝，你将来进善扑营，不跟佟巴爷练两年，不会大棒子是不行的。”

听了金爷的话，郭定昌一个劲儿地摇头，表示着：“除了金爷，我谁也不拜。”

第三章

咬定青山不放松

一

拜佟巴爷为师，郭老爷子一口赞成。便找到“车马刘”，托他先带郭定昌见见佟巴爷。一旦佟巴爷应了，再选个黄道吉日，正儿巴经地拜师。

这一日，郭定昌带上几样礼物，跟着“车马刘”，奔了帘子胡同佟巴爷家。

佟巴爷叫佟福瑞，字麒祥，咸丰七年考入善扑营，光绪十五年跟金尚辈一块儿，纳升当了格儿搭，人称“赛周侗”。

郭定昌进了门，留神打量。这是一幢青灰色四合院，正屋一间，耳屋两间，东西二厢。院墙下，摆放着十数盆蜡梅、五针松、菊花等耐寒的花木。

进了正屋，迎面扑来的，是数株绽开的茶花，争奇斗艳，给屋内增添几分雅致、温馨。佟巴爷坐在桌前，正拈须读着一本书。身后，齐刷刷戳着几根三尺长、一把粗、油光光的棒子。

佟巴爷见郭定昌和“车马刘”进来，略一起身儿，施个薄礼，然后坐下，打量着郭定昌。郭定昌也留神打量着佟巴爷。

但见佟巴爷中上等身材，细腰宽背，穿一身古铜色湖绸袍子，半尺多长的五缕银髯直垂到胸前，一根灰色的辫子盘在脖子上。郭定昌瞅着暗想：佟巴爷八成是金爷说的“天”字体了。

佟巴爷端详了郭定昌一会儿，猛然想起来，把手中的书放下，说："这不是在端王府夺魁星的郭八吗?"

郭定昌忙跪个安说："佟巴爷夸奖。"

"那天撂得不错，不愧是大力金的徒弟。"佟巴爷夸道。

"车马刘"听佟巴爷称赞郭定昌，便和颜悦色地问道："这个徒弟您相中了?"

佟巴爷拈须微笑，拿起刚才读着的书，指着回道："《易经》屯卦云：即鹿无虞，惟入于林中，君子几不如舍，往吝。"

一句话，把郭定昌、"车马刘"都说懵了。还是"车马刘"话茬儿来得快，忙给佟巴爷作个揖，恭维道："想不到，您老有这么深的学问。"

佟巴爷摆了摆手说："过奖，您哪。我打前年告老离了营，在家闲着发慌，只好'终日乾乾'，与书为伴喽。"

"车马刘"陪个笑脸奉承道："还是您老有大略，做学问比洗凉水澡保养身子骨、进饭庄练脾胃高明多了。"

"大略不敢当，高明更谈不上，只是解解闷儿就是了。"佟巴爷说完，眯缝起眼，养起神儿来。

"车马刘"见佟巴爷有谢客之意，转眼一琢磨，忙向前，低头在佟巴爷耳边说："瞧您说的，凭您的功夫，正好抽闲多教几个好徒弟。"

正说着，只见帘子一动，佟四提溜着一包东西进来。

"车马刘"戳了郭定昌一下，示意郭定昌请安。郭定昌站着没动。

佟四乜斜了郭定昌一眼，把东西放在桌上，躬身朝佟巴爷笑了笑说："大哥，这都是您爱吃的。"

佟巴爷瞅也没瞅一眼，厉声问道："哪儿买的?"

"切糕张的，正宗货。"

一听这话，佟巴爷气得将胡子一扬，拍了一掌桌案喝道："你小子定准儿又去杨梅竹斜街了!"

这一声喝，把佟四吓得浑身一哆嗦，大气不敢喘一下。

杨梅竹斜街在前门外。从明清至民国，一直是青楼栉比，寻花问柳的地界儿。

佟巴爷又喝道："你小子整天就知道抽老海儿、嫖娘们儿！祖宗留下的古玩、字画，你折腾尽了不算，又折腾着卖房！"呵斥着，挥臂一把，将桌案上的东西打了满地。

郭定昌、"车马刘"一瞅这场面，不好多待，便告辞了。

回到家，郭定昌、"车马刘"把在佟巴爷家遇到的事儿，给郭老爷子叙述了一遍。大伙儿不由感慨一番，无非是痛惜世道沧桑，八旗子弟败落。说着说着，话题又回到拜师上来。

郭定昌便把佟巴爷所说《易经》上的话，绊绊磕磕地说了一遍。

郭老爷子念过几年私塾，对《易经》也颇了解，略一琢磨，在腿上猛拍一掌道："得，这事儿让佟巴爷给辞了。"

郭定昌、"车马刘"忙问："这话可怎么说？"

郭老爷子解释道："《易经》屯卦说的'即鹿无虞，惟入于林中'，是说到野外猎鹿，没有行家帮忙，让鹿跑到林子里了。'君子几不如舍，往吝'是说打不着鹿不如不打，硬是要打，只能是劳而无功。"

对这些话，郭定昌还不明白。

郭老爷子说道："这再清楚不过了。就是说，你想要跟着佟巴爷练善扑，佟巴爷说自己不是行家，怕误人子弟，不如就算了。硬是要这么做，只能是劳而无功。"

一听这话，郭定昌有些恼火，甩手说道："不收就不收。瞧佟四那副德性，不进他佟家门，正好。"

郭老爷子瞪了郭定昌一眼，厉声说道："佟四是佟四，佟巴爷是佟巴爷，这是两档子事儿！过两天，我亲自领你去一趟。"

过了两天，郭老爷子带着郭定昌又来找佟巴爷。家人说："佟巴爷病了，不会客。"

爷儿俩硬着头皮，在厢房候了一个多时辰，家人禀报了几次，佟巴爷才回话："让金爷亲笔写封信来，再做商量。"

听这一说，郭定昌爷儿俩犯了难。他们清楚金爷是个粗人，斗大的字不识一口袋。活到六十多岁，也只能写出“金尚辈”三个字。让他写信，这不是拿他涮着玩儿吗？

爷儿俩再三斟酌，还是打定主意，把这事儿跟金爷说了。

金尚辈听了，安慰郭定昌说：“也别怨佟巴爷不近人情。佟巴爷收徒的规矩比金爷我还大。除了金爷我的那三条之外，佟巴爷又多了一条：‘另投师门’的不收。佟巴爷认为，另投师门的人，是属吕布的——见利忘义。”

金尚辈说完，抽了口鼻烟，沉思良久，猛然起身说道：“就这么着！”说着，进了耳屋。

过了一会儿，金尚辈从耳屋出来，把一个封好的信封递给郭老爷子说：“今儿晚上，您再带郭定昌去趟佟巴爷家，这回我瞅他还怎么说。”

当天晚上，郭老爷子又带郭定昌来找佟巴爷。

进了正屋，只见佟巴爷已拈须端坐在椅上，俨然一尊铜钟。

施过礼后，郭老爷子便开口道：“金爷给您老写信来了。”

说着，将金尚辈写的信，恭敬地递过去。

听郭老爷子一说，佟巴爷怔了，疑惑地接过信，开了封。只看了一眼，大声儿说道：“好啊，金尚辈真有你的！”

郭定昌、郭老爷子见了佟巴爷的神态，不知是吉是凶，揪心似的站起来。

只见佟巴爷把信放在桌上，轻轻铺开。郭定昌爷儿俩这才看清，薄薄的纸上，只用毛笔写了“金尚辈”三个大字。其余空白地方，摁满了朱红指印。

佟巴爷站起身，冲着信纸深深作了个揖说：“金爷您的真心我领了。郭定昌这个徒弟，我冲您的面儿，收了！”

听佟巴爷一句话，郭定昌当即跪下，给佟巴爷连磕了三个响头。

磕过头，佟巴爷又跟郭老爷子聊了一会儿扳指生意，问了郭定昌的生辰八字。临别，赠给郭定昌两句话：“前生乐极生悲，后生悲极生乐。”

二

择了个黄道吉日，佟巴爷在家为郭定昌举行拜师礼。

这一天，佟巴爷的三拨儿徒弟：马风喜、纪四宝、于明济、钱洪英、童鹏飞、梁炳云、文瑞、小鬼崔都到齐了，一个个从头到脚，穿得崭新、爽利。

郭定昌是佟巴爷的第三拨儿徒弟里最小的徒弟，精神格外足。他身穿墨绿薄棉袍，戴一顶酱紫色卷檐毡帽，足蹬半筒夹布靴子，格外惹眼。

午时刚过，佟巴爷从厢屋迈步出来。他身穿古铜色湖绸袍子，腰系一条紫色带子，带子一侧的翠绿线穗一直耷拉到脚背，五绺长髯让小风一吹，飘飘洒洒，像个深山仙人。

师徒十人依次进入正堂。只见正面墙上悬挂着一幅师祖海秀的半身画像。画像两边是一幅装裱精细、泼墨雄浑的对子。上联：万古奔腾，时聚劲风生巨浪；下联：千秋吟啸，每迎明月照新潮。像前的案儿上，三尊铜炉燃着香火。铜炉前，青花白瓷盘上供奉着一个用了三斤上等白面做的仙桃，仙桃顶端写着一个朱红寿字。仙桃四周，是五只面制的展翅腾飞的蝙蝠，取“五蝠（福）捧寿”之意。

马风喜是大师兄，又是善扑营的二等扑护，首先上前端起酒杯，斟满酒，递给佟巴爷。

佟巴爷跪在海秀像前，磕了三个头，祷道：“师祖在上。今儿个，郭定昌拜投门下，我派掌门佟福瑞，按易推卦，得知郭定昌乃忠义之人，同体之才，可成大事。拜祈师祖聚劲风生巨浪，永葆我门传人千秋吟啸，月照新潮。”

祷毕，师徒跪下，磕了三个头。

接着，郭定昌向前，亲手给师祖上了三炷香，发了誓言：“郭定昌虽说‘前生乐极生悲’，但要穷当益坚；后生虽说‘悲极生乐’，但要老当益壮。”

行毕大礼。佟巴爷拈须说道：“凡是来投我门下的，都是奔着大棒子来的。这功夫是好，但不是谁来了就传。昨夜，我推易，得‘同人·上九’之卦，卦曰：‘同人于郊，无悔。’此乃天意。从今往后，我平生所学的十八手大棒子，一手不留，全盘传给你们，就看你们自个儿的悟性了。”

佟巴爷说完，转身从案儿下取出九根三尺长、一把粗、油光锃亮的檀木棒子，分给众人。

师兄弟们正高兴着，又听佟巴爷说：“风喜，你把这里头的故事，给他们说说。”

马风喜朝海秀画像作了个揖讲道：“那是乾隆十二年的事儿。那一年，师祖海秀十八岁，习善扑已八个年头。这年秋上，善扑营开庙招考扑护，海爷也报了名。没承想，第一天比跤，竟连输三场。把海爷窝囊的奔了德胜门。出了城，海爷盯着护城河直愣神儿，想跳河自尽，以洗耻辱。忽地，河边树林子里传来阵阵‘哗啦哗啦’的响声儿。海爷转身一瞅，只见身后站着一个雪白胡子老头儿，那胡子一直奄拉到肚脐，看年纪，少说也有一百多岁。这老者身穿一件雪白的袍子，手里拿着一根三尺长的柳树枝儿。只听老者冲海爷说道：‘天悠悠，地悠悠，想着赢跤不必愁。’海爷听了，吃了一惊，心想，这老者怎么能知道自个儿的心事儿？顿时明白了，这是遇上高人了，急忙跪下，磕头求教。老者把海爷扶起来说：‘善扑不能只凭力气，还要凭灵巧。再说，善扑得两人对练，暖和天行，冬天怎么练？老朽倒是练了一手功夫，料能助你成功。’便拿起柳枝儿，教了海爷十八手技巧。看着海爷练熟了，只听老者大喝一声：‘来者何人？’海爷回头，啥也没见，待转回身，老者已无影无踪。再瞅手里的柳枝儿，竟变成了一根棒子。”

听到这儿，郭定昌禁不住问道：“后来怎么着了？”

马风喜继续说道：“过了一年，海爷又报考善扑营。开庙那天，海爷身穿跟那老者一样的雪白褡裢，足蹬白靴，冲着格儿搭说：‘今儿个，谁要是能摸着我的褡裢，我的褡裢上见一点污，就算输了。结果，利利索索赢了全场跤。把乾隆爷乐得连声叫好，当场封海爷为‘蓝翎侍卫’。”

众人正听得出神儿，只听隔院传来阵阵吵闹声。

佟巴爷站起身说道：“定准儿又是佟四要邪性。”便由郭定昌服侍着出了屋。

隔院是佟四家。没进门，就听佟四的妻子说：“放规矩点！大白天的，你玩儿什么三邪！”

接下去，是怪声怪气的男人声：“得！得！白天不玩儿，就留着今儿晚上玩儿个痛快。”

佟巴爷进了门，只见一个细高挑儿，白精脸儿，身穿枣红色袍子、腰扎宽带、脚穿双钩靴子的男人，正抓着佟四堂客的手，使劲儿往外拖。

这个“白精脸儿”叫马五，是杨梅竹斜街“聚娇楼”的打手。马五原是德胜门外的庄稼人，从小专好打兔掏鸟，挥拳弄腿，蹿沟越河，挺灵巧。那年，村里来了个沧州卖艺的，马五跟着学了几路拳脚。可老琢磨着，不是名门出身，便想出了一个主意，与村里塔院的老和尚火热起来。后来，老和尚圆寂了。他便张扬：老和尚传给他“蹿房越脊”“点穴拿脉”“发气打人”“念咒夺命”等神功。这话愈传愈广，愈传愈神，竟引得北京城郊外那些劫道的、盗墓的、人贩子纷纷慕名而来，马五也成了德胜门外没人敢惹的大混儿。百姓把他比作隋唐时期的“麻虎子”，改马五为麻虎。孩子听了这两个字，吓得都不敢哭。

佟巴爷上前止住麻虎问：“这是为的什么？”

麻虎跷起拇指，神气十足地说：“佟四逛‘聚娇楼’，光找乐子，没有钱。我是拿着押，来催债的。”

佟巴爷一下明白了，喝道：“该钱还钱，别在这儿要邪性！”

麻虎一听，打量了佟巴爷几眼，讥讽道：“撒尿没系裤，怎么把你露出来了。”

佟巴爷一听麻虎的脏话，顿时火冒三丈，呵斥道：“弄明白点儿，瞅瞅这儿是什么地方！”

跟麻虎来的两个打手认识佟巴爷，便小声儿告诉麻虎：“这老头儿就是九城闻名的佟巴爷，善扑营的格儿搭。”

听这一说，麻虎怔了一下。再一细打量佟巴爷，见这老头儿外貌平常，并无惊人之处，暗想：要是前二十年，今儿个也就罢了。眼下这老头儿已土埋了大半截，还能有什么能耐？赢了他，正好在四九城扬扬名。

麻虎想到这儿，不禁亮开架势，一步步朝佟巴爷逼来。

郭定昌看了这情景，好不着急，心想：佟巴爷已是快七十岁的人了，身子骨又比不上金爷壮实。那麻虎看样儿也就三十多岁，正当年，万一佟巴爷有个闪失，可怎么好？

郭定昌捋起袖子，正要上前，被佟巴爷一把拽住。

麻虎见佟巴爷没有防备，扑上来，照着佟巴爷心口狠狠就是一拳。

佟巴爷闪身躲过麻虎的来拳，洒脱地将袍子角儿往腰带里一掖，等麻虎刚一靠身儿，往右一闪，蹲身就是一耙。那身法灵活、柔韧得竟像是十几岁的孩童。

郭定昌看了，顿觉佟巴爷的功夫跟金爷隔一路，凭的不是力气，是灵巧。

只这一耙，麻虎已腾空而起，“扑哧”一声摔在地，哼了一声，昏过去了。

三

马风喜等几个师兄弟押着麻虎来到“聚娇楼”。老鸨子一打听，来的人都是佟巴爷的徒弟，知道麻虎捅了“马蜂窝”，立马儿赔着笑脸，央求着把麻虎放了，还答应欠的钱分三拨还。佟四回到家，让佟巴爷臭骂了一顿，发誓“往后学好”。

转眼又到了清明。这一日，佟巴爷一家老小都出城上坟去了，家里只剩下佟巴爷看着郭定昌、文瑞、“小鬼崔”三个小徒弟练功。

这小哥仨，下身穿着藏青锁口“灯笼裤”，上身一色儿光着膀子，每人手里都攥着一根大棒子，一板一眼地练着。

文瑞蹲着骑马步，转着腰，走着“跤架”。小鬼崔一双鹞鹘眼紧盯着棒梢，练着“叉棒”。郭定昌盘腿窝身练着“崴桩”。猛然一瞅，像是盘着一条大蟒蛇。

佟巴爷来到郭定昌身边，打量了一圈，抬脚把郭定昌的右脚尖向前踢了踢，说：“脚尖找棒边儿，棒边儿定脚尖，差一丁点，也甭想发出力来。”

说完，佟巴爷又招呼文瑞、小鬼崔过来。指着郭定昌对二人说：“大棒子练到郭八这份儿上，才算有了点儿味儿。记住了，就得像郭八这样，浑身上下，连一根骨头节都不准有一丁点儿的僵劲儿。”

文瑞、小鬼崔点头称是。佟巴爷一面叫郭定昌收起式子，一面叫小鬼崔从屋里取出两件褡裢。招呼郭定昌、小鬼崔穿好，说道：“今儿个，你俩见见跤。可有一点，我得先说清楚：郭定昌只准使‘崴’，小鬼崔只准使‘钹脚’。说归齐，我就是要瞧瞧你们的大棒子功夫，练到了啥份儿上。”

小鬼崔答应一声：“得了，您哪。”一把拿过褡裢，在院子里绕着圈穿好。

郭定昌没言声儿，抬腿来到墙边儿，拿起一把扫帚，把场子打扫得干干净净，又端来一盆水，往地上撩了撩。眼瞅着院子干净利索了，这才穿好褡裢，冲小鬼崔作了个揖说：“请师哥多指教。”

小鬼崔还了个揖，乜斜了郭定昌一眼，回道：“还得请八弟您多指教呢。”

说话听声儿，锣鼓听音儿。小鬼崔话茬儿的瓤里音儿，佟巴爷、郭定昌都明白了八九成。

原来，在去年端王府跤会上，小鬼崔输给了郭定昌，一肚子窝囊气压根儿就没泄出来。等了大半年，今儿个，出气的机会总算等到了。

小鬼崔转着圈，不停地把手指放在嘴上舔着，暗喜：“今儿个，算是巧了。佟巴爷让我使钹脚，谁不知道我小鬼崔的钹脚四九城闻名。去年，在端王府是你郭八侥幸，正巧赶上我拉肚子，要不然，非踢你个倒栽葱不可。”

小鬼崔想到这儿，一双鹞眼紧紧盯准郭定昌。趁着郭定昌一眨眼，猛地扑了过来。

郭定昌见小鬼崔扑过来，轻撤左腿，含胸塌腰，亮出“跤架”。

小鬼崔再瞅郭定昌，已换了另一副气势：目光如炬，威风凛凛，看着瘆人。

小鬼崔见郭定昌身法严密，没有空子可钻，那股猛劲儿顿时泄了一半儿，只得把攻势变成守势，也亮出“跤架”。两人对峙起来，像两只饿虎争食。

在这对峙的空当儿，郭定昌脑子里闪过一个念头：今儿个这场跤自己只能输不能赢，让师哥把在端王府丢的脸面找回来。

想到这儿，郭定昌故意扬起了左胳膊，用右手去揪小鬼崔的中心带。

小鬼崔见郭定昌左胳膊扬得老高，露出空子，又见步眼也乱了章法，心想：郭八可真是愈练愈土鳖，给佟巴爷丢脸。趁机快进右步，右胳膊随着右步，就像一把上撩的利剑，直冲郭定昌的左腋下插去。

小鬼崔使的招儿，就是“叉棒”。这手功夫在佟巴爷的十八路大棒子中，最吃功夫，千变万化。“叉打”“叉踢”“叉崴”“叉入”……二十二个绊儿，全都是从这儿变化来的。

郭定昌被小鬼崔一叉，只觉得有千斤力，整个身子眼瞅着就要腾空而起。

正在这危险时刻，郭定昌身不由己地顺着小鬼崔的力道盘腿、窝身、扬胳膊，倒把小鬼崔的叉劲化解了。

佟巴爷在一旁看得明白，郭定昌的这一招儿，出自大棒子的“贴身靠”，没有精熟功夫是使不出来的，禁不住喝彩道：“好！”

再看小鬼崔，一转脚尖，正过身，飞起右脚，狠狠地就是一个钹脚。

佟巴爷看了小鬼崔这个钹脚，把头一摆，咂了声，说：“臭脚！”

佟巴爷的“臭”字还没落地，就听“扑通”一声，没想到郭定昌已被小鬼崔踢出有三步远。

佟巴爷看了，怔了一下，接着大喝一声：“都给我跪下！”

郭定昌、小鬼崔慌忙跪下。站在一边儿的文瑞也弄不清是哪档子事儿，也跟着跪下了。

佟巴爷十分恼火地来到小鬼崔身前，朝他的小腿肚子踢了一脚喝道：“你这也叫踢钹脚？这叫小丫头片子踢毽儿！”说完，又朝郭定昌的屁股上踢了一脚，喝道：“这种踢毽儿的劲儿，你都挺不住，照这种功夫还想进善扑营？”

郭定昌低下头，小声儿回道：“我真的输了。”

佟巴爷一听，更是火冒三丈，怒斥道：“屁话！小月孩儿吃奶的劲儿，你都叫输，别练了，回家逗蛐蛐去吧！”

郭定昌一见佟巴爷真的来气了，急忙磕了个头说：“您老不是说点到为止吗？我觉得师哥的钹脚，劲儿是差了点儿，可手眼身法步都合辙，就顺劲儿倒了。这么着正好让师哥练练劲儿。”

一席话，说得佟巴爷消了气，悦色说道：“起来吧。”

郭定昌站起身，又听佟巴爷说：“先别脱褡裢，再摆一跤。郭八，我瞅瞅你的崴。”

小鬼崔听这一句，干脆地“得”了一声儿，心里却暗自琢磨：郭八，你跟谁玩片儿汤话？瞧这一跤“鹿死谁手”吧。

郭定昌心里也在思量：这一跤得较点儿真儿，让师傅指点指点哪些地方还差着劲儿。

想着想着，小哥俩重新搭上了手。三把五脚过后，只见郭定昌左手轻轻扶着小鬼崔的右胳膊，瞅空儿，出右手揪住小鬼崔的中心带，右腿往小鬼崔的裆里一蹦，大胯已对准了男人的要害处。接下去，郭定昌把脸一转，大喝了一声“嗨！”此时，小鬼崔的下半身已离了地。到了这份儿上，别说是小鬼崔，就是天王、老君也甭想挽回小鬼崔的败局。

小鬼崔感到不妙，心想：不能输，起码要摔个平手。便死死揪住郭定昌的大领。

按理说，这会儿，要是小鬼崔松了手，无非是让郭定昌崴出去，输一跤就是了。可他的手一较劲儿，郭定昌定准儿得死趴趴地砸在他身上。更何况，郭定昌的大胯已对准了他的要害处，砸下去的后果，可要出人命了。

佟巴爷瞅到这儿，急出了一身冷汗，扯着嗓子大吼一声："撒手！小鬼崔，快撒手！"

此刻，小鬼崔已经豁出去了，谁的话也听不进去。他就认准了三个字：不能输。一双手不但没放松，反倒愈揪愈紧。

佟巴爷的一声吼，倒给郭定昌提了个醒儿。他心里明白，照这样摔下去，小鬼崔可就要真的成鬼了。急忙把脸往地一找，失去平衡，反倒让小鬼崔狠狠把自己砸在下面。

佟巴爷、文瑞同时吃了一惊，大声喊道："郭定昌小心！"

佟巴爷、文瑞的话还没落音儿，只听郭定昌"哎哟"一声，被小鬼崔重砸在地。

大伙儿忙围上来，但见郭定昌脸色苍白，双手紧紧握着胸口，豆大的汗珠吧嗒吧嗒顺着额头往下滴。

佟巴爷冲小鬼崔训斥道："光知道赢跤，就不怕输德性！"

文瑞、小鬼崔此刻也顾不得许多，急忙把郭定昌扶进屋里。郭定昌强忍着痛安慰他们："放心，没事儿。"

佟巴爷拉开抽屉，取出一瓶药面儿，放进杯里，用水搅匀，端到郭定昌嘴边，说："郭定昌，把这药喝了。"

郭定昌喝下药，片刻工夫，但觉浑身发热，胸口的受伤处一阵刺痒，继而疼痛全消。又咳了几声，吐出一口带血丝的黏液，顿觉轻松如初。

佟巴爷瞅着郭定昌没事儿了，紧张的神情松弛下来，冲小鬼崔喝道："给我跪下！"

小鬼崔急忙跪好，又听佟巴爷训道："做学问讲究学风，练武艺讲究武德。像你小鬼崔这样儿的，就是功夫再好，不讲武德又有什么用！"

郭定昌、文瑞、小鬼崔听了佟巴爷的一声训，都为之一震。他们清楚，佟巴爷这句话的话外音，是要清理门户了。

小鬼崔吓得一连给佟巴爷磕了几个响头，一把鼻涕一把泪地表示自己知错了，央求师傅饶恕这一次。又发誓：“往后再不讲武德，天打五雷轰。”

郭定昌也不住口地替小鬼崔求情道：“佟巴爷要是不留下师哥，我就跪地不起来。”

佟巴爷看着小鬼崔认了错儿，又见郭定昌情真意切地爱护小鬼崔，脸色渐渐缓和下来，语重心长地告诫道：“为人之道，‘义’字当先。处事儿要像郭定昌一样，宽以待人。绝不能干挤兑、踩踏、玩弄别人的事儿。”

一席话，把小哥仨说得心里热乎乎的。小鬼崔一把抱住郭定昌，放声哭着发誓：“往后，师哥听你的，照你学。”

佟巴爷又教诲了众人一番为人处世的道理，瞅着郭定昌恢复了正常，这才端起杯，呷了口茶，拈须问小鬼崔：“你说说，今儿个，你的钹脚差在哪儿？”

“腿撩低了。”小鬼崔忙回答。

“郭八，你说呢？”佟巴爷转脸又问郭定昌。

郭定昌略一思量，说：“太软。”

听郭定昌一说，佟巴爷拍了一掌赞道：“好啊！钹脚，钹脚，劲儿全在一个‘钹’字上。”说着，弯下身从桌子下面取出一把牛角镰刀，递给小鬼崔道：“眼下，这屋里就是蒿草坡，割捆草，让我瞅瞅。”

小鬼崔接过镰刀，愣了会神儿，便猫下腰，慢慢移动着手腕儿，像似用小锤儿敲东西一样，做了个割草的动作。

佟巴爷看了，乐得“噗”的一声把嘴里的水喷出来，打趣道：“这是割草，还是小和尚敲木鱼儿？”

郭定昌主动上前去接镰刀。佟巴爷劝道：“郭定昌，你刚受了伤，今儿个就算了。”

郭定昌拍了一下胸脯说：“您瞅，早就没事儿了。”说完，便蹲下身，模仿二姨用钩子搂胡盐的动作，一刀一刀地朝怀里搂起来。

佟巴爷看了，又爆出笑声，乐得眼泪直往外淌。

郭定昌瞅着佟巴爷不作声，心里明白，自个儿做得也不对。

文瑞瞅到这儿，知道该轮着自己了，顿时两颊绯红，不好意思地告诉佟巴爷：“我也没瞅过割草是什么样儿。”

其实，这事儿也难怪。清末，八旗子弟不是吃俸禄就是吃祖业，顶不济的，也是玩儿手艺。很少出城看庄稼人做农活儿，他们哪儿会使镰刀割草。

佟巴爷拿过镰刀，双腿一弓，绷足劲儿，说了声：“瞅我的。”便抡开膀子“呼呼”地割起来。

郭定昌哥仨看得入神儿，暗暗钦佩：想不到，佟巴爷这位四九城闻名的人，也懂庄稼活儿。

佟巴爷示范了一阵，停下，脸不红，气不喘，说道：“当年，海爷为了提高弟子们的悟性，练钹脚的时候，专门带弟子们出城，割了半天麦子。”叹了口气，又接着说：“咱们八旗子弟要是照现今儿这样，横草不动，竖草不拿，五谷不分，游手好闲，朝廷底子再厚，也非得坐吃山空不可。”

郭定昌哥仨忙接上道：“师父放心，我们非练出个样儿来，给八旗争脸。”

佟巴爷赞道：“都有德性。”说完，进耳屋，取出一根二尺长、一把粗的枣木桩子，对三人说道：“这根桩子就是蒿草，你们的脚，就是钹镰。从今儿个起，开始练‘踢桩功’。”

接下去，佟巴爷把“踢桩功”的练法，讲解得明明白白。讲完，又取出笔墨纸张，给每人开了一个药方，告诫说：“踢桩前，先用这个方子把小腿烫洗一遍，定准儿不会留下暗伤。”

郭定昌哥仨接过药方，正高兴着，又听佟巴爷郑重说道：“从今儿个起，凡跟我练的，要恪守三条规矩：其一，叫‘痛长酸抽麻不练’；其二，叫‘逗闷子赌气不能练’；其三，叫‘当着女人不能练’。”

郭定昌哥仨点头称是。

正说着，只听街门一响，佟巴爷一家老小上坟回来了。佟家老太太一进门，就告诉佟巴爷：“在宣武门外遇着了在宫里当差的杨太监。杨太监说你托他买的字画，有了着落，过两天就送来。”

郭定昌哥仨陪着佟巴爷聊了一会儿，便散去了。

郭定昌回到家，找来几根圆木，锯成二十根桩子。又看了药方，上面开着“地龙”“地鳖虫”等几味药，心想：等练功夫时，搂草打兔子，顺便从野地里挖些就是了，花钱得省着点儿。

第二天，郭定昌帮着郭老太太忙完扳指的活儿，便背上木桩，出了西便门，练功夫去了。

出了城门，郭定昌一眼望去，但见：枯木逢春，绿闹枝头；小桥流水，叮咚如琴；百鸟争鸣，人雀共嬉……燕赵大地充满诗情画意，活脱脱、鲜灵灵地呈现在眼前。郭定昌禁不住惬意地敞开胸膛，深深吸了几口带有泥土芳香的空气。

郭定昌饱览了大自然的秀美，便蹲下身，挖起了“地龙”“地鳖虫”。一会儿工夫，小瓷罐里已装满“猎物”。

郭定昌又来到护城河边，捧起一把清亮亮的河水，洗了把脸，顿觉增添若干精神。他四周巡视了一遍，选了块儿干净的地方，把那二十根木桩，分成两行埋好，约莫有一尺深。又抬脚在木桩四周跺了跺，觉得瓷实了，便亮出跤架，飞起右脚，径直冲第一根桩子踢去。

一脚踢过，郭定昌只觉得有一股热乎乎、酸溜溜、麻不叽儿的东西，从脚后跟儿顺着大腿直向全身扩散开去。他提起裤筒一瞧，小腿的腓骨上已泛起一块青紫，再低头瞅那桩子，依然直挺挺地戳着，连浮土都一动没动。

说来也怪，郭定昌正琢磨着往下该怎么练，又觉得小腿腓骨一阵刺痒，急忙低头一瞅，刚才的那块青紫已荡然无存。心里不由暗暗佩服：佟巴爷不仅功夫过人，医道也高明。

郭定昌心里一阵欢喜，又飞起脚冲木桩踢去……

约莫练了半个时辰，郭定昌只觉得浑身血脉活动开了，劲儿也顺了，便运足气，大喝一声，一脚把桩子拔地踢起，飞出去。

正在这时，郭定昌听到身后传来脆生生的一声唤："哟，这不是八哥吗？今儿个您怎么练到这儿来了！"

四

郭定昌转过身，但见田头的小道上站着一个姑娘。这姑娘十五六岁，身穿宽衣大袖、盖过膝盖的深蓝绣边儿大衫。一根乌黑、粗实的辫子垂在胸前，春水似的眸子，含着机灵的心神。姑娘正挎着竹篮，笑吟吟地注视着郭定昌。

郭定昌一瞅，这姑娘原来是邻居"粽子高"家的二丫头巧英，便急忙点了下头问："今儿个，你怎么也串到这儿来了？"

巧英低头给郭定昌施了礼回道："今儿个是白云观庙会，我是来赶热闹，卖粽子的。"

巧英说着，一拐一拐地向前，替郭定昌去捡那根踢飞的木桩。

郭定昌朝巧英脚上瞅了瞅，问："把脚崴了？"

巧英听郭定昌一问，顿时羞得两个脸蛋绯红，下意识地把脚藏了藏。

满族妇女不同汉族妇女，不时兴缠足。巧英一双大脚板，自觉不如汉族姑娘体面，怕郭定昌看了笑话。她低下头，轻声回道："刚才，在白云观让人踩了。"

郭定昌一听，安慰巧英："没事儿，我这儿有药。"说着，打开了罐子盖儿，露出四五十只活蹦乱跳的"土鳖虫""地龙"。

巧英见了，吓得惊叫一声，双手紧紧抱住郭定昌的胳膊，往郭定昌身后急躲。

郭定昌长到十六岁，还是第一次和姑娘靠得这么近，只觉得两腮火辣辣的，一个劲儿地埋怨："别价，这是弄得哪门子事儿！"

巧英羞怯怯地松开手。郭定昌重新把盖儿盖好说："等回家，我把药配好，给你送去。"

巧英平静下来，仔细打量着地上埋着的桩子，请求郭定昌："再练一趟，让我开开眼。"

郭定昌正打算练一趟，猛然想起佟巴爷说的“三不练”规矩，立马儿打消了念头，婉言回道：“天不早了，我跟你一块儿回家。”弯身收拾起桩子。巧英看了，知道郭定昌是搪塞，也不好再说什么，只是不高兴地把小嘴撅起老高。

郭定昌替巧英挎着竹篮，进了西便门。走到宣武门，郭定昌停下脚，告诉巧英：“前面儿是佟巴爷家，我去看看师父。”

郭定昌把竹篮交给巧英，巧英顺手掀开素花盖布，把几个粽子塞到郭定昌手里，莞尔一笑，转身走了。

郭定昌来到佟巴爷家，只见马风喜、纪四宝、小鬼崔几个师兄也来了。

听说郭定昌来了，佟巴爷隔着窗户招呼：“快进来，认识认识杨公公。”

郭定昌进了屋，先给屋里人一一请了安，便站在一边，端详着杨公公。

但见杨公公二十多岁年纪，白净脸，眉清目秀，身穿浅蓝色长袍，正凝神观赏着墙上挂着的那幅海秀的画像。

这位杨公公叫杨崇山，直隶保定府人氏，从小喜欢笔墨丹青。眼下，他在宫里干些誊誊写写的文笔活儿。他端详了画像，跷起拇指称赞道：“妙极了。这幅联儿比我给您抄弄的那幅气魄得多了。”

佟巴爷接上谦逊道：“杨公公过奖了。这幅联儿还是海爷题写的，原是：‘万古奔腾生巨浪，千秋吟啸涌新潮。’我琢磨着还不够味，就在上联加上‘时聚劲风’，下联加上‘每迎明月’，顺意又将‘涌’字改成了‘照’字，变成现今儿这个样子。”

“改得好！”杨公公尖声细气地说。

佟巴爷听了，慌忙作个揖说：“岂敢，岂敢。我只是善扑营的一介武夫，还望杨公公多指教。”接下去，又换了个话题，问道：“近日，宫里可忙？”

杨公公一听，忙冲佟巴爷使了个眼神儿。佟巴爷立马儿明白，便冲郭定昌说：“没事儿就出去吧。”

郭定昌答应了一声，出去了。杨公公这才探过身，悄没声儿地说："忙活大了。这些日子，孙文在南边闹得愈来愈凶，太后老佛爷把军机们臭骂了不知多少回了。听说，昨儿个又把袁世凯袁大人招进了宫，想着动用北洋兵，对付孙文……"

佟巴爷听了，叹了一口气，说："孙文可不比洪秀全，天时地利人和都占，北洋兵也未准儿能对付得了。"说完，再没作声。

杨公公瞅着天已不早，也不想多谈论宫里的事儿，以免惹是非，便要告辞。

佟巴爷心里明白杨公公欲走的用意，一把拽住他道："宫里的事儿咱别管，也管不了，只有顺天意了。不过，您难得出宫一次，今儿个既然来了，正好聊聊诗联书画，以舒雅兴。"

杨公公嘴里谦让着，身子却又重新坐了下来。

佟巴爷稍一思量，便冲屋外吆喝道："风喜、定昌，你们几个都进来。"

师兄弟们听吆喝，鱼贯进了屋。佟巴爷指着他们，拈须笑着对杨公公说："今儿个，咱俩就以他们每人的名字嵌联儿，预测预测他们的德性、身世。"

杨公公忙起身给佟巴爷作个揖谦虚道："这可叫我犯难了。晚生不比您佟巴爷易学专深。"略一琢磨，又道："要不，这么着吧。您老出上联，晚生应对下联。不知您老意下如何？"

佟巴爷一听，朗声笑道："行，就依了您。"接着，指着马风喜出了上联："风缘海秀。"

杨公公应道："喜拜麒祥。"

佟巴爷一品味，上联的首字与下联的首字相合，正是"风喜"二字。不由道了声："好！"

又指着纪四宝道："子龙结义众称四。"杨公公应道："宝玉离家谁惜孤。"又正合"四宝"二字。

于明纪知道该轮着自己了，便向前跨了一步。佟巴爷开口吟道："明道曾排瘴雾。"杨公公应道："纪年仍惜青云。"

到了童鹏飞，佟巴爷比画个大鹏展翅的模样儿道："鹏举拯黎冤大有。"杨公公应道："天祥报国翼难飞。"

接着是梁炳云，佟巴爷一捋银须道：“炳烛读青史。”杨公公随口应出：“挥刀逐黑云。”

到了钱洪英，佟巴爷略一沉思，道：“洪福归民何许事？”杨公公也略一思量，应道：“英才报国几多情。”

轮到文瑞，他天性老实，怕羞，急忙低了头。佟巴爷朗声一笑，出了上联儿：“文韬武略荣前世。”杨公公也含笑吟道：“瑞气紫阳腾后朝。”

到小鬼崔这儿，只见他把头一昂道：“他们都叫我小鬼崔。其实，我的心一点儿也不鬼。大号也有，叫保国。”一句话把满屋里的人逗得爽声大笑。佟巴爷在他头上拍了一把道：“人贵守谦情贵保。”杨公公应道：“国长植蕙馥长萦。”

郭定昌是最后一个，佟巴爷留心端详了一阵，双眼微闭出了上联：“悲乐相倚经史定。”杨公公没急着应下联，只见他端起茶杯呷了一口，略一沉思，才慢悠悠地吟道：“沧桑互变炎黄昌。”

对毕，佟巴爷与杨公公相视而笑。九个师兄弟悟不出话里的理儿，只是随着傻笑。

此时，佟巴爷站起身，端起茶杯，呷了口，正颜厉色地说道：“现今儿世道，不能光会习武而不懂文理。文武之道，一张一弛。”

郭定昌几个人点头称是，又恳请杨公公给佟巴爷出副联儿。

杨公公推辞几遍，见众人执意相敬，便谢道：“我看佟巴爷师徒满门，徒敬师爱，触景生情想起龚自珍的一首诗，就借花献佛了。”说完，便吟道：“浩荡离愁白日斜，吟鞭东指即天涯。落红不是无情物，化作春泥更护花。”

佟巴爷听了龚自珍的诗，兴致倍增，当即取出“文房四宝”，铺平宣纸，请杨公公赐墨。

杨公公谦让数遍，佟巴爷和徒弟们一再恳求，只好提笔将龚自珍的诗写了。

佟巴爷拈须仔细端详，但见杨公公的字，以草书中的竖长撇法运笔，体貌疏朗，笔力劲峭，非古非今，非隶非楷。他乐得轻轻一拍桌案道：“此乃‘扬州八怪’之一郑板桥的‘六分半书’体。”

杨公公谦笑道："献丑，献丑。"

正谈论着，只见佟老太太进来说道："酒菜已备好了。请杨公公入席。"

杨公公忙起身作个揖，谢了佟老太太，又对佟巴爷说道："今儿个，我来您这儿，您得让我开开眼。"

佟巴爷立马儿明白了杨公公的画外音，便朝马风喜和郭定昌说道："你们俩撂一跤，让杨公公指点。"

马风喜答应一声，取了褡裢，穿好。

郭定昌却站着没动，心里琢磨：大师兄是善扑营的二等扑护，身怀绝技，武艺超群，又二十来岁正当年，自己哪儿是个儿！不由胆怯起来。

佟巴爷又重复说了一句："风喜、定昌，你们俩撂一跤，让杨公公指点！"

郭定昌见拖不过去了，只好也取了褡裢，穿好，上了场。

马风喜在场子上转了一圈，猛地一回身儿，亮出跤架，不往前追，也不见手，只蹲着跤架步，拭目以待。

佟巴爷明白，马风喜是让着郭定昌，叫郭定昌主动进攻。一旦郭定昌绊儿使得对，风喜就会顺势输跤，帮助郭定昌找劲儿。

马风喜的心思，郭定昌却不清楚。只见大师兄浑身肌肉隆起，一副钢筋铁骨好似一尊罗汉，不由得瞠目结舌，只围着马风喜转圈儿，好半天不敢向前一步。

佟巴爷看得不耐烦，大吼一声："停下！"

马风喜、郭定昌下了场，在佟巴爷身前跪好。

杨公公看着佟巴爷恼火，忙打个圆场说："他俩的架势，都恰似猛虎、雄狮，挺好。"

佟巴爷微闭双眼，拈须沉思片刻，突然变得温和起来，慢条斯理地问郭定昌："金爷可给你讲过'神力老王爷'的事儿？"

郭定昌忙回道："讲过。"

佟巴爷又说道："那你就当着杨公公和大伙儿的面，再说一遍。"

郭定昌便应声说道："那一年，皇太极平定辽沈以后，蒙古喀尔喀派使臣来朝祝贺。使臣中，有两名武士，哥哥叫'大蛮牛'，弟弟叫'二蛮牛'，都身高丈二，力大无比，三百多斤重的香炉，轻轻一提举过头。哥俩儿叫庙三天，要与咱大清朝的侍卫比掼跤。三天下来没有人能赢他俩，吓得谁也不敢交手。这可把顺治爷难为住了，直报怨：'咱大清朝真的没人了！'第三天后半晌儿，这事儿让年刚十多岁的先惠顺王知道了，怒吼道：'大丈夫为国，甘当视死如归！'他伪装成侍卫进了宫，先是跟'大蛮牛'比，刚一搭手，只见先惠顺王怒目圆睁，把右胳膊一扬，狠狠夹住'大蛮牛'的脖子，硬是把'大蛮牛'活活夹死了。'二蛮牛'一瞅，大势不好，转身正要溜，只听先惠顺王一声吼：'哪儿走！'一纵身跃到'二蛮牛'身边，'二蛮牛'已经倒地吓死了，自此后，人们便赞誉先惠顺王为'神力老王爷'。"

杨公公和马风喜几个正听得入神儿，就见佟巴爷站起身，把银须一扬，铮铮说道："热血男儿，威武之躯，即使沙场上毙命，亦当视死如归。雌雄未决，却望而生畏，不战自退，何以扬我门风，振我国威?!"

佟巴爷的一席话，大义凛然，掷地有声。杨公公和马风喜几个听了连连点头，颇为震动。

郭定昌听了佟巴爷的话，心似刀扎油煎一般，猛地给佟巴爷磕了一个头，一把拿过褡裢重新穿好，又冲杨公公赔个礼说："让公公见笑了，请您再指点。"说着，一个箭步上了场。

马风喜二话没说，穿好褡裢，跳上场，剑一般的目光盯着郭定昌。

马风喜自幼跟佟巴爷习技，对善扑的各种绊儿都掌握得精熟。他曾经跟东、西两营的扑护们过绊儿见跤，只是由于年岁关系没有和郭定昌较量过。他这次见郭定昌虎视眈眈，步眼轻捷，暗暗称赞：小师弟功夫果然不浅。

二人相持了一会儿，郭定昌想探探马风喜的虚实，把右腿往前一点，忽地上左腿，使出了"得合鲁"。马风喜左脚尖轻轻一转，躲开郭定昌的来势，反手一个“老切子”。郭定昌见马风喜把招儿发出，急变车轮步，抬起左脚就是一耙。马风喜轻移右脚，扬起右臂变脸使出了“贴身靠”。郭定昌拧腰，借着马风喜的来势，翻身就是一个钹脚。

马风喜“久经沙场”，颇有经验。他觉得郭定昌这一脚发力大，踢得准，步眼稳，已练到上乘功夫，一般扑护定准儿输了。现时，自己想躲闪还来得及，但又闪出一个念头：郭定昌说归齐还是个新手，难得踢这么好的钹脚，让了这一跤，帮他记住劲儿。想到这儿，马风喜呐喊一声：“好钹脚！”仰面朝天摔在地上。

“好！”

小鬼崔几个人狂呼着拥向郭定昌。

“这一趟来得值！”杨公公乐得失了态，禁不住也学着郭定昌的样子，上场踢开了钹脚。

郭定昌心里清楚这一跤是怎么赢的，忙给马风喜作个揖，感激道：“大哥，您抬举小弟了。”

佟巴爷喜笑颜开，大声说道：“这一脚，该赢！大丈夫临阵就应该气冲斗牛，哪怕对手是只猛虎，也敢从虎口里拔颗牙下来！”

大伙儿正高兴着，只听门响。开了门，进来一个二十多岁、身穿白布坎肩、下穿青色宽裤的人。

佟巴爷、马风喜一眼认出，这人是善扑营一等扑护陈钦虎的徒弟，叫盛润才。

盛润才给佟巴爷、马风喜、杨公公请了安，又冲郭定昌几个小师兄弟作个揖后，说道：“今儿个过晌，钦虎爷在南水浜为人捧场子，特意请佟巴爷，还有金爷去压场。”

佟巴爷听蒙了，忙问道：“捧什么场子？给谁捧场子？”

盛润才回道：“前两天，南水浜来了个沧州练把式卖狗皮膏药的。也不知他从哪儿打听出陈爷在那块地面上有威望，硬是找上门求陈爷出面给捧捧场子。陈爷是个爽快、义气人，经不住沧州卖艺的三说二卖，就一口答应了。”

听盛润才一说，大伙儿心里都清楚：现今儿，北京城每个地面都有主儿。经商的有会长，做小买卖的有霸主，练把式卖艺的有行头。尤其是外地来的人，要想在当地挣口饭吃，得先拜会拜会管这行的“地主”。送份礼，请几桌酒席，把“地主”打发乐了，发下一句话：“某某是奔我来的。”从此，地面上的三老四少、地痞混混儿也就高抬贵手，不找麻烦了。

可是，这一回，佟巴爷一听是陈钦虎要去捧场子，却纳闷儿了。心想：陈钦虎从来不干这种事儿，怎么也吃开杂末地了？

佟巴爷疑惑地问马风喜：“可听说过此事？”

马风喜也不解地回答：“在营里我和钦虎天天见面儿，从来没听他说有这档子事儿。”

杨公公见佟巴爷有事，起身说道：“这几日宫里事儿特忙，耽搁了怕担待不起。”准备告辞。

马风喜几个瞅着佟巴爷闹心，也都要走。

佟巴爷也没挽留，对盛润才说：“金爷那边儿，由我和郭定昌去告诉，你忙别的吧。”

看着众人离去，佟巴爷带着郭定昌，陪着杨公公上了路。

走到月盛斋，杨公公就与他们分手。临别，杨公公情真意切地嘱咐郭定昌：“我赠你的那副联儿，千万要牢记。”

郭定昌不住地点头称谢。

几十年风云变幻，世道沧桑。没想到60年后，郭定昌在西直门茶馆又与杨公公邂逅。两位古稀老人回忆起当年这段事儿，心潮澎湃。郭定昌感慨万分，不住叨念：“今儿个，我方悟出杨先生当年赠我的联儿，言之有理。”杨老先生受郭定昌之托，将郭定昌的平生所学绘制成《神跤图》，珍藏至今。这是后话。

目送杨公公离去，佟巴爷进了月盛斋，买了10斤酱牛肉，告诉郭定昌：“月盛斋的酱牛肉，据说自乾隆年开灶以来，至今没灭过火。老汤持续了二百多年，炖出的牛肉又鲜又嫩，又香又烂，金爷最爱吃。”

两人说着，赶紧来到金尚辈家。

金尚辈正光着脊梁，穿着裤衩，专心练着“石推子”。见两人进来，臊着脸喊道："先在前院歇着，我穿上衣裳就来。"

佟巴爷听了，打趣道："您就甭冒充斯文了，您的底，我还不知道？"说着，进了后院。

寒暄一阵，佟巴爷便把陈钦虎要去捧场子的事儿告诉了金尚辈。金尚辈听了，也怔住了，说："钦虎莫非吃错药了？"

佟巴爷摇了摇头，分析道："哪儿能。钦虎不光功夫好，武德也高，吃杂末地的事儿，拉他也不能干。我琢磨着，这里面有蹊跷。"

听他一分析，金尚辈反倒放了心，爽快说道："还能有什么蹊跷！人怕出名猪怕壮，人要是有了名儿，事儿定归就多。让咱压场，咱就压，别的甭打听。"他歇了口气儿，又问道："我有大半年没见钦虎了，也不知他的功夫有没长进？"

佟巴爷回道："听风喜说，长进不小。上次营练，钦虎一个'揣'，差点把白义堂摔闷昏过去。"

金尚辈一听"白义堂"三个字，顿时怒目圆睁，啐了口地，狠狠骂道："白义堂算个什么东西！咱俩当格儿搭那阵子，凭他的功夫，八辈子进不了营。"

郭定昌在旁边听了，一阵纳闷儿，心想：咦，白义堂怎么竟成了一等扑护？禁不住脱口问道："金爷，白义堂后来是怎么进营的？"

金尚辈用嘴努了努佟巴爷说："这事儿，佟巴爷心里最清楚。"

佟巴爷连连摇头道："别提了。开庙前一天，白义堂使了个心计，暗地里送给对手程四十两银子，求程四让跤。要说程四也活该，收了人家的好处，自然气短，还有不让的？这一让，来了麻烦。白义堂进了营，程四可倒好，当场就让统领给开出营了。没几天，程四又是窝囊又是气，死了。"

郭定昌听了，跺着脚骂："缺德！白义堂缺了大德啦！"

金尚辈也啐了一口愤愤地道："别瞅白义堂缺德，这次西营格儿搭补缺，也提了他的名。"

佟巴爷一听这话，猛然一惊，急问："什么？金爷，您再说一遍！"

“没错，昨儿个，我去营里拿‘致使’（退休）银，曾格儿搭告诉我的。这次补缺提了两个名儿，一个是陈钦虎，另一个就是白义堂。”金尚辈愤然道。

第四章

不教胡马度阴山

一

红日西斜。金爷、佟巴爷、郭定昌一行三人，奔了南水浜。

南水浜也叫臭水浜。清末，这儿是一片臭水洼。住在这儿的人家，有小商小贩、拉洋车打脚行的，还有变戏法的、唱莲花落儿的、拆字算命的、拾破烂收估衣的。一代文豪老舍先生创作的名剧《龙须沟》，描写的就是这个地方。

陈钦虎家离这儿不远，又有两个徒弟住这儿，一年里多少也得来此走动几趟。那时候，凭陈钦虎的扑护身份，在繁华闹市只一露面儿，就会招来许多人，更别说在南水浜了。他每次来这儿，还没进胡同口，小孩子们就会边跑边嚷："善扑营的来了!"街面上做活计的大人，见陈钦虎来了，也都停下手中的活计，忙着请安。那帮地痞、混混儿见了陈钦虎，大老远地就作揖打躬。陈钦虎对这帮人毫不客气，总要训斥一句："积点德!"日子一长，南水浜的老少爷们儿、三教九流都了解了他的脾性。穷人敬佩他，地痞、混混儿畏他，他不知不觉成了南水浜德高望重的人物。

按陈钦虎原来的打算，只想领着那位沧州卖艺的在南水浜地面上露露，打个圆场结了。可那卖艺的一个劲儿央求："这么着，太寒碜虎爷。"硬是坚持在玉楼春饭庄请席，场子也就定好，设在饭庄后院。

玉楼春饭庄就在南水浜边儿上，五间平房门脸儿，后院宽敞得能停放十多辆马车。

夕阳西下，陈钦虎和沧州卖艺的便站在门口候着了。陈钦虎三十多岁，方脸高个儿，身穿大红黄花袍子，一根又粗又黑又亮的辫子垂过后腰，一眼便看得出是个精血极旺盛的人。沧州卖艺的黑脸庞，疏眉细眼，身穿蓝布大褂，看来是个有心计的人。

两人候了半个多时辰，老远看见金尚辈、佟巴爷、郭定昌来了，便作着揖，笑脸儿迎上去。陈钦虎谢道："两位格儿搭劳神赏脸了。"又指着沧州卖艺的介绍说："这位就是打沧州来的张铁栓。"

张铁栓急忙跪下右腿，作个揖谢道："谢二位爷抬举。"

陈钦虎打量了郭定昌一眼说："不用问，这位就是二老的爱徒郭定昌啦。"

金爷和佟巴爷同时点下头。

陈钦虎把两掌一拍，对郭定昌说："哟，有福气！满北京城三位高人，让你一下子拜了俩。"

听这一说，佟巴爷想起了什么，问道："今儿个，常五爷没露面?"

陈钦虎回道："今儿个就差他了。这半年常五爷在家猫起来了，不问红尘事儿。"

正寒暄着，前面又过来一个穿古铜色湖丝长袍的人。金尚辈、佟巴爷一眼认出，这人是鸿友镖局的史镖头。几个人说笑着进了饭庄。

刚坐下身，又听堂倌吆喝道："哎哟，这不是侯爷、袁爷吗?您二位里面请，各位爷都在里面候着呢。"

说着，门帘一动，从外面进来两个人。都三十多岁，一个瘦高挑儿，穿着半新青绸马褂；另一个小圆脸儿，矮个儿，穿着白布长衫。

陈钦虎紧跟两人脚后进来，指着瘦高挑儿介绍道："这位叫侯天奎。"又指了小圆脸儿介绍说："这位叫袁定财，都是南水浜地面儿上的人。”说完，又将金尚辈、佟巴爷、郭定昌、史镖头介绍给侯、袁二人。

侯天奎、袁定财听了介绍，惊了一下，忙笑脸给金尚辈、佟巴爷跪个安，媚声道：“您二老大名，早就如雷贯耳，今儿个，我们哥俩儿三生有幸，遇上您哪。”

金尚辈没理睬，吸了口鼻烟，打起了喷嚏。佟巴爷连眼也没抬，拈须品着茶。

又约莫过了半个时辰，陈钦虎朝屋里打量了一遍，人来齐了，便朝众人深深作了个揖说：“多谢老少爷们儿赏脸。今儿个，我替铁栓给诸位施礼了。”说完，又朝众人作了三个揖，接着说：“往后铁栓在南水浜这地面儿上要混几天，望老少爷们儿有钱的捧个钱场儿，没钱的捧个人场，多担待着点儿。”

张铁栓也忙拱手，朝众人深深作着揖谢道：“抬举了！”

陈钦虎又接上说：“今儿个，先让铁栓走走场子，练几趟拳脚，大伙儿指教，再给大伙儿接风洗尘。铁栓要是练得漂亮，老少爷们儿够乐子，就喝个痛快。要是练得露怯，立马儿叫他收拾家伙，滚！”

众人齐口说：“是了您哪。”纷纷起身，来到后院。陈钦虎让金尚辈、佟巴爷并坐中座。金尚辈一本正经地道：“今儿个，是你捧场子，又不是我们捧场子，中座该是你的。”

佟巴爷接上说：“甭客气，金爷说得在理儿。”

陈钦虎也不好再谦让，挽了一把袍子，正襟坐了。

待众人依次坐好，只见张铁栓脱下蓝布大褂，从墙角抱出一捆“刀枪剑戟”，又脱去紧身坎肩，露出身上纹刺的两条青龙。这两条青龙，一只胳膊上刺着一条，龙尾刺到手背，龙身顺着胳膊盘绕而上，龙头到了胸脯。锁喉下，是一颗用朱砂染刺的血红珠子，真格儿的是一幅“二龙戏珠”图。

只这一亮相，众人已为之惊奇，齐口赞道：“好！”

张铁栓又一抱拳，作个深揖说道：“铁栓先给诸位爷献上一套拳脚。练得好，是托请您的福；练得不好，算铁栓孬种，拜请各位爷海涵。”

张铁栓说完，使出个“捧气贯顶”式子，接着“气沉丹田”，把脚一跺，“嗨”了一声，又亮出个“白鹤亮翅”。接下去，是“野马撞槽”“鹞子翻身”“金鸡食米”“大蟒缠身”……猛然倒地，又一个“鲤鱼打挺”跃起身，轻捷地走起了“熊步”。这一跃，腾起半人高；这一走，只见脚飞，不闻声响，着实功夫不浅。

众人又爆出叫好声。

陈钦虎看了，眉飞色舞，不停地转着头，朝左右坐着的金尚辈、佟巴爷大声喝彩道：“二位格儿搭，您二位瞅着功夫怎么样？够劲儿吧？”

金尚辈扬着胳膊大声称赞：“好功夫！”

佟巴爷没露声色，冷峻地盯着张铁栓。

郭定昌看了张铁栓的拳脚，心里也暗暗佩服。可是，一瞅佟巴爷一副心事重重的神情，又把兴致忍了回去，面无表情地站在边儿上，观察着佟巴爷的变化。

张铁栓练完拳脚，又从兵器堆儿里抽出一根红缨枪。这枪有一丈长，枪头锃亮，闪着寒光。张铁栓手握长枪，指着饭庄顶上的檐椽说：“大敌当前，刀枪为先。今儿个，我给诸位爷献个‘飞身点椽’。”说完，跃起身，抡起枪，沿着屋檐飞步而去。就在从正中檐椽闪过的瞬间，就见张铁栓飞身腾起，挥枪冲着檐椽一刺，只听“咚”的一声，枪头已刺中椽头心。

陈钦虎看了，跃身喝彩：“好枪法！好枪法！”

练完“飞身点椽”，张铁栓又作个揖说：“我再给诸位爷献趟‘套路’。”说着，便在场子中央挥枪舞起来，一会儿“白蛇吐信”，一会儿“青龙跃渊”……把众人看呆了。

练着练着，只见张铁栓一个“鹞子翻身”，离陈钦虎只五六步近。佟巴爷瞅了眼，急声喝道：“住手！”话没落地，只听“噗”的一声，枪头已刺进陈钦虎的肚脐。张铁栓又把枪一拧，往后一带。再看陈钦虎已倒在地，肠子、血水淌了出来。

郭定昌从一开场，就留心着佟巴爷的神情变化，内心也紧绷着。听了佟巴爷一声呐喊，一个箭步跳过去，揪住张铁栓的发辫，翻身一个钹脚，把张铁栓踢了个“狗吃屎”。

史镖头、侯天奎、袁定财等人也围上来，只见史镖头飞起一脚，狠狠踹在张铁栓的后心上。侯天奎、袁定财照准张铁栓的后脑，一阵乱踹。只见张铁栓嘴角淌血，猛地把腿一蹬，咽了气。

金尚辈、佟巴爷伸出双臂，扶起陈钦虎。陈钦虎吃力地睁开眼睛，看了看金尚辈、佟巴爷，想说什么，终于没说出口，身子一挺，口吐鲜血，顿时气绝身亡。

“钦虎，你这是怎么了?!”金尚辈、佟巴爷凄伤地齐声呼唤，饱经沧桑的面颊下淌着浑浊的泪水。

第二天，陈钦虎遇刺身亡的事儿，便像一滴水掉进热油锅里，在“四九城”炸开了。

衙门派人到南水浜断案，折腾了好几天，也没断出个头绪。只好定了个“凶犯已亡，无从查询”想草率了事儿。

东、西两营的众扑护不服，闹腾着要去见皇上、太后评理。眼瞅着事儿要闹大，两营统领马得原只好亲自出面安抚：一、钦虎一案，继续查办；二、给钦虎家属抚银一百两；三、众扑护不准因此滋事，违者严办。

众扑护虽说心里不服，可又不敢不从命。陈钦虎一案，一天天淡了下来。

郭定昌有生以来，头一遭遇上杀人的事儿，陈钦虎的凄惨情景老是在脑子里翻腾。有一夜做梦，梦着自个儿去考善扑营，对手正是张铁栓。自个儿还没来得及亮势，只见张铁栓挥枪直冲自个儿肚脐刺来，惊得大叫一声，醒了。这一声惊叫，把全家人都吵醒了。郭老太太一面摩挲着郭定昌的天灵盖儿，一面为郭定昌叫魂儿：“八崽儿，回来了。”郭定昌轻轻推开郭老太太的手说：“娘，我都十八岁了，又不是小孩儿，没事儿。”郭老爷子安慰郭定昌道：“这点事儿怕什么，庚子年联军进北京，杀起人来比这邪乎多了。”

这一夜，郭定昌翻来覆去睡不着。他倒不是怕见杀人，而是反复琢磨：从面上看，张铁栓这个人挺厚道，挺义气，怎么反倒干出伤天害理的事儿?

第二天，郭定昌来佟巴爷家。正巧，金爷也到了。郭定昌便把自个儿的心事儿，对二位师父说了。

金尚辈听了，摸了几把头皮，埋怨自己："我也瞅着张铁栓是个江湖上的义气人。可万没想到，他的心比蛇蝎还毒。早知道他是这号人，钦虎也不会……"金尚辈痛惜地鼻子一酸，说不下去了。

郭定昌见金爷心痛得老泪欲滴，也不由得伸手抹了抹眼泪。

佟巴爷用深邃的目光看着金爷，轻声说："前天，润才来告诉我，说钦虎的事儿已有眉目了。"

金尚辈听了，心里一喜，急切地问："衙门怎么说?"

佟巴爷愤愤地说："衙门能上心这事儿！是润才几个打探的。"金尚辈、郭定昌一听佟巴爷的话，刚才的愁云顿时透出一道亮光，迫不及待地齐声问道："出在哪儿?"

佟巴爷眯缝起眼睛，捋着髯须，思量着说："润才没细说，我听话茬儿，八成出在营里。"

金尚辈摇摇头，露出疑惑的神情说："不可能。善扑营的人干不出这种缺德事儿。"

佟巴爷没再说下去。此时，他的心中，恰似晨风卷起的排排巨浪，起伏不平。几十年的往事，又像翻滚的浪涛，涌上心头。

金尚辈见佟巴爷凝思良久，不发一言，再也沉不住气，上前推了推佟巴爷，似有所悟地问道："您说咱善扑营真的能出这号心黑手毒的人?"

佟巴爷冷冷一笑，用手指着金尚辈大拇指上戴着的扳指说道："有些话我待会儿再说，先问问您这扳指原本是干什么用的?"

"是咱八旗兵射箭用的索扣。"金尚辈干脆地回道。

"是啊。可现今儿成了打扮。就冲这档子事儿，您说现今儿的事儿，有什么不可能出的?"

金尚辈一听，笑道："这和钦虎遇害是两档子事儿。"

佟巴爷拈须一笑，说："金爷，您这就错了。现今儿，营里的事儿跟这扳指一样，性儿都变了。"

说到这儿，郭定昌端上茶来。佟巴爷冲郭定昌说：“你也坐下来听听。往后为人处世，兴许有用途。”又说：“刚才，我正回想着我佟福瑞当年进营的事儿。金爷，您还记得吗？”

金尚辈听这一问，振作起来，连声道：“记得，记得。八辈子也忘不了。”

金尚辈说着拿出鼻烟壶，往鼻孔上抹了两下，打个喷嚏，兴致勃勃地讲开了：“那是咸丰七年，善扑营开庙招考，您是第一个应考的‘候等儿’。按照善扑营的规矩，一跤定输赢。可那回您哪，新鲜啦，竟然连着摞了三跤。”

郭定昌听着纳闷儿，伸长脖子直眨眼睛。

“接着说，您哪。”佟巴爷微闭双眼，捋着银髯，默默听着。

金尚辈呷了口茶，继续说下去：“第一跤，您跟石中玉刚一搭手，就见您左手一横，石中玉略微一移身，您右边儿‘啪’地就是一下‘老切子’，把石中玉‘切’出有三步远。按理说，是您赢了，可潘岳峙正座愣说没看见！这不是睁着俩眼说瞎话吗？没辙，又来了第二跤。您没等石中玉靠身儿，就见您右胳膊一晃，左边‘唰’地就是一个‘十字拦’，把石中玉摔了个‘大马趴’，引得满堂人叫好。可潘正座还是那句话：没看见！只好又来了第三跤：石中玉刚揪住您的偏门，就见您一松胯、塌腰，猛地一个‘穿腿’，硬是把石中玉托了起来。您双手捧着石中玉，把他直挺挺地往潘正座案前一搁，大声问道：‘潘正座，您这次看见没有？’把潘岳峙气得冲您大喝：‘你给我下去！’”

讲到这儿，郭定昌笑得直不起腰。

佟巴爷正颜厉色接上话茬儿：“知道为什么吗？人家石中玉事先给潘岳峙送了银子，咱脑子里压根儿就缺少这根弦儿。只认一个理儿：凭本事！”

金尚辈、郭定昌听了佟巴爷道破天机，恍然大悟，都明白了佟巴爷的这段往事回忆，就是告诉自己像潘岳峙这样贪赃枉法的小人，现今儿也有。待人接物，不能太憨、太表相、太善心。

郭定昌的心雾蓦地散开，心里一下亮堂起来。他迫不及待地发问：“究竟是营里的谁？”

佟巴爷在桌上猛击一掌，咬牙切齿地说：“白义堂！”

佟巴爷正待说个仔细、明白，就听有人敲门。开了门，只见马风喜气喘吁吁地跑进来，见面一句话：“盛润才出了人命案啦！”

金尚辈、佟巴爷、郭定昌已猜出了九成。马风喜接上说：“史镖头、侯天奎、袁定财被杀，白义堂跑得快，保住了一条命。”

众人忙问经过。马风喜告诉：“盛润才几个师兄弟打探明白了，白义堂为了当格儿搭，把陈钦虎视为眼中钉。他买通史镖头一伙和沧州卖艺的，设‘连环计’对钦虎下了毒手。昨儿晚，白义堂一伙在玉楼春喝庆功酒，被盛润才他们得到消息，趁史镖头一伙喝得烂醉，盛润才几个人持兵刃闯进来，杀人后，都跑了。”

二

马风喜话没说完，金尚辈早已怒火燃胸，忽地从椅上跃起，喝道：“跑了和尚，跑不了庙！”一把拉过郭定昌说：“走，跟我擒小丫头养的去！”

佟巴爷一把拽住金尚辈，思忖地说：“金爷，不可乱来。眼下，张铁栓、史镖头和侯、袁等人都已做鬼。一无人证，二无物证，你凭什么抓人。”

果然，不出佟巴爷的预料。白义堂逃出玉楼春，恶人先告状，直奔了提督衙门。

第二天，大街小巷便贴满缉拿盛润才等人的告示。对白义堂，经衙门三审五断，最终定了个“查无实据，当即释放”，没事了！没出一个月，白义堂当了西营的格儿搭。众扑护虽说心里不服，可这是上面定的，谁还敢跟朝廷较真儿，一阵风过后，很快恢复了平静。

白义堂当格儿搭后，办的第一件事儿是给大家补发欠银。金尚辈已有半年没领着致仕银了，听了这事儿不但没高兴，反倒冷笑着鄙视道：“白义堂这一招儿叫‘刘备摔孩子——收买人心’！”营里来人催了几遍，他依然无动于衷。金老太太只好让郭定昌去西营，替金爷把俸银领回来。

郭定昌从西营回来，把俸银交给金爷。金尚辈把银子往床上一扔，啐说：“金爷过日子还真不靠这几两臭银。”静了会儿心，才问郭定昌：“营里怎么样?”

郭定昌眨眼一想说：“昨儿个，西营的人去了火器营。正赶上练兵处会办大臣袁世凯大人也在。袁大人一听善扑营的扑护们在这儿，来了兴致，非让撂撂。白义堂一听，拉着景天长就下了场。听说，一个‘撮窝’，把景天长扔出好几个滚儿。袁大人乐得一个劲儿夸白义堂的功夫好。”

一听这话，金尚辈瞪眼骂道：“小丫头养的，懂得什么叫‘撮窝’，明明是故意显摆。”说完，把牙一咬，对郭定昌说：“替我背上褡裢，找佟巴爷去。”

来到佟巴爷家，金尚辈愤愤然地将郭定昌的话跟佟巴爷叙述了一遍，指着褡裢恨恨说道：“景天长让着姓白的，我金尚辈可不容这号人!”

佟巴爷立马儿清楚了金尚辈的来意。自从钦虎遇害后，一桩桩、一件件的事儿，把他憋得犹如一只囚笼之虎，每时每刻都可能发作。金尚辈的话恰似一把钥匙，打开了囚笼，佟巴爷大吼道：“早该杀杀他们的威风!”说着，一把拿出褡裢，交给郭定昌背上，三人直奔西营。

西营是一座庙式建筑，正临街面。红漆大门庄严肃穆，重檐大殿墙红瓦黄。左右门旁各蹲踞着一只怒目而视的石狮，威武雄壮，似在警告世间一切猛兽莫来侵扰。

值班的扑护一见金尚辈、佟巴爷、郭定昌来了，一面笑容可掬地迎上来，一面冲院里大声喊：“金爷、佟巴爷到!”

院里的众扑护听了喊声都往外迎，马风喜第一个赶出门，急忙请安。众扑护也先后来到，一一给金尚辈、佟巴爷见了礼。

金尚辈二话没说，从郭定昌肩上扯下褡裢，往地上一扔，怒目圆睁，盯着宽阔的黄土大院说：“这几天，我们老哥俩在家闲得慌，就琢磨着来营里活动活动筋骨。”

听这一说，只见一个二十多岁、敦敦实实的扑护，一溜小跑，上了正殿报信儿了。

片刻，只见一个四十来岁、圆乎脸儿、蒜头鼻、敦敦实实的人，从正殿信步出来。这人走到正殿前的月台边儿，便停住脚步，挺直身，仰起脸，慢悠悠抱起拳，不阴不阳地朝金尚辈、佟巴爷道：“白义堂在这儿给您二位见礼了。”

金尚辈认识白义堂，却故作惊奇地鄙视了白义堂一眼，转身问佟巴爷：“哟，这位是谁啊？我怎么瞅着怪眼生的。”

只见白义堂身边儿的一个扑护朝金尚辈、佟巴爷请个安说：“这是现今儿西营的白义堂白格儿搭。”

佟巴爷一捋髯须，讥讽道：“可贺，可喜。”接着又抛出一句：“今儿个，我和金爷来给您助助兴。”说完，抬手脱去了袍子。

金尚辈也伸手把袍子一掀，脱下，往地上一扔说：“按善扑营的规矩，三月十五到八月十五，当着开庙，谁来撂都行。白格儿搭，给配个对儿吧，您哪。”

白义堂略一思量，心想：甭问，这俩定准是来找碴儿的。便朝身旁红脸面的扑护睥了一眼。这扑护心想：别倚老卖老。这不是头二十年，你们力壮功夫精，没谁敢碰你们。现今儿，你们已是快进棺材的朽木，还能有什么本事！想到这儿，这扑护精神一振，把头一甩，冲金尚辈、佟巴爷抱拳说道：“那我就陪两位格儿搭玩玩儿。”

金尚辈把头摇了几摇，抬手摆两摆。

白义堂瞅着金尚辈不中意，又冲另一个扑护示道：“玉金，要不你陪两位格儿搭玩玩儿。”

佟巴爷也把头摇了几摇，抬手摆了摆。

白义堂不耐烦了，沉下脸冷冷说道：“那两位格儿搭挑谁？尽管说就是了。”

“你！”金尚辈迎头抛出一个字。

白义堂一震，心想：这两人的功夫，北京城叫绝，听说又一直没放下，万一自个儿有个闪失，那恶果可就大了。想到这儿，白义堂忙赔个笑脸，躬身说道："哟，您二老这不是寒碜我吗？我哪是您二老的对手啊。"

佟巴爷捋着胡须，冷笑着说道："自从康熙爷创立善扑营至今，临场尿裤子的格儿搭，可是鲜为人知。"

一句话，把白义堂气得脸色煞白，额头暴起青筋，浑身颤抖着。白义堂吼了一声："那好！"转身就要去取褡裢。此刻，只见从他身后闪出刚才报信儿的扑护，朝金尚辈、佟巴爷施个礼说道："我替师父陪二位格儿搭玩玩儿。"

众扑护一看，这人原是景天长。

佟巴爷是个精细人，心想：景天长定准儿是个有心计的，他使的这一招儿叫"丢卒保车"。眼下，不管是我，还是金爷，谁要上场较量，赢了脸上无光，输了脸上抹黑，对白义堂却不妨碍。想到这儿，佟巴爷冲景天长冷冷一笑，喝道："就你这样的哈哈珠子，也不怕臭了我的褡裢？"

景天长听了佟巴爷的话，心里上火，脸面上却露着温和，把拳一抱说："佟巴爷，您这话就差了，虽说我是个哈哈珠子，可大小也是个善扑营的扑护，当的是皇差。再说，善扑营开庙后，撂跤可不分等级。这点，我琢磨着您老不会忘了吧？"

佟巴爷冷笑一声，正要反唇相讥，就见郭定昌从佟巴爷身后闪出，"咚"地跺了一脚地，厉声喝道："景天长，说话客气点儿！我来替二位师父陪你玩玩儿！"

众扑护一见，这么撂再好不过了，齐声喊："这正对辙！"

景天长也斜了郭定昌一眼，把牙咬得咯咯响，恨不能一下把郭定昌摔个粉身碎骨。他大吼一声："来吧！"穿好褡裢跳上场。

郭定昌也换上褡裢，一个箭步跃到景天长面前，亮个架势。

景天长两眼冒火，暗想：赢了郭八，杀杀两个老东西的威风，给白爷扬扬脸儿。便恶狠狠冲郭定昌扑来。郭定昌不慌不忙，轻轻拨开景天长的手，右手揪住景天长的直门，一个"车轮步"，翻身就是一个钹脚。此刻，景天长只觉得郭定昌这一脚有千斤之力，

“哎哟”一声摔出四五步远，腓骨已露出肉外。

按善扑营的规矩，这叫“垫差”，别说伤人，真的摔出人命，那才叫荣耀呢。白义堂心里窝火，面儿上还得赔着笑脸，夸郭定昌：“撂得好！”

三

白义堂说完，收住笑脸，狠狠瞪了景天长一眼，拂袖而去。营医急忙跑来，给景天长敷了跌打接骨药，让人把景天长抬了下去。

金尚辈、佟巴爷、郭定昌从西营出来，一路轻松，憋在肚里的怒火，总算喷泻了几分。金尚辈还觉得不过瘾，一个劲儿地后悔：“没把白义堂逗出来，撂他个痛快才解气。”

佟巴爷安慰说：“兔死狐悲。今儿个，够让白义堂现眼了。物极必反，当心‘欲速则不达’。”

说着，到了金尚辈家。一进门，金尚辈就扯起嗓子喊：“快炒上几个好菜，烫壶好酒，我们好好乐乐！”

金老太太瞧着三人高兴的样儿，也笑脸答应着忙活去了。

进了正屋，金尚辈抹了一点儿鼻烟，打了个喷嚏，夸奖郭定昌：“行啊，功夫大有长进。”

郭定昌有点儿不好意思，谦逊道：“论正理儿，景天长的力气比我大，只可惜没练过大棒子，劲儿忒僵，要不然我还真悬乎。”

佟巴爷没作声，只是冷静喝着茶，思考着什么。

这时，传来女人声：“金嫂儿，忙着您哪！金爷在家吗？”

金尚辈起身迎出去，原来是隔壁的赵婶儿，忙让进屋。

赵婶儿一面朝佟巴爷施礼，一面把手里提着的礼物递给金尚辈说：“昨儿个，俺们家小庆子从火器营回来，特意给您捎回来几包‘鬼子烟儿’。”

金尚辈接过包装花花绿绿的烟包，翻来覆去看了，又递给佟巴爷。佟巴爷端详着问：“赵婶儿，没听小庆子说火器营有什么新鲜事儿？”

听这一问，赵婶拍了一巴掌腿说道：“小庆子说，火器营刚从德国买来好些洋枪洋炮。还说，那些个洋玩意儿比刀枪厉害多了。”

金尚辈一听，插了话：“这话不假。当年李中堂李鸿章办洋务，我和佟巴爷一些人直犯嘀咕，觉得顺治爷得了大明江山，靠的不是洋枪洋炮，是个‘勇’字。李中堂花那么多银子买洋火器值吗？后来，庚子年廊坊一仗，咱六千多八旗兵硬没打过千把人的洋枪队，这才让人回过味儿来。”

佟巴爷听到这儿，呷了口茶，若有所思地说：“从西营回来，我一直琢磨，现今儿，营里一团漆黑。像白义堂这号奸人都当了格儿搭，往后光凭功夫能行吗？更何况，今儿个，咱又把他得罪了，以后还能不找郭定昌的麻烦？”话到这儿，佟巴爷放下茶杯，把郭定昌拉到身边，叹了口气说：“刚才，赵婶儿的话，倒是给我提了醒儿。往后光宗耀祖、过日子，不能光指望进善扑营，也得学学洋人的手艺。依我看，干脆改行，考火器营。”

佟巴爷的话刚落地，只见郭定昌已扑通跪在地上，掷地有声地说道：“定昌早就横下一条心，善扑营就是火海刀山，我也闯定了。等我当了格儿搭，非把现今儿的邪乎风正过来！”

金尚辈听了郭定昌的话，连声赞道：“有种！”又劝慰佟巴爷：“甭跟姓白的斗气。我瞅着定昌有出息，定准儿是个好练儿。改考火器营，太可惜定昌这身功夫了。”

说到这儿，赵婶儿忙起身，不住地埋怨自己：“这都是我给你们添的乱。我要不提火器营就好了。”又说：“还要去看看邻居高爷。”便起身告辞了。

送走赵婶，佟巴爷又静心沉思良久，才对金尚辈和郭定昌说：“定昌要想进善扑营，非得再拜常五爷为师不可。”

金尚辈忙起身说道：“常五爷的脾性儿，你佟巴爷还不知道？早就闭门谢客了。让他东山再起，简直比登天还难。”

佟巴爷慢条斯理地捋着胡须，回道：“再难，这个师父定昌也得拜！”

第五章

水深自有渡船人

一

郭定昌只是听说过常五爷的名。瞅着佟巴爷如此看重他，脸上没露声色，内心暗暗不服。他琢磨：佟巴爷待人向来谦和，常五爷的功夫，未必比金爷和佟巴爷高明。我跟金爷练了两年多，又跟佟巴爷练了快两年，两位师父待我胜过亲儿子，把平生所学一招儿不留地传授了。善扑的蹦、拱、掼、花、倒、踢、扯、闪、拧、空……所有功夫、掼技无一不知，无一不晓。特别是金爷的器械功夫、佟巴爷的大棒子功夫，自个儿练得炉火纯青，使满“四九城”的练儿无不叹绝，怎么非得再拜常五爷当师父！想到这儿，郭定昌愈加迷惑不解，便向前给金尚辈、佟巴爷跪个安问：“常五爷的功夫比金爷、佟巴爷如何？”

金尚辈一听，放声朗笑道：“与常五爷相比，我是李逵，常五爷是燕青。”

佟巴爷拈须端详着郭定昌，心想：傻小子，你的心事，我佟巴爷清清楚楚，便郑重说道：“常五爷人称‘活燕青’，当年他巧赢‘赛蛮牛’的事儿，至今在北京城流传。”接着讲下去：“咸丰十年，蒙古派了最出名的掼跤手、大力士扎布隆来北京比跤。扎布隆那年二十四岁，六尺多高，二百多斤重。他力能扳倒牦牛，单掌开石，就是当年‘大蛮牛’‘二蛮牛’再生，也得甘拜下风，人称

'赛蛮牛'。他那次来北京，就是要灭咱善扑营的威风。正月十九，咸丰爷在紫光阁御览。'赛蛮牛'在垫子上一站，似一座铁塔，大腿有吊桶粗细，胳膊像檀条般坚实，一双豹眼，闪着冷森的凶光。那天，穆阿隆统领派了金爷、我和常五爷上场。金爷和我都没赢。轮到常五爷上场，'赛蛮牛'盯了常五爷一眼，摇了摇脑袋，便像一头脱缰的野牛冲常五爷扑去。哪知道常五爷的一双手'如封似闭'，'赛蛮牛'东抓西抓，忙活半天，连常五爷的褡裢都没摸着一下。'赛蛮牛'再也沉不住气，运足丹田气，伸手又去揪常五爷的偏门。常五爷看着'赛蛮牛'这次泄了劲儿，待到'赛蛮牛'的手到胸前，只一挽腕子，两臂一曲，同时长腰发力，托起'赛蛮牛'的胳膊，喊一声：'走！'便把'赛蛮牛'摔了个仰面朝天。咸丰爷乐得当场纳升常五爷为一等扑护。我和金爷也从此知道了常五爷的功夫厉害。"

郭定昌听得目瞪口呆，好一会儿才问道："常五爷能收我吗？"佟巴爷说道："不收，想法子也得让他收。这事儿，关乎你的前程。"接下去，佟巴爷分析道："东、西两营的扑护，我摸得精透，只有褚林功夫高强。褚林，人称'大力神'，太和殿前的那口一千多斤重的鎏金缸，他双手一扭，就转动半圈，论力气，你不如他。这还不说褚林手上的功夫也极快、极巧，你又不如他。一旦你应考善扑营，白义堂成心配褚林给你当对手，你定准儿叫输。行话说'手如两扇门'，我和金爷教你的是'院儿里'的功夫，'门'上的功夫，离了常五爷不行。只有学好常五爷手上的功夫，再加上金爷和我的真传，你自个儿的灵劲儿，才能保证你以后考善扑营万无一失。"

金尚辈听佟巴爷一席话，乐得跷起大拇指赞道："佟巴爷，真有您的，不愧是'赛周侗'！"

佟巴爷又说："常五爷好办洋务，连王爷、两营统领都敬着他。定昌有了常五爷这个师父，今后麻烦事儿定准儿会少出点儿。"

听这一说，金尚辈猛地悟过来，拍着脑门儿说："我怎么就没想到这儿！"猛地又想起了什么，说："这事儿能行？"

佟巴爷轻轻捋着胡子，贴着金尚辈耳朵，悄悄说了几句。就听金尚辈说："成败就看明天的了。"

第二天，金尚辈、佟巴爷、郭定昌便去拜访常五爷。

穿过果子市，一眼望见几株参天古槐环抱着一幢古色古香的宅院。这儿，就是常五爷的家。

"常五爷在家吗？"金尚辈隔墙高声吆喝了一声。

没等敲门，只听里面的门闩响动，一位灰白头发的女用人开门迎出来。

佟巴爷忙上前说了来意，女用人一面殷勤地往屋里让着三人，一面回道："今儿个一早，常五爷和太太就让丰泰照相馆请去了。"

郭定昌边走边打量着庭院：正面是七间青灰色平房，没有两厢，院子青砖铺地，宽敞整洁，四周绕有回廊。院子四周的台阶下，生长着葱郁的竹苗，极其幽雅恬静。

进了屋，女用人看了一眼墙上挂着的洋钟，说："都十点多了，该回来了。"说完，从橱里取出盖杯，给每人献上茶；又取出一包花花绿绿的洋烟卷，说了句："抽烟，您哪。"

金尚辈忙从怀里取出鼻烟壶冲女用人谢道："谢谢，您哪！我抽这个。"说完，把鼻烟往鼻孔上一抹，痛痛快快打了个喷嚏。

这一声喷嚏，把女用人吓得一哆嗦，用手拍打着胸口说："老天爷，吓死我了！头几年，常五爷也总是这样吓人，现今儿好了。"

听这话茬儿，金尚辈笑着问："常五爷戒烟了？"

女用人说："鼻烟是戒了，可又抽开鬼子烟了。"

佟巴爷看着金尚辈、女用人的滑稽神态逗得想笑，又憋了回去，问："听人说，常五爷胸上长了个毒疖，好了吗？"

女用人回道："哟，这事儿连您也听说了？那毒疖长了有日子了，比鸡蛋还大。前几天，请了个洋大夫看了看，还动了刀。这几天，肿是消了，可就是不生新肉。"

正聊着，只听门闩响动，众人抬眼朝外一望，常五爷回来了。

金尚辈、佟巴爷、郭定昌忙迎出去。只听女用人问道："哟，怎么就您一个人回来了？"

常五爷一面与众人见礼，一面回道："她去逛大街了。"

郭定昌仔细端详常五爷：六十四五岁年纪，圆乎脸儿，细白皮儿，比金爷略瘦，比佟巴爷略高。上身穿一件浅灰洋纱对襟短褂，下身穿一件藏蓝洋纱宽口长裤。嘴唇上的两撇灰白八字胡，整齐光亮，让人看了觉得七分像文官，三分像扑护。

常五爷把金尚辈、佟巴爷、郭定昌让进屋，坐好。瞅了一眼桌上的茶杯，猛地想起了什么，便冲屋外喊道："刘嫂儿，把茶端下去，换上咖啡来，让金爷、佟巴爷他们尝尝。"

郭定昌听着"咖啡"这名怪新鲜的，正想见识见识，就听佟巴爷说："别价了，您哪！那洋茶留着招待别人，我们喝这个就满够味儿。"

常五爷也没谦让，从兜里掏出一包烟卷，抽出一根，点燃，边抽边兴致颇浓地说："今儿个，丰泰照相馆真叫响了！满北京城独树一帜，率先放了咱中国人自个儿拍的电影。"

"什么名？"金尚辈也来了兴致，急切地问道。

"谭鑫培先生的《定军山》。"常五爷陶醉了。

佟巴爷见常五爷正在兴头上，觉得不便过急提郭定昌的事儿，索性聊起了电影。

聊了一会儿电影，常五爷又把话题转到办洋务上，感慨地说："兴学堂、开门户、办洋务，这些事儿都对了。再不这么干，洋鬼子想什么时候来，一抬腿，就又来了。"

金尚辈是个急性子，听常五爷不住口谈着，再也耐不住了，便打断话题说："咱哥仨都是从善扑营出来的，该聊聊摺跤的事儿了。"

常五爷听了金尚辈的话，微微一笑道："光知道摺不行，重要的是要明白里面的理儿。"

说完，常五爷站起身，来到橱前，从里面取出两本书，指着书说道："这些日子，我就琢磨，善扑不光是一种击技，它就像这书上讲的那样，是集医学、物理、伦理之大成的一门学问。"

听常五爷一席话，郭定昌觉得真新鲜，万没想到，善扑还有这样深奥的理儿。禁不住瞅了一眼金尚辈和佟巴爷，发现金爷和佟巴爷也听得入神儿。

常五爷接着说道："用什么绊儿，使什么手，哪个骨节发劲儿，这得懂医学。人为什么倒？为什么有人摔得轻，有人摔得重？按洋人的物理书上说叫作'失去重心'。佟巴爷的大棒子，表面看练的是活劲儿，其实，深处的理儿在于：身体纵有千变万化，始终要保持平衡，不失重心……"

一席话，把郭定昌说得暗暗称奇。好似口干舌燥时，喝了一口清凉的山泉水，沁人心脾；又似迷途中找着了方向，豁然亮堂。心想，要不是佟巴爷有心机，这样的高师，自个儿打着灯笼也难找。

金尚辈、佟巴爷听了常五爷的一番话也暗自惊叹。

金尚辈盯着常五爷暗想：我金尚辈练了几十年功夫，大小较量过千场，怎么就不明白这些理儿？说归齐，是个睁眼瞎。往后，不能光练石锁、石墩子，还得像人家常五爷那样，做做学问。

佟巴爷捻须思量：四十多年前，我第一次和常五爷你见面，就觉得你绝非等闲之辈。咸丰十年，您摔"赛蛮牛"，我验证了。光绪二十年，您兴办洋务，我验证了。这次，我又验证了。跟您比，我佟福瑞只是一介武夫。郭定昌有了你，才是如虎添翼，如鱼得水。

想到这儿，佟巴爷站起身朝常五爷作个揖道："听您常五爷一席话，我佟福瑞深感胜读十年书。您武艺超群，文武双全，平生所学可不能压箱底儿啊！"

金尚辈听佟巴爷一说，猛然反应过来，也忙接上说："咱哥仨都是快入土的人了，学的玩意儿，该往外露露了。"

听了这些话，常五爷心里已明白了八九成，哈哈笑着说道："过奖了。别说我没什么本事，就算有，冲现今儿善扑营窝火、憋气的德性，收徒弟还不是误人子弟。"

金尚辈听了这话，鼻子里哼了一声骂道："这话不假，像白义堂这号武林败类，不除真不足以平民愤！"

佟巴爷兴奋地说："昨儿个，金爷和我带着郭定昌去西营闹了一场，让白义堂好出洋相。”接着，便把昨天的事儿，从始至终给常五爷说了。

当常五爷听到郭定昌摔景天长这段儿，兴奋得脸颊绯红，不由得端详着郭定昌赞许道：“有德性！”而后又暗想：要说郭八赢了景天长，可信。再往玄点儿说，把景天长摔闷昏过去，也可信。可把郭八说的一钹脚踢断了景天长的“迎门骨”，这话可就太玄了。我常廷武在善扑营干了近四十年，还是头一回听说这样的新鲜事儿。又一琢磨：佟巴爷的品行，不是胡吹海侃的人。郭八真要是像佟巴爷说的那样，身怀如此绝技，我倒是真应该传他几招儿手上的功夫，也算没抹金爷和佟巴爷的面儿。

想到这儿，常五爷蓦然把烟掐灭，用手指理了理八字胡，对郭定昌说道：“郭八，你跟我出来一趟。”

金尚辈、佟巴爷也被常五爷弄蒙了，慌忙起身跟了出来。

穿过边墙的月亮门，是一个小花园。常五爷走到园中一根杯口粗的木桩前站定，对郭定昌说：“郭八，你把钹脚练给我瞅瞅。”

二

佟巴爷瞅着常五爷要试郭定昌的功夫，不觉一阵暗喜，心想，今儿个，这事儿有门！便冲金尚辈暗示了一眼。

金尚辈会意地微微一笑。

蓦地，佟巴爷又想起了什么，刚才挂着喜悦的脸色又阴沉下来。他瞅着桩子暗想：今儿个，郭定昌要是脚到桩断，拜师的事儿就成了一半。一旦现眼，可就悬上加悬。想到这儿，佟巴爷开始琢磨着下一步的打算。

郭定昌瞅着木桩，内心也一阵阵紧张。他明白，这一脚绝非寻常，今儿个的事儿，成败都在此一脚了。想到这儿，郭定昌禁不住瞅了瞅金爷和佟巴爷。

金尚辈已看出郭定昌的心事，便走向前朝木桩狠狠踢了一脚，话中带话地对常五爷说：“常五爷，您这桩子可够瓷实的。”

常五爷已听出金爷这句话的里音儿，是在为郭定昌找退路，便捻着八字胡须，微微一笑，也话中带话地回道："金爷，您没听咱行话说，'木桩易断，腿骨难折'吗？"

佟巴爷听了，也变着话说道："今儿个又不是鸿门宴，就是郭定昌有个闪失，您常五爷还能不担待？"

听这一说，三人相视而笑。

郭定昌看了三人的神情，紧张的思绪顿时轻松下来。只见他，亮出个跤架，运足浑身力气，眼睛一瞪，大"嗨"一声，飞起右脚，向木桩踢去。那凶猛之势，恰似虎啸山林，只听"咔嚓"一声，杯口粗的桩子，上半截已被踢断。常五爷不禁一声喝彩。喝彩声没落地，又见郭定昌飞起左脚，向剩下的木桩踢去，"咔嚓"一声，又踢成两截，断木飞出老远。常五爷止不住连声夸赞："真不愧是金爷、佟巴爷的徒弟！"

郭定昌收住脚，忙向前给三位前辈请个安说："请三位师父多多指教。"

常五爷已听明白郭定昌所说"三位师父"的话外音儿，心想：孩子，论你的功夫，论你的机灵劲儿，我无可挑剔，你常五爷难就难在弄不清你将来是只燕雀还是鸿鹄！

金尚辈见郭定昌取得成功，心想，还不快拜师？急得一把拽过郭定昌喝道："还不赶快给常五爷磕头！"

常五爷听了这话，忙把手摇了摇止住金尚辈说："自古有句古训，叫作：'道不轻传，艺不磕门。'金爷，您莫非忘了？"

金尚辈听了这话冲佟巴爷相视一笑，暗想：这个关子，我们早就料到了。

没等金尚辈答话，佟巴爷已拈须说道："常五爷，道不轻传，不是不传；艺不磕门，看谁磕门。当年，岳飞拜周侗，周侗莫非道传错了，岳飞莫非门磕错了？"

常五爷听了，稍一琢磨，继而答道："我不比周侗，定昌可比岳飞？"

郭定昌听这一问，忙向前给常五爷磕着头道："定昌怎敢与圣人相比？但圣人忠心报国的大志，定昌牢记心坎。以后，我要是当了格儿搭，非把善扑营的邪乎劲儿正过来。”

此时，常五爷已把郭定昌琢磨得精透，猛地一扬胳膊，说了声：“有德性！”

常五爷这一扬，扯痛了胸脯上的毒疖，只听“哎哟”一声，洋纱短掛上已透出血渍。

佟巴爷问了情况，埋怨说：“难道您不知道，我有祖传的生肌方子？”

常五爷反问道：“您外传吗？”

佟巴爷打趣地回道：“跟您的功夫一样，看传给谁。”说着，取出药方，递给常五爷。

几个人谈笑着，又听常五爷指着药方说：“飞鹰这味药难对付。”

金尚辈忙说：“明儿个，我带定昌去八达岭打去。”

佟巴爷、常五爷齐口说：“咱们一块儿去。”

深秋的八达岭一派金辉。

崇山峻岭中，六匹快马沿着古道奔驰着。

这六个人，正是金尚辈、佟巴爷、常五爷、郭定昌、文瑞和小鬼崔。

骏马驰过，但见群峰嵯峨，烟云浩渺。山上的苍松古槐郁郁葱葱，绿荫成盖。如剑的山峰，直刺苍穹，清风起处，林涛汹涌。飞霞泛起，一抹绀紫辉映群山，远近诸峰在霞光的映照下，忽黄、忽绿、忽墨、忽红，幻变成一层层光和色，越发瑰丽、苍翠。溟濛岚气中，浮现出层峦叠嶂，峥嵘拱列，呈现一派“众峰削玉九千仞，群嶂穿空十万支”的磅礴气势。怪石错列间，一道清凌凌的溪水顺山势，穿乱石，奔突跳跃，蜿蜒而去。六人寻陌而上，但见一挂碧川从绝壁上飞流直下，卷起千堆雪似的水花。崖下，一汪水潭，清澄见底，蔚蓝夺目，数十尾灰黑色的小鱼儿袅袅摆动，宛如一个个小精灵熠熠闪烁。又看那满山遍岭的野菊花，有白的、红的、黄的、紫的、绿的、黑的，斗着阵阵北风灿然盛开。远看似朵朵紫霞落地，近看像琼玉翡翠耀目，以姹艳的丰姿，为大千世界撒上了生命的种子。

郭定昌一行人正倾心欣赏，忽然，隐隐传来几声吆喝。众人举目远望，只见远处一片彩云萦绕半山，吆喝声从这片云间飘来，真像传说中的仙境。众人凝神细察，原来是缤纷野菊涂抹了半边山地。佟巴爷听到从不远传来阵阵笛声，猛然想起唐人杨巨源的《长城闻笛》，禁不住吟道：“孤城笛满林，断续共霜砧。夜月降羌泪，秋风老将心。静过寒垒遍，暗入故国深。惆怅梅花落，山川不可寻。”常五爷听了佟巴爷吟的诗，顺口说道：“麒麟兄，可曾记得黄巢的《题菊花》一诗？”

佟巴爷回道：“不曾拜读。”

常五爷便开口吟道：“飒飒西风满院栽，蕊寒香冷蝶难来。他年我若为青帝，报与桃花一处开。”

金尚辈把“青帝”错听成“清帝”，慌忙向前，一把捂住常五爷的嘴，惶恐不安地说：“说过了！说过了！这是犯上作乱，灭九族之罪。咱们善扑营的，就知道练功夫。有了功夫，甭管换了哪个皇上，也得召咱们当扈从宿卫。”说完，又冲郭定昌、文瑞、小鬼崔嘱咐道：“常五爷吟的诗，谁也不准对外人说。”

郭定昌、文瑞、小鬼崔压根儿就不明白常五爷吟的那首诗的意思是什么，嘴上忙是直说：“知道了，您哪！谁说了，就天打五雷轰！”

常五爷、佟巴爷见金尚辈一副惊恐的神情，不由相视而笑。常五爷忙向前把“青帝”的由来给金尚辈讲了个明明白白。

金尚辈听了，方把心放下，但又嘱咐常五爷说：“回到城里千万别吟这首诗，‘青’和‘清’是一个音儿，当心小人做怪。”

师徒六人歇息片刻，又牵马向菊园走去。

来到菊园，但见五颜六色的菊花中掩映着一户人家，一个十五六岁的村姑正臂挎竹篮，采摘篱笆墙上的扁豆。看见来了生人，便起身推开柴扉，进屋去了。一会儿，从屋里走出一位满脸挂着核桃纹的老者。老者带着几分疑惑打量着他们。

当佟巴爷向那位老者说明来意后，顿时，老者解除警惕，笑吟吟地说道："立秋后，鹰很少低飞，忒难射。没有上好的箭法，是射不着的。"老者继而又指着对面山峰说："站在那山顶上，兴许碰巧能射着。"

听老者一说，众人便把马拴好，徒步沿盘陌顺崖斜上，向峰顶攀登。

一路上，但见断崖劈石，凿梯为道。众人扣紧心弦，慢挪轻移，终于爬上顶端。

峰顶犹如鱼脊，岩石平展裸露，两侧刀切剑削，下望使人生畏。瞭前眺后，南面平川似毯，尽收眼底；北面重峦如涌，万绿无际。但见，山连山，岭套岭，绵亘不绝。不远处，影影绰绰的万里长城，浮在雾霭之上，就像一条灰色飘带悠然舞动，又恰似粗壮的长龙横卧群峰诸岭之上，欲飞未飞，欲腾未腾；弯弯曲曲，顺沿着蜿蜒起伏的山脉，向两边尽头伸展开去，使燕北大地婀娜的风姿，又带上雄奇威严。

此时，郭定昌的心已被眼前这幅壮美的景色吸引。他心想：要不是亲眼来看看，怎么也不相信北京城外还有这么漂亮、壮丽的地方。当年努尔哈赤率兵南征北战，驰骋塞外疆场，于刀枪血刃中征服了女真族各部落。当年老祖宗多么勇武强盛，可现今儿，怎么就变得这么窝囊……

忽然，郭定昌又想起了什么，转脸问金尚辈、佟巴爷和常五爷："长城北面儿，是不是就是咱的老家？"

听郭定昌一问，常五爷哈哈笑着说："孩子，咱满族、汉族原本就是一家。秦始皇那时候，长城西起甘肃的临洮，北傍阴山，东至辽东。咱们老祖宗都是臣民。"

郭定昌听常五爷一说，手指长城道："要说汉人也忒窝囊，凭着万里长城和这些天险，硬是让咱满人打败了。"

常五爷"嗯"了一声，摇着头说："不是汉人窝囊，是崇祯昏庸。当年咱老祖宗——努尔哈赤就是在宁远被袁崇焕打死的。宁锦一仗，太皇（皇太极）也被袁崇焕打得大败。可是，这么一位文韬武略的人杰，竟被奸臣所陷，说是与咱大清密约谋反，被崇祯凌迟处死了。”

文瑞、小鬼崔听了，发狠地说：“崇祯活该玩儿完！”

佟巴爷理了一把让山风吹散的胡须说：“汉人中有本事的文官武将数不胜数，像姜子牙、乐毅、管仲、诸葛亮、孙膑、卫青、岳飞……连火药、指南针、造纸、印刷术都是汉人发明的。要不然，怎么从顺治帝起就诏用汉人当官，连咱们也都跟了汉姓。”

说话间，就见小鬼崔仰望天空喊道：“鹰！快看，鹰！”

众人抬头望去，只见从对面的山峰后面蓦然闪出一只苍鹰，一会儿扇动双翅像黑色的闪电直刺苍穹，一会儿“咯咯”叫着，铺展翅膀在半空翱翔。林中的野鸟山雀，顿时停止了鸣唱。一只野鸽子吓得躲在不远处的密叶下，一会儿仰头望望天空，一会儿伸长脖子听听动静，不敢跳动一下。那鹰盘旋着，飞得越来越低，文瑞、小鬼崔瞅着时机已到，便张开弓，拉满弦，“嗖”的一声，箭射出去。那箭离鹰还差一大截，就失去了弓力，倒头掉在山顶上。鹰依旧盘旋着，叫着。郭定昌拉开弓，箭头紧紧瞄准黑点儿，心想：低点，再飞低点。鹰在高空盘旋了一阵，似乎觉得已没有威胁，便斜下身，往低处滑翔下来。正在这时，就见郭定昌一松扳指，那箭宛若一道闪电，直冲飞鹰刺去。鹰觉察到险情，正欲振翅高飞，但为时已晚，那箭已狠狠刺中腹下，一个跟头直冲山顶栽下来。

众人齐声称赞郭定昌“好箭法”。常五爷触景生出许多感慨，指着那鹰对众人说：“人世上的事儿，也像这鹰一样，有高翔的时候，也有低旋的时候。朝代变更，山河依旧！”

三

从八达岭回来，当天晚上常五爷就将鹰用木杵捣烂，又配上其他几味药，敷在疮口上。只五六天，疮口处便长出粉红、鲜嫩的新肌。又过了几天，新皮也长成，整个身体活动如初。

选了个黄道吉日，常五爷、佟巴爷、郭定昌都到了金尚辈家。

金尚辈拿出邻居赵婶送的那包洋烟卷，抽出一根，给常五爷点燃说：“我这儿可没有您家那种洋茶，凑合着喝碗泡茶吧。”说着给常五爷沏了一杯茶。

佟巴爷笑着打趣金尚辈道：“又露怯了，您哪！那叫‘咖啡’，什么洋茶！”众人放声大笑。

聊了一会儿天，话题就转到为郭定昌行拜师礼这档子事上。

常五爷说道：“今儿个，咱变变老规矩，不弄那些三拜九叩的啰唆事儿，让郭定昌鞠三个躬就齐了。”

金尚辈、佟巴爷两人一合计，把头一点说：“就依着您常五爷的。”

郭定昌听了这话，便恭恭敬敬给常五爷鞠了三个躬，拜了第三个师父。

行过礼，常五爷对郭定昌说道：“把金爷传你的功夫，练给我看看。”

郭定昌答应着，跟着三位师父来到院子里。常五爷打量了一遍器械，但见有石锁、石掷子、石球、硕绳……常五爷指着一个重80斤的石锁对郭定昌说：“先练练这个。”

郭定昌答应一声，右手握住石锁，摆了个“蹬山式”，接着，左手往腰后一贴，右胳膊轻轻一抡，便把那石锁横着推了出去，接着又拉回来，经胸前转个花，又横着推向了另一边儿。翻来覆去练了五十个来回。接下去，又换成左手，也像右手一样，翻来覆去练了五十个来回，轻轻把石锁放回了原地，脸不红，气不喘。

常五爷看了，满意地点了点头，心想：照眼下的力气，已数中上乘，再练两年还有长进。又指着小棒子、石球、硕绳等一一让郭定昌练了一遍。看后，又是一阵高兴，跷起拇指理了理八字胡须赞道：“金爷的器械功夫果然与众不同，硬而不僵，外刚内柔，力若弹簧，动若游龙。与金爷当年相比，定昌的发力，可谓‘青出于蓝而胜于蓝’了。”

郭定昌听了，不好意思起来，把头摇得像拨浪鼓，一个劲儿地说：“不行，不行，我比金爷差远了。”

金尚辈哈哈大笑，指着石锁说："常五爷的话，没掺假。当年我练这把石锁，最多也就是四十个来回。"

常五爷看完郭定昌的器械功夫，又冲佟巴爷说道："佟巴爷，下面儿，再看看定昌的大棒子？"

佟巴爷拈须笑道："您不说，我定准儿也要叫定昌练给你看。"

说完，但见郭定昌从屋里取出一根三尺长、一把粗、乌黑油光的铁棒子。

常五爷看了铁棒子，先自吃了一惊。接过来一掂量，觉得有三十多斤重，心想：这三十多斤重的棒子，能练出五百斤的腰力。不禁朝佟巴爷问道："我只听说过您的檀木大棒子，压根儿没听说过您还有这手铁功夫。"

佟巴爷捋着胡须仰脸笑道："道不轻传，不是不传。既然定昌是块儿好料，我的平生所学自然一手也不能留了。"

众人听了放声朗笑。

郭定昌拿起铁棒子，亮了个跤架，双臂抡圆，翻腰推手，上面铁棒"呼"的一声，划了个圆弧直劈下来；下面右脚"嗖"的似镰刀踢去。右脚刚一落地，紧接着一转身，铁棒倏地变换方向，左脚变换成"玉环步""鸳鸯脚"，"嗖"的又似镰刀踢去。

常五爷愈看愈来兴致，猛地脱去内褂，冲郭定昌喊一声："拿褡裢来，咱爷俩见见手。"

郭定昌听了常五爷的喊声，当即停下。转身瞅了一眼常五爷，不由吃了一惊。但见常五爷肌腱滚圆，白精精的皮肉上刺着花绣，跟评书里的"浪子燕青"宛若一人。内心肃然起敬："眼前的常五爷与先前判若两人，七分像扑护，三分像文官了。"

常五爷、郭定昌穿好褡裢，只听常五爷吼声："出手！"

此时，郭定昌反倒怔住了。心想：别瞅常五爷气宇轩昂，精力过人，但毕竟是快七十岁的人了，自个儿得悠着点儿劲儿。想到此，郭定昌只使出六成力气，向常五爷扑去。

郭定昌的手刚抓住常五爷的腕子，只听常五爷喝道："太轻！有多大的劲儿，尽管使出来！"

郭定昌收回手，盯着常五爷犯了难，不知再出手是重好还是轻好。

金尚辈、佟巴爷已看出郭定昌的心事，便说道：“甭怕，常五爷心里有底。”

常五爷也给郭定昌鼓气说：“定昌，今儿个，你要是能摸到我一把褡裢，你立马儿出徒！”

郭定昌听了三位师父的话，顾虑全消，亮了个跤架，运足了丹田之气，猛地又向常五爷扑去。

盯着郭定昌的来势，常五爷不慌不忙，脚没移，身没动，待到郭定昌手到胸前，轻抬右手往上一撩，当即把郭定昌的手挡了出去。郭定昌见常五爷撩右手，臂下已闪出空隙，乘机伸左手去揪常五爷的偏门。常五爷早已料到郭定昌会出这一手，左臂只一裹，便将郭定昌的右腕缠住，稍一用力，往上一掀，顿时郭定昌的整个身子已斜立起来，像得了偏瘫的病人，艰难得动上一动，浑身纵有千斤的力气，也休想使出半两。

此时，郭定昌暗暗惊诧，自跟金爷学艺以来，从未见过像常五爷这样严密的手法。正想抽手，只见常五爷伸右手在郭定昌的肩头轻轻一推，郭定昌立时倒退几步，被后面的金尚辈扶住。

金尚辈、佟巴爷朝常五爷拱手赞道：“常五爷真不愧为神手！”

常五爷笑着说道：“金爷、佟巴爷言之错矣，刚才较量，郭定昌只是用手，并没带腿。要是手腿齐用，我今儿个恐怕就要现眼了。”

郭定昌忙给常五爷鞠个躬说：“以前，只听金爷、佟巴爷说过您手上的功夫厉害，这回真领教了。”

常五爷边脱褡裢，边对郭定昌说：“咱们掼跤的有句行话叫作‘手如两扇门’。门要是闭不紧，关不严，优势就先丢了一半。”

郭定昌听了连连点头。

常五爷又说道：“还有一句行话叫作‘见爻必变’，一见手就得变招儿。佟巴爷熟读《易经》，让佟巴爷讲讲‘爻’的精深。”

佟巴爷笑着说道：“过奖了，您哪。‘爻’是取之于形，上面的叉，象征手；下面的叉，象征腿。手腿相交，谁变得快，谁就占上风。”

常五爷点头，悄悄对金尚辈、佟巴爷说道：“我见郭定昌的力气、身法颇好，只是手法单调，变化亦迟缓，倘加以指点，将来郭定昌必在你我之上。”

金尚辈忙问道：“常五爷，依您看，定昌考善扑营有几分把握？”

常五爷跷起拇指理着八字胡，沉思良久说道：“这事儿没那么容易！据我所知现今儿，各旗的柏唐阿、候等儿①都在苦练，到时定昌要有一场恶战。再说，考善扑营又要与营里的扑护较量，谈何容易。更还有现今儿善扑营正不压邪，难免有人从中做手脚。我们应当韬光养晦，多做几手准备。”

---

① 候等儿，清代善扑营的制度，指经过旗推荐进善扑营的三等扑户之下人员，不算善扑营正式成员，但可进善扑营参加训练。

第六章

虎跃龙腾金梦圆

一

光阴荏苒，不觉又过了一年。郭定昌把常五爷手上的绝活儿学得精熟。

这一日，郭老爷子对郭定昌说："你练的年头也不少了，现今儿也成了'候等儿'，可连像模像样的器械还没有。也该置办几件了，别整天去麻烦金爷他们。"说着，开了柜，取出二两银子，让郭定昌去办理。

郭定昌拿着银子，先在珠市口转了转，店里要价都高，一把五十斤重的石锁竟要一两银子。他心里不落忍，又来到前门大街看了几家，不是没货就是价高。郭定昌正在犯难，只听身后有人叫他，转脸一瞅，原来是巧英。

巧英上身穿一件蓝底白花镶绿边儿的宽襟大褂，下身穿青灰罗裙，大红辫根，翠绿辫梢，腰肢丰满，给人一种大方、朴实、舒展的美。郭定昌天生怕跟小丫头们说话，这会儿也禁不住直用眼偷睨着巧英。

巧英看了一眼郭定昌，郭定昌窘得满脸通红，急忙低下头，小声问道："卖粽子来了？"

巧英听了，心里只觉好笑，暗想：这不是废话吗？你没瞅见我挎着篮子？便把脸一仰，指着胳膊上的篮子说："可不是嘛，打吃了早上饭就串着吆喝，嗓子都喊冒火了，顶多卖出去十来个粽子，这钱越来越难挣。”巧英嘎崩利索脆地说完一串话。

郭定昌接上说：“我们家的扳指也不好卖，连我们家的老爷子都啃开窝头了。”

巧英叹了口气，问郭定昌：“来前门大街干什么？”

郭定昌便把买器械的事儿说了。巧英一听，埋怨郭定昌说：“嗨，八哥，你真是死心眼儿！皇城北晓市，什么东西没有，倍儿便宜，干什么不到那儿去看看？”

一句话提醒了郭定昌，他在脑门上猛拍一掌说：“你要不说，我倒把这茬儿忘了。你回去给我们家捎个话，就说我去皇城北晓市了。”

巧英却说道：“八哥，我跟你一块儿去，正好把剩的粽子卖出去。”说着，巧英拽了把郭定昌的衣襟，示意就这么办了吧。郭定昌羞得两颊绯红，忙说：“别拉拉扯扯的，也不怕羞。”引得两边过路的人连连回头犯嘀咕，这两位是怎么啦？

郭定昌看了巧英坚持要去，便说：“一块儿去就一块儿去。”

两人说着笑着直奔了皇城北晓市。一进正阳门，迎面刮来一阵小风，巧英蓦地闻到一股男人身上特有的汗香味，甜滋滋的，禁不住偷眼睨了郭定昌一眼。从侧面瞅去，只见郭定昌宽额头、高鼻梁、方下颌，剑眉虎眼，威风凛凛，英俊洒脱。巧英只感到有一种她似乎知道、又怕知道、又害羞知道的事理儿，直向她的心头袭来，搅得那颗原本沉静的心怦怦乱跳。往西一拐，便到了西郊民巷。巧英看到对面一幢砖红色、圆顶的小洋楼向郭定昌说道：“八哥，你还记得不？小时候，有一次，我跟你去西单牌楼送扳指，也是走到这儿，从那面儿院里窜出一条小半人高的卷毛狗，‘汪汪’叫着，直冲咱俩扑来。把我吓得一下子……”说到这儿，巧英猛地把话止住，羞得用手捂住脸，发出一串清脆又娇滴滴的笑声。

听巧英这一说，郭定昌只感到有一股暖流涌上心头，浑身火辣辣的。他想起来，当时眼瞅着卷毛狗还有几步远，他那只有力的手臂，牢牢挽住了巧英的肩头。那卷毛狗见了，打了一个挺儿，转身叫着跑回了院子，站在门口昂头冲他俩“汪汪”直叫。当巧英从惊惧中平静下来，猛地发现，自个儿的一半身子已经靠在郭定昌的胸脯上，她甚至感觉到了郭定昌“突突”的心跳。想到这儿，巧英羞涩地瞅了一眼郭定昌，发现郭定昌也在瞅着她，四道热烫烫的目光相碰，火花在飞溅，青春的血液在奔涌。

当郭定昌和巧英从甜蜜的情丝中醒来，再次相视，两人都双颊绯红地低下头。接下去，是一阵沉默，只有淡灰色的烟雾在他们周围萦绕。

他俩情切切地向前走去。到了西安门南，郭定昌猛地想起，忘了卖粽子这档子事儿，便冲巧英说道：“甭光急着走，把正事忘了。”

巧英这才从窘态中解脱出来，笑了笑，便吆喝起来：“卖粽子！谁买粽子？”

郭定昌听了巧英那柔弱的喊声，说道：“就您这点小声儿，也能把买主吆喝出来？”说完，郭定昌用手一捂耳朵，仰起脸，替巧英吆喝起来：“粽子，我卖！”

这一声吆喝，似晴天响了个霹雳，把过路的人吓了一跳。惹得一位老者边回着头张望他俩，边厉声说道：“显摆你的底气足是怎么着！”把巧英逗得直捂着嘴笑。

也甭说，郭定昌这一嗓子还真吆喝出来一个老太太。只听那老太太说：“卖粽子的，来两个！”巧英忙掀开盖布，从篮子里取出两个粽子，递给老太太。

清末的北京老太太，嘴贫，爱找乐子，她那一双眼不去看粽子，一个劲儿地盯着郭定昌和巧英不移眼，打趣地说：“小公母俩够好的，就这么几个粽子也值得你们俩一块儿出来吆喝？”

郭定昌、巧英都听出来了，老太太错把他俩当成小两口了。不由心里一阵慌乱，羞得急忙低下头，偷笑着。

从西安门北口走出来，又往北走了一段儿，老远传来一阵喝彩声。郭定昌、巧英定神儿一瞅，只见一棵大槐树下面围着一圈人，喝彩声正是从那儿传出来的。

郭定昌、巧英过去，踮脚一瞅，原来是两个后生在练善扑。只见其中一个二十多岁，膀大腰圆，黑脸庞，一蹲身，没容对手进招儿，便把对手举过了头。

郭定昌看了，喝彩一声："好！"

那黑脸庞的人听了，收住手，冲郭定昌打量了几眼，突然走到郭定昌身前，在郭定昌肩头拍了一下说："郭八，几年不见，还认得我吗？"

郭定昌打量这人，似乎在哪儿见过，可一时又想不起来。

郭定昌正琢磨着，又听这人说："我叫鲁凤翔，外号叫'穿腿鲁'。"

郭定昌听他这一说，顿时想起来了，忙施礼回道："打从端王府分了手，这几年可好，您哪？"

"穿腿鲁"回道："还行，让您惦记着。"又说："听人说你也当了'候等儿'，早想拜访您。"

这"穿腿鲁"就是五年前在端王府输给郭定昌的孩子。自端王府出来，他私下苦练，立志赶上郭定昌，去年秋也考上了"候等儿"，眼下正抓紧苦练，打算着考取善扑营。

听"穿腿鲁"一说，郭定昌谦道："上次在端王府是我碰巧赢了。"巧英在一旁也直催郭定昌说："快走呀，晚了晓市就散了。"

"穿腿鲁"一听，气呼呼地说："没你小丫头片子的事儿。"说着，把路一挡，摆开了架式。

郭定昌一见，心想，让是让不过去了，便冲巧英说："你到前面等我，我就来。"

巧英拗着不走，郭定昌也不便多劝，只好亮开架势。

只见"穿腿鲁"上手虚晃一把，下手直冲郭定昌的裆中穿来。郭定昌脚没移，身没动，用常五爷传的"裹手"只轻轻一裹，紧接翻腕子，缠住了"穿腿鲁"的外关节，轻轻一带，便将"穿腿鲁"拽了个跟头。众人齐声叫好。

"穿腿鲁"从地上爬起来，摸着脑袋直嚷："怪了！上次在端王府我还能搭上手，今儿个，怎么连衣裳也摸不着了？"众人爆出一片笑声。

郭定昌忙向前扶起“穿腿鲁”说：“失手了！”说完，便拉着巧英奔了皇城北晓市。

二

郭定昌、巧英离开西安门北口，穿过西什库，过什刹海，边吆喝卖着粽子，便到了皇城北晓市。

清末的皇城北晓市，就是今天的早市。说是晓市，其实，从早到晚都买卖不断，已成了现今儿的大集。皇城北晓市分有两个行当，一叫收市，一叫卖市。收市在南面儿，卖市在北面儿，紧挨着。收市是收购东西的地方，上从历朝历代的出土文物、名人字画、手工艺品，下到旧家具、破铜烂铁、估衣破被，无所不收。您别小瞧了这些收旧货的主儿，他们的肚子里，个顶个都有一套学问。就拿收破铜烂铁的来说，没有一个不会文物鉴别的。比方，逢着来卖香炉的，收主儿拿起香炉，翻过来看看底儿，把头摇摇说：“不值钱。”卖主儿急了说：“底上有‘宣德’的字印。”收主儿会说：“那是假的，您哪。”接着会跟您讲一大套为什么是假的理儿。最后伸出手，说了个数：“十个大子儿。”卖主少不了讨价还价。那香炉若是假的，您就是说破了嘴皮，也甭想再往上加一个子儿。要是正经的宣德炉，收主便会一咬牙，发下狠说：“得，您来一趟也不容易，再给您加两个大子儿。”碰上不懂行的卖主儿，就成交了。其实，那宣德炉少说也值五两银子。

卖市是卖东西的地方。来这儿卖东西的人，三教九流，无所不有。有出宫的太监、店铺的老板、泼墨的文儒，就是盗墓贼、人贩子也敢大大方方，跑到这儿来做买卖。卖的东西，五花八门。大的有一个人搂不过来的水缸，小的有小丫头们扎的头绳；珍贵的有珠宝古玩，便宜的有香菜、辣椒；活物有高头大马、壮实骡子、画眉、百灵，也有头上插着稻草的幼男童女。来这儿买东西的人，各行各业，官宦臣民，什么人都有。富人家的老爷、太太、公子、小姐，来这儿看景开心；穷人家的汉子、媳妇、后生、丫头，来这儿为了图个便宜；烟花青楼的老鸨子、“大茶壶”，也截长不短地来这儿转悠，碰上有卖俊俏小丫头的，三说二卖的，花不了几个钱，兴许就能买棵“摇钱树”回去。

郭定昌、巧英挤进皇城北晓市，逛着看着，在一个卖石器械的摊前停下，蹲下来。郭定昌拿起一个白灰色的石锁问卖主：“多沉？”卖主回道：“六十五斤。”巧英接上问：“什么价？”卖主答道：“半两银子。”

巧英忙摇着头说：“贵了，贵了。”郭定昌又仔细打量了一遍摊子，相中了其他几样器械，便说：“多买您几件，便宜点？”

卖主说了声：“成，依您。”

郭定昌便翻弄着，细心挑起来。巧英见郭定昌一时半会儿还挑不完，便对郭定昌说：“八哥，你先挑着，我去前面买个小镜子。”

郭定昌说：“成。”又嘱托巧英：“再顺便叫辆马车，把器械运回去。”巧英答应一声，朝前去了。

郭定昌专心挑着器械，巧英向前走去。姑娘逛起晓市来不像小伙子那么干脆利落，买了东西就走。姑娘买东西仔细，看得也认真，不管买不买，什么摊儿也得瞅上一会儿。巧英也不例外，这个布摊看看，那个鞋摊瞅瞅，不知不觉便逛到了晓市的尽北头。

晓市的尽北头是块三角地，卖的都是骡马牛羊、鸡鸭鹅猪之类的活物。巧英没兴致看这些东西，正要转身往回走，就听传来一声悲凄凄的乞求：“哪位行行好，把这孩子给领了吧。”

巧英望去，只见墙根儿下跪着一个破衣烂衫、面黄肌瘦、十一二岁的女孩儿，脖子后面插了一把稻草。

巧英来到女孩儿前，掀开篮子上的盖布，把卖剩的粽子全都给了她。那女孩儿拿起粽子递给身旁的中年女人说：“娘，带回家给俺爹吃吧，他有病呢。”

巧英正伤心时，只听身后传来恶狠狠的男人声：“嗨，这丫头片子卖什么价？”

巧英听这怪声怪气的，站起身儿，还没看清说话的人是什么样儿，就让人一把拽到一边儿。只见三个穿长袍扎带，挽着袖口的人，上前把那女孩子围起来。就听那女孩儿的娘说道："她爹正害着大病，急等着钱用，您几位爷发发善心，看着给多少钱都行，把孩子领了去吧。"

三人中，一个穿深枣红袍子，腰扎宽带，脚穿双钩靴子的人，阴阳怪气地说："给多少都行不是吗？这可是你说的，得了，给你两个大子儿！"说着，从怀里掏出两个大子儿，往地上一扔。

那女孩儿娘苦笑着哀求道："这位爷真是的，您可怜俺，多给几个钱吧。"

巧英在后面听着，早就憋了一肚子气，禁不住愤愤说道："人家本来就够惨的了，还有人拿人家耍着玩儿！"

听巧英一说，只见那穿深枣红袍子的人，把脖子一伸，下巴颏往上一翘说："有钱去听落子张，没钱不听狗汪汪。嘿，想不到还真敢有咬我麻爷的！"

这位"麻爷"，就是那聚娇楼的打手麻虎。这三角地界儿，是麻虎常来转悠的地方。别人来这儿是买牲畜，他来这儿专门买人，这几年，少说也从这儿买走十几个丫头。大点儿、漂亮点儿的，就留在聚娇楼先养活着，以备将来接客。岁数小点儿，模样儿平常的，便倒手卖给人贩子，从中赚了不少缺德钱。今儿个，麻虎来三角地，却为了另一桩事儿：昨儿个，户部梁大人来聚娇楼玩乐，顺便聊起来，想着再添房六姨太，岁数十六七岁，模样儿不光漂亮，还得带点儿乡土味。那位梁大人说，前五房太太都是城里人，除了妖味就是骚味，玩腻了，想着换换口味，吃口土生土长的鲜货。甭多问，这事儿只有麻虎办最合适。为这事儿，今儿个麻虎特意带了两个帮手，来三角地瞅瞅有没有合适的。

麻虎转过身，正要要横，一眼瞅见巧英，惊得怔了一下神儿，暗自庆幸：这丫头的长相，既漂亮又有土鲜味儿，不正合了梁大人的口味？再一细看，猛然想起来了，这丫头不就是常到杨梅竹斜街来卖粽子的那个丫头吗？街面女子十个有九个是水性杨花，只要有银子，事儿就好办。想到这儿，麻虎嬉皮笑脸地上来搭讪："哎哟，我当是谁呢，原来是你这丫头啊。”一把拉住巧英谄媚着眼说：“丫头，麻爷想着给你办件好事儿，给你说个有钱的主儿，今儿个正好碰上你，乐不乐意？”

巧英红了脸气呼呼地说：“我不认识你，再要邪性，我可要吆喝了！”

麻虎一瞅巧英不吃这一口，便冲两个帮手使了个眼神儿。就见其中一个四十来岁的人，装出吃惊的样子冲巧英高声说道：“哟，这不是二妞儿吗？这些天你跑哪去了？可把你妈想死啦！快，跟二叔回家去。”说着，就去拖巧英。

巧英嚷道：“青天白日，你们这是干什么！”四周赶市的人都围过来。那人便冲众人说道：“这丫头是我侄女，跑出家好几天了，没承想在这儿找着了。”弄得众人都懵了神儿，没谁肯上来帮巧英说话。麻虎三人便连推带拉，拽起巧英往市外走。巧英连急带吓，放声哭了起来。

正此时，郭定昌找巧英到这儿，把麻虎揪了一个趔趄。

麻虎一眼认出了郭定昌，挥拳冲郭定昌打去。郭定昌也认出了麻虎，迅疾叼住麻虎的来拳，轻轻一提，只听“扑通”一声扔出丈把远。两个帮手见麻虎吃了亏，一起挥拳扑上来。郭定昌指东踢西，指西踢东，两个帮手也跟麻虎一样，抱着腿痛得在地上打滚儿。

此刻，只听人群中一个穿茶色长袍、头戴瓜皮帽的人大声喝彩道：“好手脚！”郭定昌看那人，十分面熟，可一时又想不起来。

三

郭定昌正打量着这穿茶色长袍的人，只听这人说道：“你真是好记性，不认得四爷我了？”

郭定昌猛地想起来，这人原是端王的儿子——四爷，便急忙上前请了安。

麻虎三人也认得四爷，知道他是“四九城”惹不起的人，便慌忙从地上爬起来，灰溜溜地跑了。

四爷在郭定昌的肩头拍了一把，点头称赞说："上回在我那儿，你一英战群雄，瞅着就是个好练儿，这回比上回功夫可又神了。"

郭定昌听了，谦笑着，把在端王府比武以后又拜佟巴爷、常五爷为师的事儿说了一遍。

四爷听了，说道："怪不得你长进这么大，原来如此啊。"略一琢磨又问郭定昌："现今儿挂什么衔？"

郭定昌回道："选上候等儿了。"

四爷一听，露出喜色说："善扑营开庙招考的事儿，知道了？"郭定昌摇摇头，四爷便接上告诉："朝廷下了行文，明儿个第一天报名。南城的练儿，归西营管。"又问郭定昌多大岁数了，郭定昌说："二十一岁了。"

四爷说："正合适。千万别错过机会。"说完，瞅了一眼巧英，问郭定昌："你们有事儿？"

此刻，巧英慌乱的心也平静了，忙说："没事儿。"

四爷又说："我正要找常五爷，你没事儿陪我去一趟。"

郭定昌答应了，又跟巧英说了几句话，招手叫来一辆马车，把买的器械装好，巧英就先走了。

郭定昌陪着四爷来到常五爷家。常五爷和四爷早有交情，相互施过礼、坐好，喝了杯咖啡，吃过果品，常五爷便开口问："这些日子，宫里面都忙活什么？"

四爷回道："甭提了，听醇亲王说，上个月，孙文在两广与会党联手，接连在钦州、廉州、上思暴动。今儿个头晌又听说，云南河口又闹开事儿了。还有康有为，在海外联合立宪派致电朝廷，要求朝廷速开国会，军机们忙乱得甭想睡个囫囵觉。"

四爷说到这儿，把话停住四周瞅了瞅，发现除了郭定昌，没有别人，又悄声说道："听醇王爷说，太后老佛爷，还有皇上都病得厉害，连太医也没辙了。这些日子，几个王爷就私下议着继嗣的事儿呢。醇王爷探过几回老佛爷的话儿，听老佛爷的意思，还是想在溥字辈里选人。”

常五爷呷了口咖啡说：“瞧咱大清朝现今儿的样儿，可真是到了积重难返的地步。不像洋人那样改变朝政，怕是不好办。”

郭定昌插嘴说：“市面上也忒乱，大白天就敢动手抢人。”便把麻虎的事儿对常五爷说了。没等常五爷说话，四爷就接上说道：“别说市面上乱，宫里也乱，太监、宫女里接长不短地出贼。前两天，一个小太监偷了宫里的一个玉杯，被内务府抓住，被活活打死了。”

听了这话，常五爷愤然说道：“那帮扈从宿卫都是白吃饭的！”

四爷忙告诉：“今儿个，我正是为了此事才来找您常五爷的。”接下去说道：“昨儿个，太后老佛爷特意传下话来，说这几年外面儿乱党一天比一天凶，皇宫大内要加强禁卫，别让乱党钻了空子，再闹出光绪三十一年，疯人潜入金銮殿的事儿来。所以，要善扑营尽快招考，多招些年轻、老成、功夫好的人进营，还指定醇亲王主办这件事。醇亲王整天让军机处的大事缠得脱不开身，哪儿还有精力管善扑营招考的事儿，便托付给我，让我帮着忙活忙活，跑跑面儿上的事儿。您常五爷一来是行家，二来办事精细，今儿个，我特登门求教来了。”

常五爷听完四爷的一番话，便把自个儿所了解的北京城的好练儿介绍了一遍。四爷问：“这些人比郭八怎么样？”常五爷笑道：“不敢妄加评论。”

郭定昌回到家，便把善扑营招考的事儿说了。郭老太太乐得擦着眼角说：“总算盼来这一天了。”非要陪郭定昌去报名，顺道去广济寺上炷香。

第二天一早，郭定昌娘儿俩来到西营。但见报名的人熙熙攘攘，水泄不通。郭定昌仔细打量，其中也有不少认识的，像“穿腿鲁”“扫地高”……这些人见了郭定昌也都拱手祝愿，告诉说：“午时才开始报名。”

眼瞅着时候尚早，郭定昌便劝娘先去广济寺，自个儿报完名，去广济寺接她。郭老太太一想也对，嘱咐几句，走了。

来到广济寺，郭老太太抬眼一看，只见断壁残垣，满目荒凉。几座殿堂历经风吹雨淋，早已脱了颜色，殿门大都闭着，只有后面一座殿燃着香火，两个老和尚倚着门框闭目打坐。

郭老太太信观音，便在一尊观音菩萨像前跪下，点上香，边磕头边祷告："大慈大悲的观世音菩萨，保佑定昌顺顺当当地考进善扑营。"

郭老太太上完香，起身正要离去，就听老和尚说了话："这位施主，保佑孩子进善扑营不该拜观音。"郭老太太正纳闷着，又听那老和尚说道："诸佛神明，各司其职。管天的有玉皇大帝，管地的有土地神，管日的有太阳星君，管月的有太阴星君；求雨的得拜龙王，借风的得拜风伯，避电者得拜电母，防雷者得拜雷公；管城堡的有城隍爷，管家宅的有姜太公，管灶火的有灶王爷，管茅房的有王霄姑娘；炊行厨师拜灶君，酒业的老板拜李白，肉业的屠户拜樊哙，理发剃头的拜陈七；想生儿育女的才拜观世音。"这一句话把郭老太太逗得直乐。老和尚又说道："现今儿世道，敬佛不如敬人，敬人胜似敬佛。南无阿弥陀佛！"说罢，又闭目打起坐来。

老和尚最后这句话还真说着了。郭定昌在西营等着报名，午时刚到，善扑营的两扇门便打开了。两个穿蓝布长袍的笔帖式[①]坐好，只见白义堂背手从正殿走来，开言道："'候等儿'听着，太后老佛爷传下话来，这回善扑营专招年轻、老成、功夫好的，三者缺一不可。报名三天为限，过时不候。快着报名吧。"

众"候等儿"便排好队，依次报名。到了郭定昌报名时，白义堂一听"郭定昌"三个字，浑身一震，忙向前打量，果然正是冤家对头，便把"笔帖式"的手腕一按，让"笔帖式"停住笔，冲郭定昌喝道："郭定昌，就凭你上回大闹善扑营，这也能够得上太后老佛爷说的'老成'这一条？"

没等郭定昌说话，就听白义堂大吼一声："来人，把这个不安分的祸星，给我轰出去！"

---

① 笔帖式，清代官制中的称呼，指官府中的低级文书官员。

马风喜见了，忙上来调解。白义堂把眼一乜斜，说："马风喜，今儿个咱们是替朝廷办事儿，可不许徇私情。"马风喜正要反驳，就见景天长、红脸扑护带着八九个白义堂的心腹奔出来。

景天长一伙人冲到郭定昌面前，动手将郭定昌扭住。

景天长一动手，众"候等儿"也不相让。只见"穿腿鲁"上前抓住景天长的衣领。"扫地高""赛蜈蚣"等与郭定昌认识的人也纷纷上前敌住其他几个扑护，互相揪把起来。

这时，就见一个师爷打扮的人，急忙跑到白义堂身边儿，贴耳悄声说了几句什么，白义堂紧绷的脸皮才松了下来，冲众人喝道："都给我松手！"众人听这一喝，都将手松开。白义堂便冲郭定昌说道："郭定昌，看在众人的面，先给你报上名，最后怎么着，还得看上面定裁！"

四

三日已过。第四天善扑营所属的东、西两营正式开考。

考场设在地坛西面。考场远处的古道上，站满了看热闹的平民百姓。

众考生身背红、黄、白、绿各色褡裢，列队站齐。郭定昌身穿对门襟、紧身纳褂，下穿红色宽裆裤，脚蹬一双藏青鹰腰虎头豹耳靴子，虎背细腰，一对墨染似的燕翅眉，斜插双鬓，一双虎视眈眈的大眼，闪着逼人的光芒。

众考生的师父们在考场四周站好，一个个昂首挺胸，眉竖眼圆。金尚辈身穿镶边紫绸长衫，两只粗壮的胳膊掐在腰胯上，似一尊钟。佟巴爷身穿古铜色湖丝短褂，长须随风飘飘扬扬。常五爷内着青色长袍，外套洋绸马褂，头戴一顶礼帽，显得温文儒雅。

考场最外面的人，都是北京城的社会名流，一个个扒肩拢背，跷足伸脖，边瞅边议论：

"哪个是郭定昌？"

"那个穿红灯笼裤的呗！"

“果然气宇轩昂，像个练儿。”

“听说金爷、佟巴爷、常五爷全都是他的师父。”

“没错，您哪。不过，今儿个可是强手如林，谁能进营难卜。”

郭定昌听了议论，心里有些紧张。他想，爹娘省吃俭用供养自个儿学功夫，为了今天；金爷、佟巴爷、常五爷费心劳神地教自个儿，也为了今天。今儿个，就是碰到天大的难事儿，也得挺住。

巳时一到，就听一个挎腰刀的“莫及哥”吆喝道：“醇亲王到！”只见从侧殿里走出一个中等身材、圆乎脸、厚嘴唇的人。这人身穿蟒袍，外套马蹄袖箭衣，顶戴镶珠。这人正是醇亲王载沣。

载沣在虎皮椅上坐定，四爷立在载沣身后。白义堂是考官，在侧面桌案前坐下，其他人也分等级入座。只听醇亲王载沣说了声：“开庙吧！”

“莫及哥”[①] 便吆喝道：“开庙喽！”文武大臣听了这一声喊，纷纷起身给醇亲王跪安。

行罢礼，便开始点名。“笔帖式”领班打开花名册，按八旗顺序一一点过。点完，也没有点到“郭定昌”的名儿。

顿时，场下众人交头接耳，窃窃私语，向郭定昌投去惊诧的目光。郭定昌内心一阵慌乱，正要发问，又立马儿镇静下来，暗自思量：皇家考场是个讲大规矩的地方，来不得半点儿莽撞，便依旧泰然自若地站着。

金尚辈一听没有郭定昌的名字，跷足昂首就要发喊，被佟巴爷猛地一把摁下，悄声喝道：“别因小失大！”常五爷也悄声说道：“先别急，瞅瞅情况再说。”

原来，郭定昌的名字，是白义堂听了师爷的计，给划掉了。他和师爷盘算，郭定昌听了没有自个儿的名儿，必定会发问，正好定个搅乱考场的罪名轰出去。就算是郭定昌有心计，不发问，重新补报为时已晚，更何况白义堂是考官，大权在握，郭定昌想翻腾，也翻腾不动，这叫作“干吃哑巴亏”。

---

① 莫及哥，满语，指执行仪式和负责接待事务的官员。

没承想白义堂的如意算盘并没如意，就听醇亲王喝道："怎么没有郭定昌?!"

听了醇亲王这一喝问，白义堂大吃一惊。他万万没有想到，一个一人之下、万人之上的王爷，竟熟悉一个小小卖扳指的，也万万没有料到四爷在这次招考中的用心。

白义堂不愧是个有心计的，他一转眼珠，便生出了鬼点子，忙跪身磕个头禀道："回王爷的话，那郭定昌曾跟着师父金尚辈、佟福瑞，无理闹过善扑营。奴才看他是个不安分的人，不合太后老佛爷定的三条规矩，就把他的名儿划了。请王爷明断。"在场的文武大臣面面相觑，目光都向醇亲王投去。

醇亲王正不知说什么好，四爷弯下身，在醇亲王耳边说了几句什么。只见醇亲王点了点头，冲白义堂问道："白格儿搭，郭定昌是什么时候闹的营?"

白义堂忙跪身磕个头禀道："奴才记得是大前年的七月初六。"

醇亲王听了，厉色喝道："善扑营从三月十五开庙到八月十五关庙，谁来比艺都行，这是老规矩，怎么着就叫闹事儿?'闹'字从何论起?!"

只这一问，白义堂惊出了一身冷汗，眨了几下眼皮，再也想不出理由答复，慌忙跪下，给醇王爷连着磕了几个头，骂着自个儿："回王爷，奴才该死，奴才的记性太臭，把这规矩给忘了，望王爷恕罪。"

醇亲王急着招考，瞅着白义堂也知罪了，便不想追问这种小事，冲"笔帖式"领班说道："郭定昌来了吗?"

笔帖式领班吆喝一声："郭定昌!"郭定昌应了一声，不慌不忙，上前给醇亲王跪了安。醇亲王看郭定昌一表人才，心里顿生几分高兴，便传下话来："给郭定昌补个名儿，该怎么考还怎么考。"郭定昌忙向前施了谢礼。

此时，金尚辈、佟巴爷、常五爷悬挂的心，一下子落了下来，考场重新恢复平静。

一声号令，比武便开始了。

这次善扑营招考依旧按老规矩，采取擂台式，一跤定输赢。今儿个的擂主是一等扑护褚林，也正是当年佟巴爷预料到的那个绰号叫“大力神”的人。

号角中，褚林晃着那铁塔般的身躯，跳着“黄瓜架”上了场。他身穿红色褡裢，下穿酱黄色宽裆裤，一对碗口粗的胳膊上跳动着一块块腱肉。

第一个点到名儿上场的，正是郭定昌。因为按旗属，郭定昌是正黄旗，排在各旗之首。加上刚才那场风波后，“笔帖式”领班又把他的名字补填在了最前面，事儿都巧到一块儿了。郭定昌脱下上衣，穿上一件雪白的褡裢，稳稳当当上了场。

两只猛虎即将相斗，考场上下的文武大臣、社会名流都屏住呼吸。金尚辈、佟巴爷、常五爷紧张得连眼都不敢眨一下，紧紧盯着两人。

褚林如同一只饿虎发现了猎物，虎视眈眈注视着郭定昌，郭定昌也虎视眈眈地盯着他。

褚林是个久战沙场的名练儿，他清楚，郭定昌师出三位高手，功夫绝非等闲之辈。他见郭定昌“虎势蛇腰腿似钻”，防守严密，身法灵活，绝不可贸然发招儿，便只是跳跃着，不肯轻易出手。

郭定昌见褚林比自个儿高出半头，身强体壮，暗想：这次较量只可智取，不可力胜。

二人对峙着，转悠着，都在寻找进攻的机会。郭定昌瞅着褚林一步一步向自个儿逼近，忽地计上心来，把左胳膊往回一撤，闪出了空隙。褚林见郭定昌左身露出破绽，急出右手去揪郭定昌的中心带。郭定昌见褚林已靠近身，急裹右臂用常五爷传的“如封似闭”，封住褚林的来手，紧接着使出“大棒子”的车轮步，右脚往前一点，抬起左脚，照准褚林的右脚面狠狠一跺。郭定昌的硬功是金尚辈的真传，加上这几年郭定昌练得用心，褚林就算一尊金刚，此刻那薄薄的脚面，又怎能经住郭定昌的一跺。

刹那间，褚林只觉得脚面一阵钻心的剧痛，忙撤回右脚，心想：郭八使的是什么绊儿？

郭定昌瞅着褚林中了计，就在褚林撤脚的一刹那，倏地飞起右脚，狠狠地一个钹脚，把褚林踢得腾空而起，“扑通”一声，重重摔在地上。

金尚辈、佟巴爷、常五爷也没见过此绊儿，呐喊叫好。此刻，场上爆出震天响的喝彩声。醇亲王从虎皮椅上站起，大声称赞：“好！善扑营招的正是郭定昌这号扑护！”

第七章

更无豪杰怕熊罴

一

说罢郭定昌的身世，故事再回到本书的开篇，接着说郭定昌一心入袁世凯护卫队的事儿。转眼到了正月十二。

这日，风和日丽，艳阳高照，古老的北京城金光洒满地面，暖风洋洋。

过西四牌楼，往西不到一里地便是白塔寺。在明、清两朝，白塔寺是京城的热闹地界儿。阴历逢五、六、七日都在此处开庙会。每当会期，白塔寺附近车水马龙，熙熙攘攘。山门外，紧挨紧摆满了风味小吃摊，卖驴打滚的、豌豆黄的、蜜排叉的、艾窝窝的、豆汁、爆灶、煎灌肠的，还有卖面茶、凉粉、大扒糕的。尤其入了冬，卖京西大柿子、糖炒栗子的最能招来人。大柿子上斤，小柿子也有六七两重。吃时，用牙轻轻咬破个小口，再用力一吸，柿汁呲溜儿一下直到肚里，又甜又爽心。

进了山门，迎面扑来的是一尊敦实、古朴的盖状白塔，白塔寺由此而得名。据老北京人传说，白塔下面压着一条龙，这条龙一旦飞出来，北京城非闹水灾不可。白塔的对面是三座大殿，每逢庙会，殿前的空场上挤满了卖艺人，有说评书的、唱京韵大鼓的、唱莲花落的，还有演双簧、变戏法、说相声、扑蝴蝶、耍中幡的。三大殿两侧的通道上是清一色地摊儿，有卖珠宝古玩的、家常用具的，也有卖瓷器、文具、水果、针头线脑儿的。三大殿过去，邻近后门处除了摆有各种风味的小吃摊，还设有玩具摊：猴戏玩具、蜡制玩具、木制玩具；从种类上分有泥猴、泥马、泥人、空竹、风车、糖人、纸蝶……可谓是棚连灯街，百艺杂陈，应有尽有，异彩纷呈。

正月十二，虽说不是白塔寺的会期，但由于护卫队招考，又正当着闹正月，眼见又到了元宵节，所以，这一天跟逢庙会一样热闹。

天一亮，寺里寺外就挤满了摊点，设好了艺场。日上三竿，郭定昌、马风喜、纪四宝、于明济、钱洪英、童鹏飞、梁炳云、文端、“小鬼崔”九个师兄弟，还有褚林等几个外门至交便在山门外候齐，一个个劲装打扮，下穿宽裆棉裤，足蹬双脸儿洒靴，英武中透着几分威严。

马风喜是大师兄，见人已到齐，便发句话说：“走，寺里瞜瞜。”

众人鱼贯进了白塔寺。他们边走边看，四周的小商小贩大都认识他们，不时有人向前打招呼。快到殿前时又听有人招呼道：“哟，这不是郭定昌哥几个吗？老没见，哥几个可好啊？”

郭定昌众人停住脚步，定睛一瞅，原来说话的人是白塔寺前街“一壶透”茶馆的掌柜，人称“高末秦”。

郭定昌打个千道：“哟，敢情是高掌柜啊。怎么着，今儿个把茶馆开到庙里来了？”

“高末秦”把头一摇回道：“开不成了。前殿的空场儿，一大早就让局子封啦。”他略一思量又问道：“你们哥几个也是来考护卫队的吧？”

郭定昌答道：“说对了，您哪。”

“高末秦”担心说道：“小心点儿，您哪。我听说今儿个的擂主是潘天翼。此人武功奇高，满北京城能赢了他的人没有几个。”

褚林怒目圆睁，红了眼吼道：“大不了陪上条命，怕死就不来了。”

郭定昌“嗯”了一声，说道：“谢您提醒儿，我心里有数。”

郭定昌说罢，向前殿扫视。但见殿前宽阔的空场上已用绳子封住，只有老槐树下拴着一头高大粗壮的黑熊。那黑熊似通人性，后腿蹲地，两条前腿拱成拳状，不住地冲过往行人作着揖。

郭定昌心中升起一股疑团。

"高末秦"见郭定昌神色凝重，当是他为潘天翼做擂主的事犯难，略一思量，猛然又想起了什么，轻声对郭定昌说道："我听说侦缉队也正招人，且不用比试，你们哥几个去干那个事由不是也正对辙？"

郭定昌一笑说："侦缉队尽干些伤天害理的事儿，没杀爹杀娘的心能干得了？咱可不能让世人指着后背骂祖宗！"

褚林也说道："饿死也不能干那种缺德活儿。"

众人正说着，山门处一阵骚动，随着一声吼："闪开！"

郭定昌一行顺声望去，但见朱门大开，从街外开进一队北洋兵。前锋部队是身穿黄斜纹棉军服、肩挎步枪的卫兵，随后是并排马队。为首一人四十出头年纪，白面微须，脸色阴沉、冷厉；坐骑是一匹枣红马，身着黄呢军装，佩绶带，腰挎指挥刀；头戴鸡毛掸子似的高筒军帽。此人正是前清陆军大臣，现任总统府护卫队长的荫昌。

荫昌身后紧跟着一匹炭黑色坐骑，马上端坐着一位三十五六岁年纪，壮如铁塔，浓眉环眼，平发茬须，劲装束身的汉子，活脱脱是个武侠小说中的侠客。

"高末秦"冲郭定昌惊嘘道："他就是潘天翼。"

郭定昌随口"哦"了一声。

潘天翼，字云鹏，河北深县人氏。少年随著名武术名师张占魁（即打败俄国拳师康泰尔，力缴十八块金牌的韩慕侠之师）习练心意拳，尤以心意内功享誉武林，威震京津。1900 年，八国联军侵犯华夏，他随张占魁、李存义等武士与义和团并肩抗敌，血刃洋兵数十人。京津沦陷，义和团失败后，他潜行保定府，结识宋凤轩，二人师出一门，经宋凤轩推荐，先后任北洋军第三师武术教习、袁世凯总统府护卫队武术教习。1935 年，任张学良所辖东北军武术教习并举荐郭定昌赴西安任同职。西安事变后，郭定昌返京，他加入陕晋抗日义勇队，不幸在一次对日作战中以身殉国。这些事暂不详叙，且说眼前。

潘天翼过后，是两排随从坐骑。蓦地，郭定昌发现了什么，惊讶地接连眨了几下眼皮，不由暗忖："是他?!"再一仔细打量，禁不住脱口惊诧道："真是白义堂?"

郭定昌话没落地，马风喜、褚林等人也惊讶道："这不是白义堂吗?!"

郭定昌、马风喜、褚林等人没看错，潘天翼坐骑后面，那个神色倨傲，身着护卫队军服的人正是白义堂。

当郭定昌、马风喜、褚林等人从惊讶中醒来后，白义堂的坐骑已随队伍过去。接下去，过来一队腰挎短枪的后卫队。从中，郭定昌等人又看到了景天长、矮踢子、黄连生等十多个白义堂旧时的心腹扑护。

郭定昌望着白义堂、景天长一伙人的背影，心里既恨又愤，禁不住问马风喜、褚林道："这些败类怎么也进了护卫队?!"

"高末秦"含蓄一笑说："这有什么新鲜。现今儿的事，谁能说清楚。"

马风喜、褚林也愤然道："跟这号人为伍，丢人!"接着拉了郭定昌一把说："走，咱们回去!"

郭定昌把手一摆，止住马风喜、褚林，两眼射出锐利的光芒，发恨说："轻易不来，来了，就不轻易回去!"

"对辙。"此时，文瑞、"小鬼崔"等人断金截玉地随声附和。说罢，推了一把郭定昌、马风喜、褚林，跟随护卫队来到前殿比武场。

殿门前，摆了一排太师椅。荫昌居中座，潘天翼居左，白义堂居右。往下，依次是社会名流、高级军官。入座毕，乐队奏起北洋军军歌，惊得老槐树下的那头黑熊不停地跳来跃去。

比武场外，已涌来黑压压一片人，有前清善扑营东西两营的扑护，各门各派的武林豪杰，还有小商小贩、赶庙会的善男信女……

坐定，奏乐毕。司仪清了清嗓儿，开门见山地宣布道："民国开创伊始，袁大人就职总统大任，安全至重，有赖国内豪杰佐成。"荫昌听了微微点了下头，以示赞许。

二

日上中天，风和日丽。

荫昌慢条斯理地掏出怀表，轻扫一眼，接着干咳了一声，沉声问道："点名了吗？"

他身后，一个高个儿军官慌忙禀道："点过了，您哪。人都到齐了。"

荫昌当即将脸一仰，正襟危坐传令道："开始。"

顿时，军乐高奏，鼓角齐鸣。

在一片掌声中，荫昌站起身儿，先清了清嗓儿，然后，郑重说道："本次护卫队挑缺，数额有限，虽说不上百里挑一，但定然是强中选强。为防南郭先生'滥竽充数'，今日挑缺特效'曹彰戏虎'一典。凡神勇者，均先与熊罴较力，再跟潘教习试拳，胜者将荣登花册。"

众人闻此言，面面相觑，一阵骚动，纷纷交头接耳道："'曹彰戏虎'怎么讲？"

此时，就见白义堂站起身，把手一拱，不阴不阳地说道："曹彰乃是魏武帝曹操的儿子，骁勇刚健。有一年，乐浪郡献来一只锦斑猛虎，满朝力士们没谁敢看一眼。唯独曹彰不以为然，上前一把抓住虎尾，缠在自己胳膊上，猛虎贴着耳朵，不敢出声。从此，曹彰威扬四海，留下千古美名。"说到这儿，白义堂把话止住，向台下眯眼扫视了一遍，拱拳过头，放声说道："鄙人祝福各位成为当今曹彰。"

听了白义堂一番言语，众人方如梦初醒。

郭定昌啐了口地，愤道："正经是一套黄鼠狼给鸡拜年。"

褚林性急，跳着脚嚷道："姓白的，甭光卖嘴皮子！有种，你先跟熊撂一跤，让大伙瞜瞜。”

众人也纷纷质问：“你们安的什么心？”

荫昌见状，勃然变色，在桌案上猛拍了一掌，正要动怒，但见潘天翼忽地从椅上立起身，朝台下作个揖，声大嗓粗地说道：“各位英雄豪杰，且息怒，听我说几句。跟熊比试当然险恶，不过，请放心，这头熊是经过调驯的，只会动力气，不会撕咬人。更何况诸位都是武林豪杰，堂堂男儿，凛凛一躯，死都不怕，还怕一头熊吗？古人云：‘车马轻裘，与朋友共。’请诸位稍候，兄弟我先来开道。”说罢，阔步离席，来到场子中央。

潘天翼凛然豪气，令群雄镇服。顿时，台上台下肃静下来。

潘天翼长啸一声，平心静气，稳住心神。而后，“捧气贯顶”“气沉丹田”，似猛虎伏猎一般柔中带刚地轻轻亮出一个“三体式”。接下去，浑身一抖，沉肩、坠肘、松肩、活胯，蓦地，出手一个“猛虎抱头”“饿虎扑食”……沉稳有力，气势非凡。

众人吃惊道：“好功夫！”

潘天翼活动完筋骨，昂然朝老槐树处招手喝道：“把熊牵过来！”

景天长、黄连生闻声赶紧将熊带至场中央。

潘天翼安然踱步到熊前，道了声：“得儿立。”但见那熊一声吼啸，平地立起。接着，又“呜呜”怪叫了声儿，登时张开血盆大口，瞪圆狰狞双目，伸开毛森森的前爪，向潘天翼扑过去。

潘天翼不躲不闪，站在原地纹丝没动，脸上若无其事般的平静。那熊扑上前，当即将一双沉重的前爪摁在他的左右肩头。一声吼叫，只见那熊蓄力往下猛撼了几爪，欲把潘天翼压倒在地。

常言道：“虎凶不如熊。”众人见状，霍然一惊，替潘天翼暗捏了一把冷汗。

岂料，潘天翼胸脯一挺，双足一蹬，竟像劲松般挺直。那熊连摁十数爪，没能压倒潘天翼，长啸一声，泄了气。

顿时，场上场下爆出一片喝彩声和震耳的掌声。

郭定昌禁不住朝身旁的马风喜脱口赞道：“师哥，潘天翼的功夫看来不得不让人佩服。”

马风喜沉静地“嗯”了一声，回道：“你看咱们的功夫能顶住?”

郭定昌略一思量说道：“熊全凭力气，人除了力气还有灵性不是?”

黑熊略一喘息，猛地把腰胯一掀，抡动右爪朝潘天翼身侧扇去。说时迟，那时快，只见潘天翼一个“燕子戏水”，捷身从熊爪下面钻过。紧跟紧地，潘天翼转腰、摆步，与此同时，右臂循着熊爪外侧内旋，变反掌为正掌，蓦然使出一招儿“白象卷鼻”，顿时捋住黑熊前肢。正此时，只听潘天翼大喝一声：“走!”但听“扑通”一声响，黑熊被摔倒在地。

登时，台上台下掌声雷动，喝彩声震耳。

黑熊从地上爬起来，没恼没怒，反倒朝潘天翼摆动了几下腰身，驯服地往地上一蹲，眨了几下眼皮，俯首听唤。

潘天翼昂首拱拳朝众人豪爽说道：“兄弟我献丑了。”接着手指黑熊朗声道：“哪位豪杰上?”

“我来!”郭定昌话刚出口，但见人影一闪，一条壮汉已跃至场中。

看那壮汉，二十七八年纪，大头方脸，虎背熊腰，真格儿的是一个“同”字身体。

郭定昌一眼识出壮汉。原来，他是前清善扑营东营的二等扑护，名叫雷振岳。

潘天翼赞道：“好样的!”

此刻，只见白义堂抽身下了场，冲潘天翼客气道：“潘教习，场上的事儿交给我，您入座。”

潘天翼一笑，抬步上台，重回旧座。

雷振岳先活动了一番筋骨，然后，把气下沉，道声：“来吧。”

白义堂随即冲黑熊吆喝一声：“得儿立!”

那头熊听了吆喝，重又霍然立起，“呜”的一声嘶啸，张开前爪向雷振岳扑去。

雷振岳默运了一口内气，站立个“骑马式”桩步。等黑熊扑至身前，他没容黑熊按爪，抢先下了手，右臂已似离弦之箭，狠狠叉住黑熊的左腋。接下去，雷振岳进左腿，登时钩住了黑熊的右后腿，大“嗨”一声，使出个“得合鲁”①。几个动作一气呵成，天衣无缝。

场外众人见雷振岳这一招儿使得凶狠泼辣，干净利索脆，料必马到功成，禁不住喝彩出口。

欣喜中，众人猛然想起雷振岳眼下的对手并非人类，而是一头猛兽，取胜并非易事，顿时，心又提了起来。

果然，只见雷振岳咬牙关，蹙眉头，狠劲用腿钩了几钩，用手推了几推，那头熊竟然“稳若泰山”，纹丝没动。雷振岳登时脸色变白，暗道一声：“崴了！”

场外众人看得清楚，此刻，只要黑熊左爪一夹，雷振岳就算是金刚，也难免骨断臂折。

“转肘！”郭定昌急喊一声。

雷振岳打了个激灵，急忙松腰、抽腿、转肘。正此时，黑熊左爪已欺身夹下，又“呜”的一声嘶啸，张开右爪向雷振岳的左肩头扇去。雷振岳抽臂不能，躲闪不及，被黑熊连夹带扇，打倒在地。

雷振岳脸色苍白，挣扎几下，晕厥过去。

“雷哥！”众人惊呼一声，围拢过来。黑熊高昂起头，朝天张口嘶啸一声，傲然又蹲在了一旁。

潘天翼也吓了一跳，慌忙夺步赶到雷振岳身边，伸出手，在雷振岳鼻前试了一把。

白义堂冷笑一声，满脸不屑地“呸”了一口，骂道：“窝囊废！”郭定昌剑眉一竖，不禁心中大怒，吼道：“你这是什么话！”

马风喜、褚林等人也俱气红了眼，步步逼近白义堂，只要他再敢念半句秧儿，便要把他断筋碎骨。

场下的众扑护见白义堂出言不逊，登时暴怒，纷纷指手画脚地

---

① 得合鲁（也有说成“得合勒”的），为满族和蒙古族通用语，是满族、蒙古族摔跤运用的一种名称，分“小得合”（跪腿摔）和“大得合”（挂腿摔）两种。

斥道："别忘了，你原本也是扑护出身，怎么着，眼下当了顾问就翻脸不认人了！小丫头养的，你再说一句刚才的臭话，让我们听听！"众人呵斥着，将白义堂围住。

潘天翼见众人生怒，忙伸开双臂，护住白义堂道："各路豪杰息怒，义堂言之有物，我给大伙儿赔个不是。"说着，拱拳向众人作了个揖。

景天长、矮踢子、黄连生等人正要上前为白义堂助威，又听潘天翼喝道："下去！"

白义堂原本油滑，哪能吃这个眼前亏，当即脸皮一松，陪个笑脸道："得，得，得，是我嘴臭。"

正在这时，雷振岳渐渐苏醒过来。郭定昌不屑理睬白义堂，忙向前将他挽在自己的臂弯里。

潘天翼也蹲下身，轻手在雷振岳浑身血脉上仔细掐拿了一遍，松口气道："各位放心，他伤不重，只是让熊掌震昏了。"

少许工夫，雷振岳脸上泛了红。郭定昌搀扶他站起身，走了几步。潘天翼庆幸道："亏了你身强体壮，再加上这位哥们儿（指郭定昌）提醒快当，要不然，事儿可就闹大了。"

雷振岳感动得热泪盈眶，拱起手给郭定昌作了个深揖。

郭定昌正客气着，就听白义堂吆喝道："谁上？"

经过刚才一场风波，不少人暗自思忖：这头熊果真了得，若没有擒龙伏虎的本事，怎能降它！不禁打起了退堂鼓。

郭定昌、马风喜、褚林等人倒不是胆怯，而是因为白义堂阴险毒辣，刁钻奸猾，从心里厌恶与这败类为伍，盘算着退出去。

白义堂见没人应声，又追问一声："谁上？"

略一沉寂，白义堂不容众人深思熟虑，冷冷一笑，甩出一句："都是属兔子的。收场！"

只这一句，登时气恼了郭定昌、马风喜、褚林等人，只见郭定昌把手掌从胸前朝天一推，厉声道："住口！此话用到你身上再合适不过！"说罢，一个箭步跃至场心，顶天立地站定，大喝一声："唤过熊来！"

众人先是一怔，转瞬明白过来，无不佩服郭定昌的肝胆气概，顿时爆发出震天响喝彩声。

潘天翼来到郭定昌身前，钦佩地冲他点了下头，又在他肩头亲切地拍了一把，关心道：“跟熊较力，非同与人撂跤，切不可急于求成。熊罴攻人，全凭一按、一扇、一扑，谨防这三下，见机行事方可取胜。”

话到此处，白义堂已将那头熊唤至郭定昌眼前，把眼觑着郭定昌，寒脸道：“郭八，我等看你的好戏。”

潘天翼天生豪爽，没去细听白义堂的话外音儿，认真说道：“哥们儿，大伙儿都等看你的好戏。”

郭定昌从小机灵，听出白义堂话中的意思，是在诅咒自己出洋相，当下乜斜着白义堂反唇相讥道：“可别看进眼里拔不出来。”

潘天翼哪能听懂郭定昌的话，纳着闷儿刚在台上坐定，就听白义堂声嘶力竭地一声召唤：“得儿立乎！”

白义堂一声“得儿立乎”，只见潘天翼大惊失色，禁不住从椅子上霍然跃起，大喊一声：“白义堂，你干什么！”

此刻，荫昌也神色大变，脱口惊道：“崴了，要出人命！”

原来，“得儿立”和“得儿立乎”，虽然只相差一字，对熊的使唤却大相径庭。当初驯那头熊时，“得儿立”是叫熊“温斗”，熊只使五分力气；而“得儿立乎”却是叫熊“火斗”，熊可要竭尽全力拼斗了。

果然，只见那熊鬃毛戗竖，眼喷蓝光，龇牙咧嘴，“嗷”的一声吼啸，“噌”的掀胯蹿起，两支毛森森的大爪似一对铁饼，从半空里按将下来。

众人见状，都以为那熊疯了，惊得出了身冷汗，慌忙挥动着手臂，连连叫道：“快跑！快跑！”

此刻，郭定昌也惊得打了个冷战，但跑已来不及，急忙转动车轮步，电光般一闪，闪在熊罴一边。那熊见按郭定昌不着，便将头一甩，随即抡圆右爪，摆腰发力，吼叫着向郭定昌身上扇去。郭定昌见熊爪扇来，脚下一转，早又避开。

潘天翼乘这当口，发声喊："得儿立！"想把那熊火性收敛住。

岂不知，那熊在受驯时已养就一个习惯：只听场上主人唤，不听场外他人喊。那熊非但没将火性收敛，反倒更加张狂起来，咆哮一声，似半天空响起个炸雷，震得众人肝胆欲裂。郭定昌见熊一按、一扇已过，只剩下最后一扑，登时心底平静许多，退后几步，做好准备。那熊略一停顿，猛然跃起身向郭定昌扑去。郭定昌又一闪身，正想从熊爪下钻过，万万没想到，心里一急，脚下快了一步，竟与那熊撞了个满怀，熊的两只前爪已伸过他的肩头，呈现一幅相扑般画面。

郭定昌本是扑护出身，且受常五爷内功真传，最擅长的便是近身摔打，更何况那头熊是经过驯教的，只会较力，不会做出撕咬人的事儿来，更使郭定昌如鱼得水。郭定昌手疾眼快，上手抓住熊的前爪，借着那熊向前的扑力，一巧破千斤，大"嗨"一声，调动内气，翻身就是一个"倒背儿"，将熊从头顶摔出去。只听"扑通"一声震地响，那熊像倾山倒岳般被摔了个肚皮朝天。

"好样的！"

"神力！"

顿时，满场上下爆发出暴风雨般的喝彩声。

郭定昌见熊倒地，仍不敢怠慢，两眼警惕地盯住那熊，跃身后退数步。

再看黑熊，从地上打一个滚爬起身，竟然火性顿消，朝郭定昌摆动了几下身躯，摇了摇短尾巴，像在表示敬意，一转身，重新蹲在了一边。

此刻，众人方才像从噩梦中醒来，欢喜雀跃地蜂拥而上，将郭定昌抬举半空。

荫昌、潘天翼也从台上抽身下来，竖起拇指向郭定昌道喜。白义堂面色时红时白，又羞又气，低下头垂手悄悄溜出人群。

接下去，马风喜、褚林等十余人又先后上场与熊较力。马风喜素有"锦毛虎"之称，褚林人称"大力神"，未曾出事，降服黑熊。其他人中除有三人经过一番苦斗降服黑熊外，剩余几人皆败下阵来。

一番人兽大战过后，场上又恢复了平静。

眼见天到正午，白义堂不容郭定昌、马风喜、褚林等人歇息，别有用心地弯下腰，贴着荫昌耳根提示道：“天已不早，该跟潘教习过手了。”

荫昌掏出怀表看了一眼，时针正指在十二点上。他点了下头，轻唤了一声：“天翼。”示意潘天翼下场与郭定昌、马风喜、褚林等六名胜者交手比武。

潘天翼瞪了白义堂一眼，立起身向荫昌禀道：“刚才的场面，您都见了。郭定昌六人的武功超群，不愧是清朝皇上的侍卫。依我之见，大可不必再与在下过手，您就放心圈定了吧。”

荫昌“嗯”了一声，没拿定主意。

白义堂早已看出潘天翼喜爱郭定昌，正没好气，便乘机挑拨道：“潘教习，到您露脸儿的时候了，您可不能打蔫噢。”

潘天翼正为白义堂私改唤熊口令害郭定昌而窝着一肚子火气，听他这一说，就似火上浇油，顿时火冒三丈，拍案骂道：“屁话！”

荫昌一向敬重潘天翼，见白义堂出言有刺儿，吃了味，冲白义堂“哼”了一声，把桌案一拍道：“就按天翼说的办，定了！”

听了荫昌这句话，场下登时爆出震天响的掌声，接着又爆出一片对白义堂的嘘声。

白义堂看了一眼潘天翼，潘天翼脸一扭，不屑再说话。白义堂忙又冲荫昌鞠了个深躬，盘算再说什么，只见荫昌忽地站起身，拂袖道了一声：“回总统府！”

三

场子一散，郭定昌、马风喜、褚林等六位壮士便被人围住，男女老少摩肩接踵，跷足长腰，争相一睹六位壮士英姿。

六人寒暄良久，观者非但不见减少，反而愈来愈多，里三层外三层，围了个水泄不通。郭定昌本不是哗众取宠之人，正为不得抽身着急，此刻，就见“高末秦”拨开人墙，爽步来到场心，冲郭定昌一行六人作个揖道：“诸位快请吧，茶都等凉了。”

郭定昌会心地把头一点，朝围观众人抱拳打个拱道：“谢老少爷们儿的抬爱了！”说罢，冲其他五人一招手，抽身走出人群，离开了白塔寺。

来到街上，郭定昌给“高末秦”施个礼，道了声：“回见了，您哪。”转身要走，却被“高末秦”一把拽住。“高末秦”诚心道：“刚才我是帮着您解围，这会儿，我可是真心邀请。走，到我茶馆一坐。”说罢，又冲郭定昌身后那三位面生的英豪施个礼，问道：“敢问三位尊姓大名？”

郭定昌上前道：“这哥仨也都是原先善扑营的。”言毕，指着一位矮身量，敦敦实实，“日”字身材的汉子介绍：“他叫张来福，人称‘矮个儿八’。”又指着另一位长胳膊长腿，腰身修长，“贯”字身材的汉子介绍：“这位叫赵伯栋，人称‘赛蜈蚣’。”末了，指着那位虎背熊腰、“同”字身材的黑脸汉子说：“他叫鲁风翔，人称‘穿腿鲁’。”

“高末秦”听罢郭定昌介绍，喜道：“在下也喜好相扑，三天两头的也摔两跤。走，一块去，晌午饭我全包啦。”

六人忙推辞道：“哪能让您破费！”

“高末秦”把脸一沉，“啧”了一声说：“见外了不是。怎么着，瞧不起我一个臭开茶馆的？”

六人见“高末秦”较了真儿，便不好再推辞，道了声谢，随“高末秦”奔了“一壶透”。

老北京有三多：官多、景多、茶馆多。繁华闹市，犄角旮旯，随处可见写有“茶”字的幌子飘动。“高末秦”开的“一壶透”紧靠阜成门，虽说比不上前门外“天全茶馆”叫得响，但在白塔寺一带也是数得上的老字号。“一壶透”铺面不大，属茶行中的清茶馆一类。专卖茶水。它比不上大茶馆有气派，也比不上书茶馆、艺茶馆、棋茶馆文雅、开心。来此处喝茶的，除了小商小贩、市民百姓，再就是破落子弟、过路行人。

没等进门，“高末秦”就先扯开嗓门吆喝起来：“小顺子，快烧壶水，来贵客了！”

“得了，您哪。”随着屋里一声清脆的应声，就见蓝布棉门帘一撩，从里面迎出来一个十五六岁，头戴毡帽的小堂倌儿。不必细问，这小堂倌儿就是小顺子了。

只见小顺子甜嘻嘻地给众人请个安，一掀门帘，将郭定昌、马风喜、褚林、“矮个儿八”、“赛蜈蚣”、“穿腿鲁”、“高末秦”先后请进屋。一转身，快步赶向前，抻下搭在肩上的白抹布，在桌椅板凳上擦了一遍，客气一声：“坐了，您哪。”

郭定昌六人刚落座，“高末秦”笑容可掬地轻声问道：“哥儿个喝茉莉香，还是喝龙井绿？”

马风喜抢先点道：“喝‘高末靠茶’就齐了。”

“高末秦”一听，逗个哏道：“您寒碜我不是？”

大伙儿禁不住放声乐了。原来，老北京人喝茶都有讲儿：大清早喝茶，为的是清胃火；下午喝茶，为的是提神儿；饭后喝茶，为的是消食……老头儿老太太才爱抓撮茶叶末往壶里一续，放在炉子边靠着，边聊边喝，既省钱又祛寒还好打发时光。

“高末秦”把胸脯一挺，气粗地吆喝一声：“小顺子，给哥儿个沏壶上好的‘毛尖’！”

小顺子答应一声，取来一包“毛尖”续好。转身从炉台上提起一把半人高，水桶粗的紫铜“大搬壶”，往地一浇，但见冒着蒸汽的滚开水一着地，即刻爆出一连串“噗噗”的响声。

“嘿！这才叫真格儿的‘莲花开’！”郭定昌赞扬一声。又见小顺子把搬壶略一提高，对准茶壶口一倒，开水砸得茶叶上下翻滚，桌面上竟然连一滴水也没崩上。

郭定昌几个人正夸奖着，“高末秦”乐哈哈地端上来酒菜。一阵寒暄过后，几个人边吃边喝边聊起来。

“高末秦”倏地把酒盅放下，正色说道：“我瞧那个姓白的不像是好鸟儿。”

马风喜“哦”了一声，问道：“您也觉察出来了？”

“高末秦”咳了一声，回道：“敢情。您琢磨啊，为什么郭定昌一上场，他便将‘得儿立’变成了‘得儿立乎’？为什么只多一个字，那熊竟然多了几倍疯狂？这不是明摆着里面有戏吗？”

听这一说，郭定昌、马风喜、褚林、“矮个儿八”、“赛蜈蚣”、“穿腿鲁”不由同时“嗯”了声，若有所悟地点头道：“有道理。”

原来，“得儿立”与“得儿立乎”的不同，只有荫昌、潘天翼、白义堂少数几人掌握，但并没戳破，郭定昌一行人一直蒙在鼓里。

“高末秦”关切地问道郭定昌：“你得罪过姓白的？”

郭定昌淡然一笑，回道：“不顺从就是得罪。”

褚林粗声粗气地骂道：“怕他个屁！听蝲蝲蛄叫不用种豆子啦？”

马风喜敬褚林一盅酒，逗个哏说：“谁比得上您啊，数钟馗的鬼见愁。”

一句话，把大伙儿逗得捧腹大笑。蓦地，“赛蜈蚣”收敛笑容，问道郭定昌：“听说天宝、‘快腿林’、二泉几个扑护见白义堂当了护卫队的顾问，全都避开了？”

“高末秦”听后叹道：“跟白义堂这种人共事，可得千万小心。当心，别叫狼咬着。”

第八章

秋水共长天一色

一

郭定昌听了“高末秦”情真意切的提醒，脸色沉了下来，那些并不遥远的往事，一桩桩一件件浮现在眼前。

光绪三十四年九月，郭定昌在三位师傅的辅佐下，冲破白义堂阻挠，考进善扑营授三等扑护。

就在清政府着力加强皇宫大内禁卫的同时，安徽巡抚衙门密奏：乱党光复会在皖活动猖獗，欲谋煽动新军部队叛乱。

密奏传到内宫，慈禧太后抱病在中南海仪鸾殿召见陆军部军机大臣庆亲王奕劻，传谕奕劻，除了军机大事，也得留心北京内外城巡警厅和善扑营的防务，别让孙文钻了空子，把乱子捅到北京来。

这儿所说的“北京内外城巡警厅”，前身叫“工巡局”，是八国联军占领北京期间，由日本人乔口勇马和川岛浪速招募的，由肃亲王善耆直接掌管。满人或汉八旗人充当警官。1906 年，袁世凯窃取了警权，将“工巡局”扩张为“巡警厅”。

几天后，奕劻乘一顶官轿，出了紫禁城西华门，走街串巷，威风十足，不一会儿，便来到西城小护国寺，在善扑营西营门口停下来。

军机处的“莫及哥”已赶前儿到西营报了信。白义堂等一班西营头领官服整扎，端庄严肃地站在营门口候了多时。

“庆亲王大人到!”随着‘莫及哥’高亢的一声吆喝，奕劻威严地下了轿。白义堂殷勤地迎引奕劻进了营门。

别看奕劻是个王爷，可还是头一回来西营。一进门，但见院子中央的走道两边黑压压戳着百十号儿扑护，个顶个赤臂露肚，掐腰挺胸，横眉怒视着前面，像似一群龇牙欲斗的狮虎，给整座西营罩上一层森严、恐怖的气氛。

这是清朝的一种特殊礼仪。自从康熙大帝创立善扑营，就立下规矩，当差的扑护可以上不跪君下不跪臣，这叫“摆谱儿”。谱儿越大，越有份儿。眼下，别说是奕劻，就是慈禧老佛爷驾到，扑护们照旧是这副模样。

奕劻定了定神儿，迈着方步拾级上了丹墀。他转过身儿，扫了一眼阶下，咳嗽了一声，慢慢悠悠发了话：“你们都是八旗子弟，素以尊君为上。现今儿的国事你们兴许也听说了，孙文在南面越闹越凶，咱们北京城里也不那么太平。你们身为扈从禁卫，平日要在功夫上多上点儿心，到了节骨眼儿上，要以身报效朝廷。”

郭定昌站在最前面，听了奕劻的话，心想：嘿，孙文可够厉害的，看他把这些王爷吓成惊弓之鸟了。正琢磨着，就听奕劻又发问：“哪些是新近招进的扑护？”

听这一问，郭定昌这几个新招的扑护向前跨一步。

奕劻打量了一遍，倏地想起了什么，把目光盯在郭定昌身上。只见奕劻向白义堂随便说了几句话，白义堂便宣布“散营”。又不屑一顾地甩过一句：“郭定昌上殿!”

郭定昌瞅着白义堂一副冷冰冰的样儿，不知又惹了什么麻烦，暗暗叮嘱自个儿：甭怕，现今儿你不是小孩子了。抬步上了丹墀。

奕劻端坐在朱红太师椅上，手端盖杯品着香茶。郭定昌向前请个安，白义堂蔑视了郭定昌一眼，低头对奕劻说：“他叫郭八，大号郭定昌。”

奕劻放下盖杯，上下打量着郭定昌问：“我怎么瞅你挺面熟的？”

郭定昌回道：“我接长不短去您的王府，青山大哥和我交情可深呢。”

奕劻一听郭定昌提起妙海和尚，顿时想起来了，悦色说道：“听说你的功夫可够硬的。”

“谢您的夸奖。”郭定昌边说边睥了一眼白义堂。见白义堂一震，接着悻悻地拿起杯盖儿，一个劲儿来回刮着浮茶。

奕劻话兴未尽，又接上说：“妙海和尚是庚子年太后老佛爷领我们避乱去西安路经少林寺带进京的，功夫在少林寺亦属上乘，你是怎么跟他熟识的？”

郭定昌正要把他与妙海和尚的交情说个仔细，又猛然想起眼前这位奕劻大人最怕东洋人，不由又把到嘴边的话咽下肚去。改口说道：“给您庆王爷当保镖的，哪个不是个顶个的强中手，我们干武行能不认识？”

奕劻瞅着郭定昌挺懂礼道，微微点了下头，又正色问道：“郭八，知道进善扑营是干什么的吗？”

郭定昌立马儿回道：“给太后和皇上保镖的。”

一句话，把奕劻逗得直乐。奕劻摆了摆手，宽容地一笑说：“保镖那是江湖的叫法，青山和尚才会这么说。宫里叫禁卫。知道什么是禁卫吗？就是说太后老佛爷，还有皇上离京出巡，你们这些扑护得随身保驾；平常日子得在皇宫大内禁卫防护。皇宫大内的禁卫可不能像镖局的镖头动刀舞枪的，凭的是拳脚徒手功夫。所以，善扑营又叫‘徒手营’。”

奕劻没说错，清朝，紫禁城内任何人都不许带兵器，扈从禁卫仅靠赤手空拳的功夫去抵挡、擒拿刺客。

说到这儿，奕劻想起了什么，侧过身冲白义堂说道：“今儿个，我想瞅瞅郭八的功夫。”

白义堂一听，猛地站起身，两只眼珠滴溜溜转了几圈，神秘兮兮地冲外喝道：“马风喜！”

郭定昌一听白义堂点的是大师兄，不由一愣，暗想：这事儿崴了。我们哥俩当着王爷较量，无论谁输了都给佟巴爷丢人现眼，成了朝廷眼里的窝囊废。这不是明摆着让我们窝里斗吗！不由得狠狠瞪了白义堂一眼，暗骂着：小丫头养的白义堂，你的心也忒黑了。

白义堂瞅着郭定昌面露难色，心里一阵得意。冷冷一笑暗想：郭八，你到底嫩了点儿，你能破了我白某这条“煮豆燃豆萁——同根相煎”的高招儿吗？自认倒霉吧。

马风喜应声走上丹墀，白义堂凌厉地说道：“亲王大人想着瞅瞅郭八的功夫，你给配个对儿。”

听这一说，马风喜也猛地一怔，虽说立马儿明白了白义堂的心肠，但一时又不知所措。

奕劻打量了马风喜几眼，瞅着马风喜的个头儿、块头儿不在郭定昌以下，又显得比郭定昌老成，满意地点了点头，随口说了声：“那就别价候着了，快着见跤吧。”

马风喜为难地瞅了瞅郭定昌，郭定昌也瞅了瞅他，相互用眼神儿问讯着：怎么是好？

营房里的扑护们一听说郭八和大师兄马风喜比跤，呼啦啦一股脑儿都跑了出来，搂腰搭肩地把场子围了个水泄不通。

“白格儿搭这招儿可够损的，这不是让人家哥俩哑巴吃黄连吗？”“扫地高”愤愤不平地说。

“少废话，瞅你的吧。”景天长说着狠狠瞪了“扫地高”一眼，又说：“刚进营，没你说话的份儿。”

“哎哟，这场跤可不好摞。”

众扑护窃窃犯着嘀咕。

奕劻下了丹墀，刚刚在太师椅上坐稳，只见郭定昌向前恭敬问道：“庆王爷，今儿个我给你练个‘耙腿儿’？”

奕劻原本不懂善扑，听郭定昌一问，倒弄蒙了，不禁反问：“怎么讲？”

只这一问，郭定昌原本烦乱的思绪立马儿平静下来，细语道：“回王爷的话。听师父说，当年康熙爷擒鳌拜，统领索额图使的就是这个绊儿。”

一席话钓起了奕劻的胃口，眉毛一扬说：“哟呵，这么说，今儿个我是来着了。这事儿我倒是早没听说过，不过，要说用的什么绊儿抓住的鳌拜，我还真的压根儿没见过，就这么着了。”

听了这话，白义堂暗吃一惊，立马儿反应过来：郭八使的是“调包计”，把一场原本玩命的事儿，化解成练对子、演双簧戏了。可庆王爷已发了话，事儿到了这份儿上，白义堂也只能干着急，没咒念，不由地冲奕劻苦笑了一下。

郭定昌听奕劻发了话，心中不由大喜。他乜斜了白义堂一眼，急忙绰起两件褡裢，就手递给马风喜一件，干脆地说了声：“师哥，接褡裢。今儿咱哥俩给庆王爷露怯啦。”

马风喜正进退为难着，听郭定昌一声喝，不由打了个激灵，猛不丁地伸手接过褡裢，心里却埋怨郭定昌不知好歹，轻易中了白义堂的“煮豆燃豆萁——同根相煎”之计。

郭定昌见马风喜愣神儿，立马儿给他暗使了个眼色，催道：“师哥，今儿咱俩就练擒鳌拜了。”

马风喜略一思忖，立马儿明白了郭定昌的心机，油然升起一股钦佩之情，笑着脸冲郭定昌说了一句：“今儿个，我就是鳌拜。”说着，拉着郭定昌的手，下了场。

郭定昌、马风喜早就听佟巴爷说过索额图用善扑武技擒鳌拜的事儿，一招一式记得倍儿清。两人相视暗使了个眼神儿，忽地亮开了架势。郭定昌犹如故事中的索额图，挥拳向马风喜的面门打去。马风喜恰似鳌拜，轻卷左臂捋开郭定昌的右拳，挥起右拳顺势朝郭定昌心口打去。只见郭定昌就地一蹲，闪过马风喜的来拳，飞起左脚朝马风喜的右脚后跟耙去。马风喜急闪右腿，郭定昌却又左腿变右腿，狠劲又一耙，只听“扑通”一声把马风喜摔在了地上。

郭定昌、马风喜虽说摔的是对子。可一招儿一式不发软，不打夯，丝丝入扣，招招合辙。尤其是郭定昌的左右耙，俗话说是“玉环步”“鸳鸯脚”，乃是佟巴爷的绝活儿，传说当年武松醉打蒋门神、岳飞收牛皋，使的都是这招儿。没有上好功夫，甭想练出来。

奕劻看了直乐得失了态，猛地从太师椅上站起身，险些把茶杯碰倒，竖起大拇指喝彩：“漂亮！”众扑护也齐声称赞：“耙得好！”

郭定昌、马风喜抱拳冲奕劻施了谢礼，脱下褡裢，洒脱地将褡裢一甩，就像是一对儿白色蝴蝶在半空中打了几个飞旋，平展地铺在地上。

奕劻笑着脸直夸郭定昌：“是个练儿，好好当差，以后兴许能当个格儿搭。”

听了这话，白义堂浑身一震，冷冰冰的脸皮抽动一下，没言声。

奕劻又对白义堂等一班西营头目作了一番训教，眼瞅时辰已晚，便发下话：“往后，营里的事儿托给卿善大人代问。”便打道回府了。

送走奕劻，白义堂转身进了正殿，一屁股坐在太师椅上，脸朝天，闭着眼，十根手指交叉着捺在脑门上，像个哑巴，半晌没言声。

一直跟随在白义堂左右的师爷，不愧是个精灵的，眼瞅上司不痛快，便给殿堂里的几个小头目使个眼神儿。那几个人一点就通，似黄花鱼——溜着墙边儿，悄没声地回避了。

这个师爷正是四年前郭定昌考扑护时，给白义堂出馊主意，把郭定昌名字抹了的那个“笔帖式”领班。这主儿姓何，瘦长脸儿，尖鼻头，锥子似的下巴颏向前翘着，一双滴溜溜转动的“斗鸡眼”深陷在眼眶里，打眼一瞅，就像是一只啄木鸟。营里的扑护们都管他叫“锛啄木”。

“锛啄木”瞅着殿堂里已没外人，便拿起一条宽大抹巾，在铜盆里浸湿，然后拧干。这才蹑手蹑脚来到白义堂身侧，轻轻咳嗽了一声，给个暗示。

果然，白义堂闻声懒洋洋地睁开眼皮。“锛啄木”急忙水蛇着腰，把抹巾递过去，殷勤地说：“白爷，擦把脸，您哪。”

白义堂接过抹巾，在脸上、脖子上擦了几把，又在鼻子上揪了两下，重又递给“锛啄木”。接着劈头甩过一句：“现时，库里还有多少家底？”

“锛啄木”听了这话，立马儿明白，白义堂说的家底指的是银子。忙回道:“不多了。”

白义堂一听,愣了一下。略一琢磨,下狠心说:“就是从牙缝里挤、骨头里榨,也得挤兑出一千两来。”

“锛啄木”皱了一下眉头,回道:“白爷,这可是——”

没容“锛啄木”说完,白义堂厉色说道:“甭管那些。这一趟,不能让庆王爷白来!”

白义堂没把这位庆王爷估摸错。庆王爷奕劻时任军机大臣,兼管陆军部,素以卖官纳贿,贪污腐败臭名朝野。

白义堂见“锛啄木”站在原地没动窝儿,先已老大不高兴,正要动怒,又觉对师爷使脸色不妥,便委婉问了句:“庆王爷的脾性,你能不摸底?”

“锛啄木”眯起眼,探身回道:“白爷,您说朝野有谁不摸这位老王爷脾性的。”

白义堂“啧”了一声说:“这不齐了,办吧。”

二

“锛啄木”低下头,正琢磨着,又听白义堂正色言道:“这事儿就这么定了。庆王爷的脾性,我摸底。当年袁世凯袁大人发迹,一次就送给庆王爷十万两银号票子,庆王爷直乐得屁颠儿屁颠儿的不是?没有这十万两银子,袁大人哪能如此嚣张跋扈?”

“白爷明鉴。”“锛啄木”随声奉迎着。

“今儿晚上,你劳累一趟,立马儿送去。”

“嗻。”“锛啄木”答应一声。

“要是得空儿,再顺脚打听打听宫里的事儿。我琢磨着庆王爷这次趟子跑得有戏。按理说,巡警厅那边,还有善扑营的事儿本该醇王爷管才对辙,怎么换成庆王爷了?”

“锛啄木”眨巴了几下眼皮,若有所悟地细声说道:“白爷,这是明摆着的事儿。朝廷内外谁不知道醇王爷与袁世凯大人有隙;又有谁不知道庆王爷与袁世凯大人有交情。太后老佛爷真要是派醇王爷过问巡警厅的事儿，袁世凯大人要不往醇王爷嘴里塞蚂蚱才怪呢。”

白义堂手扶脑门，闭着眼琢磨了一半晌儿，才“嗯”了一声，重又睁开眼说：“这些人都得罪不起。醇王爷那边、袁大人那边，往后也勤走着点儿，谁能估摸透宫里会刮什么风？”

“锛啄木”点头哈腰回道：“放心吧，您哪。这些事儿，都包在我身上。说句真格的，有您在，我们还能有亏吃？”“锛啄木”把“我们”二字说得格外响亮。

白义堂从太师椅上站起身，倒背着手，瞅着窗外，神秘兮兮地又说：“这倒是。要不然，尾座这个空缺，我也不会留到现今儿。”

不必细问，“锛啄木”已明白了八九成。按照清制，善扑营所属东、西营，每营都设有三个格儿搭，官称：正座、副座、尾座。自打白义堂当上西营的正座，没出半个月，副座索格儿搭就称病，回家歇养了。又过了几天，尾座宛格儿搭也告病离营，回归故里。从此，西营的权柄子，都由白义堂一个人大把攥了。他早算计着让景天长补尾座的空缺。可是，一来景天长资历嫩了点儿，怕两营统领大臣不准奏；二来又没找着个合适的机会，让景天长争个功名，难以封住众扑护的口。所以，这事儿就一直拖着，没有挑缺。

“锛啄木”瞅着白义堂面露难色，又轻声宽慰着：“白爷，其实这事儿是板上钉钉儿——十拿九稳，只是早一天晚一天就是了。”

白义堂正想说什么，一眼瞅见郭定昌正站在屋檐下晾褡裢，不由得脸色一沉，恶声冲着院子外面说：“这事儿让郭八搅和乱了。”

“哈哈哈……”白义堂的身后传来“锛啄木”的笑声，“白爷，您怎么让一个臭卖扳指的难为了。”

“师爷！”白义堂转过身冷峻地说：“你没瞅见，醇王爷、庆王爷都认得他。再加上他那一身功夫，还有三个老不死的在背后撑腰，往后营里的事怕是……”

“这您就多虑了。”“锛啄木”插上话，“醇王爷那边，我不是跟您说了，只是姓常的认得四爷，事儿赶寸了。其实，郭八和醇王爷连边都沾不上。再说庆王爷这边儿，今儿个话太清楚不过了，也不过郭八认得庆王府的一个和尚，这又算得了什么？刀把子不是攥在您的手里。孙悟空本事再大，我就不信能跳出如来佛的手心儿？”

白义堂说了句：“这倒也是。”

“锛啄木”说完，把抹巾往铜盆里一扔，转身从橱里取出一件卫衣，悄声说道：“明儿个，郭八不是第一次值卫吗，就让他穿这件卫衣。”

白义堂没悉心看一眼卫衣，顺口甩过一句：“他爱穿什么就穿什么，闲没事我去给他当老妈儿不成？”

“锛啄木”一笑，说：“您这是说哪儿去了，我能让您给个臭卖扳指的擦鼻涕。您仔细瞜瞜，这卫衣里有戏。”

白义堂听“锛啄木”说有戏，不由一震，这才急忙凝神打量起卫衣来。“锛啄木”狡诈地又问了声：“您说现时是什么节气？”

白义堂顿时悟出了什么，喜道：“真有您的。”

一散营，“锛啄木”便把郭定昌唤进正殿，忽然露着笑脸关切地问：“明儿个值卫的事儿，刘禄都和你说了？”

郭定昌瞅着“锛啄木”一副笑模样儿，心里直犯嘀咕：自打进营，还没见他笑过，今儿个刮的哪边风？不由纳闷儿地回道：“说了。”

“锛啄木”把郭定昌拉到身边，在肩上拍了一把，说了句：“好好当差。”顺手从案桌上拿过一个月白色包袱递给郭定昌，又认认真真地嘱咐：“这里面包着卫衣，值卫时穿的。”

郭定昌接过包袱，转身要走，又被“锛啄木”叫住，让了个座，没话找话的聊了一阵闲话。待到郭定昌走时，营里早已空洞洞的，连个人影都没了。

郭定昌回到家，天已摸黑，进屋里一看，郭老爷子、郭老太太都不在。一问三姐，才知道去看后面邻居云祥了。三姐告诉他说：“今儿个，云祥从局子里放回来了，好悬没被折腾死。”

三姐说的云祥，就住在郭定昌家的后身儿，比郭定昌大两岁。半年前，让灾星砸了脑门儿，平白无故，巡警厅愣告他通秘密党，糊里糊涂把他锁了。事发后，家里人一访听才明白，原来，有一天云祥在虎坊桥“陈记酒铺”喝酒，正巧赶上巡警厅乱抓人。云祥一是气不过，二是借了点儿酒劲儿壮胆，顺口骂了巡警厅一句：“缺德！”没承想让喝酒的一个密探给告了，捅了娄子。没辙，花钱吧！家里人东凑西借，总算对付齐了一百两银子，又托中城副指挥衙门的朋友作保，忙活了大半年，这才把人赎回来。

听三姐一说，郭定昌胡乱吃了几口饭，正要看云祥去，只听街门响动，郭老爷子、郭老太太回来了。

郭老太太拉起衣襟，擦着眼泪抽泣着说：“这是弄的哪门子事儿？人家云祥招谁惹谁了，就得为说了一句‘缺德’，竟受这么大的罪。”

郭老爷子也连连摇着头，叹着气说：“人能活着回来就算烧高香了。”

进了屋里，郭定昌点上油灯，又把线捻往大处挑了挑，屋里明亮了许多。透过灯光，郭定昌看清郭老太太的一双眼圈都哭红了，郭老爷子的眼角也挂着泪痕。不用细问，郭定昌已估摸出云祥定准儿被折腾得八分似鬼二分像人了。

这时，几个兄弟姐妹也都赶紧进屋，听了云祥的事儿，一个个都骂巡警厅缺了大德。

郭老爷子嘱咐说：“这话在屋里关上门说说就齐了，出去说话嘴上得上把锁。满‘四九城’谁不知道巡警厅似锦衣卫，连王爷朝臣都惹不起，别说小小老百姓了！”

听郭老爷子一说，大伙儿不再言声。三姐抽空沏上壶茶，大伙儿边喝边安慰二老一番，先后回屋歇了。

郭老爷子把郭定昌单独留下，问起营里的事。郭定昌把白天的事向郭老爷子详细叙说一遍。郭老爷子叹口气说：“老话说：‘老实常常在，刚强是祸害’，办事多烧香少赌咒。”

郭定昌“啧”了一声，说：“可也不能没骨头不是？”

郭老爷子听了不好再说什么，缓慢地端起茶杯，边用盖儿刮着浮沫，边若有所思地说：“骨头不骨头的先搁下不说。可是有一件事，我当老家儿的得给你提个醒儿。”

郭定昌打起精神说：“您说，我记着。”

郭老爷子郑重说道：“当扑护，出皇差，可不能学巡警厅！”

听这一说，郭定昌侠肝义胆地担保说：“您老放心。缺德的事，对不起人的事，咱决不干！”

郭老爷子“嗯”了一声说：“这就好。”

为了云祥的事，把郭定昌弄得躁心。他不经意地将卫衣往炕里一扔，一屁股坐在桌旁喝起闷茶来。

郭老爷子见郭定昌心气不顺，又宽慰说：“云祥回来了不是，就别往心里去啦，谁能知道谁啥时候碰上灾星。”他说完，见郭定昌还是没作声，又叮嘱说：“明儿个你进皇宫大内当差，这是全家的荣耀。可古人说‘福兮祸所伏，祸兮福所倚’。皇宫大内不比外面，小丁点儿的事儿，兴许就能捅大娄子，千万小心行事。”

眼瞅夜色已深，郭老爷子、郭老太太先就要歇了。临走，郭老太太嘱咐郭定昌：“你也早点儿歇着吧，明儿个别误了点卯。”

郭定昌回道：“您放心吧。我们善扑营的扑护不像紫禁城的护军，除非宫里有大事，平日用不着天天点卯。”

郭老爷子又嘱咐：“初次当差，多有不懂的地方，明儿个去问问金爷，让金爷点拨点拨。”

郭定昌点头称是。

第二天，郭定昌挟着卫衣，进宫道上顺脚去了金尚辈家。

一进门，只见金尚辈手里“哗啦哗啦”转着两个太极球，正在院子里遛弯儿。

“金爷吉祥！”郭定昌向前给金尚辈请个安。金尚辈笑呵呵地迎上来，跷起大拇指，劈头甩过一句话：“好小子，行啊！听说昨儿个姓白的想着阴你，没承想反倒让你小子涮了？”

郭定昌点头笑着说：“这事儿，您知道了？”

金尚辈说：“今儿个一大早，佟巴爷遛弯儿来过，风喜把事儿都跟他说了。”

正说着，金老太太也闻声从屋里出来，大老远就称赞：“八崽子到底是个大人了，不光会功夫，也学会使计谋了。比你金爷强一大骨节。”

金尚辈朗声大笑着说：“我这辈子就这个德性了，张飞的脾性没改啦。”说着，进了屋。

金尚辈兴致颇高，拿出鼻烟，抹了一大捏，响响亮亮地打了个喷嚏，先问起郭定昌的功夫长进。郭定昌说：“过腿一次能过五百下，扤棒也能扤二百斤。”

金尚辈听了喝彩道：“够份子！”接着，又站起身和郭定昌试了几把手。瞅着郭定昌身法灵活，防得严，攻得巧，满意地说：“大有长进。”

稍歇，郭定昌便问起值卫的事。

金尚辈收起笑脸，正色说道：“小子，你不提，我也得和你聊聊，免得走弯路。”

接下去，金尚辈嘱咐郭定昌，进宫当差要紧提防三件事。这一，太监惹不起。甭瞧太监男人的本事没有，通天的道号可不小。光绪六年，紫禁城午门护兵为门文的事儿，和出宫的小太监发生口角，吵嚷中护兵一气动手打了小太监几下，被内务府告到慈安皇太后和皇上那儿。三个护兵受杖刑，被削了旗籍不算，还给发了。第二，当差要经心。说到这儿，金尚辈站起身一把搀起郭定昌教导着，对那些进宫朝见太后和皇上的王爷大臣、外国使节，不能明打明的搜身。明里，要像这样恭恭敬敬地搀着他们；暗里，趁搀扶的工夫，察摸他们藏没藏暗器。金尚辈说着，一只手已神不知鬼不觉地在郭定昌身上搜了一遍，说这叫“避讳”，动作非麻利不行。这三，着装打扮要合辙。宫里，什么节气怎么个穿戴都有讲儿，乱了宫规可要捅大娄子的。

金尚辈一番话，立马儿给郭定昌提了个醒儿。郭定昌忙解开包袱皮问道：“金爷，您瞅这件卫衣合不合宫规？”

金尚辈接过卫衣，不看则罢，一看顿吃一惊，吓得脸都变了颜色，大声喝道：“这不是找死吗！”

郭定昌瞅着金尚辈惊恐万状的神态，心里立马儿反应过来，定准儿出了大事，正要向前问个明白，又听金尚荦喝问道："是谁给的？"

郭定昌慌忙答道："锛啄木。"

金尚荦咬牙切齿，冲着屋外恨恨骂道："这个杂种养的！立秋都半个多月了，让你穿这衣进宫，不明是往死里阴你吗！"

郭定昌被金尚荦的话一时说蒙了，正丈二和尚摸不着头脑时，就见金尚荦将卫衣一抖，打了开来。他指着卫衣急火火地告诉郭定昌说："立了秋，再穿单衣进宫可是犯上之罪。"

三

金尚荦不是故弄玄虚。清朝，穿衣着装是有严格规定的，春棉夏单秋夹冬皮，上至慈禧、光绪，下至官吏命妇，都得遵守。王府的福晋、格格，皇宫大内的嫔妃、宫女们天生爱美，但是绣什么花也有严格规定。春天绣牡丹花，夏天绣荷花，秋天绣菊花，冬天绣蜡梅花，除此之外，其他花类是万万绣不得的。有谁要是弄错节气，穿错衣，绣错花，那可是犯上抗旨。定什么罪名，您就自个儿琢磨吧。

郭定昌听了金尚荦的一番话，急忙拿过卫衣，定神儿一瞅，果然是件单衣，顿时也惊出一身冷汗。

金尚荦又问："几时进宫？"

郭定昌答道："未时。"

金尚荦扭头瞅了一眼挂钟，又是一惊，急促说道："崴了！就剩半个时辰，回营里去换不赶趟了！"急火得直在屋里绕弯子。

正急着，只见金老太太端着一盘瓜果进了屋。眼瞅金尚荦、郭定昌挠心的样子，立马儿明白定准儿出了麻烦，便问了一句："出了什么漏子？看把你们爷俩急的。"

金尚荦把事情的原委说了一遍。

金老太太听了，也自吃了一惊，气急地骂了"锛啄木"两声，随即帮着想起辙来。也甭说，人世间妇道人家就是比爷们儿心细。

金老太太沉下心，略一琢磨，还真的想起一桩救火的招儿来。只见她拉开橱屉，找出一把钥匙，打开炕头的箱子，从箱底翻出一件八成新的夹布卫衣，指着说："这不是现成的！"

金尚辈定睛一瞅，立马儿认出来，这件卫衣正是当年自个儿值卫时穿的，原以为早已卖给收估衣的了，没承想还原封不动地锁在箱子里。顿时，愁云消散，喜色满溢地冲金老太太说："真逗，你没把它卖了？"

金老太太奚落道："当年我要是真听你的卖了它，这会子瞅你作瘪子吧。"

金尚辈凑趣地回道："得得得，您有诸葛亮的本事，能掐会算不成？"

金老太太乜斜了金尚辈一眼，把卫衣递给了郭定昌。郭定昌接过，穿上一试，虽说略微肥了一点儿，可大体也凑合。金尚辈上下打量一遍，拍手叫好："这下可救火了！"三颗悬挂的心"咯噔"一下落了肚。

眼瞅时辰不早，金尚辈也不再多留郭定昌，金老太太向前把金尚辈的夹布卫衣包好，给郭定昌带上，老两口把郭定昌送出门。临上道，金老太太嘱咐说："八崽子，进宫当差多留点儿神！"金尚辈更是发恨地宽慰郭定昌："甭害气，这事儿我跟他们没完！"

郭定昌离开金尚辈家，待赶到大安门前。刘禄已站在金水桥头候了好一会子了。

刘禄，小五十岁，人长得细腰奓背，别看已是天命之人，身子骨倒还是蛮活泛。他见了郭定昌，轻声埋怨一句："怎么才来，去哪儿玩猫腻了？"

郭定昌只好将卫衣的事儿实说了一遍。

刘禄听了，难以言喻地说："其实，这事儿我早已估摸出了九成。只是当时在营里不便明说，只能哑巴吃饺子——心里有数就齐了。"说着，解开挟着的包袱。郭定昌凑近一瞅，包袱里面整整齐齐包着两件夹布卫衣，立马儿明白了刘禄的一片好心。一种突如其来的感激之情使郭定昌的眼里充满了泪水，急忙施个跪礼，谢道：

"刘爷，我谢您了！"

刘禄扶起郭定昌说："不用谢。你这辈子别忘了金爷就行，金爷可是个顶尖儿的大好人。"

郭定昌听了刘禄一番情真意切的言语，点点头说："谢您的教诲。"

刘禄又拉起郭定昌，一边跨过金水桥，一边说："别看咱们都是在旗的，可真要挣口饭吃也不容易。往后，在营里当差别像我似的——死轴子一个，干了快一辈子侍卫，才混个二等扑护。"

郭定昌宽慰刘禄说："刘爷，您别这么说。"

刘禄苦笑着说："这不是玩闹，是实事儿。"

二人说着走到城门。只见两个戴红缨帽，挎腰刀的护军，喝了一声，向前将二人拦住，问："干什么的？"

刘禄答道："进宫值卫。"

护军说："拿门文来。"

刘禄淡然不屑地从怀里掏出一张黄单，递过去。护军接过仔仔细细查验了几遍，方知来人是善扑营的扈从禁卫。立马儿陪个笑脸，点个头客客气气地道声："多包涵，请吧，您哪。"

进了社稷坛，郭定昌顿觉到了另一个世界。凝眸望去，但见满院苍翠，百十株苍松古柏，碧影森叠，朱墙金顶，九重宫阙辉映其间。环顾四周，高墙殿宇，高矮不一，错落有致。正对面儿，探出飞檐的午门城楼，巍峨壮丽，雄伟挺拔，作了紫禁城堂皇的冠冕。紫禁城下，拔地而起的一棵棵斑驳杨柳，倒垂着细长的枝条，如同无数历尽风霜的老宫女，披散着长发，以各种不同的姿态倾诉着世态炎凉。眼下，森严、肃穆的紫禁城内，除了秋风，除了被秋风吹动的花草树木，到处都像死一样的静，静得近乎寂寞，让人触景生情。

面对眼前的一切，郭定昌觉得既新奇又神秘，既冲动又负重，既引人向往又令人生畏。进宫真不如在外面痛快、舒心，不知怎的，竟紧张地脱口冒出一句："刘爷，上哪儿？"

刘禄把下巴颏朝前一撅，低声说道："别慌神。进了午门，就清楚。”

说话间已至午门。午门护军向前索要了门文，查验了几遍，也像社稷坛的护军一样，陪个笑脸，点个头客客气气地说声：“请进，您哪。”

进了午门，左右两庑是侍卫值宿的处所。刘禄、郭定昌进了屋里，一个身穿官服的值班章京迎过来，朝刘禄打个千，说：“哎哟，这不是刘爷吗。可有些日子没见您在宫里露了。”

刘禄、郭定昌忙给值班章京请个安。刘禄回道：“哈爷，多日不见，您吉祥？”

这位哈爷随便寒暄了两句，一双眼直盯着郭定昌打量。

郭定昌立马儿反应过来，又施了个礼说：“我和刘爷是一块堆儿的。”

“是新招进营的吧？”哈爷傲慢地又问一句。

“是了，您哪。”郭定昌答道。

“怪不得呢，我说怎么瞅着怪眼生的。”哈爷懒懒散散地说着，接过刘禄递过来的门文，瞅也没瞅一眼，顺手搁在桌案上。

刘禄边让郭定昌换上卫衣，边把郭定昌的身世向哈爷介绍个大概。哈爷一听郭定昌是金尚辈、佟巴爷、常五爷的徒弟，立马儿变了个笑脸儿，竖起大拇指说：“这三位可是‘四九城’的高人。甭问，你的功夫定准儿也是二五个人近不了身喽。”

郭定昌忙谦道：“不敢当，您哪。”

“哈哈哈……”哈爷看着郭定昌知礼，笑了一阵。又冲正换着卫衣的刘禄说：“今儿个，你们俩算是省心了。太后老佛爷原本打算未时在养心殿召见几位王爷，不知怎么又免见了。我琢磨着，你们俩干脆在贞度门候一会儿，赶天黑再没事，这趟差就算交了。”

刘禄、郭定昌齐声说：“一切听您的吩咐。”

四

刘禄、郭定昌换了卫衣，走出值班房，直向贞度门而去。

贞度门，位于紫禁城内中轴线南端，东连太和门，西接崇楼，北邻弘义阁。既是清朝历代皇帝御门听政或举行重大典礼的场所，也是王公大臣上朝时经常出入的门户。贞度门不仅地处紫禁城的要冲，附近还连接着储藏宫廷御用重要器物的缎库、甲库、毡库、鞍库、银库、皮库、瓷库和茶库。实属宫禁重地，昼夜均派有禁卫戍守巡查。

在太和门旁，刘禄、郭定昌与东营派进宫值卫的两个扑护换了防。瞅着东营的两个扑护渐渐远去，刘禄低着声对郭定昌说："从太和门到弘义阁，这段地界儿，今儿个归咱俩巡查。"刘禄巡望了一眼，又说："这是禁卫最省心的差了，真要是太后老佛爷听政，那可比巡查的差事老劳神去了。"

郭定昌会意地点下头，跟着刘禄庄重地向前走去。进了太和门，宫道一律灰砖铺筑，两边挤挤挨挨的宫殿、高墙把天空夹出细长的一条隙缝，蓝天显得那么幽静悠远，殿堂毗连，楼宇错落，把一段邈远的历史融凝进去。比起刚才见到的午门景象，更让人看物物新、看殿殿奇，深不可测。

郭定昌一边走着，一边不住地偷眼睨视四周，眉宇举止间掩饰不住那脉脉奇情。刘禄瞅着郭定昌一副迷惘的神态，不觉也勾起对自个儿当年初次进宫的回忆，立马儿体慰地放慢了脚步，好让郭定昌一饱眼福。

他俩先是默默地走着。然而，每当巡查到一座殿堂，刘禄总会主动地悄着声为郭定昌指点迷津。告诉他，这座殿堂是什么库房，存放着什么重要的御物。

走着走着，俩人巡查到了甲库。刘禄蓦地把脚步放得更慢了许多，正色细语道："这儿就是甲库。里面存着盔甲、刀枪等天下最锐利的兵器。值卫时要格外留心。"

郭定昌随即扫瞄了甲库几眼，大为不解地皱了下眉头，心想：一些刀枪剑戟，怎么在刘爷眼里反倒比银库、缎库看得更重？

刘禄似乎估摸出了郭定昌的心思，凑近了一步，语气深沉地说："可别小看了甲库，这里面可藏着一件比金银更贵重的传国

‘重器’。”

郭定昌忙轻声问一句：“刘爷，什么东西？”

“遏必隆刀！”

郭定昌生来头一次听说“遏必隆刀”，又悄声问道：“刘爷，怎么讲？”

刘禄观望了一下四周说：“先甭急，回头再和你说。”又继续朝前巡去。

刘禄所说的“遏必隆刀”不是虚张。据考，这儿提及的遏必隆正是康熙大帝执政初期的四个辅政大臣之一的那个遏必隆。此人处事圆滑，为了讨好康熙和鳌拜，从不发表不同政见，本是个庸庸碌碌的酒囊饭袋式的人物，在朝野之间没有什么威望。但是，说来奇怪，不知怎的，遏必隆死后，他生前用过的一把刀，竟被清廷视为宝物，一直珍藏深宫。乾隆年间，遏必隆的孙子督师征讨大小金川，久伐不克。为此，乾隆震怒，派了近身扈卫持“遏必隆刀”将其正法，以严肃军纪。就在郭定昌此次值卫四年后的1915年，蔡锷将军在云南举兵起义，发动护国运动，讨伐袁世凯。袁世凯派陈宧督师抵抗义军，行前，特派心腹到原宫廷向溥仪索取“遏必隆刀”授予陈宧为振威军旅之物。后来，陈宧亦通电反袁，袁世凯闻讯一气归天。“遏必隆刀”从此下落不明。

紫禁城内，就在郭定昌、刘禄巡查甲库的时候，紫禁城外，金尚辈、佟巴爷气火火地来到常五爷家。

彼时，常五爷家正有客人。客人见了金尚辈、佟巴爷来访，起身告辞。常五爷也没虚让强留，起身相送，临出门，客人悄声叮嘱：“常五爷，‘预备立宪公会’的事儿您再琢磨琢磨。”常五爷点个头，以示心里明白。瞅着客人远去，常五爷才冲金尚辈、佟巴爷说：“这人是康梁派的，特为来告诉‘预备立宪公会’奏请慈禧限年立宪的事。”

金尚辈听了不屑说道：“什么立线（宪）立绳的，朝廷的事儿咱们甭管，也管不了。先说说真格儿的吧。”接着，把卫衣的事儿说给了常五爷。

常五爷听完，原本温和的面庞顿时也变得铁青。猛地拍了一掌桌面，愤然说道：“看来，他们还真是数蝎了虎子（壁虎）的——得寸进尺！”

金尚辈怒道：“可不是吗？依我的脾性，恨不能这会儿就奔‘锛啄木’家，把他的老窝端了，可佟巴爷就是拽着不让。”

佟巴爷微微一笑，拈须回道：“端个‘锛啄木’窝还不容易，可又能作出什么文章？与其说明火执仗，倒不如暗度陈仓。”

常五爷点燃一支鬼子烟，慢悠悠吸着、听着、琢磨着。

金尚辈看着常五爷不急不慌的样子，向前一把夺过常五爷手里的半截烟头，往地上一扔，抬脚一碾，急火火地说：“人家都蹬着鼻子上了脸，站在咱们额头上撒尿，您倒好，吃了臊味，还爱搭不理的！”

常五爷抹了一把八字胡，朗声笑道：“金爷，您这麻雷子脾气、擀面杖性子到什么时候才能告一站。就不能悠着点儿？”

金尚辈看了一眼佟巴爷、常五爷，赌气说道：“得得得，我不说了，听您二位的。”

佟巴爷把金尚辈往椅子上一按，转身对常五爷说：“依我之见，您再去会会四爷，托他……”

“现时，还用不着。”常五爷朗笑着摇了摇手，接过佟巴爷的话，“杀鸡还用得着宰牛刀？再说，现今儿托人办事，离不了这个。”常五爷说着用手比示了个“元宝”形状，接着说：“咱们犯得上吗？用得着吗？那样岂不让人看瘪了。”

“您别光说，得拿出个法子来。”金尚辈直通通地说着，急得拿出鼻烟壶抽了口鼻烟儿。

常五爷瞅了一眼佟巴爷说：“我倒赞成佟巴爷的说法，不能明火执仗，得来个暗度陈仓。”

金尚辈听了这话，急忙将椅子往常五爷近处挪了一大步问：“您说。”

常五爷重新点燃一支鬼子烟，深深吸了一口说：“白义堂、‘锛啄木’不是见天儿在天全茶馆泡吗？明儿个，咱老哥仨也遛个弯儿，去趟天全茶馆，瞧我怎么胳肢‘锛啄木’。”

“那白义堂就算了？”金尚辈问。

常五爷略一思忖说：“俗话说，狼狈为奸。咱们要是把狈治趴下，那狼不就崴泥了？”

金尚辈不解气地说了句：“得，听您的。”

佟巴爷也插话说道：“这叫‘杀鸡儆猴’。要是不灵，再想别的主意也不迟。”又一琢磨，接着问道：“常五爷，明儿个您是诸葛亮斗群儒，来文的，还是赵子龙救阿斗，来武的？”

常五爷听了，微微一笑，顺手拿过金尚辈的烟壶，攥在手心一握。然后，伸开手掌，指着烟壶问：“您二位说，这是文的，还是武的？”

金尚辈、佟巴爷看那烟壶表面没变，用手只一碰，顿时酥成碎片，急忙拱手惊赞：“没承想，您这内功不减当年！”

常五爷笑道：“内功不敢说好，我只是想说明个道理，干什么事儿要掌握个火候。”

金尚辈还没摸出常五爷的心计，急火火地问道：“您就别跟我们玩儿猫腻了，快直说了吧。”

“哈哈哈……”常五爷捋了把八字胡须，才慢条斯理地说道：“人身后有三关：尾闾、夹脊、玉枕；人身前有三田：泥丸、土釜、华池。泥丸、土釜中间又有养胎一窍，此乃一身之关窍也，如烟壶着力形聚神散，‘锛啄木’能过此关？”

金尚辈、佟巴爷恍然大悟地同时“哦”了一声。

第二天头晌，也就是郭定昌正在家里和家人兴冲冲聊着在皇宫大内所见所闻的时候，金尚辈、佟巴爷、常五爷先后出了家门，奔着天全茶馆而来。

天全茶馆在前门外鲜鱼口，馆子不大，倒挺排场。馆面为朱红门脸，宽门阔窗，门框两边的涂漆圆柱上镶着一副鎏金对子。上联：铜壶煮尽三江水；下联：桂茗迎来八方客。茶厅里，摆放着八张油黑发亮的八仙桌，桌外围一圈腰鼓形春凳。茶厅正面，供奉着三尊神像，中位是财神，两旁各是茶神、龙王。面对神像的临街处是柜台，一人多高的茶橱似中药铺里的药橱，一层层、一排排，上面红纸标榜：西湖龙井、东山碧螺春、祁门红茶、黄山毛峰、无锡毫茶、沙河桂茗、五云曲毫、开化龙须、浦城剑锋、贵妃玉环、茉莉毛尖、君山银针……这个茶馆面临前门大街，斜对大栅栏，地处闹市，生意好不兴隆。但是，天全茶馆的兴旺不光靠着“天时”“地利”，更靠的是因一桩意外灾祸而轰起的“人和”。那是光绪二十二年（1896），紫禁城内的七名太监私出宫门，到大栅栏寻欢作乐。寻衅大闹庆和戏园后，在天全茶馆被闻讯追捕来的中城练勇局兵勇围住，双方动武厮杀。太监们仗势杀伤兵丁，刺死领队，震动九城，使原本蔫没声的天全茶馆一下子出了名，上至王爷朝臣，下至庶民百姓，三教九流、五行八类，没谁不知道天全茶馆的。要说，茶馆掌柜也是个极有心计的主儿，立马儿抓住这个送上门来的机遇，变着法儿地经营，没多少工夫，天全茶馆就成了满“四九城”老少皆知的名号。

白义堂、“锛啄木”是天全茶馆的常客，不管营里有事没事，或早或晚，每天必到。他俩来这儿，不是为了寻开心、找乐子，而是为了能喝上一壶叫“君山银针”的名茶。这种“君山银针”产在湖南洞庭湖边，从古至今，产量极少，历代作为贡品。清末，满北京城能进得“君山银针”的，就属天全茶馆独一家。

白义堂先到，刚找了个僻静处落座，没等上茶，“锛啄木”也后脚赶前脚地进了门。

“白爷，崴了！”“锛啄木”一进门，忙凑到白义堂耳边低语了一声。

白义堂愣了一下，投去询问的目光。

“郭八脱套儿了！”

听这一说，白义堂一惊，又立马儿沉住气，“哦”了一声：“哪儿出了岔子？”

“还没弄清楚。”

“还能是刘禄？”

“不可能。刘禄死轴子一个，没这道号。”“锛啄木”断言道。

二人正细声说着，只见茶馆老掌柜端着一把南泥壶，两个南泥碗迎过来。先点个头，又弓腰请个安说：“白爷、何爷，您二位今儿个早班!”说着，摇了摇南泥壶，揭盖一嗅，“啧”了一声说：“今儿个，您二位有福分，要是再晚来一步，这头茬‘君山银针’可就没您二位的份儿了。”

“锛啄木”拿起壶，先给白义堂斟了一口，后给自个儿倒了少许，两人同时端起碗，抿嘴咂了一口，齐声称赞：“够味儿!”

老掌柜瞅着二人开心，赔了个笑脸，转身又去照应别的茶客了。

等老掌柜走开，白义堂才又说道：“郭八的事儿先搁下不说，庆王爷那边怎么样?”

“锛啄木”啐了口地，沮丧着脸说：“那一千两银子是收了，可没个‘谢’字。瞅庆王爷的脸色，八成是嫌少了。”

白义堂听“锛啄木”一说庆亲王奕劻对一千两银子没起眼，禁不住苦笑一下说：“咱们可比不得袁世凯袁大人，有江海样的进项。这一千两银子，还是克扣扑护们的饷银才攒出来的。”

“锛啄木”品了口银针，“啧”了一声说：“您这话算是说着了。我这次去庆王府正巧碰上巡警厅的赵总管，也是给庆王爷送白货的。听他说，袁大人对庆王爷是顶尖儿的，这么多年，不光月有月规，节有节规，到了年根儿，还有一共总的大孝敬。”

白义堂吃惊地“哦”了一声，说：“这事儿可就奇了。”

“锛啄木”把头摇了几摇，又摆手说：“一点儿不奇，半点儿不怪。庆王爷在现今儿的几个亲王中是长辈，连太后老佛爷都敬着他，有谁不急着巴结?您琢磨琢磨，袁大人能有今天，明摆着全靠庆王爷不是?”

白义堂若有所悟地点了点头，又端起碗品了口银针，接着问道：“在庆王府，还听到别的什么新鲜事儿没有?”

“锛啄木”抬眼扫视一遍四周，把声音放得更低：“还听说醇王爷和袁大人闹得挺僵。醇王爷原本打算派刺客下袁大人的黑手，又让庆王爷顶回去了。说是一旦没了袁大人，朝廷再没有能对付孙文和秘密党的人才了。”

白义堂垂眼寻思了一会儿，嘱咐“锛啄木”说：“往后，袁大人那边，得近乎点儿。”

“锛啄木”轻轻拍了一掌，赞许道：“这是件正事。我瞅着醇亲王斗不过袁大人。”略一琢磨，又说：“庆王爷还生怕咱善扑营没主心骨，特为传了话，说‘文武圣诞日’这天，要派卿善大人来营巡查。”

白义堂听了这话，急忙掐指一算说：“这不就五天了。”

“锛啄木”说：“没错，您哪。”

白义堂、“锛啄木”正窃窃私语着，只见竹帘撩动，从外面走进来三位威风凛凛的老者。

来人正是金尚辈、佟巴爷、常五爷。

茶馆老掌柜熟识他们仨，立马儿放下手里的活计，笑脸迎上来招呼：“哎哟，我说今儿个一大早，怎么喜鹊就站在房顶叫，原来应在您三位身上。”说着忙给三人请个安，往厅里让着。

白义堂、“锛啄木”抬眼一瞅，来了金尚辈、佟巴爷、常五爷，先自吃了一惊，忙把头低下，用手掩住面。白义堂切齿说：“今儿个背性。”

金尚辈、佟巴爷、常五爷打眼扫视了一遍茶堂，一眼发现了垂头掩面的白义堂、“锛啄木”。

金尚辈耐不住火性，瞪眼就要闯过去，却被常五爷一把拉住。常五爷使了个眼神，暗示金尚辈不可鲁莽，便在靠门的一张桌前落了座。

茶客中有认识他们仨的，便指点说：“这是金爷，那是佟巴爷，他是常五爷……”只见一个提百灵鸟笼绅士打扮的人，迎上前给佟巴爷请个安说：“哎哟，这不是佟巴爷吗？这几天我就琢磨着找您算一卦，没承想在这儿碰上了。”

佟巴爷一瞅这人，原是邮传部京汉路的提调，还个安说：“客气，您哪。您没听说，‘人算不如天算’吗？我那点道号怎能拿出手。”

那人执意相求着。

白义堂、“锛啄木”瞅准这空子忙站起身，抖抖袖子要走，谁知刚到门口，只见金尚辈胸脯一挺，伸腿一横，把门挡住。

白义堂、“锛啄木”立马儿明白了，这三人是专来找碴儿的，忙故作惊态地给三人请个安。

常五爷也客气一声，暗将内气运至指尖，戳了一把“锛啄木”的胸，说：“大热天，怎么不穿件单衣！”说完，冲金尚辈暗示个眼神：放他们走。

金尚辈见了常五爷的暗示，冲白义堂、“锛啄木”啐了一口唾沫，慢悠悠地抬起脚，斥道：“往后办事多积德少损寿！”

茶馆老掌柜原本见了金尚辈、佟巴爷、常五爷一脸怒相，心里已捏了一把冷汗，正担心闹事，又见金尚辈把脸色松下来，急忙朝白义堂、“锛啄木”鞠个点头躬，伸手掀起帘子，客气一声：“二位慢走，您哪。”

五

白义堂、“锛啄木”行个谢礼，出了天全茶馆，浑身冷汗湿透。

他俩刚跨出门，金尚辈便疑惑地问常五爷：“您这是唱的那出戏，就这么便宜了小丫头养的?!”

佟巴爷拉了金尚辈一把，使个眼神，示意小声点儿，又悄声说：“难道‘锛啄木’一把馊骨头架子，能比您那个烟壶还瓷实?”

听了这话，金尚辈恍然大悟，会意地仰起脸，“噢”了一声。

常五爷靠着金尚辈坐下，也悄声说：“金爷，甭急您哪。五天以后再见分晓。”

正在这时，茶馆老掌柜端上茶来，三人端起金盅泥碗慢慢悠悠品着，悠悠闲闲聊着……

转眼间到了五天头上，这天正巧是“文武圣诞日”。

这是善扑营最热闹的一天。除了约定俗成的撂跤之外，还有蹁骣（一种跳骆驼的骑技）、拉硬功、翻幡子、轻功、硬功、拳法、兵刃等表演。

一大早，小护国寺附近的商号、住户的房上、墙头、棚顶、凉台……凡是能站住人的高处，都站上看热闹的，挤不上前的小孩就爬上树杈。

善扑营里，正面坍墀上放了一溜儿长桌，上面摆满葡萄、金枣、蜜桃、鸭梨、山柿等应时鲜果，还有“月园斋”的八大件点心。卿善、白义堂端坐正中，两边是朝廷命官、社会名流。营院两庑的走廊下，站着身着红、白、绿、蓝各色褡裢，挺胸掐腰，跃跃欲试的扑护。

眼瞅开坛的时辰已到。白义堂焦急地抬眼扫视了几遍四周，没见“锛啄木”的面儿，便回头悄声问了一句身后的司旗：“师爷没露？”

司旗忙回禀道：“一直没露。已打发人去师爷家瞧去了。”

刚说完，只见景天长急匆匆进了营门，捷足蹬上坍墀，贴着白义堂耳根说道：“白爷，崴了！师爷不知怎的中了邪，昨儿夜里就嚷着胸口痛。今儿早一瞅，您猜怎么着？原来，左胸上泛起一块青靛。这会儿，师爷正在家发着烧呢，怕是来不了啦。”

白义堂纳闷儿地皱了几下眉头，索性冲司旗点下头：“不等了，开坛！”

白义堂一发话，司旗即刻把手里的三角红旗一摇，小鼓咚咚咚一敲，庆典便开始了。紧接着，那些练蹁骣、拉硬弓、翻幡子、轻功、硬功、拳法、兵刃等各行的练儿们，先后上场，来了一段精彩的功夫。

卿善在皇宫大内哪见过这种乐子，高兴得一会儿起来，一会儿坐下，兴冲冲地吩咐随身小太监把葡萄、鸭梨、蜜桃、点心赏给众人。

待蹁骣、拉硬弓、翻幡子等功夫练过，司旗的小鼓咚咚咚又响了一遍。只见白义堂凑到卿善耳边，涎脸说道：“下面，请大人看撂跤。”

卿善先没言声，略一琢磨，才发个话：“老扑护的功夫，我都见了。今儿个，我想着瞜瞜新招扑护的功夫。”

白义堂急忙点个头，应奉道：“大人明鉴。”便挥了挥手，把一个教爷招到身边说：“传郭八上场。”

“喳。”教爷答应一声，又抬头瞅了白义堂一眼。白义堂心里明白，教爷是在等配对手。只见他两个眼珠子诡诈地转悠了几圈，一咬牙说：“让褚林给郭八当对手。”

教爷听了这话，立马儿明白了白义堂的用心，会意地点了下头，把胸一挺、脖一伸、旗一扬，高声宣道：“郭定昌、褚林见跤！”

教爷的小旗刚放下，但见从扑护队里跳出一个铁塔般身躯，浑身上下跳动着一块块腱肉的“凶煞”。这人先给卿善作了个揖，谦虚道：“请大人指教。”

卿善一惊，脱口说道：“长相可够瘆人的。”

白义堂忙向前轻声禀道：“面善出不来好扑护。”

卿善“噢”了一声，正想再说什么，此时，就见这人又拱起拳倨傲地朝众扑护作了个揖，瓮声瓮气地说道：“褚林献丑了。”

褚林正是那年善扑营招考输给郭定昌的那个“大力神”。自打他输跤那天起，肚里一直憋着口窝囊气，心里只认准一个理儿：那天要不是郭八动了心机，凭自个儿的功夫，能输了跤！现时，他一听教爷点他给郭定昌当对手，内心一阵欢喜。暗暗发恨，今儿个非把栽的跟头翻过来不可。

郭定昌一听白义堂点褚林给自个儿当对手，也立马儿明白这场跤不同寻常，静了下神儿上了场。

褚林瞅着郭定昌毫无怯意，顿时气冲心头，一个箭步跃到场中央，迎面立在郭定昌眼前旺着口气说：“郭八，今儿个，我让你一条腿或一把腰，你要赢了，算你有真功夫。”

在场的人听了褚林的话，都明白这就像下象棋让对手车马炮似的，明摆着寒碜人。

卿善打量一番两人的块头，心里已断定褚林必赢，再瞅了褚林的傲慢气势，更确信郭定昌输定了。

白义堂没露声色，内心发恨：郭八，你今儿个等着挺尸吧！

郭定昌没气也没恼，客客气气冲褚林作个揖说："谢褚哥客气。您没听说，利巴头撂跤才'薅腿抱腰'不是？"

这时，只听褚林说声："那就甭怪我不客气！"

褚林的话没落地，跤场四角各已站好一个相貌狞恶的教爷。四人穿一色灰衫，足蹬镶云靴子，手里各握着一条一根折成四根的皮条，恶狠狠地注视着场内。

清末，善扑营设有四个教爷。那时的教爷不是现今儿的教练，仅相当于监场或裁判。逢着善扑营扑护比武，他们便守候跤场四角，如果扑护打怯场、拖工夫不见跤，教爷们便会挥鞭一顿猛抽，一是惩罚胆小者，二是促使扑护勇猛扑斗。

白义堂先已按捺不住内心的冲动，不由站起身喝道："开撂！"

听这一声吼，褚林似一头斗红眼的猛兽向着郭定昌猛扑过去。

郭定昌使出闪、展、腾、挪的功夫，巧妙避开褚林的锐气，暗里盘算着：褚林身强力壮，在"同"字体中亦属顶尖儿，最顺手的招式必然是类似"老切子""揣""穿裆靠"这样的大绊儿，自个儿只能用常五爷传的活功夫，一巧破千斤。想到这儿，郭定昌便抬臂露个破绽，把左身闪让出来。

褚林不知郭定昌是假，瞅着机会已到，扑向前，上手抓住郭定昌的大领，下手掐住郭定昌的肘关节，用力往右一横，紧接着"啪"地进腿就是一"切"。

见了这情景，场外的人同时倒吸一口凉气，替郭定昌捏了一把冷汗。

再瞅郭定昌神不慌意不乱，像似一支翻滚的鹞鹰，闪电般地转腰、背步，借着褚林的一身劲儿，翻身就是一个"倒背"，竟把褚林高高背在半空。

褚林身重二百多斤，更何况郭定昌借了他的劲儿，就像拳法中的"顺手牵羊"，两个人的劲儿全用在褚林一人身上，一旦落地，不死也得伤筋断骨，后果不堪设想。

众人见了这情景，反倒替褚林把心悬了起来。此刻，褚林心里也一清二楚，这一跤下去，自个儿这二百多斤就算交代了。他把眼一闭，听天由命了。

谁知，就在褚林刚要落地的一瞬间，只见郭定昌猛地揪住褚林的偏门，用力一提，把褚林稳稳当当放在地上。

郭定昌使的这下“倒背”，乃是常五爷晚年独创的一手绝活儿，压根儿就没露过，这回让众人开了眼。顿时，场上场下，营里营外爆发出一片叫好声。卿善也乐得失了态，忽地从椅子上站起来，拍了一掌喝彩道：“好跤，真是神了！”

白义堂万没想到郭定昌有这么一招儿，不由吃了一惊，脸皮不自然地抽搐了几下，掩饰地伸掌轻轻拍了两拍。

褚林像从梦境醒来，迷迷糊糊站起身，没言声，低着头走出场。

郭定昌上了坍墀，给卿善行个礼。卿善满脸喜悦地夸奖说：“好跤！跟谁练的？”

郭定昌顺口说了三位师父的名字。

卿善一听，称赞道：“我说的呢！好好练，将来也当格儿搭。”

郭定昌忙施个礼说：“谢大人的夸奖。”

白义堂听了卿善的话，像被蜜蜂蜇了，心中老大不是滋味，悻悻地瞪了郭定昌一眼，内心恶狠狠地骂一句：小子，别乐断肠子，鹿死谁手，咱们走着瞧。

卿善呷了口茶，抹了一点儿鼻烟，痛痛快快地打了个喷嚏，颇感蹊跷地又问郭定昌：“你们武行的事儿，我从书里头、戏里头多少也知道点儿。什么‘鲁智深大闹野猪林’‘武行者大闹飞云瀑’，还有什么‘年羹尧投师’啦、‘董海川大战杨露蝉’啦。可那些说的都是把式功夫，你们当扑护的真要是到了玩儿命的节骨眼儿上，光凭撂跤怕是八成要悬吧？”

听了这话，别说郭定昌，就连白义堂和身边的宾客都立马儿看出卿善是个“利巴头”。白义堂没等郭定昌回话，抢先媚脸回道：“放心，您哪。真要是到了节骨眼儿上，咱的跤比把式顶用。没点儿真功夫，朝廷也不能授咱当格儿搭的三品官不是？”

卿善听了白义堂哩哩啦啦一大堆话，也没道出个谱儿来，先已有了几分厌气；又听白义堂端出三品官来充大头壳，更觉没味儿。他鄙视地扬起手正了正头上的围帽，震得那珊瑚制的顶戴珠、翠绿色孔雀毛翎子直“沙沙”抖响，似在讥讽白义堂，我这个一品正堂还没言声呢，你个三品臭官也值得显摆！

白义堂瞅着卿善傲慢的神情，立马儿明白失了嘴，心想：这帮王公大臣最爱摆谱儿、吃味，个顶个都是属武大郎的，自个儿怎么竟把这茬儿忘了，忙陪个笑脸说：“您瞅我这张臭嘴，真该刷刷牙了。”

卿善白瞪了一眼，又冲郭定昌说道：“小猴崽子，你说给我听听。”

郭定昌没打夯地回道：“善扑本出自太极、八卦、形意、少林，集诸家之大成。行话说‘三年把式当年跤’，学善扑的，从第一天起就得实战，练的是赤手空拳的格斗功夫。”

卿善听了郭定昌一番理论，心里豁然亮堂了，满意地眯着眼，摇晃着头琢磨片刻，猛地抛出句话：“今儿个，你敢不敢和白格儿搭玩玩儿？”

卿善这个主意似一把火，点燃了郭定昌胸中的干柴，顷刻烈起来。眼前又浮现出“陈钦虎遇刺”“考场事变”“卫衣风波”……一桩桩、一件件往事。一双犀利的豹眼喷吐着仇恨的火焰，只觉浑身鼓胀，气冲斗牛，恨不能立马儿就和白义堂较量。他冷冷地睥了白义堂一眼，冷静地冲卿善抱拳道声：“听大人的吩咐。”说完，下了坍墀。

卿善望着郭定昌的背影赞道：“小猴崽子行。”然后，又转过身望了一眼白义堂。他见白义堂没应声，心中已老大不痛快，猛然想起白义堂那句“面善出不来好扑护”的话，顺口讥讽道：“我瞅郭八可挺面善的，怎么着，白格儿搭还能怵他？”

白义堂见卿善找碴儿，慌忙陪个笑脸说道：“小的长几个脑袋，敢不听大人的吩咐。”

这时，就见郭定昌已昂首站在场中央。他拱拳朝白义堂挑战道：“白格儿搭，我在这儿等您啦。”

白义堂做梦也没想到卿善会琢磨出这么一个馊点子，狡黠地思量着这场跤撂还是不撂。他忖度着：要是不撂，自个儿在卿善眼里定准儿成了一只耗子，待他回宫，添油加醋地再一顿臭摆，说栽就让你栽了。撂吧，要是万一输给郭八……想到这儿，白义堂只觉得撂也不是，不撂也不是，内心不由埋怨卿善：您闲着没事儿琢磨什么不成，偏偏搅和这。

其实，卿善原本也没这个打算，只是瞅了白义堂拿出三品官来摆谱儿，吃了味，嘴上没说，心里暗骂：臭虫大小的官也配挂口，露怯！这才想出这个主意咯吱咯吱白义堂，让白义堂发发痒。

瞅着郭定昌跃跃欲试的气势，白义堂强压着窘迫，装个笑脸又向卿善打个问讯说：“我那两下子别臭了您的眼。”

卿善也虚礼一声：“哪能呢。”

白义堂正在作瘪的时候，就见身后那个教爷上前给卿善施个礼说：“大人，您说着了。白爷的钩子比郭八的耙腿、钹脚、崴桩漂亮！”

白义堂心有灵犀一点通，立马儿明白，教爷是在给自个儿提醒儿：跟郭八撂跤，防的是耙腿、钹脚、崴桩，赢他用钩子。浑身顿觉一阵轻松，黯淡的脸上立马儿绽开笑容。他起身冲卿善拱拳道：“那我就献丑了。”

在场的人一听说白格儿搭和郭定昌撂跤，才刚那开了锅似的热闹场面，好像被泼了一大盆凉水，登时静下来。大伙儿心里清楚，白义堂是什么人物，东西两营的人谁不敬着他，郭八长了几个胆，敢来虎口拔牙！这出戏难收场！

须臾，郭定昌、白义堂从南北两向走进跤场。那些练蹁骣、拉硬弓、翻幡子的，还有营外房顶、墙头、树杈上看热闹的瞅他俩的打扮叫奇。

郭定昌身穿一件月白色褡裢，下穿一条膝部隆起一个兜包的灰色薄棉裤。白义堂身穿一件天蓝色褡裢，下身也穿一条膝部隆起一个兜包的灰色薄棉裤，两人的裆前都围了一条月白色的厚布水裙。

他俩穿的这种棉裤叫“螳螂裤”。水裙，俗称“遮丑布”。一百多年前的老少爷们，内身不穿裤衩，扑护们比武时一旦撕开裤裆，就用水裙来遮丑，以不伤大雅。这种装束，只有在重大比武时才穿。现时，身为善扑营格儿搭的白义堂上了场，自然要体面一番。

四个教爷手握皮条，紧跟在白义堂后面也上了场，在四角站好。

司旗把三角红旗一摇，小鼓咚咚咚敲了几响，营里营外的人都屏住呼吸，上百对眼珠子几乎要从眼窝里蹦出来，一道道目光直盯着跤场，等着瞅二人如何交锋。

郭定昌盯着白义堂分外眼红，这几年的新仇旧恨，一齐涌上心头，像一团熊熊烈火，烧得浑身欲裂。他极力抑制住自个儿的冲动，反倒出奇地冷静下来。

此刻，白义堂的心中犹如挂了十数个吊桶，心神不定。虽说教爷已给他提了醒儿，可眼前的郭八到底不是等闲之辈，怎能不使他忧心忡忡。

郭定昌跨前一步，冲白义堂打个千道：“请白格儿搭指教。”说完，亮个跤架，闪电般扑过去。

白义堂跳了个“斗鸡架”，避开郭定昌的来势，一只脚撑地，另一只脚抬到齐眉高，来回晃动着，精心防备郭定昌使耙子、钹脚、崴桩。

郭定昌瞅白义堂防守严密，略一迟疑，陡然见四个教爷同时挥鞭抽来，不由一惊。倏忽间，白义堂一个虎扑，抓住郭定昌的偏门，变脸就是一个钩子。郭定昌拼尽力气反手，最终还是被摔在地上。

第九章

残花落尽见流莺

一

郭定昌本想杀杀白义堂的威风，出出内心的憋气，没承想反倒叫姓白的露了脸，胸中骤然聚起一团郁闷。

夕阳西沉，“文武圣诞日”一散坛，郭定昌便黯然神伤地奔出营门，顺着胡同拐弯抹角走着，不知不觉来到西四牌楼。

西四牌楼，现今儿叫西四。四十多年前，横跨街面建有四洞牌坊，因此，老北京又叫这地界儿为四牌楼。清末，四牌楼是个热闹去处，从平安里以南，缸瓦市以北，白塔寺以东，西安门以西，这一带住的全是富商大贾、名优红妓。东西南北的十字大街上，身挨身开着饭馆、茶馆、酒馆、药铺、果铺、当铺、绸布店、杂货店、古玩店、戏院、书院、妓院……叫卖声、吆喝声从太阳露头到月亮挂天一直不断。

郭定昌没心思去留神这些热闹，只是低头走着。猛不丁，身侧边传来一声招呼：“哎哟，这不是郭八——爷吗？快里面请，您哪。”

郭定昌长这么大，头遭听别人管自个儿叫“爷”，不敢相信地停下步，四处打量着。

“是我，您哪。怎么着，不认得了？”

那人边说，边上前给郭定昌请个安。郭定昌留神一瞅，原来是素来香爆肚店的掌柜——“爆肚马”。

“哟，敢情是您哪。”郭定昌还个安，又客气道：“您叫我郭八就得了，别价叫爷，甭忘了我比您晚着一辈呢。”

“爆肚马”听了，仰脸一笑，把手一摆说：“那可不成，您现今儿是善扑营的扑护，当的是皇差，爷字当仁不让。”说着，挽起郭定昌进了店。

进了店里，“爆肚马”从肩上扯下抹布，殷勤地擦了擦凳子，让郭定昌坐了。又从柜里端上几样爆羊肚、拌羊脐、炖羊杂、烤羊肉，烫上一壶“菊花白”，陪个笑脸说：“往后，还求您常来照应。”

“爆肚马”说的“照应”，其实就是清末买卖界行话所说的“壮门脸儿”。四牌楼这块地界儿是“四九城”上数的着的闹市，自然而然地痞、无赖、混混儿就赛过苍蝇多。什么“震西城”“鬼见愁”“花子王”……酒店、饭馆是这帮地痞恶棍腥嘴的去处。白吃白喝白拿事小，最可气的是隔三岔五上门索讨“地皮钱”，店主稍一打夯儿，轻则摔盆子摔碗儿，重则找碴儿损你一场，那娄子可就大了。没辙，大买卖家便去巴结衙门，像“素来香”这样的小本经营主，只好结交武行名练儿，大树底下好乘凉。

郭定昌原本心里郁闷，又听“爆肚马”求他照应，更觉窝囊，暗自奚落自个儿：你连白义堂的钩子都破不了，岂不被世人耻笑！猛然举起酒杯，一仰脸喝了个精光。

“爆肚马”瞅着郭定昌一脸不痛快，以为自个儿说了臭话，忙又讨个好说：“我不是想着污您的手，谁让咱们熟识呢不是？”

正说着，又见门帘闪动，进来两个人。“爆肚马”急切站起身，迎上前打千招呼道：“哎哟，这不是刘爷、褚爷吗，快请，您哪，郭八爷正巧也在呢。”

郭定昌顺着“爆肚马”的身影一瞅，原来进来的是刘禄和褚林，急忙站起身打个招呼。

“郭定昌，您坐。”褚林抢先打个千说。

褚林的一声称呼，把郭定昌惊了一跳。自打郭定昌进了善扑营，褚林压根儿就没叫过一次“郭定昌”，即使偶尔叫声郭八，那音儿也是从牙根儿挤出来的，听着瘆人。郭定昌急忙答应一声，赶快拱起拳给褚林还了个礼。

褚林一把握住郭定昌的胳膊，用力晃晃，说了声：“坐，您哪。”说罢，一把拉过刘禄在郭定昌对面坐下，轻拍了一把桌案说：“今儿个，咱哥仨喝几盅。”

“爆肚马”见褚林、刘禄在郭定昌对面坐下，急忙将原先的几样菜撤了，换上几样新鲜的，又烫好一壶酒。

“郭定昌，你仗义！来，褚哥敬你一杯。”褚林说着，端起杯一饮而尽。

“您客气了。”郭定昌立马儿明白了，褚林是因为那场跤受了感动。

“不，这是心里话。要不是你拉那一把，这会儿褚林怕是躺炕上了。”刘禄接上说。

“您说得玄了。”郭定昌客气一声。

“一点儿不玄，师哥心里比我还真着。”褚林说着站起身，给郭定昌作了个揖。

褚林和刘禄都是额巴爷（满族称有名望的人为巴爷）的徒弟。这次，为了这桩事，特意随着郭定昌来到素来香。

“老弟，您讲义气，我褚林也不能狼心狗肺。”

郭定昌摸不着头脑，但觉得话里有话，没等深问，褚林说出，原来自打郭定昌进善扑营起，白义堂和“锛啄木”就把他找去，让他瞅机会撂跤时给郭定昌下黑手。要能废了郭定昌，将来保褚林补格儿搭的缺。褚林当官的瘾不大，出气的心不小，曾好几次想着找机会下手，都让刘禄劝止了。说到这儿，褚林拱拳冲郭定昌拜了三拜，发誓道：“从今儿起，褚哥要对您做出缺德事，让五雷轰顶！”

这事儿叫郭定昌又吃一惊。

他好言安慰褚林一番，情真意切地拱拳说道：“刘爷、褚哥，我这儿谢您二位了。”

刘禄喝口酒说："不用谢。现今儿，营里的杂末事儿多了。这'铁杆庄稼老米饭'（指粮饷）是好吃，但得看谁吃。我是不想吃了。"

郭定昌听了惊得一愣，忙问道："刘爷，您这话从哪儿说起？"

褚林悻悻接过话茬儿："因卫衣的事儿，白义堂背地骂师哥是一块老面筋，不然定准儿让您栽了。还来个下马威，让师哥往后活泛点。"

刘禄叹了口气，举起酒杯一饮而尽，说道："缺德的事儿，咱不干不是？"

两人点了点头。

刘禄又说道："我㞞，我熊，我是个死轴子、老面筋。可我不像姓白的，还有点儿人味儿！我算看透了，老实人在他手下当差，没好！"

郭定昌宽慰说："刘爷，您放宽心，别跟他治气就齐了。"

刘禄说："树活一层皮，人活一口气。为吞这口气，我也得下天津卫。"

褚林接上说："天津卫的周虎，新近在城隍庙开了个跤场，几次请师哥去当教爷。"

郭定昌正想再说什么，只见刘禄把手一扬，止住了郭定昌的话，正色说道："郭定昌，我临走有两句掏心窝话想对你说说。"

"您说，我听着。"

刘禄又喝下一盅酒，抖抖精神说了一番话：

"这一，赢跤输跤，一年中只有三次较真儿：正月初九进行演礼，也叫'垫差'，胜的可以升赏；正月十九，皇上在紫光阁御览视艺，此日，咱们和蒙古人在毡上比武；腊月二十三祭灶王，皇上在御苑观跤，俗称'灶王队'。这三次是展示武功，露脸儿争气的时候。除了这三次，像今儿个输给白义堂这一跤，大可不必挠心。这二，今儿个你输给白义堂，不错，是教爷故意给你苍蝇吃。可说归齐还是自个儿的功夫不深厚。打我第一次瞅你撂跤，就看出来了，对付别的绊儿，你没得说，可就是吃钩子。这劲儿差在哪儿，

“小酸枣”话里有话地说：“他心里最清楚。往后，看他还敢吃野味不?!”

“锛啄木”气得正要说什么，又被一阵咳嗽止住了，丧气地摇了摇头。白义堂忙打个圆场道：“嫂子逗您呢。”言罢，盯着“锛啄木”左胸上的青紫若有所思地说：“师爷，这地界儿长毛病可悬。”

“锛啄木”一震，忙深喘了口气问：“这话可怎么讲?”

白义堂皱眉说道：“干武行的谁不知道这地界儿有个一身之关窍，叫养胎，最怕戳打——”

“小酸枣”听了，禁不住抿嘴笑出了声儿，打断白义堂的话说：“白爷，男人们要会养胎，还找我们女人生孩子干什么?”

白义堂正色回道：“不跟你逗哏，这是内伤。”

听说是内伤，“锛啄木”惊得咬牙忍痛，仰起身说：“白爷，您别价吓我。”

白义堂“啧”了一声，正色反问一句：“师爷，我多会儿涮过您?”

“锛啄木”连忙点头称是，又一琢磨，疑惑地咳嗽说：“这事儿就怪了，我压根儿没跟谁动过手啊。再说我也不会功夫，怎么会?”

白义堂脸色一沉，提个醒儿：“我可记着，那天在天全茶馆，姓常的可在您这地界儿点了一下。怎么，您把这茬儿忘了?”

“锛啄木”不以为然地“欸”了一声，摇摇手说：“姓常的哪有这功夫。”说着又是一阵咳嗽。

听这一说，白义堂心里也没了准星儿，自语道：“可也是哪。”

这时，“小酸枣”从街上买了酒菜回来，边往盘子里拨放着，边冲白义堂娇滴滴地说：“刚才，听街上人说，您在会上露了脸。怎么也不说给我们听听，怕我们知道是怎么着?”

“锛啄木”忙说：“瞧我，光顾说自个儿的病了，还忘了问，会上怎么样呢?”

白义堂似一只斗胜的雄鸡，昂首在母鸡眼前炫耀，神气十足地站起身，呷了口茶，润润嗓，便把和郭定昌撂跤的事儿神乎其神地海侃了一通。话没说完，“小酸枣”早已按捺不住兴奋，为白义堂斟满一盅酒，双手端到他嘴边，酸溜溜地劝道：“白爷，您可真是好功夫。来，嫂子敬您一盅，干！”

白义堂趁接酒盅的功夫，与“小酸枣”相互偷觑着，暗里色眯眯地握住“小酸枣”的纤嫩小手。“小酸枣”顿时红霞扑面，忙又用手指轻佻地拨开白义堂的手，使个眼神儿，让他当心，别让“锛啄木”瞧见。

此时，“锛啄木”倒没留神他俩偷鸡摸狗的勾当，只是一个劲儿地低着头琢磨着白义堂怎么会赢了郭定昌。越琢磨越觉得蹊跷，心里逐渐形成一个看法，便仰起脸，咳嗽着说：“白爷，有句话，我不知该不该说？”

白义堂一口把酒干了，又挟了一筷子菜，边嚼着边甩过一句：“您说，我听着。”

“这一跤，郭八能是真输？”“锛啄木”问。

“废话！你八成是让病拿蒙了，连猫抓耗子，还是耗子抓猫都弄不明白了。刚才，白爷的话你没听明白？”“小酸枣”白了“锛啄木”一眼，腰一扭，又让白义堂痛快干了一盅。

白义堂颇费心思地琢磨了一会儿，问道：“您是说……”

“郭八——服软了！”“锛啄木”语出惊人。

“此话怎讲？”

“您想啊，满‘四九城’的练儿，谁不清楚郭八撂跤靠的是后发制人、败中取胜和连环绊儿才叫响的，怎么轻易吃了您的钩子？”

“去去去。歇着你的吧，净说些没用的。”“小酸枣”不耐烦地打断了“锛啄木”的话。

白义堂挥手止住“小酸枣”，似有所悟地说：“不！师爷的话不无道理。为这事儿，连我也一直纳闷着。师爷一说，我心里有谱儿了。”

“真能是这么着？”“小酸枣”追问一句。

“敌情！郭八不是死轴子，他能放着竹竿不扶，去扶井绳？这是人的本性儿。”“锛啄木”冲动地又是一阵咳嗽。

白义堂忙让“锛啄木”喝口茶压压喘，又狞笑着说：“对辙！郭八既然看开了，往后的事儿就好说了。”说着，端起酒盅一饮而尽。

“小酸枣”听着没兴趣，桌下轻轻踢了白义堂一脚，娇嗔道：“不说这个了。来，嫂子陪你干一盅。”

白义堂和“小酸枣”正眉来眼去地把盏喝着，又听“锛啄木”有气无力地问道：“白爷，我听说太后老佛爷向‘新政’派让步了，公布了《钦定宪法大纲》，预备立宪。真要是这么着，咱们在旗的不倒槽了？”

白义堂把手一挥，无所谓地回道：“那就是个摆设。预备立宪的期限为九年。九年里，朝廷整军经武，恢复了元气，谁还有蹦儿？”

“小酸枣”屁股一扭说：“爱谁谁，喝酒！”

三

再说郭定昌，第二天来到佟巴爷家，当着文瑞、“小鬼崔”的面儿，把在“文武圣诞日”上输跤的经过，一五一十地对佟巴爷说了。说完，蔫没声儿地往墙边一戳，等着佟巴爷责怪。

没承想佟巴爷非但没来气，反倒心平气和地拈须安慰道：“这事儿不能怨你。金爷、常五爷和我压根儿就没把钩子瞅在眼里，当然也就没给你说透不是？”

佟巴爷说着忽地从椅子上站起身，亮了个跤架，大喝一声：“来，你给我使个钩子！”

郭定昌瞅着师父年事已高，还亲自动手传授，心里直不落忍，便说：“让师哥带我练就齐了。”

佟巴爷把须髯一撩说：“甭怕，我心里有底。”

郭定昌不好再说什么，上前揪住佟巴爷衣襟、袖子，变脸来了个钩子。只觉得佟巴爷上面手一横，下面脚尖一转，俨如一堵墙，郭定昌把腿撩了几撩，也没撩动。

文瑞、“小鬼崔”瞅着不觉一阵惊讶，拍手称赞：“今儿个，我们又开眼了！”

佟巴爷松开手，抖了把袍子，爽声一笑说：“钩子有跑钩、甩钩、撩钩、抽钩……甭管什么钩，都离不开上封下闭去防。可有一点得记住，千万别让人钩住。一旦被人钩住，哪还有不叫输的。”

文瑞、“小鬼崔”高兴地忙搭上手，练起来。郭定昌却在琢磨：要是万一没防好，让人钩住了又怎么办？他嘴上没言声，心里下决心一定要琢磨出个破解之法来。

佟巴爷师徒四人正聊在兴起，只听院里传来佟老太太的招呼声：“哟，他四叔来了，快屋里坐，您哪。”

佟老太太的话声刚落，就听得那屋门窸窣响动，随着“吱”的一声，从门缝里挤进一个人来，是佟四。

佟四自从五年前在聚娇楼栽了跟头，又挨了佟巴爷一顿教训，赌气到天津卫跑开了单帮。有一回，在火车上认识了一个叫“罗杰”的德国商人，也常跑天津卫，便搭上伙。几次趟子下来，俩人挺对脾性，成了朋友，那个罗杰还介绍佟四入了耶稣教。

“主让我来看看您。”佟四边说边在胸前画了个十字。

佟巴爷点了下头，给佟四斟了杯茶，轻声问道：“买卖还行？”

佟四不以为然地回道：“行不行吧，无所谓。人不能又侍奉神，又侍奉玛门（财利）。玛门都是外邦人所求的，人需用的一切东西，什么吃的啦，喝的啦，穿的啦，天父都知道，到时候就会加给你，咱争也白争不是？”

屋里的人听了佟四的一番话，不由相视而笑。“小鬼崔”觉得跟佟四聊得没劲，便取出两件褡裢，冲文瑞、郭定昌暗使了个眼神儿，又转脸对佟四说：“您先慢慢儿聊着，我们出去活动活动。”说着，三人出了屋。

听着院子里传来“扑通扑通”的摺地声，佟四在胸前画了个十字，说：“挺好的两个大活人，你摔过来我摺过去的，多不讲博爱。主说：‘做人应当在有人打你右脸的时候，连左脸也转过去由他。应当宽恕别人对你的欺侮，温顺地忍受欺侮。’”

佟巴爷听得心烦，便婉转地问了句：“还有别的事儿吗？”

佟四忙说：“有的。前几天，不知谁在我们教堂后身开了个跤场，成天霹雳扑通地亵渎神灵。说了几回，照撂不误。后来，一打听，领头的那孩子原来是陈钦虎的老二。神父让我求您出面，帮着说个话。”

佟巴爷说：“成，赶明儿，让郭定昌去说说。”

第二天，郭定昌跟着佟四顺着前三门城墙，直奔天主教堂而来。

这是北京城最早的一座教堂，规模不大。佟四指引郭定昌来到教堂后身儿，只见六七个后生正你来我往地摔得火热。周围看热闹的也正看在兴头上，叫好的、帮阵的、助威的群起雀跃，弄得天主教堂外面竟像比武的校场，一派杀气。

忽然，一个十五六岁、虎头虎脑的后生走出人圈，朝郭定昌请个安，叫了声：“八哥！”

郭定昌一瞅，正是二虎，便扫了一眼跤场说：“行啊，二虎，功夫练得挺上心的。”

二虎憨笑着摸了一把脑袋，说：“谢您夸奖。再过十天就选柏唐阿了，抓点儿紧没亏吃不是？”

这句话给郭定昌提了个醒，立马儿想起来，依照惯例，这月十五善扑营要在各旗的练儿中挑选柏唐阿，二虎正合年岁。想到这儿，郭定昌拉住二虎的手勉励一句：“好好练，争口气。”

二虎点了下头，又转身冲场上的几个小伙伴招呼一声：“快，来拜见八哥。”

那几个孩子一听眼前这人就是自个儿仰慕的郭八，“呼啦”一下都围过来，给郭定昌请安。就连那些看热闹的，也赶忙凑过来，毕恭毕敬地打千：“哟，您就是郭八爷呀，早听人说起过您。今儿个，不撂一跤让我们开开眼？”

佟四看这场面，心又揪揪起来，忙冲郭定昌咳嗽一声。郭定昌急忙刹住话头，把佟四的心事跟二虎说了。

二虎扬了扬眉头：“要是别人来说，办不到！有您一句话，我们这就走。”说完，冲身边的那几个孩子一扬手，发了话：“二秃子，把褡裢收拾收拾，赶明儿，咱们换个地方练。”

佟四一脸高兴，紧皱的眉头立马儿舒展开了。

郭定昌瞅着事儿已办妥，便跟二虎聊了一会儿选柏唐阿的事儿，转身刚要走，又被二虎一把拉住：“八哥，我们搬家了，您不去认认门儿？”

“搬哪儿去了？”郭定昌惊疑地问。

“西土坑，就在前面不远。”

郭定昌点头说：“有日子没见你们老太太了，走，去问个好。”

出了宣武门，往西一拐便是一条小街，街道两旁都是低矮的小屋，到处都是破砖烂瓦，污泥秽水。小街的尽东头是一所大杂院，进了院，郭定昌留神打量着，院里两间南房两间北房，东房西房脸对脸各住着四户人家，每家的屋檐下都用洋纸壳搭着一个棚扇，下面盘着炉灶，摞满自制的煤饼。

二虎悄声告诉郭定昌说：“这院里住着两户旗人，六户汉人。汉人中有摆卦摊的、做小买卖的、剃头的、扛活拉脚的。我们两家在旗的，还算是生活宽裕的呢。”

郭定昌心中一阵凄楚，不由问道：“你们怎么落到这份儿上了？”

二虎说：“原先那套宅子让南城巡警衙门看上了，硬是给买了去，做了洋教头的府邸。没辙，先在这儿将就着住吧。”

二人说着来到家门口，二虎推开门，劈头一句：“娘，您看谁来了？”

二虎娘闻声从里屋走出来。她四十多岁年纪，灰衣青裤，一见郭定昌，原本忧伤的脸上才露出几许喜色，忙从兜里掏出几个镚子，递给二虎，说：“快，上街买二两好茶，再割五个镚儿的肉馅，咱们请你八哥包饺子吃。”

郭定昌忙拦住二虎说：“别忙，我坐不住。”

二虎说："别走，您哪，您是稀客。"说着，拿起钱镚儿出了门。

郭定昌这才留心打量屋里：一方土炕，炕头叠放着两床棉被，虽说被面已洗得褪了花色，但干干净净的；靠炕沿的是一张八仙桌，两把太师椅和四个圆凳，别的再没什么家具。八仙桌正上方敬挂着一张一尺长的陈钦虎画像，潇洒英武，气势夺人。

寒暄了几句，郭定昌宽慰二虎娘说："婶儿，二虎考上柏唐阿，日子就有指望了。"

二虎娘叹了口气，说："好事能降到咱头上？"

四

二虎娘说的一点儿不错。清末，补缺柏唐阿，在中、下层旗人眼里是一件挺要紧的事儿。练儿只有登上这个台阶，才有当扑护的盼头。依照清制，一等扑护月给饷银十两，米五斛。二等扑护月给饷银六两，米三斛。三等扑护月给饷银四两，米二斛。其收入相当于当时的一个小业主，有谁不瞧着眼热的。所以，平日练儿除了私下苦练，待到了这临阵的节骨眼儿上，大人们也不是死脑筋，少不了破费些银两，去领擢儿（善扑营派出的主考扑护）那儿走动走动，通个照应。领擢儿这差事自然就成了善扑营的一桩肥差，除了格儿搭的亲信外，一般人是捞不着沾边的。

但是，平地响了个惊雷，谁也没想到，这次南城的三个领擢儿中，竟然有郭定昌。

消息像阵旋风，顷刻在南城的旗人中传开。于是，套近乎的、通关节的、当说客的几天来你来我往的，搅得郭定昌家没吃过一顿安生饭。

头两天，郭定昌还好言好语，苦口婆心地劝说来的人把"心意"带回去，第三天着实觉得没劲儿，干脆躲进里屋，放下门帘，闭门谢客了。

这一招儿还真灵。果然，一头晌没人进门。郭定昌安下心思，在里屋踢了一阵过腿，待到出透了汗，练足了筋骨，刚坐下歇口气儿，就听有人敲门。郭老太太正在院里打扫落叶，仰脸回了一声：“郭定昌出去了。”

“大妈，是我——英子！”

郭老太太一听“英子”两字，急忙放下笤帚，开了门。

郭定昌从窗纸的破口处往外瞧，原来是巧英，不由得心里一阵慌乱，急忙穿好衣服，出了屋。

“哟，瞧我们英子真是越长越水灵。”郭老太太满心欢喜地摩挲着巧英的手，从头到脚打量着。

见郭定昌迎过来，巧英不由得垂下头，道了个万福，小声叫了句：“八哥！”

“巧英，”郭定昌小声说，“你们家都吉祥？”说完，也羞涩地把头低下去，直筒筒地戳着不知干啥好。

“嗐，瞧你这傻样儿，怎么还不快让英子进屋里坐，在院里干站着做什么！”郭老太太瞪了郭定昌一眼，顺手拉起巧英进了屋，又从橱里捧上一大把瓜子、松子、榛子，喜滋滋地说，“你们先聊着。”说着转身出了屋，轻轻把门带上，又甜丝丝地扫开了落叶。

沉默了一会儿，巧英抬起头，脸上的红晕已经褪下去，忸怩说：“八哥，我来想求你件事儿。”

“‘求’字可不敢领受。”郭定昌逗着说。

“听说，这次挑柏唐阿，你是南城的领擢儿？”

“有这回事儿。可我至今还糊涂着呢。”

“是真的就成。”巧英偷瞧了郭定昌一眼，又为难地说：“八哥，有件事儿真不好开口。我二叔家的兆顺这次也考柏唐阿，可就是功夫差着劲儿，托我找你说说，到时给个照应。”

郭定昌听了一怔，皱紧眉头，半天没言声。

“八哥，我这是最后一次求你了。”巧英忧伤的目光中带着一种期待。

“这是说的什么话，别吓着我。”郭定昌逗个哏。

“跟你说真格儿的，你还逗。后天我就要走了。”巧英说完，长叹一声。

“上哪儿?”郭定昌这才感到巧英心情沉重，猛地从椅子上站起身，急切地问着。

“我被选上艺工了，后天就去海淀。听内务府的庞大人说，是去给太后老佛爷制丝绣凤衣。”巧英说着，眼泪禁不住扑簌扑簌掉下来。

犹如晴天起了个霹雳，郭定昌惊得一屁股坐在椅子上，两眼直愣愣地盯着巧英，说不出话来。

巧英见郭定昌发蒙，慌得忙抓住郭定昌的两个肩头，来回摇晃着，唤道：“八哥，八哥，你这是怎么啦!”

郭定昌被巧英连摇晃数下，憋在心口的气才吐出来，他咳了一声，定定神儿，一把握住巧英的手说：“英子，你知道那是什么地界儿吗?”

巧英揩了一把泪水，点点头。

郭定昌急火火地问：“非去不行?”

巧英又点了点头，说：“内务府已圈定了。”

巧英说的艺工，是专门为慈禧太后制衣、鞋、袜等用品的宫内女工。她们都是十五岁至十八岁的旗人女儿，作坊大都设在现今儿的颐和园内万寿山的后面。艺工一进了作坊，就如同进了囹圄，不少人青春豆蔻似的进去，直待到白了头才能出来。

“八哥，别难过了。难过也没用，这都是命。”巧英打破了沉寂。

郭定昌长叹了一口气。

巧英一边安慰着郭定昌，一边悄悄从兜里取出一件用绣花手绢包裹着的东西，交给郭定昌说：“八哥，还认得这是什么吗?”

郭定昌接过来，小心地打开，顿时又惊又喜又忧又悲。原来，这是巧英小时候戴在胸前的那把“百岁如意”银锁。

“我忘不了，咱们小时候每次过家家玩儿，你都喜欢嚷着戴。可那时候，我就是舍不得。今儿个，就把它留给你吧。”说到这儿，巧英再也说不下去，放声哭起来。

郭老太太在外面听着屋里的动静不对，急忙打眼从门缝往里张望，正瞅见巧英哭得伤心，不由惊诧地一把推开门，冲郭定昌呵斥道："你欺负英子了？"

巧英忙摇了摇头，擦干泪水，强忍住悲伤，把事情原委对郭老太太说了。

郭老太太听了也愣了神儿。好一会儿，才反应过来，一把将巧英搂进怀里，忍不住痛哭出声："英子，这碗饭吃得太苦了。"

…………

临行那天，内务府派了十几辆马车，专送新选上的四十名艺工。巧英坐在第二辆车上，郭定昌凭着护卫的身份，一直把巧英送到颐和园，直到巧英进了大门，不见身影，依然凝望着久久不忍离去。

送巧英回来，郭定昌一连几天少言寡语，心中沉甸甸的，从早到晚，只是一个劲儿地冲着木桩子较劲。几天来，被他踢断的木桩码起来有一抱粗。一旦踢累了，他又抬头凝思，眉头紧皱，不知心头上压着多少苦闷忧虑。

郭老太太心里不落忍了，便对郭老爷子说："俗语说'男大当婚，女大当嫁'，要不，托人说个丫头，冲冲邪？"

郭老爷子说："去去去，这是哪跟哪啊！"

郭老太太又出了个主意："要不，请金爷他们来帮着开导开导？"

郭老爷子"嗐"了一声说："这事又不是练功夫。往后，别价鸡拉狗尿下的事都去麻烦金爷他们。"

郭老太太一噘嘴说："你是不管了怎么着？"

郭老爷子说："我又没说不管啊。你别价添乱，我心里有辙。"

"那好，瞧你的！"郭老太太一赌气走了。

吃了晚上饭，郭老爷子换了身干净衣裳，唤过郭定昌说："走，咱们去庆和园听戏！"

郭定昌还在犹豫，郭老太太上前劝道："快去吧，别惹你老爷子生气。"郭定昌只好强打精神，陪着郭老爷子奔了大栅栏。

这天，庆和戏园挂牌戏是王莺秋的《千里送京娘》，楼上楼下早早上满了座。郭定昌原本没有兴味听戏，可开演不一会儿，他就被王莺秋高亢甜润的皮簧唱段、清脆流利的念白、柔媚娇俏的韵味迷上了。看到末了，郭定昌心中对赵匡胤不恋私情不畏强权由衷敬佩，竟然胜过了对京娘以身殉情的怜悯。

从庆和园出来，郭老爷子见郭定昌心也宽了，话也多了，便告诫一句："婚姻本是命中注定的，非人力可以强求。"

郭定昌没言声，心里却说：男子汉大丈夫,当有赵太祖一样的英雄气概。

依照惯例，南城、中城、西城的柏唐阿，由西营挑缺。挑缺的前两天，各旗的名单已呈到白义堂的桌案上。

这天，白义堂踌躇满志地仔细看着名单，并不时在一张条子上记录着什么。偶尔，又不知为着什么悻悻骂出一句："小丫头养的!"阅完花名册，白义堂用块儿蓝布包好，带上景天长骑马奔了庆王府。

来到庆王府，递进帖子去，半天没见回话。白义堂在客房里正等得发躁，只见管家急匆匆过来，打个千说："庆王爷有话，今儿个事忙，营里的事就不必禀告了，让您自个儿斟酌着办理就齐了。"

白义堂与管家早就熟识，觉得今儿个庆王爷处事有点儿反常，便陪个笑脸询问："有什么大不了的事，看把王爷忙成这样儿?"

管家把白义堂拉到一边，小声说："您不是外人，知道也没关系。告诉您说吧，太后老佛爷和皇上怕是快不行了!"

"真的?!"白义堂惊得倒吸了一口冷气。

"没错，您哪。昨儿个，太后老佛爷传下旨来，把醇王爷的大少爷抱进宫，立为'大阿哥'了。"

"哟，这么说改日得快着去醇王府贺喜喽。"

"这倒未必。听说醇王福晋特心疼儿子，压根儿就舍不得让大少爷进宫，一把鼻涕一把泪地闹腾个没完。这不，为这事儿，庆王爷正想着去北府（醇王府）劝说呢。"说到这儿，传来庆王爷的喊声，管家急忙冲白义堂施个歉礼说："对不住了。"说着，进了内院。

离开庆王府，白义堂急着找“锛啄木”商量应付管家说的事态，便把一张纸条交给景天长，又交代了几句什么，抽了一鞭，快马走了。

景天长赶回西营，人还没散，他找到褚林比比画画地说开了。

郭定昌正对马风喜说着巧英的事，只见褚林走过来，在郭定昌耳边说了几句，郭定昌禁不住一惊，忙告诉马风喜：“师哥，今儿晚上，景天长也不知唱的是哪出戏，非请我和褚哥去三星楼吃饭。”

马风喜略一琢磨说：“这里面定准儿有戏。”

郭定昌询问：“您说去是不去？”

“去，看看他到底唱的哪一出。”

三星楼饭庄里一桌酒席摆好，郭定昌推说不会喝酒，只是像品茶似的默默抿着，暗暗察言观色。褚林显得特高兴，不住地同景天长行令划拳，热情劝酒。景天长连着干了几杯说：“这次，南城挑缺的事儿，白爷托付给咱们哥仨了，干不漂亮可对不住白爷。”

“那是，那是。”褚林奉承着，把小杯换成大杯，说：“感谢白爷抬举，来，再干一杯。”

觥筹交错间，景天长不知不觉有了八分醉态，嘴上早走了把门的。

“郭，郭八老爷，你，你那天输得……够，够意思。为这事，白爷直……直夸你活泛。还说，往后，营里的事儿就……就好说啦。”

郭定昌、褚林同时恍然大悟，原来，白义堂错把输跤当让跤了。

“今……今儿个，有件事，白爷让我跟你们说……说说。可……可有一句，对外人跟谁也不能……能说，只能烂……烂在肚子里。”景天长醉醺醺地说。

“嗐，都是自个儿兄弟，还怕！”褚林激将说。

“怕，我怕……怕谁！”景天长说着，顺手从兜里取出白义堂给他的那张纸条，指着说："白爷的意思都在上面。"

郭定昌、褚林接过纸条一看，打个冷战。原来，白义堂已暗中排定钱德子、熊玉喜、那尔宝入选，陈二虎剔除。

褚林本是个炮筒子脾气，将纸条往桌上一掷，厉声道："挑缺还没开始，生米已做成熟饭了，这事儿可办得缺德!"

景天长打了个饱嗝，"哎"了一声，质问褚林道："你……你说谁缺……缺德？告诉你，听……听白爷的话，不会有……有亏吃。"

褚林正要反唇相讥，郭定昌拉了他一把，悄声说一句："别打草惊蛇，慢着走悠着瞅。"

第十章

更添波浪向人间

一

转眼到了十月十五日。

京城各旗的练儿分成八个跤场，同时挑缺柏唐阿。可能是由于慈禧、光绪病重的缘故，各跤场都挺冷清。除了个别绅士和名流临场观阵外，朝廷里有头有脸的人物，差不多都没露。

郭定昌、褚林和景天长分管南城挑缺，跤场设在杨家花园。这是一个姓杨的商会会长的私人花园，打扫得干干净净。园内，十几株古槐被风刮得只剩下光秃秃的干枝，经风一吹，发出“咯巴咯巴”的响声。这天，天公又不作美，天昏沉沉的，秋风冷飕飕的，使原本就挺萧条的场面，又增添了几许凄凉。

二虎、兆顺等二十好几个练儿身着各色褡裢，围在场外。尽管北风使劲吹，可是练儿们一个个依然昂首挺胸，竖眉瞪眼，虎视眈眈地等待较量。

景天长一脸神气，他煞有介事地顺着场子转了一圈。当来到钱德子、熊玉喜、那尔宝身前时，都情不自禁地使个眼神，他们三人也都会意地点头一笑。

巡视一周后，景天长在场子中央站好，挺起胸膛，正冠展衣，干咳一声，拉长声冲练儿们喝道：“你们都听清楚了，跤场如沙场，摔死可没偿命的!”

明白人一听就知道，景天长这是在敲山震虎，想着把那些没通关节的练儿吓走。

练儿们随着喊道：“谁怕死谁就是小丫头养的！”

景天长恶狠狠瞪了二虎一眼，转身坐下。

褚林瞅着景天长一副小人得志的神态，撇撇嘴，对郭定昌悄声说：“瞧他那副臭德性！”

郭定昌也斜了景天长一眼，脸色依然显得沉重。今儿个，他心中被三件事搅得百感交集。

第一件，是兆顺的事。郭定昌见了兆顺，自然想起了巧英，想起了巧英临别时的托付。为这事，郭定昌头几天特意去了一趟兆顺家，看兆顺练了几样功夫，又穿上褡裢，两人见了几跤。这一试，郭定昌心里有了底，正如巧英所说，他的功夫着实差了一骨节，补缺柏唐阿八成没指望。可话又说回来，差归差，要是真想给个照应，也不是不成。只要郭定昌跟褚林打个招呼，这个面子褚林还能不给。到节骨眼儿上，只要三个领摧儿中有两个判定谁赢，谁的柏唐阿就算到手了。可是郭定昌思前想后，反复斟酌，最后还是拿定主意：宁可对不住巧英，也不能干鬼画符的缺德事。

第二件，是二虎的事。自打在三星楼郭定昌见了白义堂的“手谕”，对白义堂的憎恨更是火上浇油，越燃越烈。他恨白义堂心黑手辣，把陈钦虎一家作践到这份儿上，竟然还不死心，还想在二虎身上下黑手。那天，在天主教堂，郭定昌已领略到二虎的功夫确实不凡。可是功夫好又有什么用？不是照样被白义堂打入另册！他忧虑照这么下去，善扑营就完了！于是，他打算找褚林打个招呼，让他到时主个公道。可又一琢磨，褚林和钦虎生前不和，又打消了念头。

第三件，就是当领摧儿的事。郭定昌明白，自个儿能有这个名分，都是出自白义堂的一场误会。眼前，摆着两条路：要么，逢场作戏，将错就错，乘机跟白义堂讨个近乎，取个信任；要么，宁折不弯，堂堂正正做人，这样，定准儿还要碰上不少麻烦。

郭定昌正琢磨着，只见杨会长站起身，从兜里掏出怀表瞅了一眼，拉长声喊道：“午时已到！”

景天长扫了郭定昌、褚林一眼，见两人已在场子东、西两边站好，随即喊道：“开庙！”

听到号令，一个戈什哈①便把一个白底青花瓷坛放到桌案上，景天长指着瓷坛高声说道：“下面，由杨会长抽阄儿！”

顿时，练儿们的心都揪起来。他们都清楚，这次挑缺采取二轮淘汰制，抽签配对，一跤定输赢，最后的六名胜者才能入缺。谁心里不巴望能配个功夫软的，别碰上功夫硬的。

杨会长五十多岁，正了一把银丝眼镜，神色庄重地踱步到瓷坛前。他先拱手冲众人作个揖，然后挽起袖口，把手伸进瓷坛里搅和了一阵子，才仰脸朝天，凝神从中抽出了第一个阄儿。这阄儿是用黄纸做的，以示是皇家的差事，里面写着练儿的姓名。杨会长慢悠悠地把阄儿展开，瞅了一眼，干咳一声，点道：“高兆顺！”

“喳。”兆顺答应一声，作个揖，跳上场。

杨会长又伸手从瓷坛里抽出第二个阄儿，瞅了一眼，同样干咳一声，点头：“那尔宝！”

“喳。”那尔宝答应一声，作个揖，跳上场。

景天长冲那尔宝点点头，又给郭定昌、褚林提示地使了个眼色。

此刻，郭定昌心中犹如乱槌击鼓，咚咚不平静。耳边又响起了巧英的声音：“八哥，我这是最后一次求您了。”

“你叫高兆顺？”景天长的一句问话，把郭定昌从沉思中惊醒过来。

“是我，您哪。”兆顺客气地点头答应一声。

“跤场如沙场，万一有个好歹，你可得自个儿兜着！”景天长阴沉着脸警告着。

“明白。”兆顺说。

郭定昌接过景天长的话茬儿，也同样问了那尔宝一遍。又伸手试了试两人的褡裢松紧，搜摸一遍带没带刃器，觉得全都合辙了，

---

① 戈什哈（哈读 ha 第四声），满语，指清朝高级官员的侍从护卫（武弁）。

便两手把兆顺、那尔宝往场子中心一领，发了声喊："开撂!"

兆顺伸臂塌腰走着车轮步。那尔宝跳着"黄瓜架"。两人相视着转了两圈后，猛地扑在一起，搭上了手。那尔宝求胜心切，抢先发招，右手揪住兆顺的中心带，左手撒开把避开兆顺的来势，瞅着兆顺刚一打挺，右手立马儿用力向前一领，紧接着窝身、备步、盘腿，那撒开把的左手暗里就是一个"手劐"。

场外的人一惊，替兆顺捏了一把冷汗。

郭定昌没动声色。他看得明白，那尔宝的"手劐"形似恶狠，其实，无论是发力还是步眼、手法，都差着尺寸。

果然，那尔宝只是将兆顺拽了个趔趄，倒退了两步。兆顺稍一稳步，也发了招儿。只见他上手一晃，底下上步，抬腿就是一个钹脚。

郭定昌瞅了眼兆顺的钹脚，又好气又好笑，心想：这可真是佟巴爷说的"小丫头片子踢毽子"。

说来也巧，那尔宝是左架，正与兆顺的右架反着。就在兆顺飞起右脚的瞬间，那尔宝同时也飞起左脚，踢出一个钹脚。没承想二人都踢了个空，身体一歪，"嗵"的一声，同时都摔了个仰面朝天。

杨会长急了，拂袖而起，喝道："没劲！看这种跤真臭了我的眼!"

众人在议论："这臭跤也上场，年头真崴了!"

褚林本是个火爆脾性，又是善扑营的高手，哪能看下去这种场面，恼火地把手一扬，怒吼道："都下去!"

原来，按照善扑营的规矩，在竞武场上，对于功夫差劲的武士，领摧儿有权当场中止比武，并可以把他们轰出竞武场。

兆顺、那尔宝又惊又懊丧又不甘心失去机会，灰溜溜地戳着，分别向郭定昌、景天长投去乞求的目光。

二

景天长急忙从椅子上站起来，迎着那尔宝招呼道："慢着！慢着!"

那尔宝松了一口气。

景天长把郭定昌、褚林拉到场边，迫不及待地说："让他们再撂一跤，别忘了白爷的托付。"

郭定昌、褚林都听明白了景天长的话外音，就是说，不管怎么着，也得转着法儿给那尔宝找辙挑上。

景天长探询地瞅了一眼褚林。

褚林仰斜着脸望着天儿，没言声儿。

景天长又转过脸督促地瞅了一眼郭定昌。

本来，郭定昌可以顺水推舟，乘机送兆顺个人情。可他觉得兆顺的功夫着实嫩多了，再撂下去，结果定准儿是"别人牵牛，他拔橛"。再说，就兆顺、那尔宝的功夫，越撂越会给大清朝的善扑丢人现眼，有损中国武术的名誉，便柔中带刚地说："诸位爷怕是早看腻了。"

这话还真叫郭定昌说着了。场外众人已等得不耐烦，此时又爆发出一阵乱喊："快着下去！""回去再跟师娘练两年吧！"接下去是一片哄笑。

景天长瞅着郭定昌、褚林不听招呼，又见众人起哄、念起秧儿来，只好悻悻地冲二人甩过一句："你们去跟白爷交代！"

郭定昌来到兆顺、那尔宝面前，开导说："想当柏唐阿，还得好好练！"

兆顺、那尔宝知道今儿个栽了，沮丧地点点头，下了场。

接下去，又有五对儿练儿接连上场竞技。熊玉喜、钱德子虽说事先通了白义堂的关节，可是论功夫的确是不含糊，没费劲就分别战胜了对手，进入决胜轮。

这工夫，杨会长又抽出一个阄儿，展开喊道："宁平顺！"

"喳。"没等应声落地，一个体壮如牛的练儿忽地跃上了场。

杨会长再抽一个阄儿，喊道："陈二虎！"

"喳。"应声间，陈二虎已纵身跃到宁平顺面前，作个揖，站定。

观跤的众人见这二人身法灵活，气宇不凡，立马儿来了精神，私下议论起来：

“瞧，这俩才像个练儿。”

“光看身量不成，别一搭上手就拉稀。”

“可也是呢。像郭八那样的跤，不多见了。”

郭定昌听了议论，没言声儿。他凝重地瞅了褚林一眼，担心褚林会因为与陈钦虎生前有隙，而对二虎做出不公道的事儿来。

二虎一上场，景天长便对郭定昌、褚林使了个眼色，见郭定昌睬也不睬，索性走过去，阴沉着脸悄声警告说：“这回，可别把白爷的话忘了。”

郭定昌冷冷一笑，说：“我知道该怎么做。”

一声“开撂！”二虎、平顺双双亮开了虎扑架。顿时，整个竞武场变得鸦雀无声。

清末，在北京善扑界流传着一句行话：“西营的绊儿，东营的块儿。”意思是说，西营的扑护凭技巧取胜，东营的扑护靠力气赢人。二虎的跤属于西营派，讲究的是“三星四圆”，借力发人，用的是踢、打、耙、崴、别等一巧拨千斤的绊儿。而平顺属于东营派，讲究角力，用的也大多是揣、穿、背、钩、切等大力气的绊儿。二人双手相搭，不过三把五把，只见平顺左手一晃，诱引二虎伸出右手拦挡，乘机翻掌缠住二虎的手腕。二虎只觉得手腕酸麻，仿佛被捏断一般，急曲肘化解时，平顺已使出“撮窝”。眼瞅着二虎上身一歪，正要倒地，没承想二虎脚下一转，借力一个“十字拦”，竟把平顺狠狠摔在地上。

二虎的“十字拦”使得既快又巧，致使平顺摔下去的时候，手还没来得及松开褡裢，竟把二虎也拽倒在地。

“好跤！”观跤众人爆发出一片叫好声。

“撂得地道！”杨会长乐得霍地从椅子上站起来，连鼓了几掌后，又兴奋地把手伸出瓷坛里，想着抽下一对儿。

“杨爷，您这是干什么？”景天长凑过来，一把将杨会长的手摁住。

“陈二虎赢了。接着往下抽不是？”杨会长说着，依旧打算进行他的差事。

“我可眼拙，没看清谁赢谁输！”景天长说。

“哟，您这是逗闷子怎么着？”杨会长愣了。

正此时，郭定昌和褚林走过来。景天长向杨会长一笑说：“不信，您问问他们二位看清没？”

没等杨会长发问，郭定昌已来到瓷坛前，冲发愣的杨会长说：“杨爷，抽您的。陈二虎赢了！”

景天长好似当头挨了一顶门杠，一下子蒙住了。片刻，才返过神儿，恶狠狠地盯了一眼郭定昌，转过脸威吓地问道褚林：“褚爷，您看清了？！”

郭定昌的心一下子缩紧了，紧盯着褚林。

褚林四下扫视了一眼，面向观跤众人说：“要是连这么丁点儿的事看不清，当什么扑护！”

众人乱哄道：“对。我们看得倍儿清，陈二虎赢了。没错！”

此时，郭定昌心中悬着的石头落下了。

景天长凶狠地盯了郭定昌和褚林一眼，发恨地甩过一句：“真有你们的，我全明白了。”说完，回过身坐下，慢慢低下头，像是让秋霜打过的青草。

挑缺刚一结束，景天长便迫不及待地去找白义堂。正在他火急火燎四处寻找的时候，白义堂正在“锛啄木”家和“小酸枣”打情骂俏。

这几天，“锛啄木”的病又沉重了。他脸色像死人般灰白，身上瘦得皮包着骨头，躺在里屋炕上半闭半睁着眼，微弱喘息着。

外屋，“小酸枣”嗑着瓜子，陪白义堂说话。

白义堂已来了一会子了，他从门帘的闪缝处瞅了一眼“锛啄木”，疑惑地问：“这才几天，师爷怎么就病成这副模样了？”

“小酸枣”啐了一口瓜子皮，一努嘴说：“活该！都病成什么样了，还忘不了干那种事儿，可真是死也做个风流鬼。”

白义堂色眯眯地挑逗一句：“八成是你春心不灭，师爷才折腾成这副惨相吧？”

"去你的，少废话。""小酸枣"抿嘴一笑，伸出兰花指在白义堂额头上点了一下。白义堂乘机握住她的手，"嘿嘿"淫笑着就往怀里拉。"小酸枣"佯装忸怩着，打眼睥了一眼里屋的"锛啄木"，见"锛啄木"死人一样一动不动地躺着，这才放开手脚，娇滴滴地顺势坐在白义堂的腿上，偎在他的怀里。

二人调笑了一阵子，白义堂又想起了什么，涎笑着说："宝贝儿，今儿个不把你的绝活儿露露，让咱也开开眼？"

"小酸枣"两只媚眼滴溜一转，立马儿明白过来，轻佻地在白义堂肩头推了一把，说了声："德性！"原来，"小酸枣"在戏班时，靠演风情淫荡戏走红，特别是她的那手"黄鹂哺鹞"最令纨绔们开心。她嬉笑着抓过一把瓜子，掐起一个放在嘴里"咯"地嗑开，冲白义堂说了声："张口。"就在白义堂张开嘴的瞬间，但见"小酸枣"把头一甩，舌尖一弹，"啪"的一声，一个瓜子仁已飞进白义堂口里，二人抱着狂逗起来。

这时，"锛啄木"悠悠醒来，从门帘闪缝处看到二人的淫态，气得歙动嘴唇，微弱地骂了一句："姓白的，你不是人！"头一垂，断了气。

白义堂帮着"小酸枣"发送了"锛啄木"，定下心，开始琢磨怎么报复郭定昌和褚林。

…………

这一天，朦胧夜色笼罩着古老的北京城，昏黄的月光下，白义堂装束一新，手拎一个做工精致的鸟笼，带着景天长奔崇文门那七爷家而来。

那七爷是那尔宝的老子，满族正蓝旗，有五十多岁，在京城巡警厅当侦缉队长。此刻，他正躺在床上过着大烟瘾。忽然，门房垂手弓腰进来，轻声说："七爷，善扑营的白格儿搭看您来了。"

那七爷眼也没睁，哼了一声，没好气地说："他还有脸来看我。去，就说我不在！"

"喳！"门房愣了一下，又说："七爷，白格儿搭可是朝廷命官。不见，怕……"

“屁！他善扑营再牛气，也管不了巡警厅这一亩三分地儿不是？”那七爷打断门房的话，慢慢睁开眼，啐了口地。

“那是。”门房奉承着，仍然没动，略一琢磨，又恭维地轻声说：“白格儿搭是来给您赔不是的。”

“噢！”那七爷一愣，这才放下手里的烟枪，坐起身，冷笑一声说：“是来给我退银子的吧？”

门房凑近一步说：“比银子可稀罕！”

“那是什么？”那七爷惊异地追问一句。

“待会儿您就知道了，保您开眼。”门房说。

“你跟我掉腰子？”那七爷笑着逗了一句，伸个懒腰，打了几个哈欠，说了声：“有请！”

白义堂一进门，便抱拳当胸，深表内疚地说：“七爷，为四少爷的事儿，今儿个和天长特来负荆请罪！”

那七爷也拱拳佯装大度说：“犬子无能，让白爷见笑。请坐！”

落座后，门房献上盖茶。白义堂寒暄了几句，便冲景天长说：“去把礼物给七爷拿来。”

“喳！”景天长答应一声，起身出了门，从外面拎进那个鸟笼，笼子里的干枝上，站立着一对儿绿毛鹦鹉。

那七爷从小嗜好养鱼玩鸟，一见这对儿鹦鹉浑身上下没一根杂毛，绿得如水似兰，心里已觉得稀奇。靠近端详，那两只鹦鹉不惊不慌，歪着头滴溜溜盯了他几眼，其中一只猛地张开嘴叫道：“大人吉祥！”另一只也紧跟着叫道：“大人如意！”把那七爷乐得老半天没合上嘴。

白义堂见那七爷高兴，又炫耀说：“这对儿鹦鹉是袁世凯袁大人帮忙从天津卫淘换来的。”

那七爷听了一惊，作个揖道：“您可真让我心里不落忍了。”

白义堂忙摇手说：“这是小意思。四少爷的事儿，我至今心里也不落忍呢。”

“那点儿银子不足挂齿。”那七爷满不在乎地说。

景天长一听，那七爷把白义堂的话弄拧了，忙接过话茬儿，把那天挑缺柏唐阿的事儿，从头到尾讲了一遍。那七爷越听越窝火，咬牙切齿地吼道："原来是这么回子事！不给郭八、褚林点儿厉害瞧瞧，他们当我那七爷是吃素的！"

白义堂瞅着火候已到，便沉下脸说道："这两个兔崽子太可恶了，不除，真是要翻天呢！"

景天长接上话茬儿，添油加醋地说："那天，他俩还挑动乱民骂咱大清朝崴了。"

那七爷听了这话暴怒道："单凭这一条，我就能锁了他俩！"

白义堂佯装正人君子相，问景天长："这可是人命关天的事儿，你看明白了？听清楚了？"

没等景天长答话，那七爷接过说："我要条人命就好比碾死只蚂蚁，莫须有什么罪名！"

"好！就看您的了。"白义堂眼冒凶光地说。

"放心，剥他俩一层皮是轻的！"那七爷说着，又颇有兴致地逗开了鹦鹉。

三

正当白义堂、那七爷准备对郭定昌、褚林下毒手的时候，紫禁城内发生了重大变故：

光绪三十四年十月二十一日（公元1908年11月14日），光绪皇帝崩于瀛台的涵元殿。时不过一日，光绪三十四年十月二十二日，慈禧太后病死于中南海的仪鸾殿。清廷皇位由三岁的溥仪继承，年号宣统。溥仪的父亲醇亲王载沣为摄政王，掌握朝廷军政大权。

载沣（1883—1951）是光绪的弟弟、荣禄的女婿，与袁世凯有宿怨，对于袁世凯势力的膨胀，愤嫉已久。为把军政大权迅速集中在自己手里，载沣掌权后办的第一件大事，便是驱袁。1909年1月2日，载沣发下上谕，硬说袁世凯"患足疾，步履维艰，难胜职任"，着袁世凯"开缺回籍养疴"，把他赶下了台。

紧接着，载沣又进一步铲除袁党。1909 年 2 月，邮传部尚书陈璧被革职，永不叙用。不久，严修休致。接着，徐世昌内调邮传部，由锡良继任东三省总督，民政部侍郎赵秉钧停职，北京的警权转到朝廷的亲信手中，铁路总局局长梁士诒被撤职，江北提督王士珍以病自请开缺照准，等等。把袁世凯的北洋集团闹得每个人怀里都像揣了一只兔子，提心吊胆，惶惶不可终日。善扑营是皇宫大内的护卫营，自然属于要害，亦在清查之列。此时，有人弹劾白义堂，告他三年前在火器营为袁世凯献技取宠、两月前暗送袁世凯银两的事儿。

白义堂被弹劾的消息，立马儿传到那七爷的耳朵里。那七爷听了大吃一惊，顿时联想到白义堂送的那对儿鹦鹉，想到那对儿鹦鹉是袁世凯帮着淘换的事儿，他再往坏处一琢磨：这事儿要是让哪位好事的知道了，把自个儿与白义堂扯在一块堆儿，参上一本，扣个袁党的罪名，自己就是长了十张嘴也说不清。那七爷越想越窝囊，越想越后怕，急得在屋里直转磨。

那对儿鹦鹉不知好歹，瞅着那七爷走近，便脆生生地叫起来："大人吉祥！""大人如意！"那七爷听了，一股无明火直冲上心头，没好气儿地冲鹦鹉恨恨地"呸"了一声，把两只鹦鹉吓得扑腾扑腾叫跳起来。

正这时，门房提着煤桶进来添火，看见说："哟，七爷您这是干么啊，怎么跟鹦鹉过不去了？"

"快，把这两个丧门星给姓白的送回去！瞅见它们我就来气！"那七爷恼恨地呵斥着。

"喳。"门房答应一声，没动。略一琢磨，立马儿明白了原委，便轻咳了一声，说："七爷，您怎么把到手的功劳又给送出去？"

那七爷听了一愣，说道："功劳！什么功劳？你小子跟我玩鬼画符是不？"

门房说："我有几个脑袋敢跟七爷玩漂儿。我是说姓白的不是背了吗，您正好凑个热闹，把鹦鹉的事儿参一本，姓白的成了袁党，还能少了您七爷的功劳不是？"

那七爷仔细斟酌了一会儿，猛地笑了，说：“你小子可真够损的，吃鱼不带吐刺儿的。”

门房奸笑一声，说：“这年头干事儿，哪个不是爹死娘嫁人——个人顾个人。”

那七爷干脆地说了声儿：“就这么着！”立马儿穿上缎面老羊皮袍，又让门房用了块儿棉罩把鸟笼子套好，提拎着，两人顶着西北风直奔了京城巡警衙门。

自从赵秉钧休致后，京城巡警衙门改由桂春统管。那七爷见了桂春，把白义堂送鹦鹉的事儿，偷梁换柱地禀报成侦缉队费心刺探的。最后，指着鹦鹉，画龙点睛地讨个好说：“依小人之见，非寻常关系袁世凯绝不会帮这个忙。”

桂春听了点头称是，站起身儿对那七爷说了几句奖励的话。

几天后，发下上谕，说白义堂“患肝疾，难胜职任”，被勒令“开缺回家养疴”。宛八应召回营接替白义堂的西营格儿搭。

宛八，满族正蓝旗，光绪二十年考入善扑营，光绪二十八年纳升，当了尾座，被光绪皇帝封为蓝翎侍卫。他五十多岁，猿背蜂腰，英武彪悍。三年前，因遭白义堂排挤，告病养疴，一直在家闲居。这次出山，他踌躇满志，暗自盘算：善扑营要想重振当年的雄风，自个儿手中得有一把梳子，才能把营里的乱事篦栉梳笼。第一天复任，他便发下话：广开言路，悬赏良策。

郭定昌听了这些话，心里一个劲儿地叫好。这天，他正想去找宛八聊聊，赶巧，宛八已叫人来传他。

郭定昌登上丹墀，走进大殿，一眼瞅见宛八正一手扶着桌案，一手托着下颏，凝神蹙眉琢磨着什么。郭定昌向前请个安，轻声说道：“宛爷吉祥！”

宛八忙起身，趋前一步，扶起郭定昌，哈哈笑着说：“别价宛爷、宛爷的。从金爷、佟巴爷和常五爷那儿论来，你叫我宛哥才对辙。”说着，挪过一个圆凳让郭定昌坐了。

二人寒暄一会儿，宛八关切地询问了一番金尚辈、佟巴爷、常五爷的近况。郭定昌说：“营里的事儿，三位师父都知道了，他们还让我给您带好呢。”

宛八道了谢，又话语深重地说：“白义堂整你、黑你的事儿，我也都听说了。男子汉大丈夫别跟这号人一般见识，俗话说‘善有善报，恶有恶报’，他能有今天，也是多行不义的报应。”

“嗐，我倒没什么。要紧的是咱善扑营的风气让小丫头养的给败坏了。”郭定昌愤然说。

“着啊！”宛八一阵兴奋，抢过郭定昌的话茬儿说道，“我正是为了这事儿，才找你来的。”

郭定昌忙起身谦道：“您这话我可不敢当。”

宛八哈哈笑道：“老弟，甭客气。你胸中的抱负，常五爷早就跟我露过。今儿个，你也给我往细里说说。”

郭定昌见宛八说得情真意切，也不再客套，略一沉思，郑重说道：“把式分内家外家，南北两派；善扑有东营西营，十门八氏。门户之见，派别之争，历来是武林中的毒疔，害人不浅。眼下，善扑营要重振雄风，首要的是扫除门户之见，同心协力，为国争光。”

听了这话，宛八面带喜色地催促说：“讲得好！接着往下说。”

郭定昌继续说道：“金爷有句话‘掼跤不练功，一辈子瞎糊弄’。这次挑缺柏唐阿，我就发现有些练儿不去琢磨功夫，整天琢磨耍财神、走邪道。照这么下去，善扑非崴泥不可！”

“没错！功夫是练出来的，不是用银子能买来的。往后，善扑营不留南郭先生。”宛八扶案而起，铿锵说道。

“再有，练武习艺，为的是强身健体，待国家需要时，好为国出力。所以，身为扑护，要以老实为根本，不能仗势欺人，恃强称霸。更不能依仗皇威，坑害百姓……”郭定昌情绪激昂，壮志凌云，一口气把心里话说了个通透。

宛八越听越高兴，越听越激动，禁不住一把拉过郭定昌，兴奋地赞道：“真不愧是金爷、佟巴爷、常五爷的徒弟。我要的梳子，你替我找到了。”略一思量，又正色说道：“这把梳子就是：集大成、精武功、尚武德、兴华邦！”

从此以后，直到宛八晚年，每逢与人谈起善扑，他总是由衷地说："动褡裢的事儿找我，谈韬略去找郭八。"

宛八把"集大成、精武功、尚武德、兴华邦"看成四件大事，像座右铭似的写成文字贴在正殿立柱上，每天都看在眼里，记在心上。为了督促扑护们冬练，迎接一年一度的正月初九演礼，他还拜访了金尚辈、佟巴爷、常五爷，约好除夕在金尚辈家举办一场精武跤会。

天公不作美。除夕那天下起了大雪，一片片洁白的雪花像翩翩素蝶轻悠悠地飘落着。片刻间，地上、房上、树上都被一层厚厚的白雪盖住了。由于国丧未满百日，因而别说是平民百姓家没谁敢贴春联、放爆竹、穿红戴绿，就连平日车水马龙的大栅栏，笙歌曼舞的八大胡同也显得异常清静。整个"四九城"的大街小巷，皇宫王府一派寂静漠然，近乎凄凉。

清冷黢黑的夜色中，金尚辈家灯光闪闪，把天幕映出一扇昏黄。

灯光下，金尚辈、佟巴爷、常五爷端坐在八仙桌前喝着茶聊天。屋外，郭定昌、马凤喜、"小鬼崔"、纪四宝几个师兄弟，还有褚林、宋二祥、吴德康等西营名练儿，正忙活着打扫积雪。金尚辈的五六个小孙辈蹦蹦跳跳地堆着雪人，不时稚声嫩气地喊着"砸贪官！""砸贪官！"边喊边扬起小胳膊，将手里的雪团纷纷向雪人打去。给原本冷寂的宅院，带来几许大年的热烈。

金尚辈听了孩子们的欢闹声，乐得站起身，抹了一点儿鼻烟，打个喷嚏说："今年这个年，省事了老的，冷清了小的。"

常五爷笑道："要不是赶上国丧，年三十的谁还有心思来练功夫！"

一句话把金尚辈、佟巴爷说得点头直乐。佟巴爷忽然想起了什么，拈须问道："不是说好了，今儿个宛八也来吗？怎么还没露？"

金尚辈说："别急您哪，他上醇王府辞岁去了，出不了岔子。"

提及醇王府，佟巴爷的脑海里立马儿显出载沣的影子，不由冲常五爷神秘地问道："听人说，小皇上登基那天，醇王爷可失大态了？"

没等常五爷答话，金尚辈急火火地接上话茬儿说："这事儿得问风喜和定昌，小皇上登基那天，他哥俩是站殿护卫。”

佟巴爷和常五爷“嗯”了一声。金尚辈当即推开门，把郭定昌、马风喜唤进屋里。

马风喜听佟巴爷一问，慌了神，心里一个劲儿地后悔没把这件事早点儿跟师父说，眼下非落埋怨不可。郭定昌眨了眨眼，向前给三位师父请了安，才稳稳说道：“金爷一辈子最讨厌油嘴滑舌说话不稳重的人。更何况这种朝廷大事，我们更不敢嚼舌头不是？”

佟巴爷、常五爷听了，点头称是。金尚辈指点着郭定昌笑道：“嘿！你倒是个铁嘴。”

马风喜见三位前辈体谅，放了心，便把溥仪登基那天，坐在太和殿宝座上大哭大闹的事儿，从头至尾细说了一遍。金尚辈、佟巴爷、常五爷听了笑也不是，恨也不是，懊丧地只是一个劲儿摇头。

末了，马风喜悄声说：“万岁爷一闹腾，可把醇王爷急坏了。他不知怎么着，竟然脱口冒出一句：‘别哭！一会儿就完。’还一连说了三遍。”

这时，郭定昌也接上说道：“没错！我也听得倍儿清楚。这话多不吉利！”

马风喜、郭定昌把登基大典的事儿讲完，满屋里的人谁也没言声，静默了一阵儿之后，佟巴爷拈须说：“看来，咱大清朝的气数不过三年了。”

金尚辈看了这场面，把手猛然一挥说：“莫谈国事！走，到外面赏雪去。”

四

众人应声出了屋。外面雪已渐收，到处是白茫茫、灰乎乎的一片。金尚辈、佟巴爷、常五爷站立在台阶上，倒背着手，翘首遥望夜空，思索着心事。金尚辈的几个小孙辈见他们出来，连忙扔下手里的雪团，纷纷奔过来行跪拜礼，祝福说：“爷爷们过年吉祥！”

金尚辈慌忙“喔”了一声，警告道：“小声点儿！现时是国丧，不许过年。”吓得孩子们扮个鬼脸儿，从地上爬起来就跑了。

“小鬼崔”、纪四宝、褚林等人也向前打千，请了安。佟巴爷见他们已把院子打扫干净，便嘱咐说：“你们先活动活动筋骨，等宛格儿搭一到，咱们就开场。”

众人答应一声，压腿的压腿，撇腰的撇腰，练开了功夫。

庭院里又恢复了平静，只有人影在晃动，皑皑的雪光从房脊、墙头、树枝映照下来，每一个人的脸都像挂了一层霜似的清冷。

金尚辈看了这场面，灵机一动，笑着脸冲佟巴爷、常五爷打个千说：“您二位识文墨，何不趁着雪兴作几句诗文让大伙儿开开耳。”

佟巴爷、常五爷搪塞了一阵子，到底挡不住金尚辈执意相求，只好应承了。佟巴爷年长常五爷几岁，理当在先。他轻轻捋梳着七缕长髯，眯眼思忖了片刻，开口吟道：“晨望古城开素葩，万家叠玉树披纱。神工鬼斧雕工巧，松绿梅红物更华。”

“行啊，真有您的！”金尚辈叫了声好。郭定昌、马凤喜众人也放下功夫，击掌喝彩，情不自禁地围拢到台阶下，仰首恭听常五爷的诗句。

常五爷捋了捋八字胡，随口吟道：“苍海白帆掩红霞，流雪倾云落玉花。冷絮随风绣不如，雄鸡献岁唱春话。”

众人拍手叫好。佟巴爷转脸冲金尚辈说：“金爷，您不赋诗一首也助助兴？”

金老太太听了佟巴爷的话，慌得从屋里赶出来连连摇手说：“哟，他哪儿有这能耐。他要是会作诗文，天下人都成诗圣了。”

金尚辈笑道：“佟巴爷这一步棋，将不住我。”说着，冲郭定昌一指说：“让定昌替我作。”

郭定昌顿时窘得不知如何是好，一个劲儿摇手，往马凤喜身后躲藏说：“练功夫我行，咬文嚼字的事儿，我可是外行。”

常五爷打个圆场说：“习武不读经，终生愣头青。今儿个也没外人，试试看。”

郭定昌经这一激，只好向前给众人做个揖说：“得了，那我就露怯了。”说完，费心思琢磨了一阵子，正在为难时，一眼瞅见院子里的那个雪人，胸中顿时来了词，顺口作了一首顺口溜：“雪花飘飘北风寒，万户披银正好看，堆个雪人当坏蛋，奸臣砸烂砸贪官。”

众人听了，不禁齐声喝彩。只有佟巴爷冷峻地拈须仰望夜空没有言声儿。金尚辈憋不住问道：“佟巴爷，定昌的顺口溜真露怯了？”

佟巴爷摇摇头回道：“没有，没有。我只是琢磨虽说郭定昌满怀抱负，可我估摸咱大清朝已像寒蝉凄切，没有回天之术了。”说完，禁不住仰天沉吟起柳永的《雨霖铃》：“寒蝉凄切，对长亭晚，骤雨初歇。都门帐饮无绪，留恋处，兰舟催发。执手相看泪眼，竟无语凝噎。念去去，千里烟波，暮霭……”没等佟巴爷吟完，金尚辈打断说：“您别尽念这些伤心的词。还是让定昌把常五爷传的内功练给大伙儿开开眼吧。”说完，从兜里取出细瓷烟壶，递给郭定昌。郭定昌将烟壶往右手心一攥，亮开式子，使出个“捧气贯顶”，右胳膊肌腱猛一绷，随即伸开手掌，神秘兮兮地对褚林说：“褚哥，借您口仙气用用。”

褚林疑惑地运了一口气，鼓起两腮冲烟壶“噗”地吹了一口气。但见刚才还完完整整的烟壶，刹那间竟变成了一小堆碎片。

金尚辈、佟巴爷、常五爷哈哈笑道：“褚林，你这口仙气可够厉害的。”

众人愣了会儿神，接着明白过来，都吃惊地倒吸了口凉气，爆发出一阵兴奋、钦佩的喝彩声。

金尚辈抑制不住心头的激动，把大拇指一翘说道：“这是‘内功经’，常五爷的绝活儿。当年常五爷赢‘赛蛮牛’，凭的就是这功夫。”

常五爷含笑说：“国弱有人欺，马善有人骑。国家要强盛，一是朝政非维新不可，再者国人非习武不行。”

“对！”众人随声附和着，纷纷拱拳表示：一定刻苦练功，振兴中华武术。

正说着，就听墙外由远及近地响起一串清脆的马蹄声。金尚辈说一声：“八成是宛八来了！”抬腿奔了前院开门。

果然不出所料。开了门，来人正是宛八。金尚辈迎向前打着哈哈说："哎哟，这不是宛格儿搭吗？您可真是好记性，大伙儿可候您一年啦。"

宛八系好缰绳，又把手放在嘴前哈了哈气，赔个笑脸说："抱歉！抱歉！从醇王府出来，我又去了趟马甸，所以来迟一步。"

二人说着来到后院，众人迎向前与宛八寒暄已毕，只见宛八正色说道："蒙古派人来了。"

只这一说，郭定昌、马风喜、褚林等人一个个像是临阵的烈马，顿时充满精神，迫不及待地将宛八让进屋里，你一言我一语探询起来。

宛八喝了口茶水，稍一暖和，才说道："因为国丧，正月初九的演礼取消了。正月十九，与蒙古的比武改在马甸的喇嘛寺进行。宣统爷也不御览，只由庆王爷出面应承。"

金尚辈仰天大笑说："自从光绪十四年起，蒙古再没来过人比武。小皇上真要是御览，看了又踢又拽的场面，非得吓着不可！"

一句话，把大伙儿逗得哄堂大笑。笑过一阵后，宛八继续说道："这次蒙古来了两个武士，是哥儿俩。哥哥叫扎木尔，弟弟叫扎木突，两人都体壮如牛，相貌凶恶，不光精通善扑，还自称力过万斤，能断铁拔树，扬言要'手捺大佛寺，脚踢小护国寺'。"

众人立马儿听出来，"大佛寺""小护国寺"指的就是东营和西营，气急地跳了起来，吼道："走，咱们今夜便去找他哥儿俩玩玩儿去！"

金尚辈、佟巴爷、常五爷急忙言道："别乱来。离比武的日子尚早，眼下要紧的是抓紧这几天把功夫练扎实。"

宛八也点头说："三位前辈的话在理。为了这事儿，今儿晚半晌，我和东营的潘格儿搭特意去了趟马甸，正巧碰上扎木尔、扎木突在练功夫。不是他俩神吹海侃，的确是功夫过人。扎木尔轻轻个钩子，竟把那根二百多斤沉的杠盘撩起半人多高。扎木突运气在庭院里走了一圈，你们猜怎么样？院地上铺的灰沙砖都被踩松动了，我和潘格儿搭看了都惊出一身冷汗。大伙儿琢磨琢磨，咱们东、西两营哪有像他俩这等神力的扑护？”

褚林听了宛八的话，先自跳了起来说：“宛爷，您怎么长他人的威风，灭自己的志气？”

郭定昌见褚林满脸不高兴，急忙打个圆场说：“褚哥，话可不能这么说。宛格儿搭是让咱们别价轻敌，想法子对付扎木尔、扎木突。哪儿句话灭自个儿志气了？”

其他人也你一言我一语地数落开褚林。

褚林见犯了众怒，急忙抱拳说道：“得，怪我嘴臭。我给宛爷道歉还不成？”说罢，作了一揖。

宛八哈哈笑道：“没事儿，咱们谁不想为中国人争气。不过，扎木尔、扎木突还有个说法：这次比武，咱们善扑营无论派谁较量，最后扎木尔、扎木突都要跟常五爷的传人一比高低。”

众人听了这话，你瞅我，我瞅你，愕然不解。常五爷怔了一怔，说道：“这是哪儿跟哪儿的事儿啊？”

宛八缓声道：“自然是事出有因，您哪。”接下去，便一口气讲了事情原委。原来，扎木尔、扎木突的师父就是四十八年前来华比武输给常五爷的那个“赛蛮牛”。那一年，“赛蛮牛”输跤回去后，自知没脸见人，又羞又愧，竟然削发出家，当了喇嘛。别看“赛蛮牛”皈依佛门，心却没离善扑，正好借机把喇嘛教的秘传“玄极内功”学得精透，练得炉火纯青。后来，他又把“玄极内功”与善扑揉合在一起，自创一派，成为蒙古武林界的泰斗。这四十八年来，“赛蛮牛”一直不忘雪耻，发下誓言：前辈铸耻，后人雪恨！所以，这次扎木尔、扎木突一到北京，便向清政府提出了与常五爷传人一比高低的要求。

宛八把这段原委讲完，众人的目光一齐盯到郭定昌身上。

郭定昌双眼一转，朗声说道：“好啊，我也正盼着这一天呢！”

佟巴爷却凛然一惊，心想：听宛八一番话，扎木尔、扎木突可不是等闲之辈。论力气，郭定昌比扎木尔、扎木突决然差了一大截子。更何况，郭定昌又最吃钩子。真与扎木尔、扎木突较量起来，正犯了武林中“木碰金，火遇水”的大忌，定然凶多吉少。想到这儿，佟巴爷沉声重语地向众人道出了自个儿的心事。

郭定昌高声说道："大丈夫做事当马革裹尸。我宁可叫扎木尔、扎木突摔死，也不能让他俩吓死！"

"没错！"金尚辈在一旁虎吼一声，猛地从太师椅上跳起来傲然说道："我就不信他扎木尔、扎木突有三头六臂！"

常五爷倒是出奇地镇静，一遍遍捋着八字胡，想了想，正色说道："这次比武，郭定昌非露不可。定了！咱不能让蒙古看笑话不是？可话又说回来，'含草衔环，以报万一'，谋事在勇，成事在实。今儿个，大伙儿都在这儿，正好把各门各派破钩子的办法串一串，回头好对付扎木尔、扎木突。"

郭定昌脸色一松，抱拳谦道："自从上次我吃了白义堂的钩子，这些日子也在费苦心琢磨着破法，今儿个，正好请各位指点迷津。"

众人说声："走，说练就练！"起身出了屋。

外面，雪已尽收，风静天晴。金尚辈点燃一炷大牛油烛，顿时满院明亮如昼。众人又一齐动手将场子重新打扫一遍。然后，压腿搣腰，跳跃蹿蹦活动了一番筋骨。褚林首先脱下棉袄，挥掌在胸前腰后劈劈啪啪拍打了一阵，驱了驱寒气，穿上褡裢跳到场子中央，冲郭定昌抱拳说："定昌，褚哥先给你垫垫场子。"

此时，郭定昌也已换好褡裢，冲褚林作个揖道声："请褚哥指教。"说着跳上场。

二人亮开跤架，略一定神，只见褚林猛扑向前，一手揪住郭定昌的偏门，一手揪住郭定昌的小袖，车轮步一转，变脸就是一个别子。郭定昌含胸拔背，伸腰长臂，轻轻往下一捺，竟把褚林的劲儿化了若干，虽说没把褚林摔倒，但自个儿也没倒地。金尚辈、佟巴爷和常五爷看了，顿吃一惊，倏尔面色一松，露出悦色。

五

转眼到了正月十九。

前夜里还是风和日朗，天晴云淡，一大早，西北上空蓦地翻滚起漫天如铅的云层。一阵狂风呼啸袭来，撕裂着云块，吹刮着霜霰，转瞬间，云块变成黑云丛。那黑云丛，有的像雄狮，有的像奔马，有的像狂浪……它们不停地变幻着，翻滚着，挺进着，给古老的北京城罩上一层“黑云翻墨未遮山”的气氛。

尽管天气恶劣，朔风料峭，可是，马甸喇嘛寺的朱漆山门前，依然早早就挤满了看热闹的人群。

喇嘛寺在德胜门外，背靠元土城，面对高梁河。元明清三朝，这里是“蒙八旗”人和京津地区的星散藏民拜佛朝圣的地界儿。喇嘛寺大门为单檐歇山式黄琉璃瓦顶，分三座红漆山门。山门外，十数株龙爪松，形如伞盖，迎着凛冽的北风傲然挺拔，如同一队头戴铜盔身披青甲的金刚，守卫着佛门净地。喇嘛寺前后三层，后殿是一座重檐歇山式黄琉璃瓦顶建筑，高耸檐脊，朔风吹来，摇动得檐角上的铜铃叮当作响。后殿是喇嘛们读经的场所，眼下，比武场就设在这儿。

十多天里，金尚辈、佟巴爷、常五爷全都闭门谢客，专下心把郭定昌的所学，从头理了几遍，对一招一式又往深处作了番指教。马风喜、“小鬼崔”、褚林等人也披星戴月地陪着郭定昌练功。十多天下来，虽说众人眼里看着郭定昌的功夫又长了一大截，可心里终归还是不踏实。正月十九这天，金尚辈、佟巴爷、常五爷一大早便顶着呼啸的寒风来到马甸，伫立在喇嘛寺门前，候着郭定昌。

按照例规，正月十九与蒙古比武，除了朝廷命官、善扑营的扑护们可以临近观阵外，其他人是一律不允许进的。今儿个，金尚辈、佟巴爷、常五爷也不例外，等着西营的马队一到，他们仨便急切向前，唤过郭定昌，语重心长地在郭定昌耳边低声说了几句，郭定昌似有所悟地点了点头，转身进了山门。

后殿的地面上，铺了一方红底镶蓝边的毛毯，满蒙两族武士就在这上面比武。庆王爷奕劻、蒙古的科尔沁贝勒并肩端坐在殿堂正中的虎皮椅上。殿堂东、西两侧的山墙下站立着两排身穿红、黄、白、绿色褡裢的善扑营扑护，一个个昂首挺胸，虎目圆睁。

郭定昌上身穿一件月白褡裢，下身穿一条灰色“螳螂裤”，虎视眈眈地站在奕劻一侧。

扎木尔、扎木突上身各穿一件红色褡裢，下身各穿一条古铜色“螳螂裤”，神色倨傲地站在科尔沁贝勒一侧。扎木尔生得阔脸方唇，面皮像用沙打过似的粗糙。扎木突生得扁平脸，狮子鼻，脸上紫肉横生。哥儿俩曲臂掐腰，吊桶般粗细的胳膊结实似檩，青筋暴起，淡黄色的眼珠像欲斗的蛮牛，闪着冷森森的凶光。

午时已到。只见奕劻与蒙古科尔沁部贝勒相互对视一眼，两人同时把头一点。站在一旁的司旗立马儿将手中的三角旗“唰”地一摇，高声喊道：“开庙!”

没等司旗的喊声落地，扎木尔已围好水裙，“磔”的一声吼叫，跳着“黄瓜架”上了场。殿堂里顿时变得鸦雀无声。

善扑营第一个上场较量的是东营的一等扑护，叫熊定山。熊定山生得虎背熊腰，身高马大，人称“靠山倒”。

扎木尔与熊定山斗抢攻势，互争先手。待扎木尔再抢把时，熊定山扬左臂，防住扎木尔来手，顺式一个“掏腿”，顿时大吃一惊。

原来，熊定山的“掏腿”，手法快捷如电，招沉力猛，非上等功夫是抵御不了的。熊定山眼瞅这一招得手，内心一阵暗喜：这跤不把扎木尔摔出点啥，起码也得摔个骨折。没承想掏住扎木尔的脚腕后，猛力一搬，只觉得扎木尔的一条腿像千斤沉的铁桩。熊定山搬了几搬，扎木尔纹丝没动。

熊定山不愧是个久战沙场的老练儿，颇有经验，立马儿明白了，扎木尔的硬功过人，只可巧取，不能力敌。便急忙变脸转身，改用“手劐”，想借扎木尔的劲儿，一巧破千斤。没料到，就在熊定山转身的瞬间，扎木尔的右手已像一把铁钳牢牢地反挂住熊定山的直门。紧接着左腿向前猛一进，右手腕一翻，右腿与此同时也已像“毒蝎蜇尾”似的高高撩了起来。熊定山头冲地，脚朝天被扎木尔钩成了一条直线。众人惊魂未定，只听扎木尔“磔磔”怪叫一声，把头一低，熊定山“扑通”一声像推倒了一堵山墙似的被重重摔在地，“哧”地吐出口粗气，登时昏死过去。

扎木尔神色倨傲地晃动着身子踱步到奕劻、科尔沁部贝勒面前，鞠了躬，然后，站回蒙古科尔沁部贝勒一侧。这时，营医和几个戈什哈慌忙奔过来，抬的抬，托的托，把熊定山抬出后殿。

金尚辈、佟巴爷、常五爷正焦急地伫立在喇嘛寺山门外，踮脚仰首听候里面的消息，只见一个戈什哈惶恐地跑过来，冲金尚辈、佟巴爷、常五爷低语一声："熊爷被摔昏过去啦!"

三人顿时一怔。忽然，金尚辈一跃而起，勃然变色，大喝一声："闪开，我进去!"

佟巴爷、常五爷急忙拽住金尚辈说："金爷，您这是干什么?"

金尚辈瞋目吼道："我不能眼瞅着咱们人顶锅不管!"

佟巴爷、常五爷安慰他说："先甭急，您哪！这出戏还没收场不是?"

金尚辈听佟巴爷、常五爷如此说，也便不再言语，叹了口气，一屁股蹲在地上。

后殿大堂里稍一平静，只见司旗跨前一步，把手里的三角旗又一摇动。扎木突早已跳着"黄瓜架"上了场。扎木突在毛毯上傲然转了一圈，运了运气，抬脚在毯子上跺了几跺。这一跺脚，竟震得大殿梁上"唰唰"直往下落尘灰。

东、西两营的扑护看了扎木突骄傲的神态，一个个怒目圆睁，恨不能立马儿上场拼个死活。

郭定昌睥了扎木突一眼，冷冷一笑，心里骂一句：先别价炫摆,是骡子是马，咱们待会儿遛遛再瞧!

善扑营第二个上场比武的是褚林。褚林和扎木突一照面，二话没说，亮了个虎式，上面用手一晃，底下飞脚就是一个"耙子"。扎木突轻抬左腿，刚躲过这一耙，只见褚林左脚仅一落地，忽地又飞起右脚，狠狠又是一个钹脚。扎木突轻捷地往后一跳，褚林紧接着连着三耙。褚林这三耙，一耙比一耙快，一耙比一耙猛，把扎木突耙得在毯子上跳来蹦去，像耍猴似的，不禁暗暗称奇。褚林这一招儿叫"耙踢"，市面上也叫"转环脚"，本是佟巴爷的绝技，只有郭定昌深谙其道。这次除夕"精武跤会"上，佟巴爷才被宛八所动，打破门户之见，开先河将此绝技传给了外门的褚林。

二人又走了几个照面，相互搭上把。扎木突右脚一进，同时丹田发力，想用内功给褚林一个“涮葫芦”。他万没料到褚林乃有“大力神”之称，不仅没把褚林涮动，反倒让褚林瞅着空当，又是一个“耙踢”，被摔了个“狗吃屎”。

褚林本是力量型扑护，以使“老切子”“入”“揣”等大绊儿见长，谁也没料到他的“耙腿”竟然也使得如此灵巧、凶猛，不禁大奇，齐声喝彩：“漂亮！”“够份儿！”

褚林抱拳冲奕劻、蒙古科尔沁部贝勒作了个揖，站回殿堂西侧。宛八凑过来，悄声称赞道：“行，不软！”褚林微微一笑，谦道：“这要谢佟巴爷三位老爷子不是？”宛八点头赞同地一笑。

扎木突从地毯上爬起来，垂头丧气下了场。

双方各赢一阵，按照“一跤定输赢”的老规矩，这场比武到此本该偃旗息鼓了。只见奕劻正要起身离席，又见蒙古科尔沁部贝勒歪过身，与他低语了几句。奕劻听后把头一点，手一扬，说了句：“成！这事儿就依了你。”说完，冲宛八一招手，宛八急忙快步过去。

见到这个变化，马凤喜、褚林等人同时向郭定昌投去关切的目光。郭定昌神色庄重、肃穆地冲众人微微点了下头，回个暗示：明白，下面该看我的了。

这工夫，就听宛八高声宣道：“应蒙古科尔沁部贝勒要求，再撂一跤。由郭定昌对擂，一决雌雄。”

听宛八一说，众扑护愕然一愣。他们是第一次碰上这种事，不禁窃窃私语起来。

奕劻见状愠怒地干咳一声，抬眼扫视了一周，众扑护才平静下来。

司旗不敢怠慢，急忙把手中的三角旗“呼”地又一摇动。令旗刚落，扎木尔已紧握两拳，晃悠悠跳着“黄瓜架”跃上场。

郭定昌围好水裙，也接着跃到场中。扎木尔打量了郭定昌一眼，见他二十一二岁年纪，猿背蜂腰，剑眉虎眼，半像武士半像书生，不禁暗笑：我当姓常的有什么样儿顶天立地、惊神吓鬼的徒弟呢，原来是个乳臭未干奶味儿未尽的小儿，不禁蔑视地摇了摇头。

郭定昌平心静气，稳了稳神，而后踮步塌腰探臂，“嗖”地亮开跤架，俨然一只下山猛虎。扎木尔牛眼圆睁，暗骂：好个不知死活的小儿，你死到临头了。他抢先下手，忽地扑过去。

郭定昌知道扎木尔勇猛过人，不能硬碰，急曲腿迈步，往左一转，用车轮步避开扎木尔的来势。扎木尔纵身一跳，又反扑过来，手似闪电去揪郭定昌的大领。郭定昌眼疾手快，用常五爷所传的“缠”手，顺式一缠，便把扎木尔的来手擒住，紧接着往下一捺，上面长腰发力，底下“噌”的就是一个耙子。扎木尔一惊，“噫”地叫了一声，蹲身运气，脚跟儿发力。郭定昌一耙过去，扎木尔竟然纹丝未动。

郭定昌暗里惊叹：果然好功夫！急忙一点脚尖，变脸又是一个跪腿“得合鲁”。没承想扎木尔不但力量过人，技巧也颇娴熟，没等郭定昌把招发出，他抢先发招儿，顺式就是一个“崴桩”。郭定昌素以“崴桩”见长，这个绊儿他不但使得精熟，而且防得严密，急忙沉气蹲身，上身一欺，底下用手猛地将扎木尔膝骨一搂。扎木尔大吃一惊，猛地缩身，弯腰转步，变“崴桩”又为“崴踢”，翻身反给郭定昌一个钹脚。扎木尔的这一招儿，早在郭定昌的意料之中，只见郭定昌猛甩左臂，像鳄鱼摆尾似的照准扎木尔右膝关节狠狠一抽，暗骂一句：小丫头养的，这回我瞅你往哪儿跑。谁知，一臂抽过去，郭定昌只觉得扎木尔的一条腿似千斤铁桩，动也没动一下。没等郭定昌撤手，扎木尔落脚就是一个“贴身靠”，把郭定昌“蹬蹬蹬”撞出了几步，身子刚要着地，又一跃身，稳住了步法。

殿堂里，众扑护见郭定昌失利，全都把心提了起来，替他捏了一把汗。

山门外，金尚辈、佟巴爷、常五爷听到郭定昌失利的消息，蓦然一惊。佟巴爷也沉不住气了，喝一声：“管不了那么多了，走，进去！”喝着，拽起金尚辈、常五爷就往喇嘛寺里闯。

两个护兵见此情景，慌忙将胳膊一伸，拦住三人，赔个笑脸说：“老爷子，上面有令，外人不准进去。”

金尚辈吼道：“外人？什么外人！我们当格儿搭那会儿，你还穿开裆裤呢！”说着，挺身就要往门里闯。

“哟哟哟，别价，您哪。”又上来一个护兵，也慌忙伸开胳膊挡住山门，央求道：“老爷子，您赏个脸，别价砸我们饭碗啊！”

金尚辈、佟巴爷、常五爷见了护兵现软，一副为难相，正犹豫着进还是不进。就见刚才报信的那个戈什哈三步并作两步地跑过来，边跑嘴里边吁呼：“老爷子，赢了！郭八赢了！”

金尚辈、佟巴爷、常五爷顿时一喜，三颗悬挂的心“咯噔”一下都落下来。他仨探身翘首，急切地催促着：“说说，快着说说！”

那个戈什哈稍一缓气，便一口气把事情的经过说了个仔仔细细：

原来，扎木尔一招儿下去，见没把郭定昌摔倒，又经刚才几番较量，暗吃一惊，心想：别看他年岁不大，却是上上功夫，暗里盘算：再不把绝招儿——“跑钩儿”拿出来，怕是很难赢了这一阵。再说郭定昌，调匀呼吸，暗暗调动丹田气，渐渐把散乱的步法稳了下来。经过刚才几番较量，他也试出，扎木尔力量罕见，掼技精湛，内心也不禁由衷佩服，暗想：不管扎木尔多么厉害，自个儿也得豁出命去赢他，决不能丢人现眼。想到这儿，他运转车轮步，故意将右边闪出空隙，想以守为攻取胜。扎木尔见时机已到，“磔”的一声吼，扑上前来，一把揪住郭定昌的偏门，像一头斗红眼的蛮牛，一面转动着脚步，一面左一把手、右一把手的揪着郭定昌乱跑。扎木尔死死揪住郭定昌跑了几圈，猛然间，一扬胳膊，同时弯腰变脸，只见那条吊桶粗的左腿已像“毒蝎翘尾”似地狠狠向郭定昌的右腿钩去。这一招儿既快又猛，把在场所有的人都惊呆了，不由倒吸了一口凉气。马风喜、褚林心里“咯噔”一下，暗惊：崴了！没承想就在这危急关头，就见郭定昌在被扎木尔钩住的瞬间，突然含胸弓腰，提气变脸，长腰伸臂，竟然反守为攻，把扎木尔狠狠砸在地，戗了扎木尔一个满脸花，“哇”的一声，吐出一口鲜血。

“漂亮!”“八崽儿真有你的!”金尚辈乐得猛拍一掌。佟巴爷、常五爷也微笑着拈须相视一眼，两人同时得意地点了点头。

说到这儿，有人会问，郭定昌不是最吃钩子吗?今儿个怎么不怕了?原来，自从郭定昌输给白义堂那次钩子后，一直在用心琢磨最巧的破法，到头来总算开了点儿窍。除夕那天，在“精武跤会”上，郭定昌破褚林的“别子”，无意中使出的就是自个儿新琢磨出来的招。他使者无意，金尚辈、佟巴爷、常五爷却看着有心，“着啊，这一招儿既然能破‘别子’，稍一变化，不是照样能破‘钩子’吗?”三人略一切磋，立马儿让郭定昌、褚林演练几遍，果然挺灵。这些天，老哥仨又反复演练，摸索出一套恰到好处的破法。今儿个，郭定昌临上场，佟巴爷跟他低语的几句，说的正是这把秘手。

第十一章

长缨在手缚苍龙

一

郭定昌这一招儿精妙绝伦，在场的所有人压根儿就没见过，禁不住齐声喝彩："神了！"奕劻也乐得从虎皮椅上一跃而起，大声称赞："神跤！真是神跤！"当场发下话，奖赏郭定昌白银一百两。而后郭定昌十字披红，跨马游街，显威耀武了一番。

俗话说："人怕出名，猪怕壮。"买卖大了怕招贼，手艺精了怕失手，武功高了怕"打空子"（冤家）。尤其北京城是五朝古都，全国的武林高手云集，江洋大盗活跃。一旦谁冒了尖儿，好事兴许就能引来乱子。

郭定昌眼下就遇上了麻烦。

端午节那天早上，郭老太太蒸得一锅粽子，用了三块蓝布包好，本打算让郭定昌给金爷、佟巴爷、常五爷送去。这工夫，忽听得门外有人霹雳般问道："郭八在家吗？"

郭老太太闻声急忙上前开了街门。此时，郭定昌正端坐在炕上练着常五爷传的"内功经"，听了唤声，起身隔窗向外张望，只见从街外气势汹汹闯进一个人。看此人，小三十岁，又黑又粗，紫铜色的脸上闪着油光，好似铁金刚。

郭定昌见此人面生，急忙从屋里迎出来，拱拳打个千说："我就是郭八，您哪。"

那人虎声虎气地甩过一句："今儿个，我找的就是你!"说着，上前伸手抓住郭定昌的胳膊，猛劲一攥，反客为主地说道："屋里请!"

这一攥，郭定昌只觉得那人的一只手上足足有百斤力气。立马儿醒悟过来，心中暗思量：此人不是武林豪杰，便是绿林强手。不用问，定准儿是来找碴儿的。当即调动丹田气，缠化轻发，将那人的手脱开，顺势把手一伸，客客气气地道了一声："里面请，您哪。"

那人冷笑一声，也不客气，迈步进了屋。落座后，郭定昌拱手问道："敢问大哥尊姓大名？从哪儿来？找我有什么事儿？"

听郭定昌一问，那人顿时把两眼瞪得似一对铃铛，盯了郭定昌好半天，才粗声瓮气地甩出一句："大哥?! 我琢磨着这辈分儿八成小了点!"

郭定昌见那人一副桀骜不羁的德性相，心中早已燃起一股怒火，正要发作。猛然间，他耳边响起三位师父的一句话："行武之道，谦逊为上。"立马儿把已燃到胸口的火气压了下去，施个谦礼道："抱歉，请您多担待了。"

这功夫，郭老太太进屋上茶，见那人长相凶恶，又一脸阴森森的瘆人相，立马儿想起前些日子，家里发生的那些桩"以武会友"的吓人事儿，心里不禁着了慌。忙上前给那人斟上茶，赔着笑脸说："郭八这孩子是瞎练，上回赢蒙古是赶寸了。"

郭定昌正凝神琢磨着怎么应付。只见郭老太太猛地推了他一把斥道："是不是这么回事？快给这位爷说呀!"

那人忽然又变得和善起来，起身给郭老太太施个礼，客气地说了一声："老太太，您忙您的。我们聊聊。"

"哎！这就好!"郭老太太答应一声，见那人挺懂理儿的，略微放了点儿心，临出门又嘱咐郭定昌一句："好好陪这位爷说话!"

郭老太太刚出屋，郭定昌起身正要给那人斟茶，只见那人没等郭定昌站起，一个箭步向前，两手摁住了郭定昌的两条胳膊，将郭定昌置于立而不得、退又无路的境地。那人冷笑一声，正待要看郭定昌的洋相，但见郭定昌上身向左一抖转，右手变掌冲那人腰眼一扇，把那人一掌打出几步远，只听“哐啷”一声响撞在北墙上。

郭定昌使的这一招儿，善扑中叫“十字拦”，形意拳中叫“鼍形”。这一招儿，本是常五爷的十大妙手中的最妙手法，更何况郭定昌的内功劲气运发疏通，一掌下去“前任后督，气行滚滚，井池双穴，发劲循循”，骤然爆发出剧烈的弹性炸力，把那人一掌竟打蒙了。

郭定昌本想轻着出手，点到为止。却没料到一掌出去竟有如此大的发力，心里暗叫一声：不好！急忙上前搀扶，歉道：“失手了，失手了！”

岂料，那人稍一定神儿，趁郭定昌上前搀扶的时机，左掌向郭定昌腕下一撩，右手骈指如戟，一探身，势捷如电，向郭定昌的胸口戳去，脚下同时翻转，狠狠地就是一个“剁刀脚”。郭定昌见这一招儿来势凶狠，胜于刀斧，倏然闪身躲过，心里暗自思量：不跟他动点儿真格儿的，今儿个这场麻烦怕难收场。

郭定昌略一顿神儿，只见那人飞腿挥拳又急攻过来。郭定昌沉心静气，运转车轮步，抬手圈住那人的来拳，紧接着弓腰递臂，转身就是一个“崴桩”。那人大吃一惊，脱口道出一句：“厉害！”左拳忽然变成“腋底藏花”的招式，含胸拔背，右手变掌已向郭定昌的要害处打去。郭定昌身躯一转，一只手把那人的来掌格开，左脚尖刚一点地，一个“鹞子翻身”，运用旋转之力，趁旋身之际，右腿已“嗖”地飞起，“啪”地就是一个钹脚。

郭定昌使的这一招儿“崴踢”，本是佟巴爷所传大棒子中的精深功夫，一招儿下去，那人再想躲避，为时已晚，被郭定昌一脚踢起半人多高，踢出三步远，只听“哐啷”一声，摔落在太师椅上，登时将两边的扶手砸为四段。

郭定昌上次客气差点儿吃亏。这回，他没上前搀扶，暗自思量：此人虽然又输一阵，但想必不会就此罢休。想到这儿，郭定昌不由后退一步，重新亮开架式，准备再次格斗。

没承想那人从椅子上爬起来，在身上拍打了几下，理了一把散乱的头发，竟然面色一松，冲郭定昌拱拳作了个揖，朗声说道："佩服！想不到善扑也竟如此实用。"说完，也不留个姓名，转身翩然而去。

望着那人远去的背影，郭定昌愕然不解。郭老太太惊魂未定地说道："真是邪性。"又嘱咐郭定昌说："人家定准儿不能算完，留点儿神好！"

第二天，郭定昌刚进善扑营，就被宛八叫去。进了正殿，只见宛八正跟一个身穿灰袍，头戴围帽的老太监喝茶，聊着天。二人见郭定昌进来，宛八用手一指郭定昌说道："梁公公，这位就是郭八，大号叫郭定昌。"

郭定昌上前给宛八、梁公公请了安。梁公公不停眼儿地上下打量了郭定昌几遍，点点头，脸上微微挂笑，女人似的尖声细气夸道："嘿，小样儿长得够精神的！"

梁公公这句话，把郭定昌羞得两腮红到脖根儿，不知说什么好，宛八哈哈笑道："梁公公，郭八不光模样长得精神，功夫更没得说。"

梁公公好像对郭定昌早有所知，缓缓说道："敢情，连铁二鬼都不说他的不是！"

一句话，把郭定昌说蒙了，暗里纳闷：铁二鬼是谁？我压根儿不认识他，怎么把他跟我拉扯到一块堆儿了？

郭定昌正费心琢磨着，就听宛八说道："梁公公在载涛贝勒大人那儿当差。今儿个，载涛贝勒大人有话，召你去趟贝勒府。"

郭定昌从前只是听说载涛是军机大臣，可从未见过面儿，不由一怔，暗里琢磨：定准儿又出了什么麻烦事儿。

二

宛八说的载涛是醇亲王，也就是宣统朝监国摄政王载沣的弟弟，宣统皇帝的叔叔，受贝勒衔。载沣掌握朝政，放逐袁世凯后，载涛听了大臣良弼的进言，向载沣提出一个另编一支禁卫军作为巩固皇权的建议。载沣对这一建议由衷赞赏，便于宣统元年（1909）初，下了上谕：设立两协（一万两千人）禁卫军，并派贝勒载涛、毓朗、铁良充任专司训练禁卫军大臣。禁卫军专归监国摄政王统辖调遣。

郭定昌正琢磨着，就见梁公公把手里的盖杯放回桌上，起身说道："宛格儿搭，您要是没别的事儿，我们就走吧！载涛贝勒大人还在府上候着呢。"

"是了，您哪！"宛八笑脸相送。临出营门又悄悄嘱咐郭定昌："到了贝勒王府要小心行事。"

贝勒府的辕车早在营门外候着。梁公公、郭定昌上了辕车，梁公公说了声："去夕照寺！"车把式便把手里的马鞭一扬，高喊了一声"驾！"辕车一溜烟向南驰去。

郭定昌坐在车上大惑不解："载涛大人的贝勒府不是在北城吗？这车怎么往南奔？"禁不住问了一句梁公公。

梁公公神秘兮兮地微微一笑说："北城是载涛贝勒大人的家宅不是？就不许有私宅？"

郭定昌越听越糊涂，也不便深问。

夕照寺在崇文门西南，辕车驰到花市四条，走不动了。清末，花市四条是外城的热闹地界儿，专卖花卉、盆景、眼镜、锅碗瓢盆、糖瓜蜜饯等日用百货、土产杂品。平日里，来往客商就熙熙攘攘，今儿个更是格外热闹。一进花市大街西口，便是人山人海，嘈杂喧闹。人潮中听见有人在大声招呼："走啊！看比武的去！"

郭定昌听了这声招呼，心里一激灵，忙站在辕车上打眼一望，但见不远处的五虎庙前搭了一个台子，台子两侧是两座藏青牌楼，上面贴着一副对联：

怀师思廷华

竞武慰鬼雄

郭定昌看了这副对联，心里又一激灵，立马儿想起九年前这里发生的一桩悲壮的事儿：

那是八国联军攻占北京后，光绪二十六年七月的一天，郭定昌来五虎庙赶会卖扳指，当走到河泊厂东巷时，但见十几个德国兵正围住一个商人打扮的中年先生无理取闹。德国兵见那位先生是个买卖人，顿生歹意，要强行搜索那位先生全身。此时，但见那位先生横眉立目，凛然喝道："这是中国，不是德国！堂堂华夏子孙岂能由你们摆弄！"厉声拒绝。这一下，可惹恼了洋鬼子，只见德国兵相互使了个眼色，其中五六个洋鬼子倏忽拥上，将那位先生围在中央。那位先生不慌不忙，把袍襟一撩，往腰带里一掖，礼帽往地上一扔，亮开了架式。一个五大三粗、满脸胡子的德国兵也当即摆出西洋拳的架式，划着步，左右闪动着一步步逼近了那位先生，猛地挥拳向那位先生脸部打去。此时，但见那位先生右脚上前一步，一领一扔，便将那个德国兵扔出去一丈远，"扑通"一声，摔了个狗吃屎。紧接着，那位先生又退步转身，一个"单换掌"又将另一个扑来的德国兵打倒。洋鬼子一见那位先生一连打翻了他们两个同伙，顿时恼羞成怒，十几个人一齐"哇哇哇"吼叫着，向那位先生扑去，想以多胜少，抓个活的。没料到那位先生使出"游身掌"，或粘或走，或开或合，或离或接，或顶或去，指东打西，跃南蹋北，犹如一只猛虎扫羊群，不一会儿工夫，便把十几个德国兵打得鼻青脸肿，落花流水，哼成一片。郭定昌和在场的其他中国人见那位先生如此英勇，给中国人出了气，齐声发喊："打小丫头养的洋鬼子！"

众人正齐声喝彩，只见那群德国兵气急败坏，纷纷取出洋枪，对准那位先生"啪啪啪"开枪射去。随着一阵排子枪响，那位先生应声倒在了血泊之中。事后，郭定昌才知道那位壮士是驰名武林的程廷华先生。

想到这儿，郭定昌只觉得浑身热血在上涌，也才想起，今儿个正交端午庙会，是程廷华先生的弟子们砥砺尚武精神，以超度义士的日子。立马儿拱拳向擂台方向恭恭敬敬地作了三个揖。

这工夫，就听擂台那边响起一阵震耳欲聋的鼓角声。嘈杂的人声顿时低了下来，变成嘁嘁喳喳的低语。鼓角声刚落，就见一个四十多岁、上下紧身打扮的人跃上台，拱拳说道："各位老少爷们儿，今儿个我们在此设擂，一非卖艺骗钱，二非同类相残，只想和外国力士一战，以慰先师英魂。凡我同胞，恳请莫来打扰。”那人说完，倏然亮开式子，打了一路拳脚，只见他出手迅若雷霆，疾步转如旋风，身法步法按着坎、离、兑、震、巽、乾、坤、艮八卦方位不断变化，似左忽右，似前忽后，丝毫不乱，招式严密。

郭定昌正看得出神，猛地听得街上一阵喧哗，人声鼎沸，不知是谁高喊一声：“教德国操的来了！”顿时，人群让出一条路，只见二十几个分为两队挎腰刀的清兵，簇拥着一个浓密黄发、淡蓝眼睛的洋鬼子气势汹汹朝擂台走去。

原来，崇文门外当时驻防着几营新编禁卫军，清政府特聘请了德国、日本教官充任教练，教授拳击、空手道、擒拿、格斗等击技。五虎庙的擂台，其实就是冲着德国、日本武师设的。

五虎庙设擂的消息传到禁卫营，那个德国教官先沉不住气了。他多少了解九年前德国兵在这里被程廷华痛打的事儿，决心登台较量。据说这个德国教官拳法精湛，被欧洲拳击界称为拳王。他来中国一年多，见中国人长得瘦小病黄，压根儿就没把中华武术放在眼里。今儿个，他一听程先生的弟子们设擂，心想：正好乘此机会打败京都武林高手，让中国人看看大日耳曼铁拳的厉害，以雪当年之耻。

这工夫，只见一个清廷官员踱步上了台，喊道：“下面，有请米拉先生献技。大家伙欢迎！”说完，冲米拉躬身一笑，带头鼓起掌来。

在稀稀落落的掌声中，米拉晃着身子上了台，往正中一站，左脚在前，右脚在后，左拳微伸，右拳护胸，亮开了架式，瞪起一对蓝眼，虎视眈眈盯着才刚那位献艺的中年武士。

中年武士向米拉拱拳施了个礼，说声：“请了！”随即一个“依马问路”，接着“腋底藏花”“鸿雁出群”，亮出架式。米拉倏然上身一闪，双脚急遽地前后左右跃动起来，当离中年武士半步近时，“唰唰唰”地左右开弓，一连向中年武士的胸口、脸部打来数拳。中年武士冷冷一笑，运转“八卦步”，轻捷闪开米拉的来拳，就在米拉收拳退步的瞬间，中年武士已转到米拉的身后，米拉急待转身，但见中年武士倏地一个“双换掌”，两手已像钢钳似的把米拉的两臂抓住，往前一领，迅疾进步，脚尖一扣，紧接一个“犀牛望月”，一掌将米拉打倒台上。

“好！打得好！”“中国人谢您了！”欢呼声爆响。

米拉从地上爬起来，摇了摇头，正想再战。

就见一个头戴凉帽、身穿灰布长衫的人吼道：“没王法了！敢打洋爷，给我把那小子锁了！”两队清兵应声冲上擂台。

郭定昌听这声音耳熟，顺声望去，不禁吃了一惊，他万没想到，那人竟然是白义堂，脱口骂出声：“小丫头养的当汉奸了！”

郭定昌没有骂错，白义堂确确实实当了汉奸。原来，他被从善扑营开出去后，表面“看破红尘”，内心却一直想着东山再起。那一天，他去“小酸枣”家，赶巧碰上一个叫海野的日本浪人，闲聊中，得知海野不仅从小学练空手道，武功过人，而且是日本驻华使团的实力派人物。白义堂顿时喜出望外，心想：这年头谁想扬眉吐气，非得依靠洋人不可。当即要拜比他小五六岁的海野为师，学练空手道。海野听说白义堂曾是善扑营的格儿搭，大小也算个有头有脸的人物，正好可成为自个儿在华的帮手，便痛痛快快收了这个徒弟。说来也巧，这次清政府新编禁卫军，又特聘请海野出任主教官。白义堂是海野的徒弟，自然像条狗似的跟随左右，成天晃着膀子在禁卫营里转，没几天又和米拉攀上了关系，成了东洋人、西洋人的狗腿子。

再说郭定昌见两队禁卫军荷枪实弹冲上擂台，正担心程氏弟子吃亏，就见那个中年武士“哈哈哈”一阵大笑，拍了一把胸脯，大声喝道：“甭锁，我跑不了！”说完，冲台下的人群拱拳作个揖，高声喊道：“老少爷们儿，今儿个的事儿，你们大伙儿都看得清楚，洋人是人，难道咱们就不是人，这是哪家的王法……”

这时，就见白义堂上来推了那个中年武士一把，狞笑道：“甭废话，到了堂上有你说的。”说着，押着那个中年武士悻悻地走了。

郭定昌看了白义堂一副奴才相，气得剑眉一挑，虎目喷火，牙咬得咯咯直响，跷脚怒骂道："白义堂，你个小丫头养的！"

人群嘈杂喧闹着散开，梁公公没好气地甩出一句："真背性！"冲车把式一挥手。辕车又"嘎嘎"响着向前驰去。

辕车一路小跑，不一会儿，便在斜街的一幢宅院门前停下。梁公公说了声："到了。"两人下了车，郭定昌跟着梁公公进了门。

郭定昌一迈进门槛，但见宽阔的院子里，有二三十个新编禁卫军正在练着功夫。他们全都十七八岁年纪，身穿东洋武士服，有的在练散打，有的在练爬虎（俯卧撑），有的在打沙袋，有的在举石墩，东面墙下的太师椅上端坐着一个三十多岁，头上高挽唐髻，穿一身黑色东洋武士服，足蹬一双踏拉板（木屐），熊一般粗壮、恶狠的日本武士，看上去似乎是个教爷。当郭定昌从他面前走过时，那个日本武士双手抱胸，满脸傲气地盯着郭定昌。郭定昌也乜斜了那个日本武士一眼，心里说：谁招你惹你了,出这德性想吓唬谁！

郭定昌正跟着梁公公往前走着，猛地听到身后传来一声咳嗽。郭定昌猛一激灵，立马儿反应过来，这是个暗示信号，便回头望去，不禁吃了一惊。原来，咳嗽的人竟然是陈二虎。郭定昌顿时明白了，二虎被招了禁卫军，不由冲二虎一笑，点了点头。二虎也冲郭定昌点了点头。

迈进第二道门槛，迎面是座大殿。梁公公来到门外，不敢贸进，隔着门就跪下磕头，禀道："郭定昌召来了。"

就听殿里回道："让他进来。"

"喳！"梁公公忙起身对郭定昌说："快去吧，见了贝勒大人小心说话。"

郭定昌进了大殿，但见正面的雕花八仙桌旁端坐着一个二十五六岁，身穿马蹄袖箭衣，头戴孔雀翎、镶红顶围帽的人，心想此人便是载涛贝勒大人了，便向前跪了安。

载涛点了点头，以示郭定昌免礼。郭定昌刚一站起身，一眼瞅见载涛身后站着一个身穿灰袍的侍卫，顿觉眼熟，细一打量，不由大吃一惊。

三

郭定昌这一看，认出了那个站在载涛身后的侍卫，正是昨儿个登门“以武会友”的人。忙要施礼，就见那人抢先拱拳作了揖，说道：“贝勒大人候您多时了。”

那一个“您”字，倒把郭定昌惊了一激灵，心想：奇了！昨儿个，他还你你的，挺横，这会儿怎么客气起来了！

载涛瞅了郭定昌一眼，哈哈笑了，调侃道：“听说，昨儿个你让铁二爷好露怯。”

一听这话，郭定昌才恍然大悟，原来先头梁公公提到的“铁二鬼”，就是这位侍卫爷。忙拱拳作了个揖谦道：“是铁爷手下留情了。”

“铁二鬼”忙冲载涛说：“这是客气。”

载涛笑了阵，吩咐一声：“上茶！”梁公公应声端着茶盘进来，放好盖杯，客气一声下去了。

载涛慢条斯理地品着茶，问了些闲话，又告诉郭定昌：“昨儿个，是我派铁二爷去登门会你的，直说了吧，就是去试你的功夫。没说的，正经不软！”

郭定昌大惑不解，心想：您堂堂贝勒大人，上管王公大臣，下管千军万马，您一跺脚满“四九城”就得颤悠一阵子。蔫没声儿试试我的功夫干吗？连忙打个问询说：“大人召我来，不知有什么吩咐？”

载涛收敛笑容，缓缓站起身，霍然说道：“先甭急，到时候有件大事我还要仰仗你呢！”

郭定昌听了载涛的语气，已掂量出沉重的分量，心想：只要不是干伤天害理的缺德事儿，别的，我郭八绝不带打奔儿的。他心里这样想，表面却多一事不如少一事的谦道：“不敢当。”

载涛笑道：“甭客气，这回你该当仁不让。”

正说着，就见梁公公急慌跑进来，贴着载涛耳朵低语了几句什么。载涛面色一悸，忙说道：“传牛得禄进来！”

“喳！”梁公公应声出了门，不一会儿，就见从外面一溜小跑进来个官员打扮的人，郭定昌一瞅，怔了一怔，想不到那人竟是在五虎庙擂台上替洋鬼子捧场子的家伙，气得暗骂了一句：小丫头养的！

“铁二鬼”见载涛来了公事，忙起身冲郭定昌回避道：“咱们里面聊。”二人起身进了里屋。

里屋与正堂隔一堵墙，况且只挂了一个门帘，所以正堂说话，里屋听得清清楚楚。这时，就听载涛急火火地问道：“米拉先生怎样了？”

牛得禄回道：“已请大夫看了，说没事儿。现时白爷陪米拉大人回公馆了。”

又听载涛埋怨道：“这位洋大人也真是的，没事找什么乐子不好，偏去较真儿，这不是找亏吃吗！”

又听牛得禄说：“乱民已被奴才锁了，正听候大人您的发落呢。”

这时外屋没了动静，沉寂了好一阵子，才听载涛斥道：“你们正经事儿不干一件，尽转着弯儿给我添乱！”

“奴才不敢！奴才该死！”外面传来牛得禄一阵急促的头磕地声。

郭定昌好气又好笑，又听载涛怒道：“你们不睁开眼看看现在是什么时候。孙文在南面闹得一天比一天厉害，康有为的立宪派也三天两头的通电、集会，要求成立国会，还有北洋集团的那帮铁杆儿整天磋鼓着让袁世凯出山，屁大点儿的事儿兴许就能惹出乱子。五虎庙那边没闹腾？真要是为这事儿起了乱子，我拿你是问！”

“喳！要不，奴才这就把人放了？”牛得禄问。

“这事儿，你们看着办。我去看看米拉先生。”

“喳！”就听牛得禄退了出去。

听着外面静下来，“铁二鬼”又招呼郭定昌回到正堂。载涛见二人进来，沮丧的脸色稍一舒展，定了定神儿，才对“铁二鬼”

轻声说道："我去瞜瞜米拉先生，郭八的事儿，你按我说的办就齐了。"

"喳！""铁二鬼"答应一声。

这工夫，就见梁公公进来，躬身禀道："大人，车在外头候着呢。"

载涛正了一把翎帽，说声："走！"起身走了。

待载涛一走，"铁二鬼"便领上郭定昌去了前院，边走边说："你先开开眼，瞅瞅东洋人的功夫。待会儿，我再给你说正事儿。"

前院，那些新编禁卫军已站成一队。海野双手叉在胸前，晃着粗壮的身子在队前来回傲视着，突然用一口流利的中国话问道："谁练过中国功夫？站出来！"

队列里没人应声。

海野冷漠地扫视了队列几眼，把头摇了摇，奸笑道："没关系的，练过的站出来。"

这时，就见陈二虎从队列里走了出来，一个立正说："我练过善扑。"

海野狡诈地一笑，说了句日本话："要希①！"

紧接着，又从队列里站出来几个人。

郭定昌站在台阶上，一眼看见其中有那尔宝，心里一激灵，心想：他也被招进禁卫军了。

这个那尔宝就是上次善扑营招考柏唐阿，被郭定昌除名的那七爷的儿子。只听他惊悸地低语了一声："我也练过善扑。"

"要希！"，海野冷笑一声，点了点头。

其他几个有的报练过"八卦掌"，有的报练过"心意把"，有的报练过"蛤蟆（青蛙）功"……

待众人一一报过后，只见海野冲那个练"八卦掌""心意把""蛤蟆功"的禁卫军摆了摆手，示意他们归队，只把陈二虎和那尔宝留在了队前。

---

① 要希，日语的汉字表达法。日语为"よし"，指"好、可以、行"的意思。

郭定昌正琢磨着海野想干什么，就见海野蓦然转过脸，恶狠狠地瞪了郭定昌一眼，狂傲地一笑。随即把脸转回去，将脚上的“踏拉板”甩到一边，气势汹汹来到那尔宝面前，拍了一掌那尔宝的肩头，讥讽道：“中国的善扑厉害，来，我先领教领教！”

听了这话，那尔宝吓得脸色煞白，慌忙倒退了几步，连连摇着手推辞说：“我练了没几天，别价，您哪，我服软还不成！”说着，“扑通”一声跪在地上，一连给海野磕了几个响头。

“哈哈哈……”海野爆发出一阵狂笑，冲那尔宝一挥手。那尔宝慌忙从地上爬起来，冲海野深深鞠了个躬，连声说：“我谢您了！我谢您了！”像一条吓破胆的癞皮狗，夹着尾巴跑回队列里。

郭定昌见此情景，怒目而视，不由骂了一句：“软骨头！”正要发作，猛地被“铁二鬼”捺住。“铁二鬼”悄声嘱咐一句：“先看！有你动手的时候。”

这时，又见海野来到陈二虎面前，一招手，说了声：“你的，来！”

陈二虎先是一怔，正不知如何是好，一眼瞅见郭定昌正凛厉地盯着他，顿时鼓起了勇气，便向前跨了一步，冲海野拱拳施个礼说：“请海野教官指点！”说完，忽地亮开了架式。

海野冷冷一笑，将腰带一紧，光着脚丫蹦跳了几下，猛地向后退跃一步，接着两臂微曲，伸出两掌，略一蹲身，蓦然一声狞笑，也亮开了架式。二人虎视眈眈地转了几圈，就听海野“磔”地怪叫一声，霍然跃起，“唰”地侧身飞起右脚，直向陈二虎的胸口踢去。这一脚快似流星，狠如利刃，在场的众人都为陈二虎捏了一把冷汗。

陈二虎怔了一下，立即运转车轮步，闪开海野的来腿。没等陈二虎稳住步法，又见海野右脚一点地，一个“鹞子翻身”，蓦然腾空而起，另一只左腿已倏地飞出，脚背直向陈二虎的太阳穴抽去。

郭定昌站在台阶上看海野如此凶狠，暗暗为陈二虎担惊。就见陈二虎又轻捷地一转身，躲开海野的飞脚，跳到一边，身法不乱，郭定昌悬挂的一颗心才放了下来。“铁二鬼”凑过来，轻声说道：

"这就是东洋人的空手道，怎么样？"

郭定昌点了点头说："非拳非跤，拳跤并用，正经不软，二虎怕不是个儿。"

海野施展空手道踢、打、摔、拿的功夫，拳似流星，掌如利斧，脚若飞锤，向陈二虎连连发起猛攻。两人辗转攻拒，又交了三五手，海野趁陈二虎转身之机，一个箭步跃到陈二虎前方，上手一挌陈二虎的右臂，底手变肘，一侧身，运足丹田气，肘尖直捣陈二虎的软肋。陈二虎双手往下一劈，一猫腰，左脚进步，转身，右脚紧跟着就是一个"得合鲁"。

这要是在跤场上，陈二虎必赢无疑。然而，海野打的是空手道，摔、打、踢、拿并用。陈二虎留心了绊子，却忽略了上身，顿时露出破绽。

郭定昌看得清楚，顿吃一惊，不由道："露怯！这一招儿哪能这么用！"

郭定昌的话还没落地，就见海野弯腰转步，避开了陈二虎的"得合鲁"，猛地长身，"啪"的一声，陈二虎的脖根儿已中了一掌，被打得倒退数步，仰面朝天，躺在地上。

海野看着在地上翻滚的陈二虎，连连摇头，仰面狂笑着喊道："善扑的不行！善扑的不行！"

郭定昌看了陈二虎的惨相，一阵心疼。猛听海野的狂喊声，顿时怒火填胸，气得两只铁拳攥得咯咯作响，正要冲向前与海野较量，就见海野扭转过身，冲他挑衅地招了招手，喊道："你的，过来试试！"

郭定昌恨恨啐了口地，便要迎战，就听"铁二鬼"悄声说道："海野想摸你的底，千万别跟他玩儿真功夫！"

郭定昌一阵纳闷儿，忙问："这是怎么说？"

"铁二鬼"又悄声一句："待会儿你就全明白了。千万记住我的话！"

两人来到院子中央站定，"铁二鬼"向前给海野介绍郭定昌。海野摇了摇头，说道："不用介绍，我知道。他把蒙古赢了。"

郭定昌先是一愣，心想：他怎么会知道我的事儿？又联系才刚“铁二鬼”的一番话，开始预感到里面有戏！稍一定神儿，郭定昌拱拳说道：“海野先生过奖了。我中华武术千秋万代，比起名家，我还差了一大箍节儿。今儿个请你指教！”说完，抖擞精神，后退一步，亮开了架式。

海野听了这番话，顿时两腮发红，蓦地放声大笑道：“要希！”接着双掌一伸，牛眼圆睁，“磔”的一声怪叫，骑马式一站，双手往膝盖上一按，也亮出架式。

两人相持片刻，郭定昌心想：海野的空手道，拳脚并用，肘膝连发，对付这种怪功夫，只能贴上身才能发挥出善扑的长处。想到这儿，郭定昌运转车轮步，在海野周围绕来绕去，专拣他的空门进袭。不过片刻，海野已沉不住气，趁郭定昌刚一靠近，突然腾身一脚冲郭定昌的胸口踢去。郭定昌早有防备，不慌不忙，侧身退后，待海野的脚到胸前，急翻手腕缠住海野的脚脖子，紧接着拿出练硕绳的功夫，刚要抖力发劲儿，猛然间想起“铁二鬼”的嘱咐，又暗将手松了下来。

四

郭定昌在松手的瞬间，猛的一个闪念，暗想：这事儿不能做得太白了。太白，海野准会觉察出假来。随即用掌根往海野的小腿骨一磕，顺式一送，进步使个“贴身靠”，将海野撞得倒退了几步。

这一招儿使得天衣无缝，恰到好处。海野不由一阵暗喜，心想：他的功夫也不过如此。如果刚才他使出个“顺手牵羊”的招数，我就是不伤，起码也得摔个狠的。想到这儿，海野顿时趾高气扬，将空手道的扑、撞、踢、打、擒、拿等技法一股脑儿都使出来，如狼似虎地拳腿齐发，肘膝并用，连打带踢，恨不得将郭定昌一口吞下。郭定昌运转车轮步，动如风，站如松，一双手如封似闭，上遮下拦，左领右带，似乎只有招架之力，没有还手之功。不一会儿，便将空手道的技法利弊摸了个精透。

海野见郭定昌光会躲闪，不会进手，胆量更大起来，突然挥右拳向郭定昌的面门打去。郭定昌见拳到眼前，抬手一架，海野顺式进左步，曲右腿，膝尖直向郭定昌的裤裆里顶去。

这一招儿凶狠毒辣，把众人惊出一身冷汗。

郭定昌见时机已到，正好就此罢手，当即上提谷道，将内气运至“会阴穴”。恰在此时，海野的膝盖尖已顶到郭定昌的要害处。郭定昌“见坡卸驴”虚叫一声，双手紧紧捂住裆部，装出一副疼痛难忍的样子。

“铁二鬼”不知虚实，慌忙奔过去搀扶郭定昌。郭定昌冲他使个眼色，“铁二鬼”顿时回过神来，忙打个圆场，冲海野一跷大拇指，称赞道：“海野先生，这个！佩服，佩服。”

海野仰面大笑，拍了拍胸脯，狂傲地说道：“我的话不会错！白义堂的功夫和我的一样。”

“铁二鬼”冲海野点头一笑，奉承道：“没错，您哪，到时候就看他的了。”

郭定昌大惑不解，暗想：这事儿怎么和白义堂搅和在一块儿了。

海野听了“铁二鬼”的话，越发狂傲，大笑道：“比武的事儿就说定了。”

“是了，您哪！”“铁二鬼”答应一声，拉起郭定昌，离开了前院。

“铁二鬼”、郭定昌回到后院正堂，没等落座，“铁二鬼”便迫不及待地问道：“东洋功夫怎么样？”

郭定昌回道：“正经不软，没一招儿花架子。”

“铁二鬼”又问：“您能对付得了？”

郭定昌一怔，诧道：“出了什么事儿？”

“铁二鬼”脸色一沉，郑重说道：“事关重大！”接下去，说了一件让郭定昌大为震惊的事儿：

原来，白义堂拜海野为师后，始终盘算着一件事：借海野的势力，重返善扑营当格儿搭。半月前，海野被聘为新编禁卫军主教练后，白义堂看着时机已到，便把这个心思跟海野说了，央求海野多多关照。海野细思量，也觉得白义堂真要是重新当上格儿搭，正好可以扩大自己在华的势力，更重要的可为大日本在清廷皇宫大内安个耳目，便一口答应下来，第二天就找到载涛提出了这个要求。载涛把这话奏请摄政王载沣。载沣尽管不放心白义堂，可又不敢得罪海野，只好以白义堂功夫不行为理由进行搪塞。海野来中国这些年，压根儿就没把善扑瞧在眼里，当时便将计就计，提出让善扑营派扑护与白义堂比武。白义堂若是赢了，西营格儿搭的位子重归于他。载沣听着这话没说完全，便问一句："要是输了呢？"海野连连摇头，傲然说道："不会的。"载沣哪吃过这种味儿，当场拍板把事儿定了下来。赶巧，郭定昌又刚赢了扎木尔，载沣自然就想到他。这才引出"铁二鬼"试手等一系列的事儿。

听完"铁二鬼"的一番话，郭定昌出奇地镇静，冷峻问道："铁爷，比武的日子定在哪天？"

"铁二鬼"回道："本月初十。场子就设在这儿。"

郭定昌朗声说道："成！我奉陪到底！"

转眼到了初十。按照载沣的旨意，这次竞武不公开闹腾，只在禁卫营悄默声地进行。竞武场设在前院，正面坐着载涛、宛八、海野。新招的禁卫军，都身穿卫衣围在场子边上。

郭定昌上身穿对门襟儿紧身纳褂，下身穿藏青色宽裆裤，足蹬一双鹰腰虎头豹耳靴子，昂首挺胸站在场子东侧。白义堂穿一身肥大的藏青色东洋武士服，光着两只脚丫子，双臂抱胸，神色倨傲地站在场子西侧。要不是盘在头顶的那根发辫，让人还以为他是个东洋武士。

午时一到，只见载涛冲"铁二鬼"点了下头。"铁二鬼"抬步来到场子中央，两手冲郭定昌、白义堂一招，两人上了场。

这次比武采取擂台式，只有当一方被打得失去了抵抗能力，另一方才能算赢。

这几天里，金尚辈、佟巴爷、常五爷针对空手道的技击特点，重新对郭定昌的功夫进行了一番调理。所以，郭定昌早就憋足了劲儿，发狠道：这回非狠狠教训白义堂。再说白义堂，他原本就是个善扑行家，这次又跟海野学了空手道，自觉得如虎添翼，占了绝对优势，自然不把郭定昌放在眼里，暗里骂一句："小子，你的死期到了！"

"铁二鬼"将两人全身各搜查了一遍，断定都没藏暗器后，便喊了一声："开始！"

号令刚落地，郭定昌抢先发招儿，上手虚晃一把，下面进步先用"耙子"试力，直向白义堂的脚跟耙去。白义堂淡然一笑，心里奚落一句："小子，这不是掼跤，光使绊子不灵。"毫不在乎地待到郭定昌耙至脚前，蓦然一个"旱地拔葱"，飞起右腿，脚尖闪电般向郭定昌的下颌踢去。郭定昌不由一惊，万没想到与白义堂多日不见，他的功夫竟然变得如此怪异。急忙运转"车轮步"，上手一叼，避开来脚，侧身进步正想用"穿腿"攻白义堂的空门，没承想白义堂在半空中倏忽使出一个"大蟒翻身"，没等郭定昌把招儿发出，右腿已迅疾收回，几乎与此同时，左腿猛然弹出。郭定昌眼疾手快，急忙闪身，白义堂的脚掌已踹在郭定昌的胸口上，郭定昌蹬蹬蹬往后退了几步。未等站稳，白义堂紧接着又一个"鹞子出林"，跃上前，挥掌一个"秦琼献锏"，狠狠砍在郭定昌的腮帮子上，鲜血顿时顺着郭定昌嘴角淌下来。

海野看了洋洋得意，跳起身拍手叫好。

白义堂连着打中了郭定昌一脚一掌，更为狂傲、得意，直冲海野频频点头。郭定昌揩了一把嘴角上的血痕，耳边猛然响起常五爷的嘱咐："对付空手道，以近为最。""唰"地又亮开架式。白义堂没容郭定昌稳住阵脚，猛地往前一蹿，使出"连环腿"，两只脚轮番向郭定昌的脸部、胸口踢来，郭定昌用上手封住来脚，脚底往左转一虎步，变退为进，待到白义堂落地，两人正好撞个满怀。白义堂正要肘膝并打，发挥空手道近身的威力，没想到郭定昌右臂已插进他的左腋下，国耻家恨顿时凝聚于铁臂之上，猛地运用丹田气，右臂往高处一扬，竟把白义堂头朝地脚冲天腾空叉了起来，紧接着使出一个"叉闪"，大喝一声："我让你当格儿搭！"随着"嗵"

的一声，白义堂一头栽下地，登时被摔得昏死过去。

载涛、宛八、“铁二鬼”喜出望外，拍手叫好。

虽然郭定昌战胜了白义堂，但海野扶植白义堂重任格儿搭的决心已定，载涛等人不敢驳回。几天后，白义堂仍然回西营当了格儿搭。消息传来，郭定昌仰望苍天呐喊着：“这么下去，还能有个好?!”

第十二章

山头日日风复雨

一

郭定昌正回忆着他与白义堂的桩桩往事，正这时，就听街面上传来一阵喧哗和“哒哒”的马队声，把郭定昌惊醒过来。

众人透过窗户往外打量，但见满街巷都是北洋兵在跑动。“穿腿鲁”禁不住脱口问道：“这是为的哪门子事儿？”

“高末秦”神秘兮兮地说：“看报上说，孙文在南京发了话，非要袁大人去南京继总统大位。今儿个，南京政府派的专使……”说到这儿，“高末秦”略一琢磨想起了什么，又接上说：“哦，对了，蔡元培、汪兆铭（精卫）、宋教仁已到北京接老袁来啦。”马风喜道一声：“不好，要出事。”言罢，催促众人离开了“一壶透”。

心里不安，就觉路短。走到长安街，天已大黑，又刮起了西北风，满天遍地变成了一个大冰窖。郭定昌、马风喜、褚林、“矮个儿八”、“赛蜈蚣”、“穿腿鲁”穿的都是劲装，冻得打喷嚏，流淌下清鼻涕。过了西单牌楼，马风喜向南奔了宣武门，“矮个儿八”“赛蜈蚣”“穿腿鲁”往西，郭定昌和褚林朝东，六人在此分了手。

当郭定昌、褚林走到南城根时，突然，东南方传来几排“啪啪”的枪响，越来越烈，顷刻响成了一片。

出了正阳门，只见前门大街上到处是穿黄军服的北洋兵，像一群“黄马蜂”吼叫着，横冲直撞。靠近前门的月盛斋、谦祥益一等店铺，门被砸烂，招旗被扯下来，踩在地上。三五成群的大兵扛着抢到手的布匹、衣物，拎着夺来的金银首饰，拍打着劫来的鼓鼓钱袋，捧着掠到的珠宝、古玩，狂笑着扬长而去。一些没有抢到东西的大兵，一边急火火地往店铺里闯，一边声嘶力竭地吆喝着："给我们剩点，吃独食儿可烂肠子！"一个军官模样的人站在大街中央，两手做个喇叭状，助威喊着："反正袁大人要去南京啦，弟兄们爱怎么乐就怎么乐吧！"枪声、骂声、哭声、吆喝声、喊叫声、狂笑声填满前门外的大街小巷。

这场兵祸是袁世凯一手策划的。据考，孙中山把总统位置让给袁世凯，并不是真正相信他；为了将他置于革命党人的监督之下，孙中山采纳革命党人建议，采用"调虎离山"和"釜底抽薪"计策，电请袁世凯赴南京就职，并派蔡元培、汪精卫、宋教仁为专使到北京督促袁南下。北方各省是袁世凯多年经营的地盘，一旦离开，便失去根基。老奸巨猾的袁世凯对孙中山表面应允，暗里却施出"无中生有"和"打草惊蛇"之计，指示曹锟发动兵变；天津、保定等北洋军也与北京呼应，相继变乱。一时北方形势十分紧张。袁便借口"调度军队""南下赴任，誓难办到"稳坐北京，迫使孙中山允许其在北京就职。此次兵变，东起崇文门，西至前门外一带，大火彻夜不绝，枪声不断，店铺洗劫八九，哀号比比皆是。

郭定昌、褚林正发愣，又听西河沿方向响起了激烈枪声，火光映红了西半天空。郭定昌一惊，脱口道："不好，金爷那边也出事了。"一把拉上褚林向金尚辈家奔去。

赶到金尚辈家胡同口，但见迎面跑来五六个壮汉，肩上或披着裘袍锦缎或背着鼓囊囊的包袱，嘴里骂着一串串黑话。

不必细问，郭定昌、褚林已看出，这是一帮趁火打劫的地痞。顿时，二人脸色铁青，叉开双腿，像两尊铁塔将胡同口堵了个严实。

"站住！"郭定昌大喝一声，把那些地痞吓了一激灵，慌忙停住脚步。走在最前的一个矮胖子，眨巴了几下眼皮，伸长脖子打量了郭定昌几眼，脸上"刷"地变了颜色，结结巴巴地说道：

“八哥……还没睡哪您。”

郭定昌甩过一言：“谁是你八哥。”接着，两道剑眉一竖，目光直刺对方，猛然认出来，此人原来是南城地界儿的“大混混儿”，人称“坐地炮”，便厉声呵斥道：“趁火打劫是怎么着?”

“坐地炮”一怔，蓦地想起了什么，忙点头哈腰道：“您别误会。要了我的命，我们也不敢动金爷家一根毫毛。”

郭定昌喝道：“谅你也没那个胆儿!”

“坐地炮”连声称是，正想抽身过去，又见郭定昌两手往腰一掐，吼了一声：“动谁家的东西都不行！哪儿抢的，再给我乖乖送回哪儿去!”

“坐地炮”皱了皱眉头，正不知怎么办好，就听身后传来一声骂：“谁家的闺女没系裤子，露出这么个不知死的秃小子!”随着骂声冲上前一个二十多岁、熊一般壮的家伙。他二话没说，挥动拳头便向郭定昌面门打去。

郭定昌轻蔑地一笑，没躲没闪，待到拳至眼前，轻起右手一个“金丝缠腕”捋住对方的腕脖，左臂往对方肋上一磕，就听“哎哟”一声，那个“壮狗熊”一个趔趄撞倒在褚林身上。褚林粗吼一声，就手在“壮狗熊”的肩头搡了一把，“壮狗熊”竟像一个被猛抽一鞭的陀螺，原地转了几个圈。还没等站稳脚跟儿，褚林飞腿一个“钹脚”，把“壮狗熊”腾空踢起，狠狠摔在地上。褚林瞅着“壮狗熊”一副狼狈相，拍打着手掌奚落道：“就你这秃小子功夫还想出世，快钻回你娘裤裆里去吧!”

剩下的几个地痞知道碰上吃生米的了，一齐赔着不是说：“别价，您哪。我们有眼不识金镶玉，把东西送回去还不行。”说着拽起“壮狗熊”“坐地炮”灰溜溜地急往回走。

郭定昌指着他们背影厉声警告道：“要是少了一根针，明儿我就卸你们一人一条腿!”

穿过胡同，是一条南北走向的大街，金尚辈就住在胡同与大街交叉口处。此刻，就见街面上有成群的北洋兵跑动，郭定昌、褚林正小心察看动静，忽听金尚辈家传来一阵哭骂声。郭定昌道声：

“不好！是师娘的动静。”急忙赶到门口。

郭定昌、褚林隔门往院里打量，但见前院里一个北洋兵正抓着包袱往外拽，金老太太抓着包袱的另一头哭骂着往屋里拖。其他几间厢房里也冲进了北洋兵，窗户被砸开，门被砸烂，院子里遍地是包袱衣物，碎纸、衣衫漫天飞扬。

郭定昌、褚林见此情景，一腔怒火顿燃胸膛，大吼一声：“住手！”犹如天空响了个霹雳。北洋兵吓得一哆嗦，都隔着窗户伸头往院里瞅，弄不清外面发生了什么事。

抢包袱的那两个北洋兵松开手，转身一看，见身后站着两个金刚般的汉子，一个个横眉立目，双眼喷火，不由一怔。

金老太太见是郭定昌、褚林来了，满肚子委屈、愤懑，喊了一声：“孩子……”便抱着包袱气得昏厥在地上。

“师娘！”郭定昌呼唤一声，急忙向前照料。

褚林怒目圆睁，一把揪住北洋兵的袄领，骂了声：“去你的！”一翻手腕把他摔出丈把远。

屋里的北洋兵见同伙儿吃了亏，一齐吼叫着：“把他俩抓了！”纷纷持枪冲出来。

褚林冷眼扫了一圈，喝道：“知道这儿是什么地界儿吗？这是善扑营格儿搭金爷的宅子！”

“哈哈哈……”一个冬瓜头模样的北洋兵嘲笑一声说道：“我当是什么大官儿呢，原来是个臭摔跤的，呸！老子不识什么格儿大、格儿小的，就认银子。”

褚林一听“臭摔跤的”四个字，顿似火上浇油，怒吼道：“你再说一遍！”

“冬瓜头”嘿嘿笑了一声道：“甭说一声，就是说上一百声又有何妨。”言罢，将嘴贴着褚林鼻梁重复道：“臭——摔——跤——的！”

“冬瓜头”一个“的”字还没说完，就听“啪”的一声响，褚林的一记耳光重重扇在他的脸上。“冬瓜头”一翻白眼，口吐白沫，登时晕了过去。

北洋兵一震，“哗”地一声，拉动了枪栓。

郭定昌见对方势众，又握着枪，一旦闹起来，自身非吃亏不可。正着急处，他猛然想起了宋凤轩，便灵机一动，正色问道：“认识宋凤轩宋旅长吗？”

一个瘦长脸、下级军官模样的人听郭定昌提起“宋凤轩”，不由一震，忙问道：“宋旅长是袁大人的救命恩人，满北洋军谁不认识他，这跟你有什么关系？”

郭定昌向前说道：“不瞒您说，宋旅长是我的拜把兄弟。”

北洋兵全都一愣，当即把枪放了下来。

瘦长脸军官将眼皮一翻，将信将疑地追问一句：“宋旅长的岁数比你可大得多。”

郭定昌一眼识破，瘦长脸军官是在探测真伪，淡然一笑，回道：“武行里排辈分不分年纪，只论师门。”接下去，把宋凤轩的武功、师门三代说了个仔细。

正这时“冬瓜头”也醒过神来，见郭定昌把宋凤轩的身世说了个透，信以为真道：“没说的，多有冒犯了。”

瘦长脸军官一招手，所有北洋兵都从屋里撤了出来。

前院，正当郭定昌平息着风波，后院已出了事端，只见五六个北洋兵正像一群野狼围着金尚辈齐声大骂。

金尚辈已不像几年前威风凛凛，气势夺人了。随着岁月的流逝，他已是快八十岁的人，脸面松垮了，腰背弯驼了，嘴里的牙齿也掉落的只剩下几颗，两腮向里深陷着，嘴角挂着几道深刻的皱褶。

“老丫头养的，我叫你发横！”一个北洋兵挥起枪托捣向金尚辈。虽说金尚辈已是风烛残年的老人，但毕竟功夫在身，就手一个“螳螂捕蝉”，一把捋住枪托，猛力往怀里一拽，趁那个北洋兵立足未稳，又猛地将枪托往前一送，使出个“白猿献果”，只听“扑通”一声响，把那个北洋兵摔了个仰八叉。

其他北洋兵见金尚辈功夫了得，纷纷后退几步。就在北洋兵愣神儿之际，金尚辈探手抓住一个拎包袱的北洋兵，一翻腕子，把那北洋兵又扔出丈把远。

这时，只见一个留络腮胡子的北洋兵骂一声：“不知死的老东西！”端起枪，闪动着明晃晃的刺刀，向金尚辈肋骨捅去，恨不得在金尚辈肋上戳个透光窟窿。

金尚辈眼疾手快，直待刺刀尖将到肋前才转动“车轮步”让开，刀锋贴着衣边刺过。几乎在同一时刻，金尚辈一手摁住络腮胡子的脖梗，一手抓住他的裤裆，就此使出一招“飞石投林”，大喝一声，似龙吟虎啸，把络腮胡子抛了出去。

北洋兵此时直气得三尸暴跳，七窍生烟，就听一声号叫：“砸死他！”北洋兵一齐举动枪支，没头带脸地朝金尚辈砸去。

经过刚才一场拼斗，金尚辈已是汗流气喘，筋疲力尽，正要运转“车轮步”避闪，手脚已无力使唤，雨点儿般的枪托纷纷砸落身上。他闷声闷气地“哼”了一声，嘴角淌血，“扑通”一声倒在了地上。

待到郭定昌、褚林从前院赶来，金尚辈已倒在惨淡的灯辉下，不能动弹。

“金爷！”郭定昌哀恸地一声嘶号，扑过去。

瘦长脸军官见状，神色大变，轻声向北洋兵说一句：“快撤！这里有宋旅长的哥们儿！”

待郭定昌、褚林从痛绝中醒来，忽地跃起身欲寻北洋兵拼命时，所有北洋兵早已无影无踪。

郭定昌、褚林追至大门口，北洋兵已去老远。郭定昌又气又愤，额上青筋暴跳，顿足连骂数声：“土匪！强盗！”

二

这场兵变后，袁世凯当即粉墨登场，借题发挥。他说，事态既然如此严重，看起来他立刻动身到南京就职是不可能的了。因此，建议他暂时留在北京六个月，以便镇抚北洋将士，稳定北方局势，恳请先派黎元洪以副总统的名义到南京代行总统职权。南京临时参议院多数议员被袁世凯蒙蔽，同意其在北京就职。孙中山用心良苦所布置的调虎离山之策略，就被袁世凯略施小计解除了。

时隔两日，袁世凯在北京宣誓就职，过去的“新举临时大总统”改称“本大总统”。不数日，孙中山解除自己的临时总统职务，随即离开南京。

郭定昌、马风喜、褚林等末代扑护经过白塔寺一场“人兽大战”，也改编成为民国总统护卫。

初夏，天晴日朗的一天，新华门走进一个二十多岁，体态矫健，步履轻捷，身着总统府护卫装束的壮汉。这人正是郭定昌，他是来居仁堂值卫的。

据考，袁世凯就任临时大总统前，办公的地方设在东城石大人胡同的原外务部。溥仪宣诏退位后，让出中南海、北海、团城，划归总统府范围，袁世凯的总统办公室即由石大人胡同迁至中南海的居仁堂。

进了新华门，呈现在郭定昌眼前的是一幅美不胜收的图画。但见古槐吐绿，垂柳拂水，莺歌燕舞，百花争艳。四周，阁外有阁，林外有林，亭台楼阁于浓绿和湖光中或隐或现，逶迤连绵望不到边。远近湖面上，大小船只、画舫荡开碧波，在水波粼粼与楼台倒影之间徐徐穿行，使人仿佛置身于桃园仙境。郭定昌没有心思浏览这些光景。四个多月来，他的心头总像压了一块沉重的石头。那场兵祸带给人们的灾难，留给他的心灵创伤，实在太凄凉了、太残酷了、太深刻了：母亲抱着婴儿，在火海里哭号；大小店铺被洗劫一空；遭北洋兵毒打者，面部、头部、腿部鲜血淋淋，四处奔躲；就连金爷这样的豪侠义士，也被打得条条伤痕，奄奄一息……事后，他得知兵祸是曹锟的第三师和护卫队干的。可他们都是袁大总统的亲信军队，如果当时袁大总统站出来说一句天地良心话，怎么就会乱哄哄地闹起兵变来呢？思来想去，他越来越觉得眼前的浩渺湖水、参天古木、巍巍殿堂已遮掩不住袁大总统“活曹操”的奸雄嘴脸。

郭定昌正沿着湖边大路边行边琢磨着，就听前方不远处传来数声震耳的“啪啪”鞭梢响。他不由打了个激灵，没等从沉思中醒过来，一辆堂皇华贵的马车已疾驰过来，车前车后簇拥着三四十个骑马的护卫。郭定昌慌忙退身让路，只见车前白义堂倨傲地挥舞着半丈多长的马鞭已驰近身前。他身后紧跟着景天长、“矮踢子”、黄连生等旧时心腹扑护。白义堂淡然不屑地乜斜了郭定昌一眼，又扬鞭抽了个响，若不是郭定昌眼疾身快，好悬没挨上一鞭。郭定昌正待发作，那辆华贵马车已驰在面前。郭定昌举目一瞅，只见车里端坐着一个瘦长脸、留着虬须的军官，不由一怔，忙打了个立正。

这个军官叫段芝贵（1869—1925），北洋皖系军阀，字香岩，安徽合肥人。时任袁世凯总统府侍从武官队及护卫队统领。他傲然端坐，不屑地看了路边的郭定昌一眼，驱车风驰而过。段芝贵的马车后面，紧跟着又是一队骑马的护卫，只听队尾一个黑面庞的护卫冲郭定昌兴冲冲吆喝道：“还不快着走，来买卖啦!”

郭定昌丈二和尚摸不着头脑，忙逗个哏说：“您又撒癔症了。”

黑面庞护卫傻呵呵一笑，继而又正色说道：“蒙您是孙子。我说的是收‘国民捐’!”言罢，急匆匆朝坐骑屁股抽了一鞭，飞马追队伍去了。

听这一说，郭定昌心里已明白了八成。“国民捐”是黄兴倡导的。原来，自孙中山宣布解除自己的临时总统职务后，仍派黄兴在南京组织“留守府”，主持南方各省收束军队和一切未了事宜。南京临时政府时期，各省税款并未呈报中央，对外借款又因列强不肯支持革命军而无法进行。面对财政危机，于是黄兴大力提倡裁兵节饷。然而，裁军也仍然离不了钱，黄兴只得自己想办法筹款。黄兴主观认为，国家大力裁兵节饷，旨在为国民谋福利。因此，他通电各省举办“国民捐”，想用此笔收入妥善安排被裁官兵，鼓励将士功成身退，解甲归田。没承想黄兴的美好愿望又被袁世凯钻了空子。袁不但不给黄兴以财力支持，反而借“国民捐”大肆搜刮民脂民膏，以此收入大举扩大北洋兵。据考，袁世凯借“国民捐”招兵二十营，另外还成立了几个混成旅。当然，袁的这些用心是郭定昌等下级护卫所始料不及的。

郭定昌加快脚步赶到居仁堂。

居仁堂摆设古色古香。墙上悬挂古代的名人字画，架上竖立铜鼎瓷瓶，八折屏风更是非凡，上面镶嵌着宝石、翡翠、玛瑙。这里的所有摆设、日用器具都是经过巧匠精心制作而成的，每一件都是精巧绝伦，俨然是一个艺术世界。袁世凯上穿佩绶带、勋章、肩牌的军服，下着马裤、短筒皮靴，以习惯的骑马蹲裆式姿势，坐在沙发上。他右手夹着雪茄烟，左手摩挲着八字牛角胡，神色倨傲地听着下首一位官员的禀报。

这位官员四十五六岁年纪，穿着古铜色洒花缎袍，青色贡缎团花马褂，一副绅士气度。郭定昌认识此人，他是常五爷参与“君主立宪”活动时的友人，叫熊希龄（1867—1937），湖南凤凰人，字秉三，光绪年间进士，时任中华民国财政总长。

就听袁世凯沉声严厉地说：“黄兴的事儿，你用不着操心。不给，一个大子儿也不能给他！”

熊希龄欲言又止。

袁世凯抽了口雪茄，喷出烟圈，说道：“你去吧。”

熊希龄朝袁世凯鞠了个深躬，退出了居仁堂。

郭定昌一见熊希龄走近，立马儿打了个立正。熊希龄一眼认出郭定昌，点了下头，问道：“常五爷近来可好咯？”

郭定昌忙回道：“还凑合吧，谢您的惦记。”

熊希龄又点了点头，说：“见了常五爷，代我捎个口信，京畿政务缺个参议喽，问他可想干咯？”

郭定昌答应着，熊希龄已踱步远去。他望着熊希龄远去的背影，暗自琢磨才刚袁世凯跟这位财政总长提及的“黄兴的事”。显而易见，这指的是“国民捐”。既然袁大总统一个子儿也不给黄兴，为什么段芝贵还带队伍去征捐呢？他越琢磨越觉得这事儿蹊跷、有戏。郭定昌正思量着，就觉有人在他背后拍了一把。他警惕地转身看去，原来是潘天翼。潘天翼敬佩地朗声赞道：“行，有德性。”

郭定昌神色一松，谦道：“您夸奖。”

潘天翼又在郭定昌肩头拍了一把说：“我正等着你呢。走，今儿个跟我去押‘国民捐’去。”

郭定昌一怔，疑惑地说：“才刚，我听袁大总统说，一个大子儿不给黄兴，干吗还押‘国民捐’？”

潘天翼略一语塞，才说道：“儿遵父命，兵听将令。让咱押咱就押，别的事儿甭打听，打听也没用。”说罢，拽起郭定昌急火火地离开居仁堂。

郭定昌等十多个护卫跟着潘天翼出了新华门，此时，街面上已是兵警跑动，沸沸扬扬。但见路口要道都布有北洋兵和巡警站岗，显眼的地方都设立了一个牌子，上写着：国民捐征捐站。牌子前，巡警厅专门派了善口才的巡警在做着鼓动：“老少爷们儿，黄克强（黄兴字克强）通电全国为他裁军募捐，咱们北京也不能隔岸观火，每位一块，自觉自愿……”过往行人听了“一块”二字，都倒吸一口冷气。原来，那时一块银圆可以买六十多斤白面。老百姓历经清末民初社会动乱，早已陷于极度贫困，别说拿不出这个钱数，就是拿得出来，又有谁会舍得。在西郊民巷东口的一个“征捐站”，郭定昌亲眼见一个卖青菜的小贩不自愿交捐，两筐青菜不但被北洋兵充了“公”，人也被定了个“反对共和”的罪名，锁了。其他行人看了这阵势，谁还敢不自愿。没辙，交吧，都“自觉自愿”捐了钱，一离开“征捐站”，无不咬牙切齿地大骂黄兴。郭定昌看了这种情景，心里老大不落忍，不由问潘天翼道：“咱们出来也干这套？”

潘天翼淡然地将手一扬，“啧”了一声说：“这种死皮赖脸的事儿，留给他们去干。咱们去南城商会，把商会集的‘国民捐’押回总统府。”

一行人边看边走，当路过翠花胡同口“刘记马车行”时，只听得隔墙传来哀求声：“各位爷，你们行个好，有钱我还能不捐吗？”郭定昌立马儿听出来，说话的是老街坊、“刘记马车行”的掌柜——“车马刘”。接着传来呵斥声：“没钱？没钱还养得起马？明着挡横儿是不？”听这动静像是景天长。接下去又是一声吆喝：“没钱就用马顶！”紧接传来马嘶人嚎和“车马刘”的哀求声：“各位爷，我们全家就指望这匹老马活命了，你们行个好吧！”此时，又传来“车马刘”女人的哭嚎声。

郭定昌按捺不住胸中怒火，正要冲进马车行论个理儿，这时，就见景天长、“矮踢子”、黄连生牵拽着马闯出街门。“车马刘”和他女人拉着后面一个军官的衣角，跪在地上，一把鼻涕一把泪地苦苦哀求着。郭定昌定睛一看，那个军官不是别人，正是白义堂。不用细问，郭定昌全明白了，大喝一声，跃向前拦住了景天长等人的去路。

景天长、“矮踢子”、黄连生见了郭定昌，不由一悸，胆怯地停下脚步，纷纷向白义堂投去求助的目光。

白义堂见了郭定昌，心里先是一惊，干咳一声，又迅速冷静下来，立马儿有了对策。

“车马刘”和他女人见来的是郭定昌，如有了救火之水，忙冲郭定昌作揖求道：“您给说个情，让长官把马给我们留下吧。”

郭定昌瞪了白义堂一眼，正要发问，就见白义堂脸皮一松，发了话：“你们认识？”

“车马刘”像是看到了希望，盼到了救星，急忙抢先回道：“我们是老街坊，您哪，真的。”

白义堂哼了一声，阴沉地冲郭定昌说：“‘国民捐’可是黄克强一手操办的，咱们可不能徇私情！”

郭定昌反唇相讥道：“黄克强也没说让打家劫舍啊！”

白义堂正要接上说什么，就见潘天翼走过来。他忙冲潘天翼打个千，说了情况。

潘天翼沉声回道：“那也不能抢不是？”

白义堂冷笑一声，压低嗓门说：“潘爷，您言重了。不来点儿硬的，有谁情愿从肚子里往外吐食。跟您实说了吧，这次差事明里是给黄兴干的，其实暗里是给袁大总统干的。”潘天翼一震，不解地哦了一声。白义堂又贴着潘天翼的耳根神秘兮兮地说：“这次差事，是给袁大总统掏弄的扩军费。由段统领主办，谁敢不从？！”

潘天翼听这一说，面露惊色。白义堂看得真切，当即给景天长使了个眼色，景天长拉起马就要离去，又被郭定昌挡住。这时，就见潘天翼走上前，将郭定昌一把拉到一边，警告道："这事儿你管不了！"郭定昌略一迟疑，白义堂、景天长一伙儿牵马扬长而去。

"车马刘"见全家人的命根子被抢走了，顿时，气急悲伤恨愤怒一齐涌上心头。登时火冲了心，疯癫地冲郭定昌破口大骂："郭八，你们这些挨千刀的……你们伤天害理，不得好死……"

郭定昌见"车马刘"指着他，左一个"你们这些挨千刀的"，右一个"你们不得好死"，知道"车马刘"是疯癫得把自己跟北洋兵视为同类了。他又是悲伤又是窝囊又是痛恨北洋兵，气急地将军帽一把扯下来，扔在地上，又跺了一脚，怒吼着："老子不干了！"

三

经过这场征捐，郭定昌认清了北洋军助纣为虐、鱼肉百姓的丑恶本质。他谢绝了潘天翼的数次邀请，毅然辞去了总统府护卫的职务，去了京西门头沟当了一名运煤工。

在郭定昌的带动、影响下，马风喜、褚林以及"矮个儿八""赛蜈蚣""穿腿鲁"五人也离开护卫队，有的浪迹江湖，有的当了小商小贩。

花开花落，光阴荏苒。转眼两个月过去，古老的北京城又迎来一个盛夏。

太平湖，位于西便门里，湖水如镜，松柳蓊郁，莺啼鸟啭，满目芳菲，正是老北京人消暑的怡人去处。

一个日昃云蒸的日子。太平湖远近蝉鸣鸟啼，气象盎然。湖边的青石板上，坐着一位二十二三岁的姑娘。看那姑娘，上着月白色宽襟小褂，下穿宝蓝色薄纱长裙，腰身苗条，体态轻盈，背后悬一根又黑又粗的长辫，额前梳一绺细丝刘海儿，一双明澈如水的双眸正望着水里的游鱼出神。她脸颊绯红，不知心里在想些什么。

这位姑娘正是郭定昌的青梅竹马——巧英。

巧英于四年前被慈禧太后选为艺工后，一直在颐和园里操机织布。清帝宣诏退位后，按照国民政府对清廷的优待条件，颐和园依旧归溥仪小朝廷使用，御用人员不动。谁知，好景不长，这年四月，袁世凯缩减对小朝廷的经费开销，溥仪只好采纳醇亲王的建议，对留用的保镖、太监、艺工、杂役进行大裁员。几度春秋，巧英就像一只禁锢在笼子里的鸟儿，得幸飞离了深宫高垒的颐和园。半月前，郭定昌从门头沟回来，他俩说好，今天在这里会面，她是专来迎候郭定昌的。

清凉的风，悄悄撩起她的刘海儿、裙角，温柔地来吻她裸露的脚背，她心里甜滋滋的。碧绿的湖水徐缓舒展着，她对湖水有一种特殊的情感，颐和园的昆明湖水曾经为她排除过孤寂，给她以慰藉、寄托；眼前的太平湖水曾经一次又一次地热情接待过她和郭定昌，打开了她的心扉……她不敢再深想下去，羞涩地垂下头凝视着身边的鲜花绿草。

湖水卷起一排缎子般的涟漪，轻轻地拍打在青石板上。红日映照下，变幻成五光十色的斑点，宛如万千朵奔放、夺目的鲜花，将她团团簇拥着。她惬意地闭上眼，回味起了半月前的那个甜美的会面。那一天，她送郭定昌回门头沟在这里分别，湖水也是这么绿，四周也是这么静，也是在这块青石板上，她偎在郭定昌的肩头，听郭定昌说着悄悄话。“英子，咱俩的事儿，你跟你们老爷子说了吗？”他很真切地问。

“我们老爷子病病歪歪的，哪敢提这事儿给他添乱！”巧英娇滴滴地把话岔开，心里激起一股甜甜的浪花。

“得。那你就在家当个老姑娘。”郭定昌逗个哏。

“那你呢？”巧英浅笑着，反问一句。

郭定昌把脸一绷，装作认真的样子回道：“我就当个老光棍儿。”

巧英连忙伸手按住他的嘴唇，忽觉不妥，正要松开，郭定昌已握住她的手，说：“你也不当老姑娘，我也别当老光棍儿，咱俩谁也不离开谁。”

听这一说，巧英羞得双颊通红，浑身酸软几乎不能自持，亲昵地叫了声："八哥！"便一头扑入郭定昌那宽厚的怀中，越贴越紧。她此刻才体会到，郭定昌的胸怀就像湖面一样深邃、宽阔。

巧英正沉浸在甜蜜的回味中，蓦地身后传来一声轻唤："英子！"

巧英转过身，一眼见到站立身后的那人正是郭定昌。她心中一阵激荡，俏脸先是一红，低头轻唤了一声："八哥！"

郭定昌身穿一件白布坎肩，剃着光头，脸庞黑了瘦了显得几分老相。他肩挎一卷铺盖，脸色沉郁，像是遇上了什么不顺心的事。

巧英见他神色不对，心中一愣，关切地问道："八哥，出什么事了？"

郭定昌忙道："没什么事儿。"

巧英抬起两汪湖水般的俊眼，望着郭定昌肩上的铺盖卷，把嘴一努，佯装生气道："你瞒我。"

郭定昌放下铺盖，舒了口气道："英子，还记得我跟你提过的日本浪人海野吗？"

巧英收敛羞涩，忙道："怎么不记得！不就是宣统元年被你打败的那个日本武师吗？"

郭定昌道："不错。现今儿，他又当上门头沟煤矿日本矿长的高参了。"

巧英哦了一声，眨眼想了一会儿，发问道："怎么，他跟你过不去？"

郭定昌哼了一声，回道："比过去还邪性。"

巧英惊奇地问："他想干什么？"

郭定昌虎目圆睁，怒道："他胁迫我入宗社党。"

巧英不知情由，连眨了数下眼皮，无所谓地说："甭管什么宗社党、祖社党的，只要多给钱就入。"

郭定昌听她这句话，只觉心里一阵不舒坦，倏地脸色一沉，正色说道："英子，怎能这么说话！常言道'人穷不能志短'。你还不知道宗社党是干什么的吧？"接下去，郭定昌把宗社党的内情给巧英说了个清楚。

郭定昌提及的宗社党，是民国初年一个由日本帝国主义支持，以前清恭亲王溥伟、肃亲王善耆为首，满族少壮派为核心的复辟“保皇”组织。他们煽动民族情绪，反对共和，并勾结日本浪人密谋在北京起事，扶溥仪复位，企图复辟清王朝。宗社党的倒行逆施，遭到革命党人和全国人民的强烈痛斥，猛烈抗击，像暴风雨中的一只破船，摇摇欲坠，日子不长，便分崩离析、土崩瓦解了。

听了郭定昌一席话，巧英眼珠一转说道：“扶宣统复位有什么不好，别价忘了咱们可都是旗人。”

郭定昌眉头微皱，嗔道：“英子，这话可差着事儿。自古满汉是一家，中国人为什么非要听日本人指挥、挑拨。”

巧英见郭定昌不高兴，便抿嘴一笑，道：“得得得，是我失言！八哥，我看你快成革命党了。”

郭定昌摇摇头道：“我不想参加什么党，也不打算入什么派。可有一条，谁要是挑拨咱中国人窝里斗，祸国殃民，我就跟谁急。”

巧英心里一动，忙问道：“你跟海野急了？”

郭定昌沉声回道：“是海野狗急跳墙，见我不入宗社党，就把我从矿上开了。”

巧英心里一沉，面露愁色，担心道：“往后的日子可怎么好？”

郭定昌接口道：“我就不信这么大的北京城，就找不到一碗饭吃。”

巧英没再言声，只是望着湖水发呆，像是心里有说不清的惆怅。

俩人沉默良久，忽听身后有人唤道：“这不是巧英吗？”

郭定昌、巧英转身望去，只见身后小路上伫立着一男一女。巧英见了那女人惊喜地叫了一声“姐姐”，连忙迎上前。

被巧英称作“姐姐”的女人，小三十年纪，长得小巧玲珑，上着淡黄色紧身纱褂，下穿翡翠绿洋绸肥裤，足蹬丝袜细羊皮坤鞋，脑后梳一个花纂儿，纂儿上横插金簪儿，竖挂串珠，戴着金戒指的细嫩小手有姿有态地悬在胸前。她叫兰彩凤，是巧英当艺工时的领班儿，艺工们都叫她姐姐。兰彩凤身边的男人，五十多岁年纪，脸面白皙红润，稀疏的背发油光闪亮，嘴唇上留着两撇整齐、乌黑的八字胡须，金丝眼镜后面的一对儿细眼闪动着高傲、老到的目光，让人一眼便知他是个大买卖家主儿。他叫孟广源，是兰彩凤的先生。

兰彩凤握了一把巧英的手，觉得粗糙，便又悄悄将手抽了回去，向孟广源说道："广源，这就是我常跟你提起的巧英妹妹。"

孟广源将头一点，颔首赞道："真是百闻不如一见。巧英姑娘果然是美貌惊鸿啊！"

兰彩凤接话道："这还叫漂亮？想当初，在宫里时候，巧英妹妹才真叫漂亮呢。"

巧英陡闻此言，不由心中一阵激荡，登时脸颊飞红，正不知说什么好，就听兰彩凤说道："这就是你姐夫。"

巧英先是一愣，接着像是悟出了什么，俏脸一笑，脆生生地叫了声："姐夫！"

孟广源欣喜地微微一笑，将头点了一点，算是应允了。

郭定昌站在不远处，正坐着冷板凳难受，就见巧英指着他向兰彩凤、孟广源说道："那是我八哥。"

兰彩凤、孟广源放眼打量了郭定昌一眼，见郭定昌布衣俗态，心中升起一股轻视，蔫没声儿地又把目光收了回来。倏地，兰彩凤想起了什么，粉脸一笑，问道巧英："妹妹，我怎么压根儿就没听你说有这么个哥哥？"

巧英脸一红，羞答答地唤了一声："姐姐！"

兰彩凤心里一亮，立马儿明白了巧英与郭定昌的隐情，狐疑地问道："他！他干什么事由？"

巧英听这一问，通红了脸，支吾着不知说什么好。

孟广源老到世故，一眼已看出巧英的难言之隐，却故作正经地说道："凭巧英妹妹的模样，还能找个糙的不是？"

兰彩凤会意地乜斜了一眼郭定昌，说道："那位八哥是哪家的少爷？"

巧英支吾一声，急忙避开兰彩凤、孟广源的目光，两眼直向西边天际扫去。

郭定昌见兰彩凤、孟广源一副华贵气派，且无视凡人，心里已老大不高兴，不由唤道："英子，咱们该走了。"

孟广源脸色一沉，干咳了一声，随即朝兰彩凤说道："彩凤，咱们去那边遛遛。"

兰彩凤没好气地朝郭定昌哼了一声，转身挎起孟广源的胳膊肘就往前走。待走出三五步，忽又停下身，伸出纤细的小手朝巧英上下摆动了几下，说道："闲没事儿找我玩儿，我家就住金鸟胡同六号。"

巧英答应一声，目送二人远去。

此时，郭定昌才走上前，问道巧英："这一男一女是干什么的?"

巧英便把兰彩凤的身世向郭定昌说了一遍。

郭定昌说道："跟这号人少来往好。"

巧英心乱如麻，又见郭定昌今天心气不好，便轻声说道："八哥，咱们回家吧。"

郭定昌答应一声，二人一前一后离开太平湖。

四

郭定昌、巧英从太平湖回来，走到胡同口便分手了。郭定昌一进家门，就听正屋里传来郭老太太悲悲切切的哭声，慌忙加快脚步进了屋。

屋里闷热得憋气，只见郭老太太半躺在炕上，脸色憔悴，面颊瘦得成了长条儿，正擤着鼻子啜泣着。郭老爷子一脸愁云，两眼盯着地面发呆。

"娘，您怎么了?"郭定昌叫了一声，放下手里的铺盖卷迎上去。郭老太太见是郭定昌，开口哭诉道："头晌儿，隔壁赵家也走了。"

郭定昌一愣，急火地问：“去哪儿啦？”

郭老爷子叹了口气，回道：“还能去哪儿，回关东老家找事由去了。”

听了这话，郭定昌心里全明白了，这些日子兵荒马乱，挣钱的事由越来越难找，不少人都离开北京城，外出逃难了。他一边轻轻地给郭老太太捶着背，一边宽慰道：“挪动挪动地界儿也好，省得死囚在这儿挨饿。”

郭老爷子舒了口气，抬起头，拿起蒲扇扇动了几下，一眼发现了郭定昌的铺盖卷儿，心中一沉，忙手指铺盖问道：“定昌，这是怎么说的？”

郭定昌啐了口地，扼腕咬牙，气恨恨地把矿上发生的事儿说了个清楚。

听郭定昌说完经过，郭老太太鼻子一酸，道了句：“这往后的日子可怎么过！”又伤心地“呜呜”啜泣起来。

郭老爷子没言声儿，脸上的愁云一层比一层重。他愣了片刻，哆嗦着手在衣兜里摸索了一阵，掏出一个鼻烟壶，掀开盖，将壶嘴在手心上磕了几下，这才发觉烟壶空了。

郭定昌赶忙打开布包袱，取过一个纸包道：“我给您买了。”

郭老爷子把手一挥说：“算啦，不抽了，省着钱买杂合面吧。”

郭老太太听了这话，又忍不住一阵伤心，自言自语着：“不能在这儿靠了，再靠，非把人都饿死不可。”

此刻，就见郭老爷子噌地站起身，把脚一跺，发狠道：“不靠了，不靠了。走！咱们也走！”

郭定昌不明白老人的心思，忙问道：“您要去哪儿？干什么去？”

郭老爷子咬牙道：“闯关东，回满洲！”

郭定昌见老人发疯模样，顿吃一惊，以为老人让火冲了心，慌忙上前，一手搀扶老人，一手抚摸着老人后心说：“您这是干什么！用得着犯急吗？再说，满洲那边也不一定比这儿好过。”

郭老爷子伸开手把郭定昌的手轻轻拨开，像在说：“我没疯，甭担心。”又摩挲着脸琢磨了一会儿，让郭定昌坐好后才说道：“满洲错不了，那是块儿神仙宝地，保准比这儿好过。”接下去，老人讲了一段郭定昌压根儿没听说过的故事：

老人说：古时候，满洲的长白山上住着三位仙女。大姐叫恩古伦，二姐叫正古伦，最小的妹妹叫佛古伦。长白山是一座神奇的山，古木参天，遮天蔽日，在密林深处有着数不尽的物华天宝。这里的珍禽异兽不计其数，猛虎、梅花鹿、熊瞎子、金钱豹、猞猁、狍子、野猪、紫貂时出时没。奇花异草比比皆是，漫山野生长着人参、党参、贝母、元蘑、猴头蘑、灵芝、木耳、黄花、天麻、不老草和红景天。

郭定昌听得情怀激荡，情不自禁地脱口问道：“爹，长白山真是这个样儿？”

老人点了点头道：“我还能蒙你？”随手拿起蒲扇，边扇边又讲下去：

每当春风乍暖，山下万树含烟，众绿齐发。山上凉风习习，虹飞霓跃；山顶白雪皑皑，玉骨冰肌，就像一朵春蕾绽开的雪莲，嫣然怒放于万绿丛中。长白山的山顶有一泓一眼望不到边的碧水，叫天池。天池水是上天的甘露汇集成的，冬暖夏凉，凡人喝了能祛病消灾，延年益寿。有一年的夏天，恩古伦骑只虎，正古伦骑头豹，佛古伦骑匹鹿游山来到天池边，见了清凉碧绿的池水，浑身顿时升起一股爽意，再也不想别去，就手儿脱下衣裙，“扑通扑通”跳进天池，洗起澡来。姊妹仨在水里说着笑着闹着，正洗到开心的时候，忽听得半天空传来一串“啾啾啾”的动听鸟鸣。三人循声望去，但见天空升起一朵五彩云霞。云霞间，两只五光十色的神鸟盘旋着。三人正凝神仰望，就见其中一只神鸟不经心将嘴里衔着的一颗红色闪光的东西掉落下来，又恋恋不舍地“啾啾啾”叫着低旋了几圈，无可奈何地飞走了。这颗红色闪光的东西正好掉在佛古伦的眼前。佛古伦拾起一看，原来是一颗馨香扑鼻的山果，心里十分庆幸，就手儿放进嘴里吃了下去。岂不知，这颗果子是“降生果”，佛古伦吃后不久便怀了孕。第二年，佛古伦便生了一个白白胖胖的儿子，起名叫布库里雍顺。布库里雍顺长大后离开长白山，来到俄莫惠之野的鄂多里城，也就是现今儿的敦化城，被拥立为王，起国号叫满洲。

郭老爷子慢条斯理地把三仙女的故事讲完，问郭定昌道："这回，你明白啦？"

郭定昌笑了笑说："这个故事编得倒挺神的。"

郭老爷子脸色一沉，微感不快地埋怨道："编能编出老虎狗子、鹿茸人参吗？"

郭定昌说："我是指'三仙女'。"

郭老太太躺在炕上喘息着插话说："定昌，亏你还是'布库里雍顺'的子孙，敢情对这些事儿满不清楚。"

郭定昌一笑，说道："这些事儿，您二老压根儿也没跟我露过不是？"

郭老爷子"嗯"了一声，说道："这事儿不怨你。我告诉你说，佛古伦的儿子布库里雍顺就是清肇祖童猛哥帖木儿。"

郭定昌吃惊地脱口说道："清肇祖童猛哥帖木儿可是明朝的大官。"

郭老爷子将头一点，说道："没错。童猛哥帖木儿是努尔哈赤大帝的前六世祖，受明朝洪武皇帝朱元璋所封，做过建州左卫指挥使。"

郭定昌听到这儿，另有心思地说："听您一说，满汉这不压根儿就是一家人。您说宗社党还闹腾什么，建州不也是中国的一个地界儿？"

郭老爷子干脆地道了一声："一点儿不差。"

此刻，郭老太太若有所思地打量了一眼郭老爷子，随即又把目光移到郭定昌身上说："现时这世道不是让袁大头弄得没着没落了吗？"说到这儿，她又痰往上涌，止不住地连声咳嗽起来，稍一平静，又用商量的口气朝郭老爷子说道："他爹，把宗谱拿出来让定昌看看吧。"

郭老爷子沉思良许，点了点头，说道："也好。不过，我看这天意，大清是没什么蹦跶啦。看看宗谱，回满洲后也好有个说法。”说罢，他站起身，抬步进了里屋。老大一会儿，只见他双手庄重地捧出一个红缎包面包袱。

郭定昌急忙起身要接手。只听郭老爷子认真地嘱咐一句：“轻细点。”听这一说，仿佛包袱里藏着什么神灵或珍宝，生怕不小心被惊扰或碰着磕着似的。

五

郭定昌把包袱轻轻接过来，放在炕上，小心翼翼地用手撣去浮尘，看了一眼郭老爷子，投去一个询问的目光。

老人干咳了一声，弄不清是自言自语，还是说给屋里的谁听，或是说给包袱里的什么神灵听地叨念起来：“列祖列宗在上。眼下，赶上兵荒马乱，一些礼道就免啦，祖宗在天有灵，定也不会怪罪不是？”他叨念了一会儿，伸出手把包袱轻轻地、慢慢地、端端正正地解开，铺平整。顿时，里面露出一摞四四方方，整整齐齐，干干净净，五颜六色的层布。

郭定昌见了那摞层布，惊异地睁大眼睛，脱口道：“爹，这不是八旗吗？”

老人肃穆地点了点头，朝层布作了个揖，说道：“正是。”言毕，伸手拿起最上头的一面，恭恭敬敬地展了开来。

这是一面正黄旗。旗面左右长七尺五寸许；顶底宽约六尺上下，旗底面染黄色，中央绘一条蓝色、头在上尾在下、张口引颈、竖立跳跃翻腾的行龙。龙的头尾都朝旗杆，龙身四周祥云飞渡，红霞飘袅，龙口吐出的一颗宝珠滚跃于云，闪闪发光。整个旗面是一幅“祥龙戏珠”的美妙图案。

郭定昌看后，一边帮着老人叠旗，一边说道：“真有您的，都什么朝代了您还留着这些老古董。”

郭老太太从炕上仰起身，挖抠了郭定昌一眼说：“老古董有什么不好？”

郭定昌憨傻一笑，没敢言声，一低头又忙去整理那面正黄旗。

郭老爷子没动声色，将正黄旗从郭定昌手中接过，端端正正地放好后，又展开另一面旗。

这是一面镶黄旗。旗面左右长约七尺五寸；顶底宽约六尺上下，旗底面染黄色，但剪去了外上下角，四周镶以一尺宽的红边；旗中央也绘一条黄色、头在上尾在下、张口引颈、竖立跳跃翻腾的行龙。龙的头尾也都朝旗杆，龙身四周祥云飞渡，红霞飘袅，只是龙体、喷出的宝珠比正黄旗显得单薄瘦小。

郭老爷子端详了一会儿这面镶黄旗，交给郭定昌叠好，又小心翼翼地把其他六面旗也分别展了开来。只见正白旗、正蓝旗、正红旗的样式、图案、尺寸大小与正黄旗一样，只是龙与旗的色彩搭配明显不同。正黄旗黄旗蓝龙，正白旗是白旗蓝龙，正蓝旗是蓝旗红龙，正红旗是红旗黄龙。镶白旗、镶蓝旗、镶红旗与镶黄旗的样式、图案、尺寸大小一样，但镶的旗边除了镶红旗是镶白边外，镶白旗和镶蓝旗也都是镶红边；中央的龙体、龙珠相对正四旗也显得单薄、瘦小。

郭老爷子眯缝着眼，把正、镶八面旗翻来覆去，仔仔细细看了数遍，自语道："其实用途倒没有了，顶多就是留下个纪念，给后人们提个醒儿，一个王朝其兴也勃焉，其亡也忽焉。"

郭定昌早就听人说过，上了年纪的人就爱侃老事儿，而且越侃越来劲儿，越聊越动情，便宽慰老人道："这些事儿我懂。常五爷早就说过一句话'人世上的事儿，也像鹰一样，有高翔的时候，也有低旋的时候，朝代变更，山河依旧'。您又何必动情伤感，悲凉春秋。"

郭老爷子沉吟半晌，方才正色道："国家兴亡，匹夫有责。做人可不能活了上一辈，不管下一辈。"

郭定昌蓦地心里一动，正色向前说道："放心吧，您哪，我记住了。"

郭老爷子赞许地将头一点，又伸开手把压包袱底的一摞薄丝绢展了开来。

郭定昌惊异地睁大眼睛，发觉那摞丝绢原来是一幅长二尺、宽一尺的彩色宗谱画。

满人的宗谱比汉人讲究、形象。汉民的宗谱多采用表格式，满人则采用绘画式。从记录在卷的第一代祖宗到现今过世的一整代，按直系血统绘成彩画。不过，画上只能绘同一代的兄弟，姊妹和妻室是上不了宗谱画的。富户满人，要专门空出一间屋子，悬挂宗谱画，时常祭祀；贫穷户就只能把宗谱画包在包袱里，每逢清明鬼节、大年夜才请出来，烧香、摆供，由老辈人祈祷一番，后辈是不能涉足的。

郭老爷子像念咒语似的叨念了一番后，又拉着郭定昌磕了三个响头，才指着最上面的一块说："快过来拜见老祖儿。"

郭定昌长到这么大，还是头一回见宗谱画，好奇地定睛一瞅，只见画的正中一字站立着三个三十来岁、身着孔雀绿马蹄袖绣花箭衣、下穿古铜色绣云短袍、足蹬黑帮白底猎靴、拱拳凝神的老祖儿。老祖儿身后是黛色群山，山顶白云缭绕，山腰草木葳蕤，山底奇花争艳，山根流水潺潺。老祖儿身前是富饶的平原，近处禾谷铺金，稍远绿树成林，再远处，大江翻浪，天边万马狂奔。

郭定昌看了这丝绢宗谱画活灵活现，神水仙山，又联想起三仙女的故事，更觉神奇，禁不住惊讶地啧啧出声来。

郭老爷子挖抠了郭定昌一眼说："正经点儿。"就手指着画上中间的人说："这是咱们老祖儿，两边的是叔祖儿。"接下去，把那一摞薄丝绢一幅幅展开，每幅给郭定昌说了一遍。

郭定昌看完，眨巴了几下眼皮，不解地问："怎么宗谱上没画女老祖儿?"

郭老爷子打了个夯儿说："这都是老祖宗定的规矩，照着往下续就齐了，别的少打听。"

郭定昌正想再说什么，这时街门响了两声，传来女人的声音："谁在家哪?"郭定昌听声儿知道是二姨来了，赶忙出屋，把她迎进来。

二姨六十多岁，中等身量，瘦长脸，背略微有点儿驼，身穿一件藏青色镶白边宽襟绸褂，头戴一个只遮前后脑勺、露着头顶的元宝斗笠。一进屋，她便冲郭老爷子、炕上的郭老太太道个万福说："姐夫吉祥！姐姐吉祥！"说着，把手里拎着的槽槽糕（糕点）纸包往桌子上一放，毕恭毕敬问郭老太太："病消停些了吧？"

郭老太太撑起身子，喘息着说："还是老样子。"又拍了拍炕沿儿，示意妹妹坐下，继续说："都是过了大寿的人啦，别讲那些个礼道了。"

二姨说："岁数再大，也得分个大小不是？"说着坐下，一眼看到了炕上的宗谱画，惊讶地说："没过年没过节的，怎么把老祖宗们都请出来了？"

郭老爷子吞吞吐吐地说："郭定昌老大不小的了，总不能房脊上开门子，不认识祖宗吧？"

郭定昌听了这话一笑，对二姨说："跟您说真格儿的吧，他们打谱儿回满州呢。"

二姨又是一惊说："哟，别吓着我。这么大的北京城唯独盛不下你们家？"

郭老爷子干咳了一声，叹口气说："铁杆庄稼老米饭没有啦，扳指生意也过了时，总不能眼瞅着饿死吧？"

二姨急着说："凭郭定昌一身功夫，到哪个镖局，哪个镖局不抢着要？"

郭定昌脸上有点儿火辣辣地说："您别忘了，干我们扑护的有条规矩，'只给皇家护卫，不给富户保镖'不是？"

二姨又一琢磨说："那就开武馆，教撂跤。"

没等郭定昌答话，郭老太太接上说："这年月，做人连嘴都对不起，谁还闲没事儿的学这个。"

二姨见干保镖、开武馆都行不通，说了句："哪还有什么蹦儿？"急火火地把两条胳膊在胸前一叉，又琢磨开了。

郭老爷子一边把八旗、宗谱画收拾起来，叠齐包了，一边宽慰二姨："甭钻死胡同啦，东一耙子西一扫帚地凑合过吧。"

二姨像什么也没听见，两眼一味地盯着北墙愣神儿。蓦地，她想起了什么，在腿上拍了一把说：“有了，我倒是想起一个现成的事由！”

郭老太太忙问：“他姨，什么事由？”

二姨盯着郭定昌说：“不过，你可别嫌寒碜。”

郭老爷子说：“都对不起嘴了，还摆哪门子谱儿嫌寒碜。”

郭定昌一笑说：“除了当贼的事儿不干，别的，您只管说。”

二姨也笑了，说：“哟，二姨哪能让你干那种缺德的事儿。”她稍一停，接着正色说道：“跟二姨学做胡盐寒碜不？”

郭定昌忽地站起身，干脆地应道：“行。我怎么就没想到这茬儿。”

郭老太太不放心地问：“他姨，这活儿能挣出钱来？”

二姨一笑，说：“姐，尽管放心吧。现时，人们越活越讲究，刷牙漱口成了吃饭一样的必需事儿。早先富裕人家才用胡盐漱口不是？现今儿，满北京城家家户户谁不用它？这行当不敢吹能发大财，挣个肚饱我估摸着还行。”

郭老爷子瞅了郭定昌一眼，问：“怎么样？”

郭定昌说：“敢情好。”又问二姨：“哪会儿找您学去？”

二姨是个急性儿，忽地站起身说：“说干就干。”接着告诉郭定昌，先上杂货店买上五斤海盐、半斤花椒，再上药铺买上四两薄荷、五钱冰片，就手再买上六十张包药用的糙纸，还要上石器店买一碾小石磨。

买这些东西不用远去，出门就有。不一会儿工夫，郭定昌便按二姨儿说的如数买了回来。

二姨先叫郭定昌把海盐、花椒用石磨碾成细沫儿，然后倒进铁锅里，放上捣好的薄荷、冰片，又把炉火调理得不温不火，边炒边告诉郭定昌：“做胡盐要紧的是掌握火候。火小了发生，出不来爽口的香味儿；火大了发糊，不光成色发黑，重要的是呛嗓子。”

估摸有一顿饭的工夫，盐发了黄，花椒和薄荷的清香味儿阵阵扑鼻，二姨说了声：“得了。”让郭定昌把锅端到屋外凉透，然后分成六十份包好，又嘱咐说：“一个镚儿一包，好卖。一天下来弄得好兴许能净挣斤半猪肉钱，全家人一天三顿的窝头有了不是？”

郭老爷子听了这一席话，阴沉的脸上挂了微笑，欣慰地问郭定昌：“把法子记住了？”

没等郭定昌答话，二姨接上说：“这又不是作三篇文章两本书，一学就会，对不？”

郭定昌一笑，逗个哏说：“要像您说的那么容易，满北京城家家户户都做胡盐啦。”

一句话，把全屋人都逗乐了。二姨又嘱咐郭定昌：“卖胡盐光走街串巷吆喝不行，码子得放在庙会上。什么城隍庙、土地庙、药王庙、白塔寺，还有白云观、太阳宫、天宁寺、大钟寺、夕照寺、护国寺、曹老公观、火神庙……这些地界儿都是做买卖的好去处。”

郭定昌把这些话一一记在心里。眼瞅天色已晚，二姨要走。临行，她双手抚着郭定昌的肩头仰天长叹一声，哽咽说：“孩子，真没想到凭你一身功夫，也会落得……”说到这儿，她再也说不下去，鼻子一酸，抱着郭定昌啜泣起来。

第十三章

万里西风夜正长

一

斗转星移，岁月流逝，倏忽一年过去，又是一个金秋来临。

郭定昌这人一向有悟性。二姨的方子，原本只是花椒、薄荷、冰片三种佐料，传到他的手上，又加了陈皮、茉莉、菊花，制出的胡盐不光爽口，还清香扑鼻，成了北京城独一份儿。虽说名气赶不上什么瑞蚨祥、月盛斋，可一年多下来，在城内外的七十二处庙会上，提起“胡盐郭八”，也算是叫响的小摊儿。

九月十九，是城隍庙庙会，这天，赶巧又逢上袁世凯刚刚就任正式大总统、新开复兴门新近落成两件大事，京城各帮会早就憋足了劲儿，要在会上露露绝活儿。什么跑竹马、踢石球、打花棍、舞龙灯、踩高跷、跑旱船、抖空竹、弄盒子……应有尽有。

城隍庙在复兴门内路北。郭定昌起了个大早，待赶到这儿，已是人山人海，商贩云集。复兴门是为了方便交通新开辟的。说是门，其实只是开了个豁口，豁口不大却方便。从复兴门到城隍庙，沿街摆满了露天摊，有卖干鲜水果的、瓷器的、文具的、家常用具的，也有卖花鸟鱼虫和蛐蛐儿、蝈蝈的。城隍庙门前的空场上，居中竖了一杆两丈多高的旗幡，幡上绣着四个朱红大字——“福来艺班”。旗幡下，两个十五六岁、穿红衣绿裤、头上扎了两个垂髻的女孩儿，正抖着空竹。她俩中间，有一个穿绿衣绿裤、留一条长辫的姑娘正把一只白色空盆抛至空中，遂用一根指头粗细的竹竿顶住盆底。那盆子随着手的旋转，眨眼工夫已旋转如飞。姑娘便将手里攥着的五六根竹竿尾衔尾地接续起来，足有丈把高。那个半空中飞旋的盆子忽疾忽缓，竹竿忽直忽弯。姑娘一会儿做个“青蛇翻身”，一会儿做个“仙鹤展翅”，猛不丁又做个“狮子打滚”，那盆子竟然稳稳当当，飞转如旧，惊得看客们叫好连连。

郭定昌看了会儿“弄盆子”，便离开“福来艺班”，找了块儿空地放下挑子。四周的小商小贩大多认得郭定昌，少不了打拱寒暄。郭定昌一一打过千，顺手捡起一枝柳条，在地上扫了扫，又从筐里取出盛水的“猪尿泡”，在地上喷了喷。瞅着干净了，才拿出摊布铺开，把一包包胡盐码好，取出写有“胡盐郭”的长方形小幌子往地上一插，又拿出小板凳坐下，扯嗓儿吆喝了一声：“胡——盐!”吆喝的时候，“胡”字的音儿拖得挺老长，“盐”字的音儿倍儿短。既上口、好听，字儿又让人听得真着，传得深远。

摊儿一铺开，便招来买卖。郭定昌正和一位买主说话，有人拍了他一掌，抬头一看，先是一愣，猛地想了起来，原来是“穿腿鲁”。“穿腿鲁”剃了个光头，脑瓢刮得发青，脸上的肉还是贼横。郭定昌打了个千惊道：“哎哟，原来是您哪。老没见，在哪儿发财呢?”

“穿腿鲁”在脸上抹了一把，憨傻一笑说：“您损我是怎么着?”郭定昌也一笑说：“瞧您说的，咱们谁跟谁啊。”

“穿腿鲁”皱皱眉，叹了口气说：“甭提了。自打头年你离开护卫队，一气之下，我奔了山东兖州府，投了张大帅（指张勋）的‘辫军’。”

郭定昌噢了一声，说：“善扑营的就去了您一个人?”

“穿腿鲁”说：“还有‘扫地高’‘赛蜈蚣’‘矮个儿八’。”

郭定昌又噢了一声，说：“这次回来……”

“穿腿鲁”一挥胳膊说：“这次回来就不回去了。”说着，指了指头顶：“你瞧，辫子都没了不是?您是不知道，干‘辫军’军饷开不出来不说，走到哪儿让人骂到哪儿，没法干！”

“穿腿鲁”盯着郭定昌的胡盐摊儿说：“凭您的名气，也至于落到这份儿上？”

郭定昌淡淡一笑，回道：“现今儿，剃头、扛脚、拉洋车，哪行儿没咱扑护？”

“穿腿鲁”低下头，半天没言声儿，郭定昌拍了他一掌，关切地说：“回来得找个事由干才行。”

“穿腿鲁”指着身后，朗声说道：“事由倒有。”

郭定昌顺眼望去，但见几步外放着一个小挑儿，两头儿各码了一摞鸟笼。

不必细问，郭定昌已明白了十分，一笑说：“哎哟，我还真不知道您还懂这门儿。”

“穿腿鲁”也笑了，说：“不会养花玩鸟、逗蛐蛐、喂蝈蝈，还叫旗人？”说着，把鸟挑儿挪了过来。

郭定昌细瞅，但见有芙蓉、碧玉、珍珠、鹦鹉，还有画眉、百灵、靛颏、字字红、字字黑、小黄雀、蜡嘴、交嘴儿、燕雀、梧桐。

鸟挑儿刚刚放好，“呼啦”就围过来不少买主，你一言他一语地问开了行事。

“穿腿鲁”咽了口唾液，润润嗓儿，说道：“各位爷们儿，人活世上讲‘三生有幸’，人间分‘三教九流’，喝酒兴‘三杯下肚’，有福气叫‘三星高照’，这养鸟也讲究三个字儿——看、听、训。比如这芙蓉、碧玉、鹦鹉长得漂亮，您看上一眼，保您痛快。再比如这画眉、靛颏儿、字字红、字字黑哨起来比唱戏好听，让耳朵过瘾。这交嘴儿、燕雀，你甭瞅它长得不漂亮、哨得不好听，训出来可有本事。”说到这儿，“穿腿鲁”就手把一个燕雀笼门打开，那燕雀“扑腾扑腾”翅膀，倏地飞了出来，在人们头顶上旋了两圈，一头扎下，轻轻落在“穿腿鲁”肩头。正这时，有人买了只鹦鹉，提起笼子，刚掏出钱镚儿，没等“穿腿鲁”接手，燕雀已抢先飞过去，用嘴一叼，又飞回来，把钱镚儿放在“穿腿鲁”手心，逗得现场所有人放声大笑。

待到顾主稀下来，“穿腿鲁”方才觉出有点儿失礼，含着笑向郭定昌道个歉说：“瞅我，把您的摊儿都给搅和了。”

郭定昌一笑，逗个哏：“您也让我开眼了不是？”

两人又说了会儿闲话，“穿腿鲁”蓦地想起了什么，忙问：“金爷、佟巴爷和常五爷可好？”

郭定昌叹了口长气说：“怎么说呢。金爷自打头年遭了那场兵祸，连气带伤，一病就是一年多，这半年才缓过劲儿来。”说到这儿，郭定昌不由得一阵心酸，停了会儿接着说：“金爷把前院的房也出租了，没辙，生活逼的。”

“穿腿鲁”也叹了口气，惋惜说：“真是的。”

郭定昌又告诉他：“佟巴爷也改行了，开了个字画店，身体还行，日子可不比先前宽裕。常五爷看破了红尘，财务总长熊希龄原请他出任京畿政务馆参议，让老人家辞了。头年，开了个‘正骨所’，给人接骨拿环，卖手艺啦。”

听了郭定昌一番介绍，“穿腿鲁”禁不住又是几声惋惜。心情稍一平静，又问起马风喜、褚林、“小鬼崔”等人的事由。

郭定昌一一告诉：“风喜跟着佟巴爷学装裱字画，褚林拉了洋车，纪四宝全家回了满洲，于明纪当了银号的护院，童鹏飞下了江南，梁炳云当了小学校的健身先生，钱洪英进了长辛店铁路工场，文瑞开了个书店，‘小鬼崔’在护国寺卖烤白薯。”郭定昌说到这儿，猛然想起了什么，在腿上拍了一掌说：“哎哟，神了！这些事由全应了十年前佟巴爷和杨公公给我们对的联。”

“穿腿鲁”惊讶道：“真的？”

郭定昌说：“没错。”接着把马风喜的联背了一遍：“风缘海秀，喜拜麒祥。”解谜说：“海秀指师祖，麒祥是师父。这不，至今风喜兄也没离开佟巴爷。”

“穿腿鲁”细一琢磨，还真品出了味儿来，禁不住脱口赞道：“嘿，那位杨公公还真有两下子。”

郭定昌说：“可不。给纪四宝的那副联儿说得更准。”接下去，郭定昌把联儿背了一遍："子龙结义众称四，宝玉离家谁惜孤。"又往细里解释说："上联儿的尾字与下联儿的首字相合，正是'四宝'，连起来不就是'四宝离家'。这不正应了四宝全家回满洲这档子事儿？"

"穿腿鲁"听了又是一番感慨，催促郭定昌把其他人的联儿的"玄机"一一解释了，钦佩地说："杨公公说得准，您的记性也绝了。"

郭定昌谦笑道："您夸奖。别说我们哥儿个没忘，连金爷都背得滚瓜烂熟。"

一提到金爷，"穿腿鲁"刚才的兴奋顿时变得伤感起来。他转了转眼珠，一把绰起钱袋，递给郭定昌说："这袋钱给金爷捎去。"

郭定昌愣了。

"穿腿鲁"一把拉过郭定昌的左手，把钱袋往他手心一撂，真切地说："拿着！再有进钱，还归金爷。"

郭定昌连忙推让道："别价，哪儿能要您的钱。"

"穿腿鲁"把脸一沉，说："嫌少是怎么着？"

郭定昌推让着说："哪儿能呢。您放心，有我郭八吃的，准有金爷吃的。"

"穿腿鲁"爽朗一笑，说："这我信。不过，这是我的一点儿心意。"

郭定昌见"穿腿鲁"一片诚意，也不好再推辞，道了声儿谢，把钱接了。二人又聊了一会儿撂跤的事儿，得知不少扑护把功夫扔了，少不了一番伤感、惋惜。相互劝慰："生活再难，也不能把功夫丢了。"说到这儿，郭定昌不由关切地问起"扫地高""赛蜈蚣""矮个儿八"的事由。

"穿腿鲁"说："从山东回来，'扫地高'在夕照寺经营了一个药膳馆，据说买卖还行。'赛蜈蚣''矮个儿八'两人琢磨联手办个健身社。"说到这儿，"穿腿鲁"又想起了什么，两手一拍说："对了，他俩说了，今儿个也来城隍庙，打算拉拉场子。"

郭定昌说："走，瞜瞜他俩来没。"

郭定昌把摊儿收拾起来，两人挑上挑，一前一后，边吆喝着“劳驾，借光了，您哪！”边挤搡人群，在城隍庙里里外外寻找开了。

转到城隍庙东墙外，一拐弯儿便瞅见高墙下围了一圈人。几个身穿绸衫的人，边往鼻孔里抹着鼻烟，边说：“走，瞜瞜去。自打进了民国，这还是大姑娘上轿，头一回看撂跤呢。”迈着四方步朝人群慢悠悠走去。

郭定昌、“穿腿鲁”听了这些人的话，已猜出八九，前面定是“赛蜈蚣”和“矮个儿八”的场子，随即加快脚步赶过去。

两人放下挑儿，翘首一望，只见场子中央站着一个二十六七岁，矮身量儿，实敦敦，身穿白色褡裢，下着蓝色灯笼裤，足蹬一双鹰嘴洒靴的后生正拱拳说着一段开场白：“各位老少爷们儿，撂跤是咱们中国武术的精粹，讲究三星四圆，练的是徒手搏斗功夫。今儿个我们哥儿俩给各位撂跤瞜瞜。兜儿里有钱的，您甭害怕；兜里没钱的，您也甭心里打鼓。我们哥儿俩撂跤一不为赚钱，二不为扬名，为的是让大伙儿知道撂跤这行还没失传！”

郭定昌听完这段话，赞道：“一年多没见，没承想‘矮个儿八’嘴上功夫挺有长进。”

这时，又见另一个长胳膊、长腿、长身量儿，穿蓝色褡裢的后生接上说道：“练得好，有想学的，一不用投帖子，二不用行大礼，只要您说声‘不怕吃苦’，现场就收徒。”

郭定昌原以为“矮个儿八”两人拉场子，为的是挣几个窝头钱，听了刚才“赛蜈蚣”一番话，才明白是在为善扑扬名，赞道：“好，说得好！人穷，但不能志短。”

开场白过后，场子上出现一段平静，“穿腿鲁”拉起郭定昌要往前挤，又见“矮个儿八”“赛蜈蚣”冲人群一拱拳说道：“现丑啦！”说完，一转身，亮开了架式。只见“矮个儿八”探腰踮步，圆臂含胸，像一只猎物的鹞鹰，锐眼闪着犀利的光芒，盯着前方的“赛蜈蚣”。“赛蜈蚣”抖抖威风，伏腰曲腿，展臂弓背，胸脯几乎贴上地面，两条修长的胳膊不停地在身前舞动，像一条灵活的蜈蚣，昂首前视，警觉地注视着“矮个儿八”的动静。这场面，恰似一幅活灵活现的“雄鹰斗蜈蚣”图画。

围观的众人见了这幅画面，为之一振，不由连声叫好，给两人一个“碰头彩”。

郭定昌、“穿腿鲁”正为“矮个儿八”“赛蜈蚣”高兴。猛然发现对面儿人群中，刚才碰上的那几个穿绸衫的人却像让霜打了脸，一个个冷冰冰戳着。

“八成儿是来找碴儿的。”“穿腿鲁”低声说。

“看他们有什么蹦儿。”郭定昌点了点头回道。

此刻，就见“矮个儿八”右脚一转，一个“鹞子入林”向“赛蜈蚣”扑去。“赛蜈蚣”不慌不忙，腰杆儿一抖，两手一拨再一领，使出个“蜈蚣摆头”，左手封住“矮个儿八”的来手，右手进掌，“啪”地使出一个“贴身靠”。

人群中爆出一片惊呼声。

“矮个儿八”眼看要被摔倒，谁知，他一拧腰，一钩腿，竟然顺势使出个“得合鲁”。“赛蜈蚣”一惊，急忙把上身往地一伏，搓步避开，二人便你来我去，你一把我一脚地摔在一起。

“赛蜈蚣”身长腿长胳膊长，像条蜈蚣左穿右插，上劈下撩，围着“矮个儿八”旋转，攻防甚是严密。工夫一长，“矮个儿八”只觉得心急气喘，喉咙冒火，开始乱了分寸，露出破绽。这时，就见“赛蜈蚣”右手虚晃一把，引开“矮个儿八”的视线，左手迅捷飞出揪住“矮个儿八”的小袖，一推一托，几乎同时备步、窝身、拧腰、长臂，一个“手别儿”把“矮个儿八”腾空扔了出去，“通”的一声，摔在地上。

“好！”场里场外人们狂呼乱喊。

郭定昌、“穿腿鲁”没理会周围人的兴致，留神着对面穿绸衫人的动静，只见那几个人不屑一顾地淡淡一笑，又交头接耳低语几句，看表情和口型，像是在说：“撂得臭。”

“矮个儿八”从地上爬起来，冲“赛蜈蚣”一拱拳，高声赞道：“好跤！”

人们又一次给“赛蜈蚣”鼓掌、叫好。

郭定昌、“穿腿鲁”正留心对面儿人的动静，猛听到身边有人说：“妈，我学撂跤。”

听到话音，郭定昌、“穿腿鲁”一齐回身望去，只见两步外，一个十五六岁的壮实孩子正拉着一位中年女人的手，央求着。

中年女人挖抠了那小孩儿一眼，说：“想得美。家里吃饭都找不着碗啦，哪儿有闲钱供你学打架！”

小孩儿一努嘴儿，说：“您说的是哪儿跟哪儿啊，那是打架吗？那叫撂跤。”

中年女人说：“我不管撂胶（跤）还是撂漆，说归齐都是琢磨着打架。不学那玩意儿倒消停，学会了打架，把人家摔个跟头、踢个包事儿小，真要是断胳膊断腿儿，拿什么给人家垫背？”

小孩儿“啧”了一声，说：“瞧您说玄了。”

郭定昌听了中年女人的一番唠叨，当是她误会了善扑，便凑过去，点头一笑，说：“婶儿，撂跤是一行功夫，往小里说它能强身健体，往大里说还能为国出力呢。”

中年女人乜斜了郭定昌一眼，拖着长声说：“哟，您别吓着我。为国出力我们小民可不敢想，还是让孩子先为家出力吧。”说到这儿，她拍拍孩子的肚皮接着说：“您瞅见了吧，他这肚子不练一顿就能吃五个窝头，快够我们全家吃的了。练上，一顿还不得吃十个？我们只有把嘴缝了。”

郭定昌听这一说才返过神儿来，原来，她为生活所迫才不情愿孩子学，不由叹了口气，不再言语。

小孩儿却不算完，一个劲儿央求。这回，中年女人真的烦了，把胳膊狠劲儿一甩，骂了句：“讨厌。”一甩手儿走了。

郭定昌上前，轻轻拍打着那孩子的肩膀安慰说：“甭难过，想想别的法子。”

小孩儿把脸儿一仰，哭丧着问：“大哥，想什么法子？”

一句话，倒把郭定昌问住了，只见他的两道浓眉一耸，眉心拧成一个“川”字。

正这时，就见场子上又热闹起来。“矮个儿八”和“赛蜈蚣”重新亮开架式。两人你来我往，你一手我一腿地又撂了一跤，便收住场。“赛蜈蚣”拍打拍打褡裢，拱拱拳说道：“各位老少爷们儿，撂得好，您鼓鼓掌捧个人场；撂得臭，你尽管胳肢我们；有愿学的，现时就可报名啦！”

一阵掌声过后，却没见有人报名。

“赛蜈蚣”“矮个儿八”分开两头向人们招呼。说得嗓子冒火，还是没见一个要学的。

“穿腿鲁”拉起郭定昌，正要挑挑儿挤进去跟“赛蜈蚣”“矮个儿八”见面。此刻，就见对面穿绸衫的几个人中翩然走出一人，冲“赛蜈蚣”“矮个儿八”一拱拳，说道：“我倒想学学，不知二位肯不肯收我这个老徒弟？”

“穿腿鲁”一惊，低声问郭定昌：“真是找碴儿的，上吧？”

郭定昌摇了摇头，镇静地说：“甭急。”

郭定昌、“穿腿鲁”打量那人，五十开外，修长身材，身穿灰湖绸裤、绸褂儿，脚穿鱼肚白色洋袜，外套黑色斜纹圆口布鞋。他白细脸皮，高颧骨，鹰钩鼻，倭瓜嘴，一双眼睛不大却闪着袭人的光芒，似专门舞文弄墨的老夫子。

“赛蜈蚣”“矮个儿八”先是一愣。蓦地，“赛蜈蚣”哈哈笑了，冲那人鞠个躬说：“您老找错地界儿了。这儿教撂跤，不教摸鱼（指打太极拳）。”

“哈哈哈……”那老头儿听了也仰脸大笑几声，紧接把脸一沉，正色说道：“今儿个，我来学的就是撂跤！”说完，就手儿脱下绸衫，露出雪团似的一身腱子肉。

嘘！人们见了老者强健身骨，爆出一片惊奇声。“赛蜈蚣”“矮个儿八”以及场外的郭定昌、“穿腿鲁”也各自暗吃一惊。人们边看边议论开：

“碰上吃生米的了。”

“看这老头儿不像善碴儿。”

“来者不善，善者不来嘛。”

“等着瞧吧，今儿个有好戏看。”

…………

“快，褡裢！”老头儿见“赛蜈蚣”“矮个儿八”傻了吧唧地戳着，竟先自不耐烦起来。

“矮个儿八”打了个夯儿，这才回过神来，就手儿脱下褡裢，甩给老头儿。

二

老头儿接过褡裢就手儿抖了抖，接着交叉双臂一抡，那褡裢就像一只翩翩起舞的白蝴蝶见到鲜花，“唰”地落在肩背上。他穿上褡裢，系紧中心带，冲“赛蜈蚣”一抱拳说：“今儿个，跟您学手儿‘手别’。”

“说话听声儿，锣鼓听音儿。”“赛蜈蚣”听出老头儿是在挖苦他刚才使的‘手别’，不由浑身气躁，也一抱拳说：“您甭转影壁（兜圈子）了，看手！”话音没落，亮出个“蜈蚣探须”，瞪起一对儿鹞眼，盯着老头儿。

老头儿见“赛蜈蚣”亮开架式，说了声“请教了！”“唰”地一个“风摆麦浪”也亮开架式。手眼身法步像白猿一样灵活，在场的所有人又倒吸了一口凉气，觉出此人功夫不浅。

“赛蜈蚣”惯于后发制人，曲腿伏腰，稳住阵脚，并不发招。

老头儿眯缝着眼，使出一招“白猿跳涧”，围着“赛蜈蚣”前后左右跃动。二人对峙了一会儿，老头儿一个“白猿献果”靠近“赛蜈蚣”，探手去揪对方大领。“赛蜈蚣”见时机已到，使出个“蜈蚣出洞”，长腰旋臂，打算捋住老头儿来手。没承想老头儿的“白猿献果”只是一个虚招儿。就在“赛蜈蚣”掐腕的瞬间，老头儿猛地曲肘含胸，倏忽向“赛蜈蚣”身下插去。几乎同时，老头儿伏身备步，使出个“金鸡报晓”，左手揪住“赛蜈蚣”的底襟，右手捂住“赛蜈蚣”的右膝关节，膀子往前一甩，紧接着向左一转脸，“嗨”的一声呐喊，像晴天响了个霹雳，使出个“手别”，把“赛蜈蚣”摔了个仰面朝天。

“好跤！”人群中爆出一阵呐喊。

“赛蜈蚣”正要再撂一跤，“矮个儿八”“噌”地冲上前，吼道：“我陪您玩儿一跤。”

老头儿微微一笑回道：“您客气。老朽跟您学手儿‘得合鲁’才是真格儿的。”

“矮个儿八”立马儿听出来这话是挖苦他刚才使的“得合鲁”。胸中顿时火起，转身从“赛蜈蚣”身上扒下褡裢，“呼”地往身上一披，穿好，道声：“请教了”，“唰”地亮开架式。

老头儿见“矮个儿八”阎罗般凶煞，轻蔑一笑，亮出个“烈马捎坡”，虎视眈眈地盯住对方。

“矮个儿八”早就窝了一肚子气，见老头儿亮开架式，恨不得一跤把他摔趴下，两手一晃，扑了上去。老头儿见“矮个儿八”来势凶猛，一个“青龙转身”封住“矮个儿八”的来手，就手儿往胸内一裹，紧接往外一推，脚下使出了“撮窝”。

“矮个儿八”见老头儿这招“撮窝”快捷灵巧并感到对方臂力沉重，吃惊不小，急用“苍龙摆尾”躲过，顺式变化一个“掏腿”，掏住了老头儿的小腿肚儿，不由心中一阵暗喜，料定这一跤，自个儿赢定了。正高兴时，“矮个儿八”只觉得老头儿被掏住的左腿就劲儿往前一送，使“矮个儿八”退也不是，进也不是，正想松手，只觉老头儿腿下一钩，双手一扑，一个“得合鲁”将他重重摔在地上。

“妙！”人群中一片惊喜声过后，爆出一阵暴雨般的掌声。

郭定昌、“穿腿鲁”再也沉不住气了，撂了挑儿，大吼一声：“慢走！”冲进场内。

四周的人们先是一阵乱，接着又静了下来，全都把目光盯在郭定昌、“穿腿鲁”身上。“矮个儿八”“赛蜈蚣”见了郭定昌、“穿腿鲁”又是惊讶又是兴奋，急忙上前打千说道：“哎哟，什么风儿把您二位吹来了？”

郭定昌回个千说道：“我俩来了好一会儿了。”

老头儿也不是软柿子，见郭定昌、“穿腿鲁”火气冲冲，脸色赛过猪血紫红，淡然一笑，抢先叫了一板：“请二位指教。”

郭定昌冷笑两声：“您老还不算完？”

老头儿揶揄地笑道：“我要算完，您二位心里能踏实喽？”

“穿腿鲁”在一旁早已耐不住火性，又见老头儿一副怪样儿，气得满脸横肉直哆嗦，冲郭定昌发声喊：“甭跟他磨牙，我看他是癞蛤蟆翻跟头——不知天高地厚。”

“哈哈哈……”老头儿不但没气恼，反倒仰天大笑道：“您八成儿小时候得过羊角风，要不，说出话来怎么曲溜歪斜的？”

话声刚落，人群中爆出一阵哄笑。

“穿腿鲁”哪儿受过这种奚落，只觉得一股燥火直冲牛斗，忍不住大吼一声：“少废话，看手！”一个“饿虎扑食”向老头儿扑去。

“别耍赖，穿上褡裢！”人群中有人发声喊。

“穿腿鲁”低头一瞅，这才发现自个儿被老头儿气得竟然忘了换上褡裢，脸上红一阵、白一阵，不是滋味儿。

老头儿倒是开通，说道：“拳无定式，跤无定法，您怎么顺手儿就怎么来吧。”

“穿腿鲁”就坡卸驴，运了口气，一个“锦豹出林”，跳过去伸手便抓老头儿的中心带。老头儿不慌不忙，待到“穿腿鲁”手到身前，猛地含胸拔背，沉肩坠肘，收腹溜臀，让“穿腿鲁”顺顺当当把中心带揪住。“穿腿鲁”见出手得利，正要伏腰使出“穿腿”，就见老头儿肚子一鼓，一个“青蛙报春”把“穿腿鲁”的手死死挤住，再一转腰、收腹，将“穿腿鲁”甩出丈把远，栽倒在地。

“噢——”围观众人发出一片哄声，接着跳脚为老头儿叫好。

“穿腿鲁”从地上爬起来，牙一咬，又要扑上去，被郭定昌一把拽住。郭定昌冲老头儿一抱拳说道：“我陪您老玩玩儿？”

老头儿也一抱拳，傲然回道：“谢您抬举，要是我没认错，您就是大名鼎鼎的郭定昌吧？”

郭定昌一怔，心想：我怎么瞅他怪眼生的？便就话客气一声：“您过奖，叫我郭八就行了。”

围观众人一听“郭八”二字，不由一阵惊讶，争相扒肩拢背，跷足伸脖，都想看看这位前清善扑营的高手，边看边议论：

“哎哟，敢情是他呀！”

“嘿，小伙儿长得挺虎。”

“这回，老头儿要蘑菇。”

“不定准儿。没听人说，老姜陈醋最拿人。”

…………

听着人们的议论，郭定昌嘴角露出一丝淡淡的冷笑。“穿腿鲁”“赛蜈蚣”“矮个儿八”也倨傲地乜斜了老头儿一眼。

正这时，又听人群中传来酸溜溜的一声：“哟，我当是什么了不起的人物呢，敢情是个臭卖胡盐的。”

郭定昌顺声望去，但见念秧儿的是一个三十岁出头的女人，身量不高，上穿一件孔雀绿紧身绢衫，脂粉涂腮，金钗插髻，眼似狐妖，两臂抱在胸前，正斜眼睥着场中。她见郭定昌两道凌厉的目光扫来，不由得把头一扭，“呸”的一声，冲郭定昌啐了一片瓜子皮。

郭定昌觉得那女人眼熟，略一沉思，猛地想起来了，她是白义堂的相好——“小酸枣”！脑袋中“轰”地炸开了，正要反唇相讥，就听老头儿古里古怪地说道：“青蝇一相点，白璧遂成冤。听戏别忘了打家伙。”说着，“唰”地亮开架式。

郭定昌见老头儿摆好了阵势，自觉不便与“小酸枣”计较，只好恨恨啐了口地，从“矮个儿八”手里接过褡裢穿好，道声：“请教了！”一个“拨草寻蛇”，亮开了虎式。

郭定昌与老头儿各自伏腰探掌，绕身转了几圈后，越逼越近，斗抢攻势，互争先手。两个人分而复合，合而复分，四只铁臂你封我闭，四条柱腿你踢我钩，斗抢了好一会儿，没分输赢。经过几番争斗，郭定昌已经察出，老头儿的手眼身法步，竟然像童子一样柔韧、灵活、轻便，虽然连斗了八九个照面儿，却脸不红心不跳，看不出一丝疲累。不由心中暗暗吃惊，此人功夫已练到出神入化的地步了。

二人又走了几个照面儿，再一搭把，只见郭定昌上手一晃，引开老头儿的防手，中盘拧腰、沉气、绷劲、发力，用肩头直撞老头儿的膻中；下盘同时蹦步、进臀、转胯，“嗨”地大喝一声，变脸就是一个“崴桩”。

这下“崴桩”稳如松、快如风、劲如弓，老头儿一旦吃招儿，轻则脸上戕块皮，重则非摔闷过去不可。在场众人无不惊地“啊”了一声。连郭定昌也动了恻隐之心，打算崴出去后，暗地里拽老头儿一把，以防伤着。

没承想郭定昌一个“蹦崴”出去，还没等拽手儿，就见老头敏捷地滴溜溜一转，一个“青龙转身”，化了郭定昌的发力。郭定昌撂了这么多年跤，还是大姑娘上轿，头一回碰上这种破“崴桩”的招儿，不禁大吃一惊，猛地缩身，弯腰转步，变“蹦崴”为“崴削”，顺掌反给老头儿一个“拦门削”。

郭定昌使的这招儿“崴削”乃是常五爷独创的一手绝招儿，不碰到坎上不轻易用，一旦用了，对手十有八九没跑。眼下，郭定昌却出了漏子。自打善扑营解散后，他快三年没有练功活动筋骨了，交上手，只觉得丹田气上浮，脚下发飘，手也不听使唤，一削下去，死塌塌内力软散，不但没把老头儿削倒，反倒让老头儿把削手抿住，借劲儿使出一招儿“撮窝”，猛地长腰发力，喝了声：“出去吧，您哪！”把郭定昌摔了个仰面朝天。

“好跤！”

“郭八，别臭眼了，快下去吧！”

“一跤不算赢，再撂一跤！”

人们狂呼乱喊，有为老头儿喝彩的，有为郭定昌鼓劲儿的，有说风凉话念秧儿的。

老头儿拍打着手，揶揄笑道：“锈了。功夫着实锈了。”

这时，又听“小酸枣”在人群中奚落说：“什么满四九城叫响，我看是摔在地上叫响吧！”

人们爆发出一片哄笑声。

“穿腿鲁”听了“小酸枣”的话，顿时火冒三丈，一个箭步跳过去，吼道：“输赢是常有的事儿，轮不着你起哄架秧子！”

“小酸枣”把杏眼一瞪，嘿嘿嘿冷笑一声，拖长声说道：“哟，我说昨儿晚上怎么夜壶（尿壶）响，敢情是你吹西北风呐。跟你说，小娘我吃打吃骂就是不吃骑（气）。有气儿跟老头儿撒去，别在我这儿找辙！”

“穿腿鲁”正要冲上去扇“小酸枣”，被老头儿一把拉住，说：“好男不跟女斗，息怒。”

此刻，郭定昌从地上爬起来，窘得两腮直红到脖根儿，他给老头儿作了个揖说：“请再指教！”

“哈哈哈……”老头儿仰天大笑道：“再撂下去，你就更丢人啦。”说完，老头儿脱下褡裢要走，又转身儿毫不客气地说：“既请指教，那就送你四句话好了。”接下去，老头儿吟了四句怪诗：“卧龙出山玄德振，薪火赤壁孙刘兴；尝沥蜀辛分三国，胆赤心忠举尽粹。”末了，又留下一句话：“两年后，我等着你！”

郭定昌气急地喝声：“留下你的姓名！”

老头儿冷笑一声，说道：“站不更名坐不改姓，鄙人叫萨洪钧。”说罢，扬长而去。

三

离开城隍庙，“小酸枣”像衣锦还乡的正宫娘娘，藐然飘袂。只觉得喘气气顺，抬脚脚轻，放眼眼亮，连身量也觉得长高了一寸。虽说她压根儿没见过郭定昌，可从白义堂嘴里没少听郭定昌的事儿，用她的话说：“连耳朵眼儿都磨出茧子了。”这些年，她替白义堂恨得玉牙咬矮了三分，恨不能找上门狗血喷头地臭骂郭定昌一顿，让相好的把气儿消喽，可就是“小炉匠忘了戴眼镜——找不着茬儿”。今儿个，老天爷开眼，大庭广众下不光老头儿丢了郭八的丑，自个儿还把臭丫头养的好一个奚落，出了他的洋相。往后，看他还怎么在“四九城”这块地界儿上混！

“小酸枣”越咂摸越有味儿，越琢磨心里越美，真想插翅飞到白义堂怀里，把这事儿告诉他，让他也高兴高兴。

“小酸枣”一路小碎步进了家。她把顺道买的扒鸡、灌肚儿、鲜鲤鱼，还有一瓶“菊花白”往桌上一搁，别的事儿没管，先一扭身儿，坐到梳妆台前，照了照。她正过来侧过去地端详了一会儿，觉得自个儿那双眼还是水灵灵的，脸蛋还是活鲜鲜的，头发还是乌黑黑的，才满意地站起来，又照起了腰身。她知道自个儿已是三十多岁的人了，北京的女人到了这个岁数腰要变粗，屁股要变肥，肚子要变鼓，奶子要变大，让人看了寒碜。她身前、身后、身左、身右地照了几遍，还好，腰还是柳条般的细，屁股还是小磨般的略翘、微收，肚子还是打了箍般的紧收，一对儿奶子还是馒头般的受看。她见自个儿风韵没减，更满意了，屁股一扭离开了梳妆台，顺口唱了一段王宝钏：“讲什么节孝两双全。”唱到兴头上还就手儿来个亮相，作了个纤柔身段儿。

“小酸枣”找了会儿乐子，又炒好菜，斟满酒，正想吃晌午饭，就听街门响动，白义堂身穿黄斜纹布军装，头戴大盖帽，手提一个荷叶包进了院。“小酸枣”动也没动，隔门给白义堂打了个飞眼，撇撇嘴说：“哟，是您来啦，今儿个，怎么惦记起我来了！”

“今儿个，财神爷发军饷，我能把心肝宝贝忘了？”白义堂色眯眯地说着进了屋。

“小酸枣”哧地一笑，逗了一句：“这碍我什么事儿，送八大胡同不就得了。”

白义堂把荷叶包往桌上一搁，一把挽过“小酸枣”，在她腮上亲个响说：“哪儿能呢。”他嘴上说着，一只手在“小酸枣”的胸脯上不停地揉搓。

蓦地，“小酸枣”哎哟叫了一声，微嗔道：“不能轻点，痛死我了。”说着，将白义堂的那只手推开，瞪了白义堂一眼说：“真是属猫儿的，见不了腥儿。怎就不能先聊点儿开心事儿！”

白义堂嬉皮笑脸地收回手，指着荷叶包说：“得，听你的。宝贝儿，你瞅这是什么？”说着，把荷叶包打开。

“小酸枣”本想把郭定昌挨瘪的事儿告诉白义堂，没承想他说开了荷叶包儿，没好气地瞟了一眼，原来荷叶包里是一只清蒸鸭子。她一撇嘴奚落道：“哟哟哟，我当是什么山珍海味呢，原来是一只臭鸭子，寒碜我不是？”

白义堂收住笑，板起脸说道：“知道这清蒸鸭子是谁送的吗？”

“小酸枣”把屁股一扭，头一歪，瞅也不瞅一眼地说：“总不会又是哪个臭相好送的吧？”

白义堂“啧”了一声说：“说了能吓你一跳，这是袁世凯袁大总统送的！”

果然，“小酸枣”震了一下，转问他：“真的？！”

白义堂把荷叶包捧到“小酸枣”鼻尖前，用嘴一努，说：“宝贝儿，你闻闻这味儿，除了总统府的厨子，满‘四九城’谁还能有这绝活儿？”

“小酸枣”皱鼻眯眼地深吸了一口气，娇滴滴地“唉”了一声说：“袁大头挺待见您的。”

白义堂得意地“啧”了一声，抬手撕下一条鸭脯肉，送进“小酸枣”嘴里，说：“袁大总统最爱吃这道菜，今儿晌午要不是有家宴招待云南的蔡锷，我哪有福分吃上这一口儿。”

“小酸枣”边嚼着鸭肉，边逗了一句：“哟，您敢情是属狗的，尽吃主子的下水。”

白义堂听了这话不仅没来气，反倒乐了，一把抱住“小酸枣”，胳肢她说：“你吃我的下水。”

“小酸枣”咯咯笑了一阵，从白义堂怀里挣脱出来，一边给白义堂斟上酒、拿过筷子，一边娇滴滴地问：“您成天赖在我这儿，家里的正宫娘娘能没醋味儿？”

白义堂没作声，先把大盖帽摘下，又从兜里取出钱袋一并往炕上撂，才“噗哧”一声笑了，说：“她吃醋又有什么蹦儿？”说完，咂了口酒，吃了一大口鸭肉。

“小酸枣”抿了一口酒，抬手掠平一绺散乱的刘海儿，神秘兮兮地说："头晌儿，我遛了一趟城隍庙——"

一听"城隍庙"三字儿，白义堂一震，忙放下筷子，打断"小酸枣"的话茬儿，急火火地问："海野回来了？"

"小酸枣"猛地返悟过来，海野的宅子也在城隍庙一带，方知白义堂误会了。她瞟了一眼白义堂说："他不是早回日本了吗？"

白义堂长吁了一口气，松下心，一口把盅里的剩酒喝干，才说："我说的呢。海野就是回来也不能靠啦。"

"小酸枣"一惊，忙问："这话怎么说的？"

白义堂吃了口菜，又斟满酒，低声说道："听说海野回日本后，又跟宗社党的那帮人搅和在了一堆儿，想着在京城起事，扶宣统爷复位。"

"小酸枣"撇撇嘴说："那不是好事儿？"

白义堂乜斜了"小酸枣"一眼，用手指敲打了一下桌面，说："好什么好！这不是明摆着跟老袁唱对台戏。老袁已发下话，让内务部迅速查办，从严惩治。"

听这一说，"小酸枣"没再言声儿。

白义堂又给"小酸枣"使个眼色："别价打不着狐狸闹身臊。"

"小酸枣""噗哧"一笑，伸出"兰花指"在白义堂脑门上点了一下，说："您真是个醋坊掌柜的！我是说头晌儿看了郭八出洋相啦。"

听这一说，白义堂像抽了口大烟，浑身来了精神，把手里的筷子一放，催道："怎么回事？"

"小酸枣"腰身一扭，眉飞色舞、比手画脚、添油加醋地把郭定昌在城隍庙输跤的事儿描绘了一番。末了，把杏腮贴在白义堂脸上媚声问道："这回开心了吧？"

白义堂兴奋地跳起来，连骂了三声："想不到小丫头养的也有今天！"绰起酒瓶，"咕咚咕咚"喝了个痛快，又把嘴一抿问道："场子没散吧？"

"小酸枣"回道："兴许还没散。"

白义堂嚷道："我也去损损小丫头养的。"不顾"小酸枣"急赤白脸地拉扯，踉踉跄跄走了。

白义堂出了胡同口，一来酒劲儿上涌，二来高兴大劲儿了，也就把让车的事儿扔到脑袋瓜子后头去了。一上大街，正好和一辆拉粪的马车撞到了一堆儿，脑袋瓜儿不偏不斜正好倒在车辘轱下边，只听“噗”的一声，脑壳被轧得粉碎，脑浆、血水搅和着屎尿摊了一地，当场毙了命。

四

正当郭定昌在城隍庙与萨洪钧交手试艺的时候，金鸟胡同六号里，兰彩凤正紧锣密鼓、红一阵白一阵地诱导着巧英。

金鸟胡同六号是个独门独户的幽静小院，正屋五间，西厢三间；雕梁画栋，青石铺地；廊前斑竹吐绿，窗下花红飘香；正房廊檐下的镀金丝钩上悬挂着一溜儿做工精致的鸟笼，有红靛颏、蓝靛颏、铜嘴、蜡嘴、字字红、字字黑，可谓是秀色可餐，鸟语花香。这所宅院原来是前清的一位王爷“金屋藏娇”的地界儿，民国后被孟广源买来，做了三姨太兰彩凤的世外桃源。

巧英自从去年夏天在太平湖邂逅兰彩凤、孟广源后，一颗纯洁的心，就像一池平静的湖水里投进了一块石头，登时掀起一段段涟漪。

其实，这种心态也不足为怪。一个二十二三岁年纪的姑娘正是要好的时候。何况，巧英又在宫里当了三年艺工，吃穿自比平民百姓高出一大箍节儿，心气儿自然要高。她比比兰彩凤，再看看自己，心里说不出是羡慕，还是酸楚，只觉得空落落的。就这样，她苦闷、惆怅了几日，蓦地，从兰彩凤身上看到了亮光，便身不由己地朝着亮光寻去，不止一次地叩响金鸟胡同六号的红漆院门。半个多月前，巧英来六号串门儿，兰彩凤甜言蜜语地给她提了一门亲事，巧英含羞没有应允。她这次来找兰彩凤，一来是惦念探望，二来是打算跟兰彩凤借笔款子，好给家里老爷子治病。

南屋正间是会客厅，瓷砖铺地，红木围墙，吊扇壁灯，沙发茶儿，清一色西洋式装潢。兰彩凤身穿细花缎旗袍坐在一张铺着竹编凉垫的沙发上，两眼紧盯着巧英，像等待对方作出什么决定。巧英穿的还是去年的那身儿月白色小褂、宝蓝色长裙，她坐在另一个沙发上，正两眼望着茶几上的一张相片发愣。

相片上是一个身着北洋军官服，胖头圆脸，目光凌厉的男人，看上去有四十多岁年纪。

兰彩凤、巧英静抻了一会儿。这时，就见用人赵妈手端一盘切好的西瓜从屋外进来。她先朝巧英躬身一笑，让道："姑娘，请尝一块。"

自从入夏以来，巧英还没吃过西瓜，见了彤红脆沙瓤的瓜片，登时心里升起一股爽甜，脸上却装作充实的样子，回道："不客气，您哪，我来时在家吃过了。"

看巧英的表情，别说是兰彩凤，就连赵妈也看出了巧英的做作。赵妈一边递过西瓜，一边用眼乜斜着相片说道："姑娘，你要真的能跟了黄团长，可是福分，往后的日子保准儿比西瓜还甜还脆生。"说罢，与兰彩凤互递了个眼色，客气一声，退了出去。

兰彩凤急忙在大腿上拍一把，接上赵妈的话茬儿说道："听见了吧，连赵妈都这么认为。巧英妹妹，别价一个死心眼地光盯着你那位卖胡盐的八哥啦。不错，他是比黄团长年轻、帅气，可话又说回来，年轻能顶吃顶喝吗？帅气能顶二百块现人洋救你们老爷子的命吗？"

巧英脸一红，心乱如麻地叫了声："姐姐！"

兰彩凤把脸皮一松，止住巧英的话，正色说道："得得得，怕感情上对不住你那位八哥不是？别冒傻气了，我的小妹妹，你知道咱们做女人的怎么才能过得好吗？要想有钱花去找买卖家，要想日子宽去找北洋官。在这个世道中，既想吃又怕烫，恐怕一辈子也做不了人上人……"

日落西山的时候，巧英终于被兰彩凤说服了。她伸手收起相片，细声说道："姐姐，我听你的。"

兰彩凤一把抱过巧英，像一只斗胜的雌鸡兴奋地说道："这就对了。明儿，我就领你去翠花楼饭庄会黄团长。"

第二天，夕阳刚落下山，巧英换了一身整洁的衣裳，来到翠花楼饭庄。

翠花楼饭庄是一家鲁菜餐馆，名气与“东来顺”“南来顺”“又一顺”“全聚德”并驾齐驱，是老北京叫的响字号。在古色古香的包厢里，酒宴已经摆好。八仙桌上铺了绣花桌布，细瓷杯、象牙筷、小碟、白银调羹、雪白手帕都已安放停当，只待上菜了。孟广源、兰彩凤、巧英分别坐在靠墙的沙发上，边聊天儿边嗑着瓜子等待黄团长的光临。

巧英有生以来第一次进这么豪华、气派的馆子吃饭，又是新奇又是拘束，禁不住地偷眼四处打量：包厢四壁雕龙画凤，墙角竖立着铜鼎瓷瓶，厢内好像用香料喷过，散发着阵阵幽香，连地面儿也油漆得锃明瓦亮照出倒影。她感叹地对兰彩凤说：“姐姐，这地界儿不比颐和园老佛爷用膳的地界儿差，包一顿饭得花多少钱？”

孟广源高傲地伸出右手食指，在胸前翘了一翘，晃了几晃，算做了回答。

“十块?!”巧英惊讶出声。

“傻妹妹，露怯了不是？十块还不够酒钱呢，一百块！”兰彩凤在巧英肩头轻拍了一把，不以为然地笑了。

巧英听了这个钱数惊得伸了伸舌头，脱口道：“一百块够我们全家吃两年的！”

兰彩凤不屑地说道：“这算什么，黄团长一把子就能有这个进项”。她睥了一眼巧英，又继续说道：“怎么样，比你那位八哥硬实吧？”

此刻，孟广源轻扬了一下手，打断兰彩凤的话，慢条斯理地说道：“今儿，由我做东，给巧英妹妹牵红线怎能让黄团长破费。”

正这时，堂馆儿进来向孟广源鞠了躬禀报：“黄团长到啦！”

孟广源、兰彩凤忙迎出去。

人高马大的黄团长，上穿佩绶带的黄呢军服，下着马裤，足蹬半筒马靴，手托鸡毛掸子似的高筒军帽，在孟广源和兰彩凤的陪同下，趾高气扬地走进包厢。巧英打量了一眼黄团长，慌忙又将头垂下，不知是羞涩还是恐惧还是拘束，只觉得向前不是，退后也不是，两手一味地拽着衣襟不知做什么好。

孟广源笑着脸，扬手朝黄团长介绍："这位就是彩凤的妹妹——巧英姑娘。"

兰彩凤也忙向巧英挤挤眼睛，示意她快给黄团长见礼。

巧英这才似从梦中醒来，羞答答地给黄团长道了个万福。

黄团长毫不避讳地在巧英脸上、身上，上下打量了几遍，立马儿脸露喜色，随即笑道："孟老板，你好眼力。"

巧英听黄团长的口音，像山西人。

孟广源、兰彩凤赔笑着，忙催请黄团长入席。

席上，孟广源斟酒先敬黄团长，黄团长举杯一饮而尽。兰彩凤向巧英敬酒时，巧英推让几遍，盛情难辞，才端起杯勉强抿了一口，立马儿呛得咳嗽起来。黄团长开心地笑道："到底还是个雏儿。"

孟广源微微一笑，夹起一块"芙蓉肉"放在黄团长小碟里，又关心地问道："听说十月十日，袁大总统在天安门举行就职阅兵典礼，可气派了？"

黄团长应了一声，诧异道："怎么，你没去观礼？"

兰彩凤忙谦道："他哪儿有这个福分。"

黄团长笑了，说："气派！气派！总共有万把子军队，厄（山西人把'我'读作'厄'）的排炮团走在顶前头，袁大总统光朝厄招手。"

兰彩凤听了这话，忙盯住巧英讨好地说："妹妹，姐姐为你找的人顶尖儿吧？"

巧英羞涩地把头一垂，叫了声："姐姐。"

"哈哈哈……"黄团长、孟广源都开心地捧腹大笑起来。

兰彩凤又为黄团长挟了一筷子菜，边笑边话中有话地说："黄团长，巧英妹妹可是个孝顺姑娘，往后，他们老爷子的事儿，您可得多上心。"

黄团长先是一怔，立马儿明白过来，转身从军包里拿出一个小布袋，往巧英眼前一放，说："这二百块大洋先给老爷子抓药用。

往后，用钱尽管言声儿。”

“爽快！请！”孟广源和兰彩凤同时站起身，兴奋地举杯轮番向黄团长把盏敬起酒来。

巧英满脸通红，望着小布袋不知该如何是好。

第十四章

卧薪尝胆壮行程

一

1915年秋天，阳光和煦，古老的北京城，水碧山青，枫红柳绿，满目菊芳，正是游人重阳登高览胜的时节。

红日西下，蓝天上缓缓移动的落霞，变幻成一道道光和色，在霞光的映照下，五朝古都更显得气象雄伟，庄严富丽，多彩多姿。

一辆三套马轿车挟着清爽的晚风，沾着落霞的余晖，伴着一串清脆的铜铃声，向夕照寺驰去。

夕照寺在外七城的广渠门内，风景很好。

随着车把式"吁"的一声，马轿车在夕照寺山门前停下。车帘一动，从里面先后跳下两名壮汉，前面的是马风喜，后面的是褚林。

褚林抢先掀开车帘，马风喜紧接迎上前，冲车里客气道："到了，您哪。"说罢，伸手搀扶下一个面色白细，下颏丰满，留着两撇八字胡须，戴顶礼帽的老者，这老者正是常五爷。常五爷下了车，抬头望了望满天缓缓移动的云朵，然后朝车棚里说道："金爷、佟巴爷，您二位悠着点儿劲儿下。"

"擎好吧，您哪。"随着话声，马风喜又分别将金尚辈、佟巴爷搀扶下车。金尚辈脸色淡黄，一双眼深陷，一下车便痰涌气喘地咳嗽了几声，一件原本挺合身的天青色暗花长袍，眼下却显得肥大了许多。佟巴爷穿了一件灰布长衫，脸色微红，两腮略塌，一尺多长的五绺髯须已染雪白，头顶也脱谢得只剩下稀疏的银发。

三位耄耋老人在马风喜、褚林的搀扶下，颤颤巍巍地登上石阶，一边走，金尚辈一边忍不住询问："定昌能在这儿？"

马风喜轻声道："放心吧，您哪。定昌说了，有事儿到夕照寺找他。"

金尚辈、佟巴爷、常五爷来夕照寺，一来是重阳登高，借观夕阳西下游秋解闷儿；二来是看望郭定昌。原来，自从两年前，郭定昌在城隍庙输给萨洪钧后，便横下一条心："悬梁刺骨"地苦练功夫，两年后再跟萨洪钧一见高低。事隔不久，巧英又离他而去，真可谓："梧桐更兼细雨，到黄昏，点点滴滴。这次第，怎一个愁字了得！"伤感之余，郭定昌把一切寄托都放在了功夫上。说来也巧，有一天他来夕照寺庙会卖胡盐，没想到碰上了十三年前结交的少林寺和尚谢青山。

谢青山自从溥仪退位后，便离开庆王府来了夕照寺。他听了郭定昌这几年经历后，嗟叹良久，便邀郭定昌来夕照寺住，这个地界儿白天热闹，晚上清静，是做小生意和练功夫最好的地方。当天，郭定昌便把硕绳、石锁、大棒子、小棒子……一等器械一股脑儿地搬进了寺里。白天在庙前卖胡盐，收摊儿后就地练功，不光把金尚辈、佟巴爷、常五爷传的功夫全部找了回来，还跟青山和尚学了少林秘功。

马风喜、褚林搀扶着金尚辈、佟巴爷、常五爷踏进寺门，忽听侧院里传来一阵"呼呼"的风响声。众人打眼望去，但见两扇朱红院门虚掩着。褚林踮起脚尖，悄没声走到门前，从门缝中往院里窥视。

马风喜也凑上前踮起脚尖闭了一只眼向里望去。原来，这是一座僧舍，院子挺宽敞，黄土垫地，灰砖砌基，打扫得干干净净。院中一株如伞似塔的古柏，郁郁苍苍，枝丫横伸，屋檐上不时传来几声雀鸟的鸣叫声，更显出古刹宝寺的清幽。古柏下，放置着一个斗大的石锁，一盘胳膊粗细的棕绳，一根三尺多长、酒盅粗细的棒子，还有一尊重约五六百斤的石球。此刻，郭定昌正光着上身，亮出虎式，“唰唰”地揉转着那石球，黄土地上已被石球碾出一道深深的圆沟儿。

郭定昌一边揉转着石球，嘴里还一边数着：五百零一、五百零二……

马风喜、褚林以前只是听说过金尚辈有一手儿叫绝的“太极球”功夫。这种功夫取自太极、八卦之精华，讲究的是粘、黏、缠、绵、捧、捋、挤、按、推、托、领、带，心意相合，借力发力，以柔克刚，一巧拨千斤，靠的是身法敏捷，丹田内功。眼下，他俩见五六百斤的“太极球”被郭定昌揉得溜溜儿飞转，比起太极拳的推手又高明一大箍节儿，就是上乘跤手怕是也顶不住这一揉，不由心中暗暗吃惊。二人平心静气，不眨眼皮地盯着练功的郭定昌。

郭定昌嘴里数到一千，立起身，使出个捧气灌顶，气沉丹田，接着左腿迈前一步，变换成左架儿，而后，略一停歇，便开始反方向揉转起了“太极球”。就这样，由慢至快，腰旋臂转，缓慢时恰似行云流水、连绵不断，粘似胶，缠如绳；疾臂时快若法轮，目不暇接。推似撞山，领如牵牛，宛如空野中一颗陀螺在飞旋。他身下的藏青色灯笼裤，被“太极球”旋起的风一吹，飘飘洒洒，夕阳映照下，如同一只矫健的雄鹰凌空翱翔。他或推或托，或领或带，或捋或挤，或缠或按，时而醒号发声，如同晴天霹雳，惊涛裂岸。一个五六百斤重的石球，在他手中简直变成了一个小小的泥丸。此时，就如同眼前站着“四大天王”，郭定昌也敢向前，一把将他们薅倒。他嘴里又数到一千，调气顺力，猛地发声大喊，“嗨”的一声，双手一托，竟然将“太极球”捧离地面。

马风喜、褚林被眼前的情景惊得目瞪口呆，他们怎么也没想到，自打善扑营解散后，郭定昌非但没把功夫搁下，反倒越练越精。就拿这揉球的功夫来说，就是当年善扑营的好练儿也是难以达到的。看到这儿，马风喜、褚林心里替郭定昌一阵高兴，正要高声喝彩，此刻，就听僧舍里传来震天响的一声：“好功夫！”

随着叫好声，屋里昂首走出一个矮身量和尚。这和尚上身穿黄色僧衣，下身穿古铜色僧裤，脚蹬一双洒鞋，一对儿不大的鹰眼闪着犀利的寒光，此人正是妙海和尚。

郭定昌忙把“太极球”放在地上，谦笑道：“青山大哥，过奖了，您哪。”

妙海和尚哈哈笑道：“出家人不说假话。不是俺嘴上捧你，是心里夸你，跟两年前比起来，你的功夫可长大进啦。”

郭定昌正不知说什么好，就听妙海和尚大喊一声：“看手！”说着一个“黑虎掏心”，挥拳冲郭定昌膻中穴打去。

郭定昌打了个激灵，急忙像揉球似地探手粘住妙海和尚的来拳。妙海和尚蓦然曲肘回臂，侧身用力一带，使出一招“海底捞针”，飞脚直踢郭定昌的小腹。郭定昌含胸拔背，收腹溜臀，待到妙海和尚脚到腹前，就手儿一按，正要使出个“掏腿”，妙海和尚急收腿变换个“金鸡报晓”来叼郭定昌的手。郭定昌顺式把手一送，下边进步就是一“耙”，妙海和尚站脚不稳，好悬没栽倒。

“好跤！”妙海和尚一声喊，震得僧院嗡嗡响。

二

郭定昌使的这下“耙腿儿”，在外行眼里或许觉不出新鲜，但让内行看了可要脱口叫绝。妙海和尚毕竟是少林寺的上好武僧，武功练到了炉火纯青的地步。武林中有句行话，叫作“行家一出手，便知有没有”，凭妙海和尚刚才的身法、拳法，一般武士甭说将他摔个趔趄，恐怕连衣襟也摸不着一下。马凤喜、褚林心里有数，郭定昌若没有这两年的功夫，要想赢眼前这个和尚怕是连门儿也没有。看到这儿，二人禁不住敬佩地脱口喝彩：“漂亮！”

妙海和尚听到外面有动静，脸一沉，厉声喝道：“嚷啥哩！”说着，大步向前，一把将僧舍门拉开，好悬没把马凤喜、褚林闪个“大马趴”。

郭定昌一抬头，见是马凤喜、褚林，后面还有金爷、佟巴爷、常五爷，慌忙迎上前请个安说："哎哟，敢情是您几位啊！"

妙海和尚见郭定昌与眼前的几个人熟识，便脸皮一松，把火气压了下去。

郭定昌激动地将金尚辈、佟巴爷、常五爷，还有马风喜、褚林向妙海和尚一一做了介绍。妙海和尚"哦"了一声，一拱拳，朗声道："咋，这么说全是自家人啦，到屋里说话。"说完，一转身，先自进了靠南的一间僧舍。

瞅着妙海和尚进了屋，褚林忍不住抿嘴一乐说："这和尚可够逗的，别的和尚见了客人双手合十，他却作揖，八成是个花和尚吧？"

马风喜一惊，伸出食指放在嘴上"嘘"了一声，说："小点儿声。"

佟巴爷干咳一声，乜斜了褚林一眼说："这是夕照寺，可不是你挑理儿的地界儿。"

褚林做个鬼脸儿不再言声儿。郭定昌边走边把妙海和尚的来历，还有他俩的交情向众人说了个仔细。众人这才恍然大悟，不由说道："原来是个鲁智深！"

说着话，六个人进了屋。众人环视了一下屋子，房间不大，收拾得干净整洁。靠南窗下是一铺单人土炕，上面铺着深灰色棉褥；炕头摆着两床深灰色被窝，顶上横着一对钴蓝色粗布枕头；地脚下靠西墙正中放着一张深褐色条桌，桌上供奉着一尊笑口常开的弥勒佛；北面墙上挂着柄带红缨的单刀、龙剑、护首钩、虎头钩、子午鸳鸯钺等短兵刃；北墙与东墙的结角处放着一副朱红色木架，上面插着长枪、春秋刀、齐眉棍、月牙铲等长兵器。不摸底的人进了门，保准儿不以为是禅房，还当是进了演武厅呢。

"你们坐，我去沏茶。"妙海和尚说着提起一个白底蓝花筒式茶壶出了门。

褚林打量了一下屋里，老半天没找着一个凳子，便冲郭定昌逗个哏说："您让我们干戳着？"

郭定昌这才返过神儿来，搀扶金尚辈、佟巴爷、常五爷靠炕沿坐下，其他人只好站地上了。

金尚辈、佟巴爷、常五爷眯着笑眼，上下打量了一会儿郭定昌。佟巴爷拈须赞道："身子骨壮得赛过牦牛喽。"常五爷伸出手，在郭定昌胳膊腿上掐了几把，点头说了声："成，没白练。"金尚辈待喘息平静后，才宽慰郭定昌说："别价一个劲儿地跟城隍庙那档子事较真儿，人生一世好比走路，哪有不栽跟头的。"

郭定昌连连点头回道："金爷说的是，我不跟那位老先生较真儿，是打心眼儿里觉得再不练，就把善扑这门功夫荒废了。"

一席话，把马风喜、褚林说得沉不住气了，二人向金尚辈、佟巴爷、常五爷发誓：往后，生活再穷再累，也不能只顾饭碗丢了功夫。

众人正聊着，只见妙海和尚一手拎着大瓷壶，一手托着一摞粗瓷黑边碗跨进屋。他把碗往条桌上一放，说道："寺里没有茉莉香啦，凑合着喝口凉白开吧。"说着，抿起手指在一个碗沿上擦了一圈，倒上水。

马风喜、褚林看了妙海和尚朴实无华的爽态，又可亲又可笑，二人相视一乐，没动窝。

常五爷抿着八字胡扫视了一眼四周，见房小人多，站没地界儿站，坐没地界儿坐，便站起身打个圆场道："不麻烦了，您哪，咱们外面聊。"

妙海和尚听了这话也没客气，痛快应道："中。"腿一抬，先自个儿出了屋。

郭定昌、马风喜、褚林分别搀扶着金尚辈、佟巴爷、常五爷出了屋。此时，夕阳已下沉，西方渐露淡红之色。夕照寺里的人越聚越多，殿堂前、飞檐下、石阶上更是人头攒动。片刻，只见淡红的西半天，挂上一层枫红，仿佛天际间拉上了一道火红的纱幕，绚丽而又神秘。善男信女全被吸引过去，不再高谈阔论，不再上香拜佛，一致全神贯注地凝视那轮大而圆的斜阳。如血的夕阳就像一盏硕大无比的灯笼，高高悬挂在半空，但不像灯笼死板，不停地涌动着、喷薄着余热，变幻着光和色。不一会儿，先头天空中袅袅飘动的棉絮般洁白的云朵，开始漾起一痕枣红色。随着落日的下沉，枣红色逐渐扩大、再扩大，越变越红，慢慢连在了一起，汇集成草原般广袤的火烧云。转瞬间，彤红的云朵变成了云丛。那云丛，有的像雄狮，有的像奔马，有的像大海的浪峰，有的像原始的森林……它们不停地变幻着，运动着，仿佛有一位天圣正在那里，从容地指挥着。

回眸夕照寺，紫霞笼罩，迷迷离离。余晖下飞檐斗拱，殿堂富丽，金碧辉煌，相托红墙琉璃瓦殿顶色彩斑斓，仿佛是天宫中的景物，给人以虚幻神秘之感。

夕阳缓缓沉入巍峨苍莽的西山，先剩下大半个、半个、小半个，最后完全被群山遮掩。茫茫的火烧云，顿时也变换颜色，由彤红变成绀色、褐色、橘黄色、灰色、淡灰色，像柔曼的轻纱，在天空中缓缓飘动。影幢幢的山峦越发显得苍劲，像一排武士傲然挺立，神气十足，令人看得目瞪口呆。

倏地，天空掠过一队人字形南飞雁，“咯咯”叫着飞向远方，把人们的思绪也带入缥缈的境界……

忽然，大殿里传来几声浑厚悠扬洪亮的钟声，将善男信女带向悠久的历史隧道，勾发起怀古思今的幽情。此时，游客中有高诵唐诗宋词的，有仰天长叹的，有垂首沉思的……

“闻钟声，泛真情。”常五爷触景生情，禁不住吟诵起了苏轼的《水调歌头》：“明月几时有？把酒问青天。不知天上宫阙，今夕是何年。我欲乘风归去，又恐琼楼玉宇，高处不胜寒。起舞弄清影，何似在人间。转朱阁，低绮户，照无眠。不应有恨，何事长向别时圆？人有悲欢离合，月有阴晴圆缺，此事古难全。但愿人长久，千里共婵娟。”

常五爷刚收口，妙海和尚立马儿鼓掌叫起好来，喜冲冲地说：“这篇文章写得实在。月亮哪能光圆哩，人哪能光欢喜哩。婵娟不婵娟的俺倒不懂，可‘但愿人长久’这句俺听得明白。不长久的人，俺从来不交。”说完，他又冲金尚辈一笑，说：“您老人家不念几句？”

金尚辈摇摇手回道："干这话儿，我是蘑菇。让佟巴爷替我挡了吧。"

佟巴爷眯眼拈须琢磨了一小会儿，把头一点说："得，那我就替金爷诌上几句。"说罢，便仰首吟道："枫老树流丹，草衰吹又残。聚夕照同倚朱阑。还似少年同武地，听落叶，忆当年。暮鼓起重关，霜深金水寒，悲西风归雁声酸。一座古城下斜阳，浑怕照，旧江山。"（改编自蒋春霖的《唐多令》。）

"嘿，绝了！"常五爷冲佟巴爷击了一响掌，竖起大拇指，先声叫好。

佟巴爷谦笑道："露怯，露怯。"

金尚辈拉了一把佟巴爷的衣襟，说道："你把意思再往明里说说。"

"哈哈哈……"佟巴爷满脸堆笑，逗个哏回道："我可不是吃'嗝碾'（自说自圆的意思）的。"

常五爷听出来佟巴爷这话在暗里叫他的板，便一抿八字胡诙谐道："敢情您在盘算吃'老合'（大伙一起说的意思）！"

一句话，把在场众人都逗乐了。

郭定昌见三位师父今儿个心气儿特别好，他也觉得浑身松快、舒服，兴趣更高了，便问马风喜道："师哥，有日子没活动了吧？"

马风喜明白郭定昌的意思是告诫他别丢了功夫，不由心里一阵惭愧。说真格儿的，自打进了民国，他压根儿就没摸过褡裢。此刻，经郭定昌一激，也来了精神头儿，上来了跤瘾，便问道褚林："听见没？撂两跤？"

褚林却露出难色，说："这儿可是寺庙！"

妙海和尚听了，把胸脯一挺，正色说道："放心，放心。大门一关，爱谁谁。"说着，伸手就要去关门，不料却被常五爷一把拦住。常五爷说："要撂跤，等我走了再说。"

妙海和尚一怔，正要问个明白，又听常五爷问道郭定昌："还记得武林忌讳吗？"

郭定昌回道："记得。其一，当着女人不练；其二，抬杠赌气不练；其三，当着接骨拿环儿的不练。”

常五爷说：“看啊。现今儿，我不就是接骨拿环儿的？噢，你们还没开始撂跤，我倒好，先等着你们断胳膊折腿，找买卖儿。”

一番话，把众人逗得又哄堂大笑起来。

大伙儿正谈笑着，就听门外有人操着山西口音喝道：“咋，你望啥哩？”

众人回头望去，只见暮霭中伫立着一位小妇人。她二十三四岁年纪，头上挽了一个油光光的发髻儿；上穿粉红色镶绿边偏襟短衫，短衫下摆呈椭圆形；下系过膝的翠绿缎裙，裙面上绣着朵金菊花；撒裤脚管的裤子，带绊着一双淡红绣花鞋，正两眼盯着郭定昌，默默侧身站着。她的身后站着一个四十多岁，身穿钴蓝色军服，腰扎皮带，头戴鸡毛掸筒式军帽，脚蹬高筒皮靴的高大粗壮的军官。

郭定昌一眼见了那小妇人，刚才堆笑的脸上立马儿绷紧了，变得冷峻、阴沉。他把眼一斜，佯装没看见，朝金尚辈、佟巴爷、常五爷说道：“起风了，屋里聊吧，您哪。”

那小妇人张口正要说什么，就听军官说道：“和尚院子好看个甚？”

小妇人打个激灵，一转眼掩饰道：“我瞅这小院儿挺可心的，您要是给我买宅子，比照这小院儿买就齐了。”

“哈哈哈……”军官放声笑了，伸手在小妇人下巴一挑，淡然不屑地说道：“这座院子算个甚！袁总统没几天就登基啦，他当了皇上，厄就是总兵，你就是诰命夫人，要住大府睡高屋哩！”

小妇人把军官轻轻推开，说：“我可没这个福分。”

小妇人眼盯院内，仍不忍挪步。军官不耐烦地催促道：“快走啊，再晚就敬不上香啦。”

小妇人这才不得已恋恋不舍地离开僧舍。

马风喜刚跨进门槛，猛然道出一句：“我怎么瞅着这位小太太挺眼熟的。”说着，又抽身追出院门外。正这时，赶巧那小妇人正好回头张望，与马风喜打了个正面。马风喜见小妇人不由得一惊，禁不住脱口道："是她！真是巧英！"

小妇人脸色羞红，露出几许惭愧相，慌忙扭转身儿，挽起军官向前行去。

马凤喜三步并作两步地奔回屋里，朝郭定昌急火道："你没认出那位小太太是谁？是巧英！"

"英子！"登时，金尚辈、佟巴爷和常五爷连同褚林都同时一震，纷纷站起身，欲追出去看个明白。

郭定昌急忙伸展开双臂，拦住众人淡然道："是就是吧，大路朝天，各走一边。"

听了这话，佟巴爷忍不住叹息一声，问道："郭定昌，你跟英子究竟为什么翻的脸？"

郭定昌剑眉一轩道："说来话长。人家一心攀高枝儿，咱家庙小招不来大佛爷。"

接下去，郭定昌向众人叙述了事情经过。言罢，淡然笑了笑说道："这都是过去的事儿了，说句良心话，巧英原来并不是这种势利小人，全是让兰彩凤带坏的。我们分手那天，她心里也不好受。"

郭定昌双目微闭，脑海里又浮现出他与巧英最终分手时的一幕……

那是一个黑云遮月的夜晚，万籁无声，只有晚风呜咽，秋叶窸窣，像在倾诉人间不平。

郭定昌与巧英站立在胡同口的老槐树下，相对无言。

巧英自从那日离开金鸟胡同六号，心潮难平。虽然她对兰彩凤的一番言语听得入耳，也答应了第二天与黄团长会面确定婚约，但内心深处对郭定昌的情意依然是砍不断，理还乱。

这天晚上，巧英躺在炕上翻来覆去地睡不着，陷入痛苦、麻乱的五里雾中。她只觉得在自己的灵魂深处仿佛有两个人分别撕扯着她的心。一边是郭定昌，她忘不了孩提时，郭定昌跟她一块堆儿玩过家家、打雪仗、堆雪人、捉迷藏欢天喜地的情景；忘不了十三岁那年，是郭定昌奋不顾身冲上前，为她打跑了扑上来的洋鬼子的恶狗，自己才免遭一场恶祸；忘不了十八岁那年，是郭定昌凛然仗义痛打了“麻虎”一群恶棍，将自己救出火坑；忘不了六年前，自己进颐和园当艺工时，郭定昌三十里相送恋恋不舍的场面；更忘不了两人成年后，在太平湖银色月光下，他们的手紧紧相握，身心相依的甜蜜……此刻，她仿佛听到郭定昌在责骂她是“势利小人”，是“负心女”！

她想到这儿，不由得打了个激灵，后悔不该听兰彩凤的话，不该答应与黄团长这门亲事。正此时，她又觉得兰彩凤在另一边撕扯她的心，仿佛听到兰彩凤在嗔道：巧英妹妹，别价一个死心眼儿地光盯着你那位卖胡盐的八哥。不错，他是年轻，长得帅，可话又说回来，年轻能顶吃顶喝吗？帅气能顶二百块现大洋救你们老爷子的命吗？你知道咱们做女人的怎么才能过得好吗？要想有钱花去找买卖家，要想日子宽去找北洋官。在这个世道中，既想吃又怕烫，一辈子也做不了人上人……

撕来扯去，天亮时，兰彩凤最终把她的心抢过去了。

蓦地，巧英打破了沉默，黯然神伤地甩过一句：“八哥，你把我忘了吧。”说完，掩面跑去。

郭定昌从回忆中醒过来，说道：“今年一开春，她就跟那个北洋军官结了婚，飞走了。”

第十五章

承先启后继代人

一

郭定昌讲完事情经过，众人寂静了片刻，金尚辈才颤巍巍地宽慰道：“孩子，别跟这号人怄气。”

郭定昌一笑说：“金爷，放心吧，您哪。马瘦毛长，人穷可不一定志短！”

妙海和尚听了这话，跺着脚地大声说道：“这话中听。娶媳妇有啥好处？哪有俺当和尚自在，一人痛快全家消停。那小妮子要是不翻脸，你还能有心思练功夫？怕是早就练上抱娃啦！”

一番话，打破屋里沉郁的气氛，大伙儿忍不住都放声乐了。常五爷乐得一边擦眼泪一边说：“这可真是卖什么吆喝什么。”

大伙儿见郭定昌心气儿挺好，又聊了一会儿天，眼瞅天色已晚便要告辞。郭定昌穿好衣服说：“我送师父回家。”搀扶着金尚辈出了夕照寺。

马轿车进了崇文门，佟巴爷忽然问道：“各位想不想进‘一清池’泡泡？”

常五爷应道：“敢情好。这几天，我就觉得土地爷在身上找别扭。”

师徒六人便在“一清池”打住了车。

“一清池”是座澡堂子。老北京，澡堂业在五行八作中也算是戳得住的一大行儿，大街闹市不差摸都有澡堂业的字号。不过，那时大多称池，什么“清华池”“得意池”“一爽池”……别看澡堂挺多，但不外乎三大类：风流池、消闲池、大众池。“风流池”大都设在八大胡同，与青楼连襟结袂，澡堂是一个半人多高、一抱多粗的木桶，温水倒进，“风流君子”往里一蹲，选中的“玉娘翠姐”便会袅袅走来替您拭身搓背，为您提供“满意服务”。“消闲池”排场，上档儿，塘里设有烫池、冲水，塘外设有睡床，还有职业搓背的、推拿的、修脚的，您闲着没事烫透了身子往床上一躺，聊天儿侃山、打呼噜睡觉，甭提多消闲了。“大众池”可就不上档儿了，大多只有里外间，外面挂衣服，里面洗澡。说到洗澡也就是两个热水池，一个清水池，热水池一温一烫，清水池用来冲身。这类澡堂是为下层人开的，拉车扛脚小商小贩像煮饺子似的在热水池烫舒服了，再来到清水池前用舀子舀了水当笼头冲身，洗完了对不起，请吧，您哪。

“一清池”属于消闲池一类，青石铺阶，双柱立顶，漆黑门扇，门口镶刻着一副黑底金字对联：“一池碧水由上下，四海升平任西东。”

郭定昌、马风喜、褚林分别搀扶着金尚辈、佟巴爷、常五爷登上台阶。脚刚站稳，就见门扇一动，从里面迎出来一个四十多岁，剃光头，内穿白布短褂外罩一件蓝布坎肩的堂倌儿，他满脸堆笑地冲郭定昌等人鞠个点头躬，把手一伸，高声道：“诸位，恭喜发财，里边儿请，您哪！”

常五爷逗个哏：“水还行？怕成龙须沟了吧？”

堂倌儿涎脸一乐回道：“您老擎好吧。我们这儿一天三换水，您老要是能找着丁点儿浑水，没说的，尽管砸牌子。”

堂倌儿一路客气地把郭定昌六人引进去。

在浴池里，金尚辈、佟巴爷、常五爷被搀进那个最热的、冒着腾腾白气的热水池里烫身。郭定昌、马风喜、褚林跳进温水池里洗。这会儿，金尚辈、佟巴爷、常五爷才真正看清郭定昌的身子骨远比马风喜、褚林瓷实得多，浑身上下的腱子肉条是条、块是块，檩条般的胳膊、扇子面似的腰背、吊桶般粗的双腿一动弹便凸起一个连一个的骨朵儿。周围洗澡的人见了，都惊讶得不由“啧啧”连声。

洗完澡出来，没等躺下，就听远处传来一声招呼：“哟，敢情是您几位啊，我正想着找你们呢。”

郭定昌顺声望去，原来是宛八。他正要回个招呼，就听金尚辈问道：“是谁啊？听声儿怪耳熟的。”

郭定昌忙回道：“是宛格儿搭。”

金尚辈、佟巴爷、常五爷和马风喜、褚林一齐“哦”了一声，连忙从床上坐起身。

众人刚穿好内衣，宛八已走过来，拱手说道：“今儿个真赶寸了，要不，我还得挨家挨户地找你们呢。”

佟巴爷拉了一把宛八衣襟说：“什么大不了的事儿，也值得这么火急火燎的？”

常五爷把身子一挪，拍了下床板，示意宛八坐下说话。

宛八道了声谢，神秘兮兮地说道：“稍等，您哪。我让您几位认识个人。”说完，朝澡堂深处一声招呼：“萨爷，过来下，您哪。”

“萨爷?!”金尚辈、佟巴爷、常五爷听了这个名儿，不由得同时一震。佟巴爷睁大眼问道：“这位萨爷可是人称‘草中豹’的那位萨爷？”

宛八点头回道：“着啊！怎么着，您认识？”

没等佟巴爷回话，常五爷接上说：“我们只是听说过名儿，可没见过面儿。”

正说着，那位叫“萨爷”的，下围浴巾已走过来，朝众人做个揖道：“各位发财!”

郭定昌转过身，正要打千，猛不丁愣了。他眨巴了几下眼皮，再凝神细一打量，这回可真看清了，那位“萨爷”正是两年前在城隍庙找碴儿的那个老头儿。

此刻，萨爷也认出了郭定昌，不由得微微一笑说：“没承想咱们在这儿撞上啦。”

顿时，郭定昌把脸一沉，硬邦邦甩过一句："不是冤家不碰头。您情管放心洗澡，我溜不了。"

金尚辈不知道里头原委，见郭定昌一脸气焰，不由厉声喝道："不得无礼！跟萨爷怎么这样说话！"

萨爷反倒放声乐了，说："这么说话才有骨气。绵羊叫得暄和，可不如虎啸夺人。"他接下去，把城隍庙的事儿向众人说了。

直到这会儿，大伙儿才眼前一亮，两年前赢郭定昌的原来是他。

马风喜、褚林恍然大悟道："怪不得呢。"

郭定昌依然一脸气焰盯着萨爷。

"哈哈哈……"佟巴爷拈须笑道，"郭定昌，听说过'草中豹'痛跌'雪里熊'的故事吗？"

听这一问，郭定昌来了精神头儿，回道："这事儿，满'四九城'谁不知道？"

佟巴爷一指萨爷说："他就是那个'草中豹'。"

郭定昌一惊，说道："哎哟，敢情您就是光绪十五年摔死白俄大力士的萨爷啊！"

萨爷淡然一笑说："老掉牙的事儿，提不起来喽。"

常五爷朝郭定昌正色说道："别看萨爷不是善扑营的，可论功夫比我跟金爷、佟巴爷都强。"

萨爷忙说："您老寒碜我？"

马风喜说道："绝不是寒碜您。您是看破红尘，深居幽宅，轻易不出山呀。"

萨爷一笑说："我这个人喜欢清淡。"

这时，宛八逗个哏问萨爷道："城隍庙可是图热闹？"一句话，把众人都逗乐了。

萨爷收住笑说："那也不见得。"接着问郭定昌道："两年前，我送你的那四句话怕是忘了吧？"

郭定昌认真回道："哪儿能呢！"接下去，背道："卧龙出山玄德振，薪火赤壁孙刘兴；尝沥蜀辛分三国，胆赤心忠举尽粹。"

佟巴爷拈须听罢，猛不丁问郭定昌："怎么讲？"

二

佟巴爷一句话把郭定昌问噎了。郭定昌回过头再咀嚼那四句话，还是咂摸不出味儿来，只好憨傻一笑说：“琢磨不透。”

佟巴爷笑道：“办事儿不光凭志气，还要懂个理。这是一首七言嵌字绝，不信，你把那四句话打头儿的四个字和末尾的四个字连一堆儿背背。”

郭定昌点了点头，把四句话的打头儿的四个字连一堆儿背了一遍，原来是“卧薪尝胆”。接着又把末尾的四个字连一堆儿背了一遍，原来是“振兴国粹”。

金尚辈、马风喜、褚林也方恍然大悟道：“萨爷文武都在行啊。”萨爷客气道：“比起佟巴爷、常五爷，我可差了一大箍节儿。”佟巴爷摆了摆手说：“露怯，露怯。”

郭定昌接上说：“佟巴爷，您怎么早不点破？”

佟巴爷反问道：“你早也没跟我说不是？”

郭定昌这才想起来，萨爷赠的四句话，他压根儿就没跟师父们说过，忙说：“是徒儿的不是。”逗得众人又都笑了起来。

萨爷边笑边在郭定昌浑身上下掐把了一阵，然后点点头，朝宛八说道：“这次红庙的事儿，有郭定昌在，还用我出山？”

“红庙?!”常五爷反问了一句，金尚辈、佟巴爷、郭定昌、马风喜、褚林也都看向萨爷、宛八投去惊诧的目光。

宛八正要答话，萨爷拍了他一把说：“咱们不好洗完了澡再聊？”

宛八一点头，朝金尚辈、佟巴爷、常五爷歉声道：“三位老爷子稍候。”说完，二人进了浴池。

堂倌儿端上黑白瓜子、献上茶后，大伙儿嗑着喝着聊开了红庙。常五爷说：“在北京城有两个红庙。一个在朝阳门外，一个紧靠天桥。朝阳门外的红庙平平常常，紧靠天桥的那个红庙可是善扑的中兴地界儿。”接下去，常五爷讲了一段传说：

顺治年间，神力老王爷力劈“大蛮牛”、吓死“二蛮牛”赢了蒙古后，蒙古提出来以后再比武不能光凭力气，要靠摔技。顺治爷一琢磨，这话在理儿，就一口答应了。那时候，蒙古的跤技更为精妙，顺治爷便下了一道御旨，令先烈亲王遍访武林，请高手进宫传授摔技。先烈亲王微服私访，走遍四大名山，察尽六大武术之乡，没发现有一个拳种可以融合善扑，只好扫兴回京。那次，先烈亲王是从永定门进的城，当他走到南城红庙的十字路口时，见一棵斑驳如盖的槐树下有三位老者正在切磋武艺。看那三位老者，一个须白似雪，一个须灰似铅，一个须黑似漆。白须老者冲灰须老者说："今儿个，您要是能摸着我一把，我就认输。"灰须老者回道："今儿个，您要是进来，就甭想跑。"话毕，二人交上手。白须老者的八卦步快若飞轮，令人眼花缭乱；灰须老者的太极手如封似闭，叫人无懈可击。二人斗了五六十个回合，果然，灰须老者没有摸着白须老者一把，白须老者也没能进灰须老者一掌。二人还要继续斗下去，一边早就等烦了黑须老者，只听黑须老者说道："来来来，你们俩一齐来。"说罢，飞身跃进场中。白须老者和灰须老者也没答话，合力向黑须老者出击。黑须老者乃是形意门，劈似斧，崩如箭，拳腿并发、手脚合用，连斗五六十个回合，不分胜败。

先烈亲王一边看了，心中大喜，暗思量：若把太极的手法、八卦的步法、形意的拳法融为一体，不是顶尖儿的摔跤？于是，先烈亲王止住三人，说明来意。谁知，三位老者不愿进宫为官。先烈亲王只好派员来红庙习艺。红庙从此成了大清朝善扑的中兴之地。

大伙儿正说着，宛八、萨爷出了浴池，围好浴巾后，走过来。

佟巴爷火上房地问："刚才说的红庙，可是紧靠天桥的那个？"

宛八回道："正是。"

金尚辈追问道："出了什么事儿？"

宛八气恨恨回道："有人想骑在红庙梁上拉屎！"

"谁？"郭定昌问。

"景天长！"宛八说。

常五爷惊异地睁大眼问："这怎么讲？"

宛八说："这话还得从咱们的善扑说起。"他看了一眼众人，接下去说：“善扑集太极、八卦、形意之精华，实乃中华武术的国粹。这话不是吹牛皮吧？”

金尚辈咳嗽了一声说：“这怎么是吹牛皮，太极、八卦、形意创始于明末，是一点儿不掺假的实事儿。”

宛八说：“实事儿归实事儿。现今儿，有谁练它？新人暂且不说，就说善扑营的老练儿吧，还有几个练的？”说到这儿，宛八突然把话止住，扫了一眼马风喜、褚林，问道：“您二位还练吗？”

马风喜、褚林窘红了脸，摇摇头。

佟巴爷打个圆场说：“现时，连生活都顾不上，谁还顾上练功夫。”

宛八说：“着啊。照这么下去，这门国粹还不绝在咱们这一代，咱们不成了罪人？”

一席话，把众人说得低头不语。

“所以，我琢磨着成立一个‘健身掼跤武术社’。场子就设在红庙。”宛八越说越兴奋，“一来安慰宗师在天英灵，二来也好借宗师英灵扬我中华国粹。”

“好！宛格儿搭，真有您的！”郭定昌抑制不住内心激动，跳着脚称赞。

马风喜略一思量说：“这事儿太重大了，到哪儿筹集钱去？”

郭定昌一拍胸脯说：“大伙儿凑凑！我算一份儿。”

金尚辈、佟巴爷、常五爷、褚林也纷纷应道：“我也算一份儿。”

马风喜接上说：“我也算一份儿。”

“哈哈哈……”萨爷笑了，说：“不用诸位破费，宛格儿搭早就把家里的值钱东西变卖啦！现时，不缺钱，缺的是人！”

大伙儿惊诧地“嗯”了一声。

说到这儿，宛八把头一点说：“是这么回子事儿，建掼跤武术社要到南城军政执法处办手续。我去递帖子的那天，正碰上景天长也去递帖子，他也打谱儿在红庙建个日本跤社——”

没等宛八说完，褚林打断他的话急火火地问：“景天长不是进护卫队了吗？怎么也想办这事？”

宛八说："诸位有所不知。景天长进护卫队没半年，就被派到东洋学日本跤。他在东洋学了两年，回国后，当了护卫队的武术教头。"

马风喜"哦"了一声说："他教他的日本跤，咱传咱的中国跤，井水不犯河水。"

宛八脸色一沉，说："你不犯他，他可要犯你，您几位知道他给日本跤社起了个什么名吗？"

常五爷反问道："起了个什么名儿？"

"起了个'镇三星'！"宛八咬牙切齿回道。

不必细说，在场所有人都已明白，"三星"指的正是红庙的三位善扑宗师。

大伙儿正跳骂着景天长，宛八又说道："南城军政执法处的管事就是宋凤轩宋旅长。"宋旅长也看出了景天长肚里的蛔虫，本不想把红庙的地皮批给他，可又怕得罪了护卫队，便想出一个主意：阴历十月二十日，双方在红庙比武，获胜的一方取得在红庙建社的权利。

三

听了宛八一番话，金尚辈也不知从哪儿涌上一股劲儿，忽地从床上跳起来，掌拍了一下桌案吼道："走，这就找景天长小丫头养的去！"

宛八急忙把金尚辈搀扶下床，平心静气地说："现今儿，景天长可不是软赤包了。这几年，别说他一直练着，还带出了三个不得了的徒弟。"

"谁？"郭定昌问。

宛八说："钱狗子，傻踢子，再一个就是鹞鹰勇子，人称'东洋三子'。尤其是那个鹞鹰勇子练就一手鹰爪硬功，摺上跤一把能将褡裢抓破五个窟窿。再看咱们这边儿，拉洋车的拉洋车，卖烤白薯的卖烤白薯，不差摸都把功夫放下了。眼瞅着火烧眉毛，没辙，我这万不得已才想请萨爷出山，把大旗扛起来。"

“哈哈哈……”萨爷又不羁地笑了，说：“这回，您就擎好吧。”说着，把目光注视到郭定昌身上。

金尚辈、佟巴爷、常五爷以及其他人立马儿明白了萨爷的意思，大伙儿把目光一起投向郭定昌。

郭定昌脸色庄重、深沉。他伸手拿过盛瓜子的瓷盘，“啪”的一声掰为两片，瞪起一对豹眼说道：“不是玉碎就是瓦破！”

转眼到了十月二十日。这天，秋风萧瑟，寒气逼人。可是，红庙的竞武场上，依然涌来成百上千的男女老少。宋旅长身穿钴蓝色军服，头戴鸡毛掸子高筒帽面南而坐。他的右边昂首挺胸站立着郭定昌、宛八、萨爷；他的左边站立着景天长、钱狗子、傻踢子、鹞鹰勇子等十几个人，一个个身穿肥大白色东洋式褡裢，光着脚丫儿，双臂抱胸，活像一排阎罗。金尚辈、佟巴爷、常五爷、马凤喜、褚林、“扫地高”、“穿腿鲁”、“矮个儿八”等观看竞武的百姓面东而立；日本人、高丽人和护卫队的侍卫面西而立。正南方是个缺口，缺口正对红庙前的那棵百年古槐。

竞武前，宋旅长融合双方的竞技规则，重新作了三条规定：其一，此次竞武采取五打三胜制；其二，竞武时，五对五、一对五均可，由双方各自选定；其三，仅倒地不为输，只有将对方摔得后背着地才为赢。另外，仲裁由宋旅长亲自担任。

日上三竿。宋旅长从兜里掏出怀表一看，时针正指在十点整。他站起身，清清嗓儿后，郑重宣布：竞武开始！

郭定昌上身穿雪白褡裢，下身穿藏青色灯笼裤，足蹬虎头鹰钩靴，气宇轩昂一跃上场。钱狗子“磔”的一声怪叫，第一个跃上场。

围观众人屏住呼吸，场上一片寂静。这时，宋旅长扫视了二人一眼，发声喊：“开始！”

钱狗子两眼圆睁，骑马式一站，腰胯一蹲，双手往膝盖上一按，亮开架式。

郭定昌乜斜了钱狗子一眼，轻蔑地冷笑了几声，说：“今儿个，我要是用两只手赢你就不算撂跤的！”说毕，便将左手“噌”

地往中心带里一掖，只留右手对付钱狗子。

钱狗子气急暴跳起来，吼道："姓郭的，你小看人!"说着，两臂微曲，伸出双掌，坐腰蓄力，狗急跳墙般向郭定昌扑去。郭定昌不慌不忙，静如处子，动若脱兔，"车轮步"运转如飞，避开钱狗子的锐气。钱狗子本欺郭定昌一只手，想一鼓作气赢场开门跤，没料到郭定昌身法如此敏捷，先自虚了三分。郭定昌见钱狗子气势崴下来，猛地一个"鹞子入林"跃到钱狗子面前。钱狗子正要招架，为时已晚，大领已落郭定昌手中，说时迟，那时快，郭定昌上手一带，迅疾翻腰变脸使出一招儿"单手别子"，只听"嗵"的一声，钱狗子像一只被踢翻肚的蛤蟆，摔了个仰面朝天。

"好！摔得好!"

这一声喝彩，震得古槐枯叶唰唰落地，枝头老鸹呱呱远去。人们循声望去，只见面东的人群中，站着一个身披袈裟、手持月牙铲的矮和尚，是他吼了一嗓儿。

这人正是妙海和尚。

妙海和尚的一声喝彩，顿时惹恼了傻踢子，把脚一跺嗷嗷怪叫："别价站着说话不腰疼，咱们骑驴看唱本，走着瞧!"说着，一个"鹞子钻天"跃到郭定昌对面。

郭定昌淡然一笑，左手依旧掖在中心带里，用右手掐腰，挺胸傲视对方。

钱狗子从地上爬起来，一边灰溜溜地下场，一边兢战告诉傻踢子："留……点……神，郭八比……比先前……功夫还……还厉害。"

呸！傻踢子朝钱狗子啐了一口，接着把头一扬，骑马式一站，两臂向前微曲，伸出双手，塌腰蓄力地亮开了架式。

郭定昌冷笑一声，轻蔑地说道："今儿个，我要是用手赢你，不算赢!"说罢，将右手也"噌"地掖进中心带里。一眼看去，就像被用绳捆了。

别说围观众人，就是金尚辈、佟巴爷、常五爷一众行家，压根儿也没见过有谁敢这么比跤的，心里既埋怨郭定昌过于轻敌，又替郭定昌捏了一把汗。

傻踢子哪受得了这种奚落，“磔”地叫道：“郭八，休出狂言，明年今日，便是你的周年！”说罢，把眼一瞪，一个“黄鹰逐兔”恶狠狠向郭定昌扑去。

郭定昌双手掖在中心带里，既不便躲，也不便闪。傻踢子没费吹灰之力双手便揪住了郭定昌的大领。郭定昌气沉丹田，一个“烈马捎坡”稳稳站住了脚跟。

傻踢子见已得势，就手儿收腹松腰“嗷”地怪叫一声“走吧，您哪！”便猛一拽，想把郭定昌掩翻。没承想他一连拽了几把，郭定昌像一座山岳，纹丝没动。傻踢子一愣，咬牙切齿，使出了吃奶的劲儿，又一猛拽。郭定昌见时机已到，就势往前一长腰，把头往上一顶，“嗵”的一下，顶在傻踢子的胸口上。傻踢子被腾空撞起，“扑通”一声，摔了个脆生生的仰八叉。

围观百姓见郭定昌赢了第二跤，全部跳脚喝彩。佟巴爷拈须赞道：“手如两扇门，没手也赢人！”常五爷、金尚辈也庄重地为郭定昌鼓了几掌。

郭定昌微微一笑，刚把双手从中心带里抽出来，就听一声喊，一个高壮身量儿、鹞眼鹰鼻的人跃到眼前。这人正是鹞鹰勇子。

没等宋旅长发令，鹞鹰勇子抢先发招，左手一晃，右手一把抓住郭定昌的偏门，脚下就势一挑，三个动作闪电般迅捷。郭定昌运转“车轮步”，轻轻往外一闪，躲过对方来脚，正要使出个“掐蹿”，就听“哧”的一声，偏门已被鹞鹰勇子扯下一块。郭定昌不禁暗吃一惊，方信鹞鹰勇子的鹰爪功果然不凡。鹞鹰勇子将扯下的那片褡裢往地上一扔，伸左手去揪郭定昌的小袖。郭定昌翻腕叼住鹞鹰勇子小臂，蹦步使出一招“崴桩”，岂料上了鹞鹰勇子的当。鹞鹰勇子本是虚招，就势往郭定昌背上一趴，右手暗里伸向郭定昌的要害处，打算对郭定昌下黑手。

金尚辈、佟巴爷、常五爷等人看得清楚，脱口惊道：“郭定昌，小心！”

其实，郭定昌心里一清二楚。他不慌不忙，调动丹田气，将气运至下盘，待到鹞鹰勇子将胳膊伸进裆内，猛然将双腿一夹，再一扭腰甩胯，使出个“青龙摆尾”。此刻，就听鹞鹰勇子痛叫一声，慌忙抽手，但为时已晚，郭定昌的两条腿似一把铁钳，把他的胳膊死死夹住。鹞鹰勇子使出吃奶的劲儿连拽了几拽，郭定昌见时机已到，待到鹞鹰勇子又一拽时，乘势将腿一松，借着鹞鹰勇子的力道，转身就是一“耙”，将鹞鹰勇子摔了个仰八叉。

“好跤!”宋凤轩兴奋地拍案而起，当即作了仲裁：红庙跤场归郭定昌一方的“健身掼跤武术社”所用。

登时，竞武场上响起震天响的欢呼声。

公元1915年10月26日。

这一天，金日初起，碧空如洗，秋风带着沁人肺腑的丝丝凉气，给人以舒适安谧之感。坐落在天桥近处的红庙，在金辉映照下显得格外端庄、壮丽、肃穆。

红庙外是一方宽阔的空场地，今天，场地打扫得干干净净。场地东面挺立着两棵宛如青龙的青苍古槐，之间悬挂着一面朱红横幅，上面写着七个遒劲大字——健身掼跤武术社。

尽管天色尚早，玉露生凉，可是，一大早这里就从四面八方涌来成百上千贺喜、庆祝和看热闹的人。

自从半月前，郭定昌打败了“东洋三子”后，经过一番准备、筹划，事由就绪。今天，将正式开典，宣告成立近代中国第一个民间善扑社团——健身掼跤武术社。

两棵青苍古槐间的大字横幅下，摆了一排条桌、凳椅。宋凤轩作为官方代表端坐在正中，并赠锦旗一面，上绣“再展雄风”四个金黄大字。宋凤轩的左首是宛八，依次往下分别是金尚辈、佟巴爷、常五爷等老一辈善扑名家；右首是郭定昌，依次往下分别是马风喜、褚林、“矮个儿八”、“赛蜈蚣”、“穿腿鲁”、雷振岳等晚一辈善扑名手。潘天翼也特意赴会表示祝贺并赠金匾一面，额书“振兴国粹”四个鎏金大字，他与妙海和尚并肩坐在第二排的贵宾席上；二十多名首批学生昂首挺胸在两侧一站，好不威严。

郭定昌脸色庄重，不时抬头仰望那面“健身掼跤武术社”横幅，一股激情油然从心中漾起，眼下的这块土地，每一寸都曾留下善扑先师们的足迹，曾洒下多少宗师掼跤练武时淌落的汗水。然而，这几年，军阀混战，民不聊生。善扑营所剩扑护或老迈苍苍或另谋生计，再加上世人迫于糊口，喜好这种功夫的人越来越少，善扑已到了濒临失传的境地……眼下好了，他日日夜夜魂牵梦绕的善扑事业，终于有了一块儿阵地，得到了挽救，有了继代人。他禁不住心头一酸，两行滚烫的热泪夺眶而出。

宋凤轩理解郭定昌此时的心情，不由伸出手掌在郭定昌手背上紧紧握了一把，深情地说道：“好好教，往后就看你的了。”

郭定昌郑重地点了点头。

时针指到九点。此刻，只见宛八站起身，庄重宣布：“‘健身掼跤武术社’正式成立！”

登时，场上爆发出震天响的鞭炮声、锣鼓声、掌声、欢呼声……宛八、郭定昌手把酒盏迈步来到场中央。郭定昌声音颤抖地仰望青天说道：“各位宗师在上，作为善扑弟子，炎黄子孙，我们深为中华民族拥有中国掼跤这门武术精粹而骄傲和自豪。自从道光年洋鬼子入侵我华邦以来，当民族受屈遭辱之时，众位宗师大义凛然，曾多次使用掼跤功夫痛打列强，为国、为民族洗刷耻辱，争得志气，实为我后辈之楷模。今日，我们在此圣土成立‘健身掼跤武术社’，旨在借宗师英灵，继宗师遗志，扬我民族精神，振我中华国威，兴我掼跤国粹，让宗师之精神代代相传，光耀后人。”

言罢，宛八、郭定昌分别将酒肃然洒地一周，奠祭了宗师英灵。

红日像一团金朵似的，从半空爬上了中天，红庙霞光遍地，一片金黄，霞光中，宛八、郭定昌劲装束身，满怀豪情地给首批学生传授了第一课……

在“健身掼跤武术社”成立的九年间，先后培养出一大批诸如“小孩子王”“王仙芝”等著名爱国武士，对中国式摔跤起了承上启下、由宫廷进入民间的作用。九年在历史长河中只是一瞬间，却为中华传统文化在史册上增添了宝贵的一页。

后 记

我写《善扑营郭定昌传奇》，旨在献给我的武术师父郭定昌以及当民族遭受屈辱时，挺身而出为国家洗耻、为民族争气的英雄壮士。

从19世纪中叶到20世纪中叶，是中国历史大动荡、大变迁的时代，外强入侵，民族危亡。正是在这民族存亡的危急关头，千千万万爱国仁人志士奋起抗敌，洒血救国。其中，众多武林英杰使用中华武术，为国家、民族洗刷耻辱，争得志气，弘扬了爱国主义精神，为中国历史写下了光辉的一页。

我的武术师父郭定昌就是众多爱国志士中的一位典型人物。

郭定昌（1887—1967），字永顺，满族正黄旗。1908年考入清廷善扑营，授三等扑护。1912年接受国民政府改编，考入总统府护卫队。他是善扑营历史演变的绝少见证人之一。

我从小在北京长大，孩提时就知道北京有个“神跤郭八”。1961年，我十五岁，按说这个年纪正是风华正茂的好时候，可我却羸弱多病，父母终日为我“不好养”而忧心。好心的邻居建议我习武健身，父母首先想到的就是艺高德重的郭八爷。记得投师那天，我一看见郭八爷，登时被老人的气势震慑。当时已近耄耋之年的他，目光炯炯，思维敏锐，步履轻捷，体魄健壮，一眼便知是位武功高深的大师。来此之前，我听说郭八爷收徒严谨，不轻易教人。果然，他与我母亲言谈中，委婉流露出谢绝之意。听此言，我当时也不知道是从哪儿冲出一股勇气，或者叫灵气，竟然当即给郭八爷跪下，不肯起来。我的诚心终于打动了郭八爷，开山门收我做了关门弟子。在北京我师从郭八爷学艺三年。1964 年，我来青岛工作后，直至郭八爷仙逝，每年经常回北京接受老人家的传授。六年间，我不仅练就一身强壮体魄，还深得真传，懂得许多做人道理，并掌握了大量有关善扑营和民初总统府护卫队的素材，也知道了师父的许多豪侠壮举。我曾多次拜访客居青岛的山东省著名武术大师王槐老先生、谢青山法师，他俩都是师父在清末民初时的北京旧友，从这两位老前辈回忆中，我又了解到师父当年“痛打日本浪人”“端王府比武”“义惩南霸天”“白塔寺伏熊”“创立红庙健身掼跤武术社”等许多感人肺腑的事迹。

师父在中华史册上，只是个名不见经传的小人物，但他同许许多多的小人物一样，身上也闪烁着酷爱自由、疾恶如仇、正直豁达、刚直不阿和勇敢执着、自尊自强的精神之光。我崇敬师父的武功，我更崇敬师父的人品。

师父生前常说一句话：“文武之道，一张一弛。习武不习文，终生只是一个‘愣头青’。”从拜师那天起，我就牢记师父这一教诲，文武双修，齐头并进。如今，我已过天命之年，开始步入人生之秋，但仍不敢怠慢文武之道。每天坚持练功、读书、爬格子。数年里，我的新闻作品多次在部、省、市获奖，也发表过散文、杂文、短篇小说和剧本等作品。这次出版的长篇纪实小说《善扑营郭定昌传奇》，既是自己武术知识与文学修养有机结合的产物，也了却了我欲通过讴歌善扑营武士事迹，弘扬民族气节和爱国主义精神的一桩夙愿。

心里话说不完，又总得有个完。行将结尾之时，恳请各位同人志士多多指正，不吝赐教。

王鲁东

1997 年 3 月 1 日于青岛